THE SECRET RIVER

我的祕密河流

KATE GRENVILLE

凱特・葛倫薇爾——著　林麗冠——譯

將這本小說獻給過去、現在與未來的澳洲原住民。

目次

中文版序

十八世紀中期以前，澳洲大陸一直只是想像中的存在。一七七〇年，探險家詹姆士．庫克船長的艦隊抵達澳洲沿海；幾年後，英國政府便決定以此地作為囚犯的流放所。接下來的五十年，一批又一批的囚犯接連抵達這塊新大陸。

我往上推九代的一位老祖先索羅門．衛斯曼，就在那時來到澳洲。他原先在倫敦泰晤士河做船夫，偷了一批木材而被定罪，一八〇六年到達雪梨，過了幾年就獲得赦免，成了定居當地的開拓者，並累積了不少財富。

這故事是我母親說的，她說衛斯曼祖先是因為「取得」了雪梨附近霍克斯布里河域的土地，才能在澳洲發達起來。我一直很相信母親說的，直到十年前，我才意識到，這故事還有我不知道的一面。

大約在六萬年前，澳洲原住民早已在此定居，在嚴酷的氣候和地理條件下，他們靠打獵和採集維生，繁衍不息。而一切在英國人抵達後變了樣，衛斯曼祖先就是當時被流放澳洲的英國人。

我了解到，衛斯曼祖先的土地不是「取得」的，而是從原住民手中「搶奪」來的。在學校裡讀到的澳洲歷史鮮少提及原住民，進一步研究後，促使我正視這段悲傷的過往。我才知道，原來在這個邊疆地區，原住民和白人之間的關係，套用一位著名澳洲人類學家的話[1]，是「一條祕密的鮮血之河」。

因此我深切覺得，必須進一步了解衛斯曼祖父的事情，寫下殖民者的故事，不是為了作價值論斷，也並非要譴責誰，我的出發點在於體諒。我想衛斯曼不會是天使或惡魔的極端，他只是一個平凡人，為了自己和家庭討生活的平凡人。

為了勾勒出十九世紀前期邊疆地區的生活樣貌，我做了大量研究，不僅查閱當代文獻，更實際走訪那片荒叢之地。我去了衛斯曼祖父的故居附近，像他一樣乘船上溯霍克斯布里河；嘗試他們家以前吃的食物，還親手用油脂做了一盞陽春的燈，因為他們都是這樣照明的。我想盡辦法體驗樹皮屋裡的生活，只因他們以前就住在這種地方，離最近的小鎮要好幾天路程。我還去了倫敦，在那裡明白到，衛斯曼祖父不幸誕生在社會最底層，注定過著極度匱乏的生活，日復一日挨餓受凍，一輩子艱難萬分。

構思這個故事的時候，我逐漸把老祖父的故事轉換成另一個主人翁：威廉·索恩希爾。索恩希爾是一個極度善感的人，心思細膩，但他身處的世界，卻是不容許任何一絲軟弱。

初抵澳洲，他便身陷從未想像過的生命處境。在他以前熟知的那個世界，索恩希爾絕不敢希冀三餐溫飽以外的事物；然而，在這片新大陸，像他這種出身的人，竟也能「取得」一片土地，據地為主。要擁有一塊地看似容易，在索恩希爾的文化裡，所有權標記就代表了領地，而這片土地尚未有人畫界。這裡沒有圍籬、沒有道路，更沒有堅固的住所。原住民四處遷徙，不帶太多行囊，而每個部落謹守各自的領域，毋須畫地為界。

過了好久好久，索恩希爾才逐漸意識到，出沒在「他的」領土周遭的這些黑影，不僅已先他一步在此落腳，更會誓死保衛領地，於是索恩希爾面臨了無法取捨的抉擇。

進一步構思書的走向，我發覺他的妻子莎莉幾乎和索恩希爾占有相同的分量，隨著故事進展，索恩希爾踏上通往某種「領悟」的旅途；而莎莉也有自己的旅程，終點是另一種不同的領悟。

書名「我的祕密河流」有很多層意義，就字面上來看，指的是霍克斯布里河。它也是「祕密的血河」，流過澳洲殖民史的水域。對我個人來說，這條祕密的河，是我自己的旅程，身為早期殖民者的後代，這是一趟認識過往的路途。這本書改變了我的生命，我也希望你們會喜歡。

凱特・葛倫薇爾
二〇〇八年八月

1 這是澳洲人類學家史坦納（W.H.Stanner）於一九六八年在澳洲廣播公司舉辦的「波義爾年度演講」上所說的一句話，「在澳洲歷史上，有一條神祕的血河，也就是由白人與原住民之間的關係所構成的鮮血之河。」

陌生人

「亞歷山大號」滿載囚犯，在海上航行了大半年，抵達地球的盡頭。在一八〇六年遭判終生監禁的威廉・索恩希爾現在被送到了罪犯的流放地，這個英國殖民地叫「新南威爾斯」。他的第一個晚上是在小屋裡度過的，小屋沒有門鎖，其實幾乎連門和牆都沒有，只有一片樹皮，以及用樹枝和泥巴做成的四壁。門鎖、房門或圍牆都派不上用場；這裡是個大監獄，數萬哩的汪洋大海就是監獄的鐵欄杆。

索恩希爾的妻子緊挨著他睡了，好夢方酣，她的手仍然緊扣著他的手。小孩和小嬰兒也已入睡，蜷縮在一起。在這個異鄉的夜晚，只有索恩希爾無法闔眼。他感到這個夜晚巨大又潮溼，從小屋的出入口流進屋內，帶來了夜晚本身的生命之音：滴滴答答、咯吱咯吱和細碎幽微的沙沙響聲，而綿延不絕的森林所發出的颯颯聲也聲聲入耳。

他起身走出門口。沒有人發聲喝阻他，也沒有獄卒，只有夜晚旺盛的生命力。空氣在他四周流動，充滿了潮溼的氣味。他頭頂上是高聳入雲的大樹，微風穿過樹葉後消失無蹤，只留下整片龐大的森林。

他有如一隻微小的跳蚤，站在一個巨大無比又安靜異常的生物身旁。

而在山下，流放地隱藏在黑暗中。一隻狗無力地吠叫後停了下來。「亞歷山大號」停泊的海灣讓人覺得海水一直在海底翻騰，相當不平靜，再次高漲起來拍打著岸邊。

抬頭仰望，天際掛著一彎薄月，還有如水稻般不成章法排列的稀疏星星，當中不見北極星——在泰晤士河上引導他前進的朋友，也沒有他畢生熟知的大小熊星座。只有這片神祕而冷漠的星光。

在「亞歷山大號」上的這幾個月，他常躺在吊床上（吊床是他在全世界唯一擁有的領土）聽著海浪拍打船身的聲音，並且試圖從女性區的雜音中聽出妻子和兩個孩子的聲音；想像船行經泰晤士河上幾個熟悉的轉彎處，包含惡犬島、充滿渦流的羅瑟海斯深池等地，這讓他心安了些。而河流在達朗伯斯轉角的時候，天空彷彿也突然跟著扭轉了一下。對他而言，這些景物就像呼吸一樣親密。睡在他旁邊吊床的人是丹尼爾・艾力森，正在打呼，這人連在睡夢中也在打架。隔板後頭，女人們安靜無聲，但是在他心裡，他還是繞行著那條河流的一個又一個轉彎。

現在，他站在這個異鄉颯颯作響的巨肺中，感受腳下涼颼颼的泥土。他知道過去的生命已經逝去，還不如被他們為他量身剪好的那段繩子絞死算了。這個地方就像死亡一樣，是條不歸路，也像釘子刺進木片一樣；那是因為失去而產生的傷痛。他會死在這些異鄉的星星之下，屍骨會在這片冷冽的土地上腐爛。

他三十年來不曾哭過。從他還是個三餐不繼的小孩、小到甚至還不明白光哭並不能填飽肚子，他都未曾哭泣。可是現在，他的喉頭開始哽咽，眼底的絕望壓力迫使他臉頰上迸出兩行熱淚。

他早就從生命中悟出「有些事讓人生不如死」這個道理，而來到新南威爾斯可能是其中一件事。

有道黑影在他眼前晃動，一開始好像是湧出來的淚水，但是定睛一看，才知道那是一個和暗夜一樣黑的人。他的皮膚吞沒了光線，讓他變得不太真實，就像是虛構的人物一樣。他的眼睛深深陷進顱骨內，幾乎看不見，兩顆眼珠都嵌在眼窩的凹洞中。他的臉宛如岩石，闊嘴、高鼻、臉頰紋路自成一格。這個景象彷彿夢境，毫不令人驚訝，索恩希爾看到那個男人胸口的疤痕，每一道整齊的線條浮起又扭曲，活生生貼著皮膚。

這個人往索恩希爾的方向前進一步，天際焦枯的星光照在他的肩上，讓全身赤裸的他彷彿披上一件斗篷。他的手上抓著直挺挺的長矛，那是他身體的一部分，他手臂的延伸。

索恩希爾雖然穿著衣服，但是他覺得自己像蛆一樣沒有皮膚。那支長矛森然高聳，他雖在絞繩下逃過死劫，不料卻面臨這種情況，也許他的皮膚會被刺穿，鮮血灑在這片冷颼颼的星空之下！在他後面是他妻兒的血肉之軀，光靠樹皮很難完全隱藏他們。

這時，他熟悉的好友——憤怒——又和他並肩作戰。他大喊著，「我詛咒你瞎眼，下地獄！」他當了這麼久重罪犯，常在皮鞭的威脅下瑟縮著背，但現在他覺得又伸展回到原來的自己。他的聲音粗暴有力，他的怒火中燒，他一個箭步上前作威嚇狀，那支長矛的尖端可能是用尖銳的石片做成，它不會像針一樣刺入，而是會割開、撕裂人體。將它拔出來的時候，會再一次扯裂傷口。這個念頭讓他更為光火。「走開！」他雖然手無寸鐵，卻對著那個人舉起手。

黑人的嘴巴開始動起來發出聲音，一邊說話，一邊用長矛比手勢，使得長矛在黑暗中晃來晃去。兩個人距離近到可以彼此碰觸。

在滔滔不絕的說話聲中，索恩希爾突然聽到一些字。那個人叫喊「走開！走開！」的聲調，跟他自己一模一樣。

那是某種瘋狂的狀態，就好像一條狗用人類的語言吠叫。

「走開！走開！」索恩希爾距離黑人很近，可以看到那個人濃眉下發亮的眼睛，以及他嘴巴充滿怒氣的筆直線條。他閉嘴不再說話，但依舊站在原地。

說起來，索恩希爾已經死過一次了，而他可能會再死一次。他已經一無所有，只剩光腳下的泥土，是他在這個異鄉僅能抓住的東西。他只有這個了，還有後面小屋裡正在睡夢中的無助家人。他才不會把妻小交給這些衣不蔽體的黑人。

兩人之間陷入沉默，微風穿過樹葉咯咯作響。他往後看妻子和孩子入睡的地方，再回頭時，那個人已經走了，他眼前的黑暗颯颯作響而且變幻不定，但是四下並無人影，只見一片森林。森林裡可能埋伏一百個、一千個拿長矛的黑人，甚至整個地方都是這種手持長矛、嘴臉猙獰的人。

他快步回到小屋，腳在門口絆了一下，使得牆上的泥塊掉了下來。小屋無法提供障蔽，只是聊備一格，但他還是把充當房門的樹皮拉回原位。他和家人並排靠在泥地上，強迫自己靜躺，但身上每塊肌肉都緊繃著，他預料可能會有子彈射過來，打到他的脖子或肚子，於是用手摸那些地方，害怕在肌肉裡發現那顆無情的東西。

第一部　倫敦

威廉·索恩希爾成長於十八世紀末。他們家每個房間都很小，小到連移動一隻手肘都會撞到牆、桌子或是其他兄弟姊妹。光線穿過嵌著破玻璃的窄小窗格勉強透進屋裡，冒著煙的壁爐散出煤灰，讓牆壁都蒙上了一層灰霧。

他們家就住在河邊，巷弄兩側只有一步之寬，建築物混亂地擠在一塊，連大白天也成了「不見天街」。街道兩邊只有磚牆、煙囪和鵝卵石街道，以及老舊崩塌的厚木板，木板上面留有很久以前的石灰水劃出來的木紋。一排排低矮的房子彼此緊挨著，從它們座落的泥地延伸出去，後面是製革廠、屠宰場、膠水工廠、麥芽工廠，空氣中充滿了臭氣。

在製革工廠之外，蕪菁和甜菜在陰溼的田地奮力求生。田地之間，以及在籬笆和牆壁後面圍起來的，是太過潮溼而不能耕種的沼澤地，裡面長滿蘆葦，停滯不動的死水閃閃發光。

索恩希爾家族成員有時會冒著被狗追、被農民丟石頭的風險偷拔蕪菁，大哥麥提前額有一道被石頭砸傷留下的疤痕，那一次的蕪菁吃起來就不太可口。

最高的建築是尖塔。這裡到處都是狹小彎曲的街道，無處可去，甚至在沼澤低地也是如此，看不到尖塔或其他建物。有的時候只要有一座尖塔被巷弄轉角遮住，另一座尖塔就會從煙囪後面出現，往下俯瞰。

尖塔下就是上帝的家，威廉·索恩希爾自從有記憶以來，他的生命就隨著位在河邊的「基督教堂」展開，這是屬於上帝的偉大建物。這座教堂大到讓他流淚，教堂門柱上有幾隻作咆哮狀的石獅，他母親曾將他抱高起來，想讓他看石獅子，但他卻被它們嚇哭了。他站在草坪上時，那片空曠令他暈眩，將他吞沒。灌木叢像站崗般排成一排；遠處，人們費力地爬上入口的廣大台階，身形小如昆蟲。他感到暈眩、迷失、躁熱而且恐慌。

教堂內，他從未看過這種拱頂和光線。上帝擁有這麼大的空間，讓住在皮革巷的小孩感到驚駭。教堂前面的屏風、長椅上複雜的雕刻，如同雄偉的人造物，高高聳立於教堂長椅上的信眾上方。這種空間讓他的存在無限延伸，無情的光線從巨大的窗戶流瀉而下，籠罩著他，讓一切變冷，不留任何親切的影子。對於一個穿著馬褲坐在大椅子上的男孩而言，這個用灰色石材蓋成的地方一點溫暖也沒有。

他對這一切毫不了解，只知道上帝就跟魚一樣陌生。

從他知道自己名叫「威廉・索恩希爾」開始，世界上彷彿到處都有姓索恩希爾的人。首先，第一個威廉・索恩希爾，就是生下來才七天就夭折的哥哥，其鬼魂總是如影隨形。一年半後，也就是一七七七年，他自己來到這世界，父母為他取了和哥哥相同的名字。第一個威廉・索恩希爾是地底的一把塵土，他則是溫暖的血肉之軀，但是已經過世的威廉・索恩希爾好像才是第一個真正的威廉・索恩希爾，而他自己不過是個影子。

河邊有條巷子叫徒勞巷，住著一些遠房堂兄弟，其中名叫威廉・索恩希爾的人更多。有一個老索恩希爾，黑衣領口上那顆皺縮的小頭不斷向前點。還有他的兒子小威廉・索恩希爾，他那整張臉幾乎都藏在黑鬍子內。在聖瑪麗・芒索教堂裡有個十二歲的威廉・索恩希爾，這個大男孩只要逮到機會，就動手去掐年紀最小的威廉・索恩希爾。

當船長的馬休叔叔，他的妻子剛生產，小孩也取名威廉．索恩希爾。他們去看小孩、叫著小孩的名字時，每個人都轉頭笑著看他，期望他也會報以微笑。他想要報以微笑，但是善於察言觀色的大姊看到他的臉色沉下來，接著她用拳猛擊他的手臂說：「你的名字『威廉．索恩希爾』就像泥巴一樣，到處都有。」他心頭立即升起怒火，直接反擊回去，大叫著：「威廉．索恩希爾會充滿全世界！」她這下一如往常般聰明，沒有繼續反駁。

他的姊姊莉西還太小，不會縫床單，但是背小孩綽綽有餘，因此負責照顧小小孩。六歲的她幫忙帶小嬰兒威廉，免得他跌到泥地上，所以對他而言，莉西帽子下竄出的亂蓬蓬粗硬頭髮，比他母親更有媽媽的味道。

他老是覺得肚子餓，這是生活中的殘酷現實；肚子裡有一種啃食的感覺，嘴裡淡而無味，對於永遠吃不飽而忿忿不平。有食物可吃的時候，就拚命把手裡的塞進口中，以便接著抓更多東西來吃。如果手腳夠快，他可以把他哥哥詹姆士剛舉起手準備送進口裡的麵包搶過來，剁下一片大口吞下。食物一旦吞下肚，就沒人能搶得回去。但是大哥麥提也如法炮製，把威廉手上的麵包扯過來，冷酷地瞇起雙眼，就像豺狼虎豹。

而且他老是覺得很冷，帶著某種絕望、想要取暖的憤怒。在冬天，他的雙腳整個冷到腳底，像石頭一樣冰。晚上，他和其他人一邊躺在發霉的草堆中發抖，一邊抓咬穿襤褸舊衣、吸飽人血的跳蚤和臭蟲。

他常吃臭蟲。

最小的兩個孩子合蓋一條毯子，彼此充滿臭味的身體就是最佳的取暖來源。詹姆士年齡大了兩歲，占據了大半條毯子；威廉雖然年紀比較小，卻十分精明。他強迫自己先不要睡著，等詹姆士鼾聲大作，就把大半毯子都拉到自己這邊。

每當他向母親要東西吃，母親總會跟他說：「你怎麼老在喊餓。」但是她一邊說話，一邊得忍住幾乎要把她身體撕裂的狂咳，有時咳嗽似乎是她身體裡唯一強壯的部分。最後她終於有力氣低聲說：「你是個貪婪的小臭蟲。」他聽了之後羞愧地走開，一面還聽得到自己飢腸轆轆的聲音。她語氣裡的不悅，使得他心中有某個部分開始變得冷酷無情起來。

莉西的說法也差不多，只是有一些不同。她叫道：「貪心，我說你就是這樣。小威，看看你，大塊頭男孩可不會憑空產生。」

她的語氣並不是在說成為這種大塊頭男孩是件壞事。當她說「我們都叫你大飯桶」時，臉上還帶著微笑。

莉西是小寶寶的好姊姊，她手很巧，又很能提東西。威廉還不滿三歲時，他媽媽身形突然變大了，脾氣變焦躁了，接著又生下一個小寶寶，取代威廉成為家裡最小的小孩。莉西後來都背著這個小寶寶到處跑。威廉本來就因為死去的同名哥哥而感到困擾，如今又被這個名叫約翰的弟弟弄得心煩意亂。看來他注定要被前後的兄弟壓迫了。

排行在他後面的是約翰，在他前面的是莉西和詹姆士，最大的哥哥是麥提。而最年長的瑪麗很可怕，老是扯著大嗓門罵人，她和母親坐在一起，靠著小窗戶替葬儀社縫製壽衣貼補家用。然後是歲數比威廉稍大，但年紀也還小的羅伯，可憐的羅伯智商只有他的一半，聽力則是一半都不到，因為他五歲的時候發過高燒，還差點死掉。威廉有一天聽到他媽媽尖叫說：「如果你當初死掉，一切就沒事了！」這番話讓他很心寒，可憐的羅伯是個好孩子，只要看到一點小禮物，臉會整個亮起來。他可不希望羅伯死掉。

父親在棉花工廠、麥芽酒廠、皮革廠到處打工，每個地方都做不久。他的雙頰凹陷，上面有點點紅斑，看起來一副生氣的樣子，每天回到家，總是累到連眼睛都睜不開了。他講話或發笑的時候，話語及笑聲最後都會變成一長串含有濁痰的巨大咳嗽聲。他在約翰受洗時自稱是客棧老闆，但這話的意思，充其量不過是曾經接待喬伯特先生皮革廠裡的幾個失意客，這些客人聚在索恩希爾家兩間房的其中一間，喝著髒木杯裝的麥芽酒，吃著母親做的派餅；派餅的皮超厚，餡料超少。當皮革池在冬天結冰時，沒有客人上門，房間顯得很陰冷，地板散發大麥酒的味道，壁爐裡堆積著又冷又白的灰燼。

這是索恩希爾家度小月的時期。威廉五歲時，就得在拂曉時分跟隨父親到街上，用一根棍子和一個袋子撿拾糞便，賣給皮革工廠。父親拿著袋子，小威廉則拿著棍子。父親走在前面，站的位置較高，可以發現一坨黑黑的狗大便，如果半個都沒發現，那麼就只有河裡的黃水能夠填飽肚子。但是當父親看到一坨狗大便時，威廉的工作就是立刻屏息以免吸入臭氣，並且用棍子將它推進袋子裡。最糟的情況是狗兒選擇在泰爾門附近的鵝卵石路上拉屎，鵝卵石之間有寬大的縫隙，糞便就會掉進縫隙中。當父親站著咳嗽並且指向那裡的時候，他就必須用棍子，甚至用手指將它挖起來。

滿滿一袋糞便在皮革工廠價值九便士，他從沒問過皮革廠為何需要那玩意兒。只覺得他寧願死也不想從南華克地區附近的鵝卵石路挖出那玩意兒。

除非他肚子餓的程度比狗屎的臭味還嚴重。

母親則冒險嘗試比較沒有臭味的賺錢方式。某天，威廉、莉西和詹姆士躲在一輛載貨推車後面看著她，威廉覺得她看起來意圖很明顯，鬼祟潛伏，神色緊繃。他想要叫，媽，抬起頭來，微笑！

他們看到她靠近書架。書商在店裡面，看不出來有沒有注意外面的情況。威廉想要跑過馬路自己去偷書，她花的時間太長了，動作看起來太壞了，她大字不識幾個，卻在那邊撥弄書籍，翻動書頁。後來她終於把其中一本偷偷塞進圍裙一角，但她一面偷還一面看書，而且用兩手行動，差點沒把嬰兒摔到地上，手法實在很拙劣。

突然間，書店女老闆出現在她身旁嚷著：「太太，請馬上把書還我。」他們聽到媽媽也在尖叫：「什麼！我沒拿你的東西！」卻一面緊抓住圍裙裡的書，就這麼讓人識破了。書店女老闆像肌肉發達的恐龍，她扭著媽媽的手臂，讓媽媽屈膝跌倒，書本掉下來，嬰兒也掉下來，滾在鵝卵石路上，發出響亮的哭叫聲。

書店女老闆抓住書不放，她彎腰撿書的時候，媽媽還跪在地上，卻朝她後腦杓重敲一下。女老闆年紀雖大，依舊能夠瞬間起身，用書本打媽媽的肩膀，他們從對街就可以聽到拍打的聲音，而且是打不停手，口中一邊高喊：「小偷！小偷！」媽媽現在已經站了起來，一手抱著嬰兒，開始踢書架的支柱，並且用另一隻手把所有的書扯落，直到全掉進泥巴裡。

這是向躲在推車後的孩子們打暗號：可以衝出來搶奪散落滿地的書！威廉從女老闆腳底下用兩手各抓了一本書，女老闆放開媽媽，想要把書從他那裡搶回來。當他逃離的時候，媽媽也跑了，現在那個女人手忙腳亂，顧此失彼。有兩位男士見狀便跑出書店，想要挺身相助，可惜此時索恩希爾一家子已經鼠竄隱沒在巷弄之間了。

他們每個人都拿到一本書，威廉拿到的那本最棒，外覆紅色皮面，上頭燙金字，拿到萊爾斯書店去賣，絕對可以值一先令。

他長大後很會打架。到他十歲時，其他男孩都知道不要招惹他，憤怒會讓他感到溫暖，充滿鬥志。憤怒就像他的朋友。

當然，他還有其他朋友，他們這群男孩在街頭閒晃嘯聚，從波若市場魚攤奪走幾個鳥蛤，或者在海潮退去的泥巴地裡扒找硬幣，那是一些有錢紳士邊笑邊丟進去的。

還有他哥哥詹姆士，爬排水管比蟑螂還快的活潑男孩，以及看到每樣東西都傻笑、可憐又單純的羅伯。還有「半便士巷」一窩小孩當中，骨瘦如柴的小矮子小威廉．華納，以及父親慘遭溺斃的丹．歐菲爾德。丹的父親有次搭乘擺渡小船，想要趁河水水位降低，快速通過倫敦橋下，不料船夫因為喝酒而昏昏沉沉，害他跌落橋下。丹的高招是跑到「煎鍋巷」去偷小販的烤栗子，而且偷得夠多，從口袋裡拿出來還熱騰騰的，可以分給其他頑童吃。某個極冷的早晨，在丹的建議下，他和威廉撒尿在自己腿上；即使隨後會冷得要命，但為了瞬間的極樂，此舉還是值得一試。另外還有住在「艾虛巷」，半邊臉有紅色胎記的「鎖骨」。鎖骨喜歡莉西，有一次他很驚訝地告訴索恩希爾，莉西的皮膚像修女一樣，然後鎖骨可能想到自己蒼白的皮膚，就開始面紅耳赤。

他們只要逮到機會，就會隨時行竊。愛挑剔的牧師可能會恣意批評罪惡，但如果只是為了填飽肚子，偷竊就不算罪惡。

有一天，羅伯偷走某家鞋店外面掛著的一隻靴子，拿著它去找其他男孩，他們全都聚在「骯髒巷」邊的一個小洞裡。羅伯說，他本來還可以拿到另一隻，但是鞋店老闆從鏡子裡看到他，追著他跑並且逮到他，但是老闆太老了，羅伯就趁機逃逸。威廉舉起靴子掂重量說：「但是，羅伯，只有一隻靴子，有什麼價值？」羅伯思考了很久，他的臉皺了起來，然後從他彎彎曲曲的嘴唇裡吐了一口唾沫，大聲嚷道：「我把它賣給只有一隻腳的人！至少價值十先令！」他說話的樣子，就好像手上已經拿到錢似的，臉上因自己的計畫而顯得心滿意足。

當莉西扮演約翰的母親，然後又扮演嬰兒路克的母親時，住在天鵝巷、同時也是莉西朋友的莎莉，就變成了威廉的姊姊。莎莉是獨生女，出生時健康活潑，可是她離開母親的子宮時詛咒了它，因為在她之後生下來的嬰兒都活不過一個月就陸續夭折。

她家比索恩希爾家高了一個層級，因為米德頓先生是船夫，他父親就是船夫，他祖父也是船夫。自從任何人有記憶以來，他們全都住在波若區的同一條街上，房子很小，樓上有一個房間，冬天會用煤炭生火，窗戶上裝玻璃，而且櫥櫃中一定會放一條麵包。

但那是一棟悲傷的房子，充滿夭折嬰兒的嬰靈。每一個孩子生病夭折後，米德頓先生就變得更嚴肅、更沉默。他只能從工作得到慰藉。他每天清早出門，是第一個等待客人上門的船夫，整天划船直到天黑才回家，從來都不發一語，就好像內心裡看到了他死去的兒子們。

莎莉的父母對他們的掌上明珠很寶貝，她媽媽總是一手摟著她，一手撫著她的一邊臉，叫她「寶寶」和「甜心」。只要是家裡財力所及，他們都會讓莎莉享受到她想要吃的美食，例如橘子和甜麵包。她生日的時候，會得到細緻如蜘蛛網的藍色羊毛圍巾。那是另一種為人父母的行為模式，威廉看了十分訝異，因為他的父母甚至連他的生日是哪天都沒注意。

莎莉在這樣悉心的照顧下成長，她不是美人，但是她的笑容會讓滿室生輝。她生命中唯一的陰影是她弟弟妹妹埋葬的墓地。他們縈繞在她心頭，令她困惑，她跟他們原本應該是平等的，結果他們失去了生命，而她卻得到所有原本應該分享出去的愛。那種陰影讓她變得很溫柔，那是一種威廉未曾見過的溫柔。他從來沒遇過有人像她那樣，只要看見母雞的頭被剁下來，或者是馬兒在街上被打，就完全無法忍受。有一天，她看見一個人正在鞭打一隻小狗，就衝過去對那人說：「住手！住手！」可是那人相應不理，要不是威廉緊抓住她的手臂，把她拉走，直到那人和蜷縮的小狗消失在角落為止，說不定那人會轉身拿起鞭子對付她。她把臉埋進他的胸膛，放聲大哭。

他常常希望自己住在天鵝巷三十一號這間房子裡。這裡連街名都很甜美。他可以想像，在這種家庭的溫暖中實現自我。那不只是塗抹美味醬料的厚片麵包而已，更是一種歸屬感。他可以看到，天鵝巷和裡面的房間是莎莉生命的一部分，從某方面來說，從來沒有哪個地方曾經是他的一部分。

如果說他因為有太多兄弟姊妹而感到困擾，那麼莎莉可以說是因為失去很多弟弟妹妹而覺得難過。他們發現彼此有個令人安心的共同點，他們一起出去玩，遠離低劣和發出臭味的街坊，在蕪菁和甘藍菜田之間探險，躍過終年積水的溝渠，還跑到他們視為自己天地的羅瑟海斯廢棄物堆放場。那裡有一處蜿蜒生長的灌木叢，他們在裡頭搭了一間可以遮風避雨的小屋。那裡有廣大灰白的天空、一片暗褐色的水流、水鳥叫聲，是完全不同於製革工人巷的地方，威廉覺得自己變成一個截然不同的男孩了，他喜歡這個地方，喜歡它的空曠，以及潔淨多風的感覺。沒有房屋、沒有巷弄、沒有人在觀看，只是偶爾有吉普賽人經過，但他們很快就走了，整個天地再度屬於他們。

下雨時，如果雨勢柔和而且綿密不斷，他和莎莉就會繼續在這邊徘徊不去，用袋子罩頭，看著雨滴在灰色的河流上激起點點漣漪。他們不看彼此，而是肩並肩向外看。下雨不會干擾這個場面，下雨反而可以讓他們繼續緊密坐在一起，看著呼出的白色氣息互相混合。

她臉上有某種東西，讓他想要繼續盯著她的臉。她的臉沒有顯著的特徵，但嘴巴例外，整個上唇都很豐滿，不像大多數人愈往嘴角愈薄，因此她的嘴給人「非常渴望」的印象，就好像她隨時都準備微笑和說話。他很喜歡看她的嘴，期待她和他分享看法，這樣他們就能一同歡笑了。

和莎莉在一起，就不必逞凶鬥狠，不必隨時防衛自己。男孩可以是男孩，做一些蠢事讓她看看，例如口水可以吐多遠。他們看著閃閃發光的口水飛過天際、土地，然後落到草地上。她也想如法炮製，噘起嘴巴，集中口水，然後往外吐。此時威廉會盯著她的嘴巴。她沒辦法吐得和他一樣遠，但是他讓她以為她能夠，好讓歡樂的時間可以繼續下去。

他喜歡她叫他「小威」的樣子。他的名字已經被太多人使用，了無新意，但「小威」這個名字則是他個人獨有。

晚上的時候，詹姆士常會踢到他的背，他也常聽到爸媽睡夢中的咳嗽聲、身邊羅伯的打鼾聲，以及老鼠在腐朽的茅草屋頂上跑來跑去的聲音。他整天只喝很稀的粥，以致於他可以感覺到自己腿上的雞皮疙瘩，以及肚子發出咕嚕咕嚕的叫聲。這時他就會想到莎莉，想起那對棕色眼睛凝視著他的樣子。

一想到她，他心中就有一股暖流。

威廉剛滿十三歲的那年，他母親最後一次生病，但她卻一直掛念著「基督教堂」門柱上的石獅。她不斷回想起她小時候爬到圍欄上伸手拍石獅子的事情。威廉彷彿可以看到她如何一再碰觸那對獅子，而她的父親把她從欄杆上趕下來，以及他打她耳光所帶來的刺痛。「我才剛要伸出手，」她用慘白的嘴唇笑著回憶說：「我很接近很接近，然後——哎呀！我掉下來了。」她將一隻青筋暴露、皮膚薄如紙的皮包骨手臂伸向骯髒的牆壁，張開粗糙的手掌，她的臉因為以前那個女孩甜蜜、渴望的微笑而亮了起來。

不久後她就過世了。家裡沒有錢請牧師為她唸祈禱文，她葬在普通的墳坑裡。為了紀念他的母親，威廉隔天在他的外套下藏了一塊用破布包起來的糞土，然後到教堂去。一對石獅還站在那裡，它們臉上那種傲慢的樣子，就和他母親笑著向它們伸手時一模一樣。他從外套裡拿出糞土，朝最近的一隻扔過去，啪的一聲，一團厚厚黑黑的東西正中整潔的口鼻中間。他心想，這樣就能抹掉你臉上的嘻笑了吧。他在回家的漫漫長路上回憶著，心情也為之一振。從此每當他看到獅子，臉上就露出滿足的樣子，因為全世界所有的雨水都無法洗掉它其中一個鼻孔的泥巴。

不久後父親也相繼過世，他一直咳嗽，最後終於長眠在柏孟塞溼地的另一個墳坑裡。這個家從此沒了個主，大哥麥提早就到奧斯普雷當水手，至今已離家四年，他們接到消息說，他原本在里約熱內盧，一年後船隻在離幾內亞海岸不遠的海面失事，他就改搭前往紐芬蘭的「薩拉曼達號」，希望努力工作，然後衣錦榮歸，可是之後兩年音訊全無。

詹姆士十四歲的時候有一天到河邊去，從此一去不回。有時他們會聽到一些事情：詹姆士從一扇敞開的窗戶偷走一座銀製燭臺，或是從一根煙囪爬進去，趁某人睡覺時偷走他的錶。而養活一家人的擔子，似乎就落到威廉肩上。

有一陣子，他接替父親在波特先生棉花工廠裡的職務，但是棉塵以及機器嘈雜重擊的聲音令人很難受，而且有一天他看到有個小蝦米般的小孩奉命爬到機器底下清除卡住的東西，結果被壓成肉醬。他馬上就離開了，而且一去不回頭。接著他在懷特的製革廠工作，把發臭的皮革從惡臭的血腥中取出、背在背上，再用手推車推到染缸裡，那邊有一些身上染得亂七八糟的工人不懷好意地瞅著他。他最怕變成他們那種人，他們得跳進深及腰部的染缸，簡直太不人道了。

那裡沒有活兒可幹的時候，他就到麥芽酒廠用鏟子把麥芽酒渣挖出來。麥芽的精華早已萃取盡淨，只剩下大量奇臭無比、顏色像嬰兒大便般的纖維物質。

有一陣子，他在奈摩工廠上班，主要是打掃車床底下的鋸屑，鏟進袋子裡，然後再堆到貨車上。他整天在坡道上上下下，背著一袋重達一英擔[2]的鋸屑，用盡吃奶力量抓住肩膀上的袋子提把，還要聚精會神避免跌倒。他覺得他的背都快斷了，但至少這些金屬碎屑不會發臭。只不過晚上睡覺時，他的腿部肌肉會抽筋，還是很痛苦。

他做過最好的工作是在碼頭當裝卸工人。在那裡，清風徐徐吹過河面，繫在碼頭邊，吃水三、四呎深的船隻告訴他，在柏孟塞以外還有一個世界。司隆碼頭有個乞丐曾經做過水手，他肩膀上停著一隻綠色鸚鵡，背上有一道長長的白色條紋。這隻鸚鵡的利爪在他肩上踩來踩去，啃咬他的耳朵，有任何人太過靠近，牠就會尖叫。牠是夢想之鳥，但牠就在這裡，在那個乞丐的肩上展現華麗的彩色。

他喜愛碼頭，因為它顯現數大之美，有這麼多桶白蘭地，這麼多袋咖啡，這麼多盒茶葉，這麼多大桶的糖，這麼多捆大麻。

數量這麼龐大，如果遺失了一點點，怎麼可能會被發覺？

有一天，威廉在倉庫三樓的一個角落，偶然碰見一群手拿鐵製工具的人。只要花費一下子的工夫，就可以把身邊的大木桶蓋子撬起來。木頭只發出細碎微小的聲音，但似乎整個倉庫都聽到了，幸好其中一人的咳嗽聲恰好蓋過噪音。木桶裡面裝的是暗棕色的糖，十足的龐大數量，讓它看似另一種物質，和他以前對糖僅有的認識完全不同。他看著糖，不禁垂涎三尺。

其中一個人說：「真可惜，桶子已經破了。」另一個有著牧師般嚴肅面孔的人表示：「上帝說，浪費是一種壞習慣。」威廉跟著其他人把一隻手插進木桶裡，笑著抓起一把一把的糖，體會那種感覺，然後一把塞進嘴裡，甜美的滋味啟動了原始的渴望，讓他停不下來。其他人把自己掛在外套裡的小袋子裝滿後就離開了，只有威廉還兀自舔著手掌上的糖。

頭頂上，他可以聽到地板傳來手推車的轆轆行駛聲，以及當一車又一車的貨物被拉到建築物的一邊，並且用人力搬進來時，滑輪發出長而尖的聲音。另外，腳步聲也愈來愈近。他四下張望，但是一堆堆桶子和包裝箱把他團團圍在中間，他看不見外面的情況。

他外套裡沒有小袋子，僅有的是油膩膩的舊氈帽，因此他脫掉帽子，開始裝糖。他用兩手鏟糖，帽子裝滿後，他還想把一些糖塞進口袋，但是這玩意兒一碰到東西就會黏住，倒不出來，只會黏住和阻塞。

現在腳步聲就在一捆捆大麻的旁邊，而且愈來愈近。他把帽子夾在腋下，開始往後面的角落走去，他可以把帽子藏在那裡，等天黑時再來拿。他一轉身，就在才剛把帽子夾在腋下沒多久，正好撞到工頭克洛克先生穿條紋衫的胸膛。他大喊：「真是天衣無縫的計謀啊！索恩希爾。要用來餵糊塗蟲嗎？」然後從他腋下搶走帽子，結果把糖灑得滿地都是。「你當我是笨蛋，是不是，索恩希爾？」

不過索恩希爾已經準備好一套說詞了。他說：「桶子破了，我正好經過，我的救主耶穌基督可以為證。」這些話感覺上不像是說謊。他可以想見一個景象；他走到大麻包裹的角落附近，看到那裡的大桶子裂開，糖灑滿一地。他說：「先生，大桶子和牆壁之間有很多掉出來的糖，有個人命令我要撿

2　約五十公斤。

起來，這樣做似乎沒有錯，先生，上帝可以為證。」他聽到他的語氣充滿說服力。

可是克洛克不聽這一套，而且連聽都懶得聽他說完。克洛克的看法很簡單：一個男孩在大木桶附近拿了一頂帽子裝滿糖，他就是個小偷。

他沿著紅獅碼頭抽打索恩希爾，沿路打了一百碼之遠。所有工人都放下工作跑過來看。

克洛克先扯下索恩希爾的襯衫，把他的馬褲往下拉到膝蓋，從背後推他往前走。連枷重擊著他背上的肌膚，他腦袋裡一片空白，唯一的想法就是躲開，但是馬褲困住了他，每往前一步，克洛克就如影隨形地跟上，毫不鬆手。

他學到的教訓是，千萬不要被逮到。鎖骨教他如何用鑽子取用白蘭地酒桶裡的酒，手法要乾淨俐落，才不會東窗事發。他先輕輕撬掉酒桶較瘦那端的其中一個箍環，然後使用螺絲鑽子在箍環所在的位置鑽了兩個小洞，接著拿出一條錫管，是由兩段組成的，大小恰好可以塞進他的口袋。之後再將白蘭地抽進他掛在外套裡的囊袋。索恩希爾深深吸了一口白蘭地濃烈令人陶醉的氣味，光是這個氣味，就可以讓人內心感到溫暖。鎖骨把酒拿給他。「有點辣吧，小索？」索恩希爾吞了一大口，鎖骨又把酒拿回來，也喝了一大口，索恩希爾可以聽到液體流過他喉嚨的聲音。

當兩個囊袋都裝滿白蘭地，並重新掛回他外套腋下的勾環時，鎖骨拿出一對他先前預備好的填充片，塞進螺絲孔，然後再把箍環重新套回酒桶。他眨著眼說：「眼睛不能看見的地方，小索，嗯？就像聖經裡頭說的。」

每年十一月總有一天早上，他都會醒來坐在床上陷入沉默。整個房間好像是從底下亮起來的，照亮了屋頂上已經破損、凹陷的木料，經年累月都已經變黑了。即使他的頭埋在棉被下，他也知道有個東西正在等待他，那就是雪。雪能掩蓋汙物，惡臭的皮革廠在它的淨白之下也掩蓋了臭味。這些是雪的優點。

他滿十四歲的那年冬天，河流都結了冰，河面像石頭一樣堅硬，長達兩個星期之久。冰面上舉辦了「冰霜節慶」，有愛爾蘭小提琴手和表演跳舞的熊、栗子攤位，所有的男男女女在喝完琴酒後都口無遮攔起來。但是對於沒有錢買栗子和酒的窮人而言，這個節慶代表苦日子來到了。河面結冰之後，就不會有船上的工作，皮革廠也停擺了。

在距離「美人魚巷」不遠的小房間裡，索恩希爾一家人正在挨餓。瑪麗在縫壽衣，就好像這樣她才能活下去似的，她的手指幾乎凍僵，沒辦法好好工作，採光的窗戶上並沒有玻璃，寒風也就跟著光線進來了。扁桃腺發炎的莉西躺在床上呻吟喘息，約翰出門想辦法要在泰瑞爾的攤子偷馬鈴薯，年幼的路克負責把風，羅伯則是呆愣傻笑。可憐的小孩，根本沒有什麼事值得他笑。

拯救他的是雖然憂鬱卻很仁慈的米德頓先生。他的兒子不是夭折，就是來不及長大，沒辦法學到父親的技藝以便繼承父業。米德頓先生內心的某種東西已經改變了，某種希望終歸熄滅。莎莉告訴威廉：「小威，他變得非常嚴厲，他說不會再有小孩了。」她沉默了良久，接著才說：「沒有兒子了，只有我。」他聽得出她想要讓自己的口氣保持輕鬆，但其中的痛苦卻也顯而易見。

米德頓先生告訴威廉，他願意收他為學徒，可是也同時警告他：「絕對不准偷東西。一旦發現有偷竊行為，就會立即開除。」至於索恩希爾家的姊妹們，米德頓先生知道有人需要人手做簡單的縫紉，好讓她們把餓狼阻擋在門外。

一年當中最寒冷的一天，也就是一月份的某天，連珍珠般的雲朵都看似冰雕，寒風刺骨且令人屏息。米德頓先生帶著索恩希爾上了聖瑪莉山丘教堂的船夫廳簽保。教堂的某扇門通往一條通風良好的走道，走道上鋪著磨壞的石板，許多男孩在這裡等待簽保。他們必須坐在長椅上等待，但這條長椅很硬，而且窄到幾乎沒辦法坐。他穿著木鞋，石板的冷冽穿透到他的雙腳上，不過他覺得就在這一天，他的生命可能會擺脫不堪的過去，奔向未來。他們爬上這座陡峭的山丘後，米德頓先生坐在威廉旁邊，直喘著氣，威廉也覺得上氣不接下氣，幸好未來可能比他期望的還要好。

如果他可以熬過七年的學徒生涯，他就會是泰晤士河上的自由工人了。人們總會需要渡船載他們從一端到另一端，煤和小麥總得用船隻運送到碼頭。只要他保持身體健康，就絕不會三餐不繼。他對自己發誓，要成為最好的學徒，也是最強、最快、最聰明的學徒。七年之後，他就能獲得自由，成為全泰晤士河最勤奮的船夫。

有了一份職業之後，他就可以迎娶莎莉並照料她。不久後，米德頓先生會需要一位強壯的女婿幫忙打理生意，接下來，他就可以順理成章繼承米德頓先生的事業。從這天起，他原本一直深鎖的生命之門可能會突然敞開。

教堂的階梯如夢似幻，像一捲橘子皮繞著纖細的扶手蜿蜒而上，通往從天窗傾瀉而下的光輝。到了山丘頂上，他畏縮不前，幾乎是被米德頓先生拉進這間堂皇的大廳裡，在枝形吊燈的華麗光彩下，他站在土耳其地毯上，感覺燈火連續散發，他盯著牆上黑暗莊嚴的圖畫。

他待在米德頓先生身後。米德頓先生看來比以往更嚴肅，面對一張大桃花心木桌，桌子後面坐著六、七個身穿禮服的人。他的肩膀退縮，就像宮殿裡的侍衛一樣。其中一位肩膀上戴著大銅鏈的人說：「早安，理查，米德頓太太好嗎？」米德頓先生以僵硬的口吻回話：「馬馬虎虎，派柏先生，我們沒什麼好抱怨的。」

威廉・索恩希爾從沒聽過任何人直呼米德頓先生的名字，也沒見過他因為焦慮和謙卑而顯得如此緊繃。他看到這些坐在桃花心木桌後頭的人，他們的地位遠遠高過米德頓先生，就像米德頓先生對他而言是高高在上一樣。他突然隱約了解人們區分階級的方式，從最底層的索恩希爾這一家，一直到最高層的英國國王或是上帝，階級有高有低。

戴著大銅鏈的人說：「理查，這個男孩是誰？」米德頓先生以同樣僵硬的方式回答：「大人，這是威廉・索恩希爾，我來這裡是替他擔保。」另一個人問：「他會划槳嗎？」最旁邊一個矮個兒插話說：「他適合當船夫嗎？」

米德頓先生的口吻變得比較高興了，慎重地回答：「是的，我早在前一個星期就讓他從『海斯碼頭』划到『海關優惠碼頭』，而且從『瓦平舊樓梯新碼頭』划到更遠的地方。」戴著鏈子的人用他可能會對小男孩說話的口吻大喊：「好傢伙！」但米德頓先生只是靜靜地站著，似乎不認為這種方式說話很無禮，這使得索恩希爾更為緊張。

他背後的火焰變得愈來愈熱，令人很不舒服。他從未靠近這種嘈雜的壁爐，從不知道它是這樣的熾熱，但是他可以感受到它穿透馬褲的灼熱。他的屁股好像坐在火上，但是他一往前移動，就會太靠近穿著禮服的紳士們，而顯得不太禮貌。這一切似乎都是嚴峻考驗的一部分，是他必須忍受的事，另外，那些人有權力拒絕他，他必須忍受他們的掃視。

派柏先生再度說了一次「好傢伙」，但他是個顫顫巍巍的老人，顯然忘記了誰是好傢伙。他拍著自己的手臂，好像在向自己恭賀。

後來，一位禿頭的人直接對索恩希爾說：「小兄弟，水泡還沒有好嗎？」索恩希爾不知道該說是或不是，甚至不知道他能不能說話。米德頓先生頻頻要他划船，他的手掌仍然腫脹，但是已經不再流血了。他把雙手伸出來，沒有說話，大家都笑了起來。那個禿頭的人說：「好孩子，這雙手看來已經像是船夫的手了，各位先生同意吧？我宣布授予許可，而且即刻生效。」

米德頓先生是好雇主。索恩希爾生平第一次不再總是挨餓受凍，他睡在鋪著草蓆的廚房石板上，根據潮汐調整作息。

潮汐宛如暴君，不會耐心等人，如果有駁船夫錯過漲潮，沒有將一船煤礦載到岸上，那麼連強壯如索恩希爾的人都無法逆勢操槳，必須為了下一次漲潮而等待十二小時。

他的水泡永遠沒有機會痊癒，總是會擴大到脹破為止，然後再度形成水泡，之後破裂、流血。「希望號」的槳柄因為他的血而變成棕色。米德頓先生很稱許這點，他說：「這是你得到船夫之手的唯一方法。」然後給了他一小塊油脂塗在手上。

七年就像一輩子一樣，但是要學習的事情太多了。從瓦平到羅瑟海斯的潮水會沖到海斯路面上，水裡的漩渦會在頃刻間把從船上落水的人捲進深水中。在切爾西一帶，船隻經常被水流拉來推去，據說是因為三年前有一群小提琴手慘遭滅頂，從此以後，那個地點的水流就如同舞者跳舞般變動不定。大家又傳說著，相當於一般人四倍身高的船槳，能夠控制它的主人。船夫間傳授著如何從船頭的槳叉移動船槳，如何易如反掌地傾斜槳葉，然後順著狹窄的甲板邊緣運轉，盡力划槳，並且快速壓下槳把，靠著固定的柱子用力急速揮動。

有時候，他甚至忘了自己現在所知的一切，都是以前學來的。

他也學到關於上流階級的其他事情。知道他們如何在上船之前討價還價，用充斥著「這位先生」等字眼的冗長句子爭論。如果碼頭邊船隻很多、乘客很少，就會殺他的船價。到最後，他可能會為了幾便士，就願意將一名乘客從切爾西階梯渡送到倫敦塔的聖凱薩琳，免得整天賺不到錢兩手空空回家。有一些前往朗伯斯劇院的演員會在碼頭嬉戲調情，只要他們喜歡，他就得穩住船隻，在河邊痴痴等待他們上船。而他們上船後，連瞧都不瞧他一眼，在整個旅程中練習台詞，就好像全世界只有他們存在，船夫不過是風景的一部分。

他發現上流階級會使弄的把戲多如鼠輩，把可憐的船夫耍得團團轉。有一回他載一個人渡河，那人要他等一下，表示一會兒就回來搭回程的船，屆時會付他來回的船費。索恩希爾等了五個小時，終於不甘心地放棄追討船費。之後他發現，那個狡猾的騙子坐船回來時，一定用了相同的手法詐騙另一名船夫。

他從此不再相信上流階級。

不過船夫也需要了解上流階級的奇想和怪念頭：他們何時會去白廳附近，何時想要渡船到沃克斯赫爾花園，以及何時想要回家。船夫需要知道何時是鰣魚季，他們是否想要坐在河邊狼吞虎嚥，而船夫是否值得在那邊等他們用餐完畢，還是該把船划回康瓦耳附近，那裡可能有人想要搭船回到他在里奇蒙的鄉間房子。

身為最優秀的船夫學徒，索恩希爾對待上流階級自有一套方式，他的做法既響亮又活潑，勝過其他人憂鬱的叫喊聲。「這邊！」他大聲高喊。「先生，請直接登上河上最好的船，希望號！」他會揮著他的舊帽子，他知道，他一頭閃閃發亮的濃密頭髮比任何帽子都好看，有了這種充滿活力的頭髮，誰還能懷疑船隻其他部分的活力？他仿照在音樂廳看到他們的舉止，做出盛大的手勢：「先生，基督教世界最好的船，不是河面上每一艘船都能夠做到這點！」並且指著他袖子上的徽章，表示他曾經贏得船夫學徒划船賽：「從這裡到格雷夫森德，只要兩小時又四分鐘。先生，我會在您拿出鼻菸盒之前就載您到比靈斯蓋特市場。」

上流階級似乎是另外一個物種，好像比印度水手還更難以理解。他突然想到，他們可能和任何其他人類一樣，都受到相同的衝動所驅使。有一天，他站在深及大腿的水中扶著船身，船身連接著活動跳板，這樣乘客上船時就不致弄溼雙腳。乘客稱讚他的時候，他很少看著他們，他只在意一天中是否載了夠多的客人，然後回到米德頓先生溫暖的廚房裡。他的雙腳麻木，他的上半身更是已經凍僵，剛才的一陣雨讓他全身溼透，而且冷風不斷襲擊。他可以聞到自己的頭髮有股小狗的氣味，帽子底下的頭髮全被雨淋溼了，身上穿的藍色舊羊毛外套及紅色法蘭絨背心也溼了。那些衣服是米德頓先生送的，既然米德頓先生有這麼強壯的學徒替他工作，他也不用穿那些衣服了。由於強風吹過水面掀起陣陣波浪，船身碰撞著他的雙腳，他用雙手抓住舷邊，忙著穩住船身，這時他聽到某位紳士用上等的語調說話。「小心，我的愛，」他說：「別讓船夫看見你的腳！」

紳士的面白脣紅而且身形單薄，捲髮從帽子底下垂落在兩頰，他對她細心呵護，一隻手繞過她的背牽著她的手。索恩希爾站在泥水中，凍僵的雙手抓住舷緣。他瞥視了一下索恩希爾，與其說眼帶輕蔑，不如說是耀武揚威。「你這傢伙，看看我，再看看我擁有什麼！」那種眼神說明了，這雙穿著白絲襪的雙腿，以及它們附帶的一切，都是他的財產。某方面來說，世界上沒有一樣東西屬於索恩希爾，唯一例外的是他所僅有、因為一再被雨淋溼而縐縮的黑帽子，那頂帽子在他頭上就像大象屁股上的一塊疙瘩：不重要，又多餘。

這位先生看起來好像不知道該如何照看女人的腿，雖然他碰了她的腿，感覺上好像沒有什麼樂趣存在；這個穿著白長襪和絲質拖鞋的女人，是他引以為傲的財產，但是那句「我的愛」的話裡沒有愛存在。

那位女士跨過舷邊時，她的腿和索恩希爾的視線恰好在同一高度，距離很近，他很想伸出手去碰觸它光滑的表面。在霍斯里當舊階梯這個地方，在那泥濘的跳板上，那位女士腳下的拖鞋簡直就是輕佻的奇蹟。這麼大個女人可以用這麼小的兩隻綠絲鞋撐住，似乎很不可思議。這種鞋沒有鞋背，但是有個讓她的腳踝顯得特別纖細優雅的小鞋跟，而且當她把那雙拖鞋放在船頭、腳向外轉時，腳踝的曲線、腳背以及腳跟的優美，全都讓索恩希爾目不轉睛。

看完腳，再往上看她的臉，以及她為了感謝丈夫照顧而親切表示謝意的嘴巴，但是那張臉也透露出，除了這種軟弱的殷勤之外，她並不期待他帶來多少樂趣。

她沒有看著索恩希爾，但是她的腿向他訴說，它的袒露對他而言是有意義的。她是否想藉著向一介船夫露腿，來激怒軟弱蒼白的丈夫？或這樣做只是為了滿足自己，提醒自己，世界上有其他類型的男人，知道在看到女人的腿時該怎麼辦的男人？

接下來，這位先生把妻子的裙子拉低一點，並讓自己擠在他們之間。他把他自己和妻子都弄進船裡，爬上船時，他的屁股還一度摩擦到索恩希爾的臉。索恩希爾的兩手抓住船邊，他的乘客實在很笨拙，當他自己也進到船裡時，他覺得潮溼的雙腿又冷又無力，差點不聽使喚。他的乘客坐在船尾，白色的裙子已經拉好，綠色拖鞋也已經看不見了。

不過那隻腿的主人說話了：「親愛的亨利，我擔心我的拖鞋已經全毀了。」她向前伸出小腿，的確，綠色絲質拖鞋閃爍著河水，前緣細小的褶飾一團糟，而且全弄縐了。她的裙子拉高到將近膝蓋處，因此從拖鞋尖端看去，又可以再度看到小腿，而且還可以進一步看到裡面的陰影，那個陰影處，可以讓男人猜測她所有的魅力。

「吾愛，」那個男人更尖銳地說，「你露出你的腿了！」

現在那個女人顯然在看索恩希爾，而那絕對是撩人挑逗的眼神，雖然那個眼神稍縱即逝，她丈夫不會發現任何破綻。他們之間交換的眼神，是兩隻動物——相同物種、清楚彼此習性的雄性和雌性動物——的眼神。

當他們抵達沃克斯赫爾花園的灌木林時，那個花花公子用手臂擁著他妻子的肩膀。雖然在索恩希爾看來，那種動作並不保證接下來會發生任何有趣的事。

索恩希爾知道，如果要和這個紳士進行任何生存競爭，雖然他還是少年，但是他一定會贏——例如船難的時候，這個花花公子會軟弱無力然後死亡，而他會知道如何生存下去。可是在一七九三年的時候，倫敦這個無人島裡的叢林到處都是危險的生物，索恩希爾受到這類裝模作樣的娘娘腔所支配，他們覺得他的價值和繫船柱沒有兩樣。

不過並非所有的上流階級都是這種人，有一些常客會用平等的方式和他說話，例如華生船長總在切爾西階梯登船，他固定和索恩希爾約好週三上午搭船，渡到朗伯斯去拜訪他的女性友人。索恩希爾會為矮胖的華生船長扶住連接跳板的船身，讓他輕鬆上船。雖然華生船長巨大的屁股壓在船尾會讓船不易啟航，但索恩希爾這麼做是因為他是個好人，不會為了幾便士和窮人殺價。

船夫的腦袋從一早醒來就開始運轉，甚至還沒起床，他就可以推測河水、潮汐和風向的狀態。他所根據的是：黎明時分的天色、河面上的鳥鳴，以及潮轉時波浪的型態。從這些景象，他可以判斷他在哪裡最能夠找到客人。

經過一段時間後，泥沙淤積的河水，以及行走於河上、多如牛毛的船隻，就形同每個角落都被摸得一清二楚的大房間。他開始愛上河面四周籠罩的寬闊微光，以及天空出現亮麗輝彩時逐漸消失的細微景物。他經常會到亨格佛區域，倚著船槳，那裡的潮水可以讓他放心隨波漂浮，順著河水凝視光線籠罩著一景一物的方式。

有時在星期日的時候，米德頓先生不會要他工作，他和莎莉就有時間相處。他喜歡跟她在一起，觀察思緒在皮膚下跳躍，而不必對其他任何人解釋這種情況。他覺得可以對她傾吐一切，包括任何告白、任何丟臉的事情，她總是仔細傾聽，並且以令人愉快的和善態度回應。

有個冬日，她突然心血來潮，想要教他寫他的名字，就像她母親曾經教她一樣。為了取悅她，他答應了，但是他對這件事並不是很確定。在紙上寫字，似乎會讓人絞盡腦汁。他曾經看莎莉記下事情備忘，比方說買布料或買菜的清單，而他自己的做法則是直接記在腦海中，即使是數字也一樣。他看過很多人從口袋拿出紙筆寫下到里奇蒙的來回船費，兩名乘客單程，一名乘客回程，再加上定期船單程和星期日的加價費用。在客人還沒有找到平坦的地方擺放紙張進行計算之前，他這個無知的船夫早已在腦中算出總額，再加上百分之十的小費以及六便士的「慈善捐」。

他們在桌前練習，兩個人緊靠著坐在同一邊，桌上的燭台發出明滅不定的亮光。他聞到她身上散發出水果味的女人香，不禁想起在木籃中發出甜美香氣的草莓。她屈身對他說：「一開始不必用墨水。只要學握筆——看到了嗎？就像這樣。」然後握住她自己的小手，比給他看。

他費了一番工夫，覺得快要抓狂了，很麻煩，很不自然。他的手用來拿船槳還比較合理。他緊握著筆，用拇指保持筆的位置。這個動作就像雜技選手表演，先用其他四指和拇指捏住筆，再扭動整隻手往旁移動，鵝管筆在他的掌握中滾來滾去。他學寫字的決心開始動搖，唯一不變的只有他想要取悅她的心意。

他們把墨水加在鵝管筆的尖端，他開始在紙張上書寫，筆尖戳著紙張且濺灑出墨水，黑色的墨滴和汙跡在白色的紙面上益發明顯。他可以逆流而上，划到里奇蒙再划回來。他贏過「杜蓋特外套及徽章」划船賽，面對惡劣的風向划船，一路奮力領先路易斯．布萊克伍德一個船身的距離。他的意志全部灌注在自己的手臂和雙手上。最後他划過終點的時候，超前布萊克伍德十碼。划過終點時，他覺得任何關於力量或耐力的技藝，都在他的掌握之中。

但伏案緊握這枝鵝管筆，就超出他的掌控範圍了。

莎莉看著他的臉，似乎了解這件事不好笑，她把桌子、紙張、筆尖和他手指上的墨水擦乾，然後在頁面用點寫出一個T字。她說：「小威，順著這些點寫字，先暫時不要寫W。」他謹慎地將筆靠近虛線，用盡所有力量控制如野馬的筆尖。第一次他寫過頭了；歪歪扭扭的水平線切過小點而且突出去。他嘗試寫第二條線，看著墨水拖過的痕跡。中間的部分略為擺動不定，但是已經成形了；由兩條線構成一個T字母。

他發現自己的舌頭伸得長長的，推著筆前進。他把筆抽回，舔一下嘴唇，接著放下筆，用粗糙刺耳的語氣說：「今晚練夠了。」她看著有字跡的頁面說：「你看，小威，你現在做得多好，跟剛開始的時候完全不一樣！」他揉著握筆的那隻手，在他看來，他畫的記號很丟臉，根本就是愚蠢的塗鴉，他很想把那一頁紙揉得稀爛。可是她的手肘緊挨著他的手臂，輕推著他說：「我保證——」她語氣輕鬆，這根本是不需做出的承諾：「我保證你下星期日就會寫W，寫得一樣好。」

冬天過去了，他終於學會緩慢而平穩地寫出自己的全名：威廉．索恩希爾。只要沒有人注意，就沒有人會知道他要花多少時間、不斷縮回舌頭，才能寫成。

威廉．索恩希爾。

他只有十六歲，而且他家裡沒有人會寫這麼多字母。

愛苗不知不覺漸漸降臨在他身上，當學徒的日子一天天度過，他只知道河面上的冷風會穿過他的舊外套，但是一想到她坐在她母親旁邊，為她穿針引線並且縫紉襯衫或手帕時，就會感到溫暖起來。她有一雙巧手，將方巾車邊時動作靈巧，速度快到旁人還來不及看就做好了，他對這點感到驚異。這會兒是拆開線的邊緣，待會兒它就滾邊、翻面，她用她母親瞇著眼穿針的時間，就可以施展魔法。把它化為一捲整齊的布料。

他並不知道在他心中融化的是什麼，這種東西讓他一想到她，臉部表情就柔和起來，甚至開始夢想整天與她為伴，直到他晚上踏上歸途、聽到鞋子裡嘎吱作響的水聲為止。躺在廚房的草蓆上準備入睡，一想到她就在同一個屋簷下，就在他上面的房間裡，心裡就覺得很複雜。有時候突然碰見她，他發現自己頓時無法呼吸，或是一時詞窮。「咦，小威！」她總是會驚叫出來，就好像她父親這位肩膀寬闊的學徒擠過門口，屈身彎腰以免頭部碰到低矮的橫梁時，她覺得很驚訝。她舉止動人，說話時總會吸引他的注意，令他久久不忘；她的小手碰到他的手臂，透過他外套的僵硬纖維對他傳達訊息。

羅瑟海斯這個地方逐漸擴展，出現了皮革廠和牲畜屠宰場；原本可以讓兩個小孩找到自己一方天地的沼澤區，現在也蓋起一排排廉價公寓。連吉普賽人也被趕走了。不過他們發現，在好天氣的時候，後面與河邊相接的波若區基督教堂墓園是個宜人的地方，兩人在墓碑之間可以保有一點隱私。

他們兩人膩在一起閒晃、耳語，有時蹲在某座墓碑後面，莎莉一字一字慢慢地把碑文唸給他聽，他的任務是仔細注意她已經讀過的部分，這樣她才能夠集中精神唸眼睛看著的這部分，因為要同時閱讀和記住內容，實在太困難了。

莎莉唸起拗口的句子，聲音特別甜美。「蘇珊娜．伍德，計算工具製造商詹姆士．伍德先生之妻，」她說：「她被探針穿刺九次，總共抽出一百六十一加侖的水，她既未抱怨，也不害怕手術。」索恩希爾脫口說出：「聽起來她整個人就像個大膀胱似的。」他看到她忍著笑。「噢！小威，想想這些可憐的人，我們還拿這件事來開玩笑！」她執起他的手，他覺得在他自己僵硬的手中，她的手特別柔軟細小。她微笑了一下，他看到她的酒窩；就是這個酒窩，她的臉就像在對他眨眼。

他往河邊看，潮水開始逆流旋轉，他想找些字眼來表達內心的話。「有件事，」他開口說道，一面覺得自己很傻，沒辦法繼續說下去。之後他再度開口，聽見自己的聲音響亮而堅定。「我很快就會恢復自由之身，等我結束學徒生涯，第一件事就是要娶你。」他以為她聽了之後會笑出來，皮革巷的學徒竟敢說出這種話，可是她並沒有笑。

「好的，小威，」她說。「而且我會等你。」她的雙眼看著他的臉，神情認真。他可以看到她逐一看著他的雙眼、嘴脣，然後視線又回到他的雙眼，解讀這些銘刻在他心裡的話背後的真義。他凝視著她的雙眼，兩人距離之近，可以從她眼睛裡面看見他自己的倒影。

他渴望這七年順其自然地過去，唯有讓時間過去，才會有另一個階段的生命在等待他。

他們在他恢復自由的當天，也就是他滿二十二歲的前一天結婚。米德頓先生把他自己次佳的那艘擺渡船送給威廉當結婚禮物，他們住在距離美人魚街不遠的一間房子裡。在他們自己的家裡，兩夫妻可以無拘無束地彼此親近，這是蘇珊娜·伍德墳墓後面那塊地沒有的特點。

原來莎莉在床上很活潑調皮。初夜，她挨近他說她很怕黑。她拉著他的手說，她有需要，必須透過他的扶持才能得到滿足。他感受到她的體溫，她的喘氣讓他的耳朵發癢。夫妻倆辦事時還得躡手躡腳的，因為隔牆薄如紙張，隔壁房間的人每聲咳嗽，他們都聽得一清二楚，就好像那個人和他們睡在同一張床上似的。

接下來發生的事情並不大聲，也並非強而有力，它甚至稱不上是明確堅決的行動。感覺上，它只是未加思索的自然過程，是破泥而出的種子，或是從花苞展露出來的花朵。

夜晚成為每天最美好的部分。現在他們擁有屬於自己的一張床，她喜歡纏繞著他，凳子上放著一根淌蠟的蠟燭。她袒胸露乳的方式令他既驚訝又「性」致勃勃。她會剝一顆橘子，把一瓣瓣滑溜的橘子含在自己溫暖的嘴裡，然後用嘴餵他吃。當他們用這種方式吃完整顆橘子，蠟燭也熔成一片，繼而熄滅。這時他們一起躺下，訴說著彼此的故事。

莎莉喜歡說些考博海姆女子寄宿學校的事情，她母親嫁給米德頓先生之前曾在那裡服務。莎莉小時候，有次曾經和母親一起在那裡待了一個月。她一直記得通往門口的馬車道，以及白楊樹形成的綠色隧道。桌上漿燙過的織花台桌布和皮革一樣硬，連傭人房間裡也是一樣。另外還有做事的規矩。她說，那裡有一個葡萄藤，在傭人餐廳裡偶爾可以享用葡萄。有一次她從一串葡萄中摘了一顆，管家卻責備她。她說：「老傢伙告訴我，你儘管吃，但是絕不要破壞一整串，要用剪葡萄的剪刀剪下一小串。」她轉向索恩希爾並且低語：「奇怪，小威，剪刀只用來剪葡萄！」索恩希爾唯一知道的葡萄是當市場收攤時，他從地上撿起的一些又醜又髒的葡萄。

索恩希爾比較喜歡彼此訴說未來的願景。他們當然會生孩子，而她強壯的丈夫，泰晤士河的自由船夫，會靠著划船讓家人過好生活，之後，他會和她父親一同經營。

索恩希爾簡直難以相信生命會給他這個轉機，只有手掌上的繭和肩膀上的疼痛向他證明了這個轉機是真的。世上沒有神話故事，有付出才有收穫。他在黑暗中躺著，一邊聽莎莉說她喜歡頭一胎是男孩還是女孩，一邊用拇指摸過一個個繭，就好像它們全都是君王一樣。

七年來，他不斷將上流階級人士從河的一端載到另一端，索恩希爾已經厭倦了這種工作。他恢復自由之身後，選擇在運煤和木材的駁船上工作，在泰晤士河變化莫測的渦流中，不是每一個人都有力氣控管滿載貨物的船隻，但是他可以。他從不害怕辛苦的工作，而且這種工作比為了多賺幾文錢而向達官貴人屈從，乾淨得多了。

這樣也代表著，他可以雇用他的哥哥羅伯，拉他一把。羅伯的腦子壞了，但他是河面上最強壯的人，而且很聽從指示。當羅伯舉起一袋煤時，他的腿部肌肉會膨脹凸起，手臂緊繃，馬褲背面的口袋會敞開到鈕釦以下，幾乎要繃開。但是他可以整天工作，因為只有這樣才能勉強維持生活。

湊在一起，索恩希爾兄弟就成為好搭檔。

結婚一年後，他們生了一個健康的男孩，孩子躺著哭叫呼喊，每次打開嬰兒尿布，就會發現他拉了一大堆淡黃褐色的糞便和尿液。他們在他受洗時將他命名為威廉，但總是叫他的小名威利。世界上又多了一個威廉．索恩希爾，其實不算多，更何況那是他自己的兒子。

這個小嬰兒躺著，用密碼向索恩希爾打手勢，緩慢地對著向他彎下身子的人影眨眼，用一隻小手指指向他父親的鼻子，就好像要發音一樣。強有力的紅色小嘴巴從來都沒有靜止過，雙脣會噘起、縮攏、張開、鼓起，兩隻小拳頭在空中揮舞，臉上的表情就像海面上的波浪一樣經常變化不定。

他喜歡把兒子舉起來，感受他靠著他胸膛的重量、環繞他頸子的小手臂，以及嬰兒毛髮純真的味道。他喜歡看著莎莉，當她坐在窗邊縫另一件小衣服時自顧自地笑著，或是俯身對著孩子低聲哼唱。他聽到她工作時哼著曲子，她有時會走音，但是對索恩希爾而言，那種起伏不定的曲調已成為他的新生命之音。他莫名地微笑起來。

孩子滿兩歲的那年，冬天來得早，而且特別嚴寒。風雲的變幻是索恩希爾前所未見的。惡劣天候一直是船夫的敵人，這一年，他們在河裡來來回回，所談的都是風勢的強勁和寒冷的程度。今年會是壞年冬。

當烏雲罩頂、下起陣雨時，如果雨勢不大，他的外套尚可擋雨，但若遇到傾盆而下，他的外套就會溼透，河面吹來的寒風會鑽進破舊的羊毛，刮過他的雙頰，使他滿臉通紅、腫脹，如同石頭一樣。他可以和別人一樣忍受下去，他並沒有抱怨，抱怨天氣是毫無意義的，就像抱怨出生在柏孟塞皮革區一間潮溼悶熱的房間，而非出生在聖詹姆士廣場區，等著父母將自己的名字刻在銀湯匙上一樣，一點意義都沒有。

到了一月初，倫敦橋附近的河水變成了如珍珠般的灰白色，就像老年人眼睛裡的顏色。有天早上，這條河變成了表面崎嶇不平的灰色冰原，船隻就像脂肪中的骨頭一樣，快速地卡在冰裡。接下來，他們三人就會一起上床取暖，把他們為了度過這段青黃不接的日子所存起來的錢拿出來用，靜待冰雪融化。

就在河面結冰、河邊人家沒有收入的那個月，索恩希爾的世界破碎了。

首先，他的姊姊莉西又感染孩提時候得過的扁桃腺炎，整個人發燒躺在床上，一面喘氣，一面因為喉嚨痛而哀嚎。扁桃腺炎的藥一瓶要花一先令，只有一小瓶，而且它的功效似乎不大，不論花了多少先令都沒有好轉。

接著，米德頓太太在前門外的一塊冰上滑跤，摔得不輕，身體裡可能有哪裡跌斷了，但她又不肯就醫。她僵直地躺著，痛到臉色蠟白；她的嘴巴緊閉，嘴唇失去血色，吃不下東西。他們請了好幾次醫師，雖然每次要花三個基尼，不過據說他是這方面的專家。

米德頓先生隨侍在側，在房內揮汗如雨，將房間溫度保持得和烤箱一樣熱，因為這樣會使病人舒服一些。原本希望在河水結冰期能夠休息的新徒弟，一直忙著把煤炭搬上樓。

幾個星期過去，米德頓先生也變得憔悴枯瘦，眼睛四周浮現黑眼圈，開始出現惱人的咳嗽。索恩希爾和莎莉去看他們，走上樓時會聽到他的咳嗽聲，而且知道他一定是坐在妻子的枕邊，輕輕撫摸她的頭髮，或是用樟腦軟布輕拍她的眉毛。

只有當他想到某些可能會引起她食慾的佳餚，他的臉色才會舒展。接著他就沒辦法靜下來，立即動身行走數哩之遙，只為了取得裝在罐子裡的白蘭地櫻桃，或是蜂蜜無花果。

有一天，索恩希爾夫妻在門口遇到他，這一天冷到連鵝卵石都會爆裂。他正準備走路到斯畢塔菲爾德斯市集的藥材商那裡，去買某人介紹的偏方——橘子和肉桂的混合物。莎莉想要勸阻他，索恩希爾也將米德頓先生的身子轉過去，讓他朝屋子的方向，提議進到他的住處。只是米德頓先生出奇頑固，他把女婿的手推開。莎莉和索恩希爾互望了一眼，他們一致認為，米德頓先生可能再也無法忍受待在密不通風的房間裡，用樟腦軟布擦拭他太太蠟黃的臉孔了。米德頓先生沿著結冰的街道步行，這樣會讓他覺得自己做了些有用的事，至少在他帶著橘子回家、看到他妻子只試了幾口就拒絕再吃之前是如此。

所以他們只好讓他去了。索恩希爾看著他轉身沿巷子走去，地面堅硬的冰霜讓人寸步難行，但他仍快步前進，呼出的熱氣在他前面飄散著。索恩希爾看到這麼一個小小的身影，踽踽獨行在白茫茫的雪地上，正準備想要向前追上他，但後來還是作罷。

他回家時已經天黑，不發一語，臉色蒼白，口袋裡安放著混合藥水。他甚至沒有脫下外套，就直接上樓讓他妻子喝一口這種藥水，她勉強笑了一下，抬起頭嚐一口湯匙裡的藥水，然後無力地躺回去，不想再喝了。

莎莉扶著他到廚房，幫他脫下外套和厚手套。在她的攙扶下，他遲緩地坐下來，眼睛盯著壁爐裡的火。她屈膝幫他脫下靴子時驚叫出來——靴子全都溼透了，他的雙腳因為凍傷而變得紅一塊白一塊。他說，他跌進了一堆雪中，而當他在等藥材商的時候，靴子裡的雪開始融化，一直到踏上歸途，雪還在持續融化。

吃過晚飯後他開始打噴嚏。隔天醒來，他發燒又流汗，蓋了四條棉被還是直發抖，在枕頭上翻來覆去。醫師又來了，這次不是看米德頓太太，而是米德頓先生。他倒了一杯藥給他吃，並且給他一小瓶棕色濃稠的東西，這種東西讓他漸漸睡著，而且在睡夢中嘶啞大叫，掙扎著要從床上跳下來。服藥後他依然高燒不退，雙頰鮮紅，皮膚乾燥發燙，舌頭滿是舌苔還呈現灰色，眼睛凹陷。

他在一週內就過世了。

他們把噩耗告訴米德頓太太時，她淒厲地大叫一聲。接著她面向牆壁，再也不發一語。莎莉整天和她一起坐著，並且睡在她的病榻邊。他們一再請醫師來看診，直到床邊桌上滿是瓶瓶罐罐的藥劑和藥丸。但是醫師無論怎麼做，也阻止不了米德頓太太漸漸步向死亡。每過一天，她就更進一步深陷病榻，她的雙眼緊閉，就好像她再也沒辦法看著這個世界了。她彷彿已經從她的軀殼裡悄悄離去。

終於，在一個灰濛濛的黎明，毯子下的她渾身僵硬。他們將她的棺木放在葬儀社裡，就在米德頓先生的棺木旁邊，等冰雪融化時下葬。

河面上的結冰開始破裂之後，他們才找殯儀業者挖墳，用繩索吊起兩具棺木，讓死者入土為安，並且誦唸禱文，葬禮過後，索恩希爾夫婦才了解到一切已經結束。

男人可以做到的一切事情，米德頓先生都做到了。他一生克勤克儉，致力儲蓄，用存款買了幾艘製作精良的船隻，經常維修，且確保學徒做人誠實勤懇。他的事業良好，他的生活富裕但有節制。

等他一旦撒手人寰，一切就以驚人的速度崩碎。在冰封的那個月裡，他的積蓄全部耗用一空，醫師每天上門，每次來就一定會開一些新藥，而這些新藥一瓶就要一鎊。還沒吃的一罐罐白蘭地櫻桃和蜂蜜無花果還擺在儲藏室架子上，即使沒有活兒可以幹，學徒還是得養。而河面結冰時學徒扛到樓上的所有煤炭，每一袋就要花五鎊。

更糟的是，房東每星期一還是派人來收房租，不論河水是否冰封，不論房客有沒有活兒可以幹，房東一概不管。

對索恩希爾而言，天鵝巷的房子一直都像是可以抵擋貧困的堡壘，擁有這樣一塊地以及上面的住宅，當然就能夠安居樂業。如果一個人頭頂上有一片屋頂，那麼不管日子再苦，都可以撐過去，等待情況變好。

他花了好長一段時間才明白，原來這間房子是租來的，不是買的。等他知道這個情況的時候，他覺得身體裡某個重要的部分好像已經不見了，徒留空空的軀殼。一直都很溫馨安全的天鵝巷房子，如今和他童年時所住的任何房間一樣淒涼。

由於拖欠房租，他們只好賣家具來償還。莎莉和索恩希爾眼睜睜看著米德頓太太生前睡的那張床，上面她的體溫似乎都還沒散去，就被推車運走。賣床的那筆錢還不夠付房租，追債的執行官就盯上了擺渡船。先是拿走了學徒工作的「希望號」，逼得學徒得另謀他就，以便做滿學徒時數。接著另一艘船也被盯上了，索恩希爾又不能證明那艘船是他的結婚禮物。河面的結冰已經差不多融光了，索恩希爾才剛開工一星期，就看著他們把他的小船拖走，他的生計在黑修道士橋下面消失不見。從現在開始，他只是個「熟練工」，划著其他人的船，不知道何時別人會跟他說已經沒有工作給他做了。

他在公牛碼頭的防波堤上坐了好久，看著水手從某個流域到另一個流域頂風轉向時張起的紅色風帆。潮水從海上往內陸推進，河面起伏不定，形成劇烈的渦漩，掀起另一波大浪，水中鼓起的浪潮從一邊的河堤沖過另一邊的河堤。在後面對河流推波助瀾的是大海。他看著潮汐，想到河流會如何持續進行這種前進和後退的舞蹈，這時的他以及他心中埋藏的悲痛早就麻木，已經淡忘。

當一切如此輕易地破碎，懷抱希望又有什麼意義？

莎莉本來力抗逆境。她父親生病期間，她一直待在他身邊替他擦腳，儘管當時他發著高燒，雙腳卻像屍體一樣冰冷。他過世的時候，她的面容變得非常嚴峻，彷彿她想在世上找個人來懲罰。當她母親過世時，她去了一趟斯畢塔菲爾德斯市集，買回一些她母親向來都很喜歡的紅色細絲絨——她父親也曾這麼做過。她母親下葬時，她站在葬儀社人員的旁邊指揮，直到紅絲絨在棺木裡擺放的方式正確為止。她母親的臉在紅絲絨的對照下就像白堊一樣慘白，但有個紅絲絨，讓莎莉略感滿意。雙親入土後，她還繼續在每個房間裡忙碌，把櫥櫃裡的物品移出來又放進去，把廚房裡的每一個杯子、碟子和湯匙拿出來洗，另外又提一桶水跪在地板上擦，好像以為她可以努力讓父母活過來一樣。第一副棺材（她父親的）碰到壙坑底，發出如敲門般空洞的敲擊聲，這時她就崩潰了。索恩希爾知道她一定會這樣的。她的哭聲與其說是悲痛，不如說是對發生的這一切感到憤怒。她將手咬進嘴裡，就像她在生產的陣痛時所做的一樣，索恩希爾很怕她又像上次一樣撕裂了自己的皮膚。

但是淚水也結束了某些事情。追債的人上門的時候，她比他更能夠接受事實。當她父親的扶手椅被吊到推車上，索恩希爾必須將頭別開，但是她沒有，她一直看著，直到車子轉過街角然後消失。她看著索恩希爾說：「感謝老天，他沒有在這裡看到這一切，小威，那張扶手椅是他在吉普賽街用七鎊買來的，我還記得他把它帶回家的那一天。」

莎莉比索恩希爾更早發現，他們必須放棄目前居住的閣樓，因為太浪費了。她背著嬰兒在巷弄之間找租金更便宜的房子。後來連這個新住處的租金對他們來說也太貴了，於是她再度外出找房子，直到發現另一間更便宜的為止。最後，他們已經搬到租金最低的地方，再低的話就要住在街上了。就算在這個時候，她還是繼續尋找更便宜、更好的房子；索恩希爾到河邊工作時，她就將他們僅有的家當搬過去。

史帕里克路有一個地下室房間，院子裡的水會流進來，要用很多破布擋住；凱許地區的轉角附近也有一間類似的房子；從該處到河對岸，有一間房子靠近聖瑪麗撒摩賽特教堂，那裡的鐘聲吵到令人抓狂；後面過河就是雪原地區，但是搬到那邊之後他們曾經遭搶，因此又遷居到麥芽酒廠附近的伯倫瑞克巷，在巴特勒樓房安定下來。三樓後面，有一扇窗戶是破的，一個櫥櫃缺了門。每天早上，莎莉會數四先令給他拿到樓下交給巴特勒先生，巴特勒先生會站在前門，用他的手杖咚咚敲著地板，通知他的房客們付房租的時間到了。那種租金簡直是搶劫，麥芽酒廠傳來的惡臭幾乎讓他們窒息，但是房子很乾燥，後院的汙水坑剛清過，煙囪冒出來的煙也很少。她說：「小威，我們會習慣這裡的臭味。」

他覺得他簡直是娶了一隻㹴犬，也只能對她佩服有加。他自己在絕望恍惚的狀態中不斷盲目地工作，沒有心思去管屋頂漏水或是煙囪堵塞的事情。

在向巴特勒租來的房子中，他們的床是由一堆破布堆成的，有天她在床上提醒他說：「我們還擁有彼此。」他覺得她靠著他的身子在顫抖，本以為她在哭，因為她有時會突如其來地放聲大哭，沒想到她卻是在笑。她說：「我們擁有彼此，和這麼多的跳蚤。」她繼續說：「我們在這裡絕不會寂寞，對吧？」接著她用他無法抵抗的方式向他挨近，最後勝利地歡呼。

他從小就知道巴特勒的樓房。他以前曾經期望擁有更好的東西，而且差點就要成功了，所以他沒辦法面對回到原點的事實。如果全由他自己面對，他會讓自己滑落到人生的表面之下，就像人掉進冷到無法抵抗的水面下。

是因為她，他才能繼續撐下去，即使是飢餓開始令人消瘦時也一樣。他從沒有忘記，當空虛總是揮之不去時，會有多麼令人疲倦。這些事他已經厭倦到不願去想了，他會像米德頓太太一樣，面朝牆壁放棄一切。他從未想到泰晤士河上的自由船夫竟然會比學徒更吃不飽，而且可能和他在皮革巷那時一樣朝不保夕。他嘗試要勇敢面對困境，但是他知道，飢餓可能會持續一輩子。

可能是出於天真，莎莉將匱乏視為一種暫時的狀態，是兩個人可以自行克服的事情。有一天，她趁大家都在看一群狗打架的時候，從攤子上偷拿了幾顆蛋塞進嬰兒的包巾裡。當晚她向索恩希爾說清來龍去脈：「我只偷到三顆蛋，小威，都怪那幾隻遍體鱗傷的狗兒太快和好。」她一邊回想一邊笑，他也跟著她一起笑，兩個人的肚子都因為吃了蛋而感到溫暖。「那些狗過沒多久就開始互相聞起屁股了，對我來講卻不是好事。」

那是她第一次行竊，她像小孩子似的為此感到驕傲。

他告訴她，她真是個高明的小偷，但是他的心也很沉重。他的人生又走回頭路了。

從他們房間的小窗戶，整天都可以看到樓底下殷格朗家院子裡的家禽，牠們用爪子扒抓著不斷喧囂，飛奔啄食殷格朗家廚子從廚房門口丟出來的麵包皮和果皮。為了這些麵包皮，索恩希爾夫婦甚至願意去和那些家禽爭奪，只不過殷格朗先生的僕人老是在院子壞心眼地盯著索恩希爾夫婦看，他知道他們心裡在打什麼主意。

莎莉想了個方法。她認為這件事情應當見機行事，只要保持警覺就行了。有天下午，他們發現僕人酒後放鬆了戒心，等到他蹣跚走去廁所便展開行動。索恩希爾急忙衝下樓，抓起最近的一隻母雞，把牠掩在外套裡，然後直奔回自己的房間。他們把牠從外套裡抓出來，正準備扭斷牠的脖子，此時樓梯上傳來腳步聲，還有大叫「小偷！」的喊叫聲。機敏的莎莉把那隻雞扔出窗外，牠掉到底下庫房的屋頂上。他們嘗試噓了幾聲把牠趕走，牠昂首闊步，邊走邊叫，重新回到院子裡。那隻蠢東西站在那裡咯咯地叫，莎莉他們則聽見僕人吼道：「我看到有隻雞從窗戶跑出來！」

殷格朗面紅耳赤地跑進來找雞的時候，什麼也沒看到，只看到地板上有一根羽毛。他往窗外看去，看到他的雞在底下的屋頂上，可是索恩希爾說他才剛起床，準備要到岸邊開始工作。莎莉也堅稱：「他過去六個小時都沒有離開房間，那隻該死的母雞一定是自己跳上屋頂，我們一點都不知道牠的存在，上帝可以為證。」

殷格朗嘴裡咕噥抱怨地走了。他一走，索恩希爾夫婦一起笑出來。由於必須壓低聲音，他們笑的時間比預期短。有什麼事比這件事更好笑？接下來，房間頓時安靜良久，莎莉拿起她一件舊裙子的一層褶層（這是她現在僅有的一件，上面留有汙跡，而且褶邊破損經過補丁），說道：「我們快餓到前胸貼後背了，小威。」她口吻裡的嘻笑聲完全不見。「這就是現實生活。」

他日復一日地工作，誰要雇用沒有船隻的船夫，他就去那裡。他每天載送達官貴人來來去去，開始痛恨他們一身輕暖，身穿皮衣，手插口袋，眼睛幾乎被帽子遮住，腳緊貼溫暖的大靴子。反過來看看自己，他一會兒載客，一會兒等待客人光顧，赤裸的雙腳一天溼了上百次，而且幾乎凍僵。

有時出現機會，讓他在那些好命人擁有的駁船上工作，在這種時候他能痛恨的對象只有風和浪。他拖走一船一船的煤或木材，整個人退化成動物，腦袋空空地埋頭工作。他覺得自己彷彿是斷臂但仍然揮舞著殘肢的人。他的身體中有一大片空白，那裡曾經是「希望」的地盤。

世上確實有誠實的船夫存在。在聖凱薩琳教堂附近營業、陰鬱的宗教狂熱者詹姆士・曼恩，就是誠實的船夫。他很穩定，有一些支持他的常客，他等候載客時不會浪費錢抽菸或吃東西，只會節制地吃一顆胡桃，撐到最後。

但是有妻小的船夫靠賺來的錢根本沒辦法過活。大部分的船夫都是小偷，雖然有些人的做法比較像做生意。湯瑪士．布萊克伍德有一艘編號一四八七的駁船「皇后號」，外表看起來和其他駁船沒什麼兩樣，但如果掀開假底層，就會發現隔間裡有大量偷來的物品。

一般來說，只有笨蛋，也就是那些太大膽、白天犯案，或是沒有找對人賄賂的才會被逮到。但有時也會走霉運，鎖骨就是其中之一；出生時半邊臉有紅色胎記，就已經是很殘酷的命運了。不過以他的例子來說，很可能有人為了賺一、兩鎊而跑去告他的密，正所謂「重賞之下必有勇夫」。

鎖骨原本在關稅局碼頭史密斯的駁船上擔任夜間看守人，看守三十三桶最好的西班牙白蘭地。他六點開始值班，半夜的時候有另一個人來接替他。鎖骨下班後走上碼頭時，值更官將他攔下，搜了他的身，結果在他外套口袋裡搜出裝酒的酒袋。鎖骨掙扎一番後逃走了，可是外套卻丟在現場值更官的手上。他跑回聖唐斯坦丘之後，已經有官員在等著他，將他逮捕。由於他偷的白蘭地品質優異，價值超過四十先令，所以鎖骨勢必得面臨絞刑。

行刑前一天，索恩希爾到新門監獄去看他。他們同坐在一張長桌前，對被判死刑的人而言，這是一大奢侈，鎖骨把事情的來龍去脈告訴他。「然後我就把瓶子和罐子拔出來說，『我猜這是你要找的東西吧？』」鎖骨講完後咧嘴而笑，好像他在講的不過是一個故事而已。

但是索恩希爾想像得到那種情況，他自己很熟悉偷竊帶給人的那種窒息感覺，而且知道那可不是鬧著玩的。不論他有多常行竊，由於擔心失風，喉嚨總有一種已經喘不過氣來的感覺，即使他沒有被逮到並且絞死。

鎖骨笑完了，臉色變成油膩的蒼白色。他用兩手掩面，等他再度抬頭看索恩希爾時，他的雙眼張得好大，卻不是在看他眼前的人，彷彿他已經看見自己出了牢獄，一路回到兩個月前的那天，也就是他起床吃了一片麵包當早餐、穿著衣服站在窗邊，還沒去染指那桶西班牙白蘭地的那天。

絞刑是一種痛苦的死法，但如果你夠幸運，一切在瞬間就可以結束。前一天晚上，劊子手會先掂掂你的重量，稍微計算一下，看看你要往下掉多遠，繩子才會乾淨俐落絞斷你的脖子。隔天早上八點，受刑人脖子上套著繩索，底下的活門開啟時，他會往下墜，就好像從朗伯斯碼頭跳到河裡一樣。如果劊子手先生算得剛剛好，他會猛然下墜，繩套把他的頭扭向一邊，折斷他的脖子。

但是這種速死並不夠看。死刑犯的身體在繩索的尾端旋轉著，就像被吊在朗伯斯倉儲邊的一袋咖啡一樣。底下的群眾喧鬧不已，對著犯人丟擲果皮和骨頭。

鎖骨在死牢裡央求索恩希爾買通劊子手，以求速死。索恩希爾看在老交情的份上答應了。他找了華納、布萊克伍德和其他人，自己也拿出半克朗的錢，然後把錢幣塞進從鐵窗伸出來的一隻手裡，劊子手先生沒有露臉。一個人能替朋友做的，也只有這樣了。

莎莉典當了凳子和他們的第二條毛毯來籌措這半個克朗，卻沒有去看行刑。在鎖骨的人生最後陪他一程，似乎是應該要做的事，所以隔天早上在黎明的灰色微光中，索恩希爾和羅伯站在新門監獄外，看著他的朋友笨拙地走上絞刑架。劊子手先生退後，鎖骨往下掉，但劊子手先生最後似乎還是計算錯誤，或者穿過鐵窗塞進他手裡的錢幣不夠多，鎖骨這一摔並未拉斷他的脖子，只是拉緊他氣管四周的粗繩。索恩希爾可以聽到他想要呼吸時的咕嚕咕嚕聲，看到他的腳在空中踢了又踢，肩膀扭動，他用帆布袋罩住的頭猛烈甩動，像上鉤的魚一樣抽動。

群眾對鎖骨的死紛紛叫好。

那是羅伯第一次看到絞刑場面。他瞠目結舌，等事情落幕，可憐的鎖骨終於被絞死了。羅伯轉過身來，嘔吐在一隻小狗身上，而小狗正抓著女主人的裙子。那個女人頓時尖叫起來，儘管身穿綾羅綢緞，她的叫聲就像賣魚婦一樣粗鄙。

他後來把行刑的情況告訴莎莉：「乾淨俐落，寶貝，沒有感到一絲痛苦。」她很快地別開臉，不再看他，繼續織補她的長襪後跟，織了又織。她嘆了一口氣，把手上的東西轉過來，以便從另一個角度來縫補，他不知道她是否相信他的話。

魯卡斯先生是個胖子，穿著一件條紋背心遮住大半個肚子。他擁有好幾條駁船，還有一個工頭葉茲負責替他雇用船夫。葉茲為人公正，會均分工作。

據說魯卡斯一心想當倫敦市長大人，他是虔誠的教徒，至少在星期天是如此，因為要當倫敦市長大人就得這樣。而且他很討厭船上有偷雞摸狗的事。其他雇主可能會睜一隻眼閉一隻眼，讓貧窮的駁船夫有一些額外補貼，但是魯卡斯可不會這樣。一心想要當倫敦市長的人，需要把每一分錢用來張羅盛大的晚宴和提供禮物，沒有太多餘的錢對工人慷慨大方。

約翰．懷海德就笨到被人當場活逮。他在布朗碼頭從魯卡斯先生的一艘駁船上搬走七十磅的大麻，據說懷海德跪下乞求魯卡斯先生開恩，可是魯卡斯先生表示要殺一儆百，結果懷海德被處絞刑。

一開始索恩希爾十分謹慎，偶爾偷拿滿滿一囊袋的薩克葡萄酒或是一包茶葉。他有一、兩次差點失手，因為管理人員突然冒出來。等到受雇於魯卡斯滿三年時，他已經學到沒有月光的漆黑夜晚是多麼可貴，也知道弄一艘小艇靠近來接應的重要性。懷海德被逮到的原因是他沒有塞夠錢給水警，而索恩希爾一直用法國白蘭地向他們行賄。唯一無法提防的是口風不緊的人，那些人會為了五鎊、甚至十鎊而告密。

索恩希爾打通了一些關節，其中一條人脈是梅瑟布勒船公司辦事員努真特，這人喜歡賺點外快。就是因為有努真特，他才知道每根價值將近十鎊的巴西木材已經運到「羅絲瑪麗號」上了。所以，當工頭葉茲要他到霍斯里當，登上布勒先生的「羅絲瑪麗號」把木材搬到三鶴碼頭時，他早就準備好了。他確認當晚的月亮要等到接近黎明時分才會升起，另外又囑咐羅伯準備就緒，到「羅絲瑪麗號」上幫忙他。

前一天傍晚，他順著潮水駕駛空的駁船到霍斯里當，在午夜時抵達。他快速駛近「羅絲瑪麗號」，天亮之前躺著睡了幾小時，然後再搬運這些木材，等待潮水將他帶回三鶴碼頭。

到目前為止，他像白雪一樣純潔無瑕。

他很喜歡在河面上的夜晚，河水拍擊船身的聲音令人覺得很舒服。他旁邊的「羅絲瑪麗號」只不過是漆黑夜空下的另一個黑色物體，天上繁星全都被烏雲遮住。

問心無愧的人不需要怕黑。

他想到和孩子擠在一張床上的莎莉。那天早上她告訴他，她肚子裡又有小孩了，也就是又有一張嘴等著吃飯。他立即朝她的肚子看，那個樣子讓她忍俊不住。「還看不出來啦，小威！」但是她把他的手放在她的圍裙上，也就是他藍田種玉的地方，他的臉上露出笑容。

她從未仔細過問他們的錢從何而來，只是高興著櫥櫃裡有牛奶麵包可以給小孩吃。她和他一樣心知肚明，太過一絲不苟的駁船夫可能會餓死，但是他覺得她不想面對事實，他也從未和她說過他在夜裡偷東西的詳情。

天亮了，卻沒有見到羅伯的人影，他沒辦法一直等，所以就在碼頭雇了一個名叫巴尼斯的人。此人腦筋不太靈光，連怎樣搬起木頭的一端、再把它放到駁船上都不會。他一面指揮巴尼斯做事，一面對羅伯感到生氣，也對自己生氣；他為什麼會找羅伯來幫忙呢？羅伯這種白痴連自己的名字都記不得，更別提要他記得在指定的時間碰面了。

魯卡斯先生在接近中午的時候前來船上指揮咆哮。他抵達的時候，木材已經全搬到駁船上了，可是索恩希爾並沒有看到任何巴西木材，只看到松木，他覺得努真特的情報有誤。他朝上對魯卡斯叫道：「我們差不多要搬好了，魯卡斯先生，我想沒有其他要搬的木材吧？」魯卡斯看了他一下，面露一種奇怪的微笑舉起印記錘。「貨艙裡還有一些，」他向下喊：「六件巴西木材，我會在上面做記號。」

索恩希爾有一種飄飄然的感覺。雖然他已經犯過很多次法了，但他一直都有這種感覺；那是恐懼和需求交織的暈眩感。但是他強作鎮定，不動聲色。

索恩希爾和巴尼斯搬運巴西木材時，魯卡斯站著從上往下看，總共有四塊長木板和兩塊短木板，駁船已經裝滿，除了繼續往上堆放以外，沒有地方可以放置巴西木材。即使這種木材還未加工處理，他也看得出來它的質地非常好，外表呈鮮紅色，裡面有一圈圈紋理。他們把較短的木板放進駁船時，索恩希爾看到魯卡斯在每一件木材上所做的記號；每件木材末端都錘上一個小方形。

他一度考慮放棄他的計畫，那其實稱不上是一種想法，只是像一小滴水掉進他的衣領後面。「他已經知道了，這次不要下手。」他的心跳快到就要振動胸膛了，他知道這種感覺叫什麼：恐懼。但是恐懼感並不足以阻止任何人偷竊別人的東西。這只是駁船夫生活的一部分，就像駁船夫一定會弄溼腳一樣。問題很簡單：恐懼沒辦法用來支付房租。

魯卡斯兩手扠在他的大屁股上，站在「羅絲瑪麗號」的甲板上，看著每一件木材搬上駁船。「我不喜歡把那些木材放在最上面，索恩希爾，」他往下喊。「它價值五十鎊。」索恩希爾站在駁船裡抬頭看他。「您要我們先卸下這些木材，」他說，「然後放到其他木材底下嗎？」魯卡斯看了他一下。「不用，」他說。「不過要小心別碰壞它。」索恩希爾瞇眼抬頭看著亮處，魯卡斯就站在那裡低頭看他。「曉得了，魯卡斯先生，」他親切地說：「請放心交給我辦。」

到了下午三點，駁船已經滿載，但是潮水漲得很猛，所以只要等待時機就可以了。索恩希爾吃了一點東西，坐在貨物上看著夜幕逐漸低垂。到十一點的時候，他聽見河水的聲音改變，表示水流開始平緩，潮汐即將逆轉。他讓駁船離開船隻旁邊，憑感覺讓潮水帶著駁船逆流而上。他只要用船槳引導船隻即可。

他飛速通過倫敦橋中間的橋墩，往密德薩克斯銀行的方向前進。現在伸手不見五指，只有隱約的輪廓讓他知道河流在哪裡。行經倫敦橋下時，他判斷抵達三鶴碼頭的時間，並將船隻轉往海岸的方向逆勢前進，直到他和船塢並排為止。潮水衝擊著木製碼頭邊，但水位還不夠高，沒法卸貨。

他把他的小艇繫在前一天停泊的地方，也就是碼頭的末端時，他可以聽到小艇被纜索猛拉的聲音。它正在等待接收巴西木材。不過直到他拿到木材之前，他還是清白的人。

看守人在碼頭底端的小庫房裡，索恩希爾可以看到從門口發出的黃色微光。他只要喝一點酒取暖，就會躲在被窩裡呼呼大睡。

駁船靠近碼頭時，索恩希爾輕聲叫著：「羅伯、羅伯，你在那裡嗎？」沒人回答。他決定自己動手，並且準備把船槳留下，往前拋出一條繩索繞住繫船柱，這時他在黑暗中聽到羅伯的聲音。「小威，我在這裡，」他嘶啞地低語。「看在老天爺份上，快把我們弄上岸，」索恩希爾喊著。他把繩索往上拋，羅伯奇蹟似地抓住並且繫好，因此駁船靜靜地在水中停泊。

索恩希爾爬上碼頭。「你眼睛在看哪裡啊，羅伯。」他發出噓聲：「你怎麼不用駁船幫忙一下？」他可以確定那是他哥哥，但卻看不見，無法辨別他愚蠢的臉上鬼鬼祟祟的樣子。「我會盡量快點，小威，」羅伯嘀咕著說：「上帝可以為證。」索恩希爾十分惱怒，壓抑著自己的怒吼說：「別管上帝了，你先下來，我們到船尾，動作要快。」

他聽到駁船外面發出聲響時，立刻把船尾繚繩綁到繫船柱上：那是撲通的一聲，是船槳碰擊到栓柱的低沉木頭聲。有一個念頭閃過他的腦際，而且這個念頭和他從眼角看到的鳥翅影子一樣真實；事情不太對勁。他用力盯著沙沙作響的黑暗，但只看到它惱人的變換和輪廓。

他們幾乎只靠觸覺把巴西木材卸到小艇，盡可能安靜地搬動木材，推到駁船的舷緣，感覺到小艇在重物影響下左搖右晃。他可以感覺到羅伯舉起重重的木材，每當他放下其中一件，就有低沉的響聲發出。這些小小的響聲在此時彷彿陣陣雷響。

他們移動第四件木材時，駁船尾端突然出現一陣騷動，有嘩啦聲和重擊聲，幾雙鞋發出的腳步聲沿著駁船跑到索恩希爾和羅伯站著抱木材的地方。「索恩希爾！」是魯卡斯的叫聲。「索恩希爾，你這個惡棍！」就在這一刻，他感受到的所有恐懼全都湧上來將他吞沒。他早該聽進去！早該聽進那個冷靜的小聲音所說：「這次他們會逮到你。」

魯卡斯手中拿著某樣東西。索恩希爾看到金屬的閃光，知道那是魯卡斯先生隨身攜帶的短掛鉤，他聽到它劃過附近的空氣，刀刃的聲音透過空氣傳來，令他充滿恐慌。他退到小艇上，在木材上絆了一跤，成了一個無助的盲人。「拜託老天爺不要這樣！」他聽到自己叫出來，感覺到他的皮膚因為怕碰到刀刃而畏縮，可是魯卡斯大叫：「過來，你這個惡棍！」索恩希爾覺得有一隻手抓住他的袖子。

他拉起手臂擺脫對方，接著覺得有一雙手摸索著他的領子。他沿小艇踉蹌而行，魯卡斯在後面緊追不捨，但是他聽到魯卡斯在船槳上跌了一跤，整個人撞倒下去。他聽到魯卡斯因為重跌而一下子說不出話來，只哼了一聲，他腦中想像著那個肥大的條紋肚子像囊袋一樣壓扁。他跑進小艇，羅伯已經在裡面了，羅伯動作雖慢，不過援救自己的兄弟卻是綽綽有餘，他連忙解開繩索。當推離駁船開始划動時，他聽到其中一件木材滑落水裡，小艇因此搖晃不已，他們差點翻覆。

他因為驚嚇而喘著氣，胃部也在抽搐，他發現這種感覺和大笑很像。

羅伯似乎因為失去外套而忿忿不平，對於驚險逃脫反而不太在意，他認真地告訴索恩希爾：「我的外套在那裡，我那件又棒又厚的外套！」而且每次想到，就像是第一次剛想到似的：「我的手絹，我以後要怎麼擤鼻涕，小威？」接著他含痰的笑聲從船尾傳出，他的聲音跳動著。「我的手絹，小威，想想看，魯卡斯先生可能會把我的手絹當成他自己的。」

羅伯的腦袋很奇怪，就像布丁裡的梅子一樣，他的感覺也分成幾個囊袋。

他以為他們已經全身而退，但是這時他又聽到魯卡斯的聲音，從駁船大吼，「葉茲，抓住他們！」他一轉頭，看到某個東西在發出微光的漆黑河面上移動：是緊跟著他們的另一艘小艇。他奮力划槳將船身掉頭，由於划得太深太突然，羅伯一個不平衡，往旁邊臥倒。

就像他參加杜蓋特划船賽的情況一樣，他把整個人濃縮成他的手臂、肩膀，雙腳緊靠船側，拚命往前划，感覺臀部離開橫座板，以為自己已經將對方拋在後面了。他從肩膀上方快速瞥視，看到教堂，他沿著教堂朝克勞謝碼頭划去，正準備要再度加快槳速的時候，另一艘船從漆黑的夜晚接近他，有個身形高大的人從那艘船爬進他的船，使他的船搖晃傾斜。是葉茲。他氣喘吁吁地喊道：「我逮到你了，如果你再想逃，我就要開槍了。」即使在這個時候，索恩希爾還是想要笑著說：「和你作對的駿馬來了，葉茲。」

羅伯叫了一聲，船突然傾斜，接著出現好大的水花。羅伯從船尾跌進水裡，從此失去音訊。

索恩希爾可以看到葉茲高大的身影，他身上總是帶著菸斗的菸草味道。葉茲不算壞人，他自己也當過船夫。多年來他也侵吞過許多東西，索恩希爾哀求說：「葉茲先生，看在老天爺份上，饒了我吧！你也知道做這種事的後果會如何！」他看到高大的身影遲疑了一下，又再次告饒。「你認識我已經十年了，葉茲，你要我被絞死嗎？」

葉茲站在那裡，沒有向前移動，也不發一語，索恩希爾往船尾衝去，跳過橫貫小艇的座板，再躍過船側。現在只有半潮，所以水深僅及大腿，葉茲的小艇在旁邊上下擺動。他趕緊用手摸索解開繩結，放開小艇，然後再跳上去。索恩希爾奮力划開時，並沒有聽見葉茲追來的聲音。

葉茲或許一直是個寬容的人，魯卡斯可不是。一個知道自己注定要當上倫敦市長的人，不會對偷竊的行為視而不見。有一張懸賞告示，對象不是羅伯，因為有人發現他的屍體被沖到梅森階梯那邊，而是他，威廉·索恩希爾。誰能抗拒得了十鎊的誘惑？

因此他們四處搜尋，發現他藏在英畝碼頭的河畔，就在麵粉工廠旁邊。

在新門監獄的石砌牢房內，犯人擠成一堆，晚上躺在棧板上睡覺時幾乎沒有空間可以伸直身軀。牢房的牆壁是用小石塊砌成的，沒有一點裂縫，而且石塊尺寸非常小，不需要用灰漿砌合。光是石塊就足以讓石牆鎖定就位，並且把犯人鎖在牆的後面。

莎莉放棄了向巴特勒租來的房間，加入莉西和瑪麗一起縫製壽衣。她們一起去探監，假裝精神很好。莎莉帶著威利，牢牢牽著他的小手。他今年才四歲，可是已經大到懂得對他在監獄看到的一切感到害怕，但又小到很容易因此受傷害。索恩希爾喜歡把孩子摟在臂膀、靠著他胸膛的感覺，但是他告訴莎莉，下次不要再帶他來，監獄裡流行熱病。

她們省吃儉用，以便帶點諸如一片麵包或一些乾鯡魚片等食物探監，她們看著他吃，他可以從她們的眼神看出飢餓，所以他盡力表現出很好吃的樣子，讓她們高興，可是他裝得不像，他的喉嚨已經塞住了。

他試著不要回想過去的快樂時光。在新門監獄，他柔和而充滿希望的一面已經逐漸變得堅硬，變得像石頭或甲殼一樣毫無生氣。那是一種僥倖。

莎莉統籌一切，她編出一個說法。關在新門監獄的犯人需要的不只是麵包和毛毯，更要一個故事。她堅決認為，不論一個人做壞事時如何當場人贓俱獲，背後一定總有個說法，而且人一定要相信自己，這樣一來，當他要說出實情時，別人才會覺得那些話像是對天發誓的事情。

他覺得她很能掌握情況。他聽到庭院裡的一個男孩一再對自己和任何靠近他的人說：「他們講的全都是謊言，他們全都是為了賞金。」那個男孩用不同的方式、不同的角度強調，這個門牙斷掉的小孩似乎比威利大一點。「全都是可惡的謊言，全都是為了可惡的賞金。」他就像索恩希爾划船時看到的演員，時候一到，在聚光燈的白色強光中準備好台詞，只要一再重複，就可以取代所有其他想法。

故事必須有一個中心，用另一種說法一點一滴取代事實——以那個男孩來說，他的故事是從店裡偷一塊培根肉——就像牡蠣在岩石上生長的方式一樣。之後，故事情節就不會像謊言那麼粗糙。在陳述事實者瞪大眼睛之下，一個人可以活靈活現地說出新版的事實。

有一個人接近你，給你那件外套。你在路上發現這塊地毯。有個人說，如果你把盒子拿到高斯波特街，他會給你一便士。上帝可以為證，你是無辜的。

莎莉已經替他編了一個故事：他加快駁船速度，是因為潮水水位太低，他把船留下，準備等潮水漲起再回來卸貨。他可以交待碼頭看守人看管一下木材，可是當他離開時，不知道是誰趁看守人不注意，跑到河邊搬動木材。

這是個相當合理、天衣無縫的故事。他愛她，因為她有智慧，不僅洞悉這一切，而且還編造故事讓它變成事實。「你會脫困的，小威，」她離開時擁抱小威，在他身邊低語：「有我在，他們抓不到你。」

她的愛和力量賜給他勇氣，他發現那是別人所沒有的一種財富。他的妻子和姊妹們走了之後，他站得更直，走路更抬頭挺胸，眼睛直視獄卒。「我加快駁船速度，是要在下班後趕快回到她身邊。」

隔天，警局裡傳說有個名叫威廉．比革斯的人被控偷了價值二十五先令的兩隻鴨子，但他告訴法庭，他和未出生的嬰兒一樣純潔無辜，結果被宣告無罪釋放。在監獄廣場，人們私下流傳身邊有人無辜受連累的故事，這個想法像霍亂一樣蔓延。索恩希爾聽到他旁邊的人低聲說著：「和未出生的嬰兒一樣純潔無辜。我是士兵，我剛下班，除了我以外，屋裡還有其他人，我和還未出生的嬰兒一樣純潔無辜。」

他自己演練的時候，也把這句話加進故事裡，「我加快駁船速度，是要之後再回去卸貨。我和還未出生的嬰兒一樣純潔無辜。」

英格蘭中央刑事法院很久以前是個鬪熊的熊坑。法官座位前方的律師席有一大張桌子，桌子形狀彎曲，桌邊坐滿身穿黑袍、頭戴灰假髮的律師。四周站著態度恭順、等待被召喚的證人們，引座員則是靠在嵌鑲板上。

再下一層，陪審員靠牆而坐，一排四人，共有兩排，全都坐進黑色鑲板長椅。在這個微暗的龐大場地裡，因為距離太遠，很難辨識他們的臉孔。法官的對面是證人，被限制在狹小的證人席內。在證人的背後，光線從高高的窗戶透進來。

那些高聳的白色窗戶光線明亮，和基督教堂的窗戶很相似。如果索恩希爾有所懷疑，這些窗戶會讓他看到，法官是上流人士，就像上帝是上流階層一樣。

在證人席上方，有一面鏡子將窗戶透進來的光線全部反射到他們臉上，陰冷黯淡的光線讓那些臉孔都呈現金屬光澤，法官和陪審團可以看透證人席上證人擁有的靈魂。證人席背後還有另一面較小的鏡子，一名戴著像律師假髮的男人面前放置墨水和板子，他負責用那些工具將法庭上陳述的每一個字都記錄下來。

這應該是最糟的事情吧，不論任何人說任何事，不管內容多麼謬誤或令人譴責，都會永遠記錄下來，沒有疏忽的空間，也沒有寬容插足的餘地。

往上靠近天花板的地方是旁聽席，和法庭之間用一道高高的鑲板牆和柱子隔開，以約束牆後騷動的群眾。他抬頭看，希望能找到莎莉，但他只看到一大群模糊騷動的人們。偶爾會有一隻手臂在鑲板前面垂下，或是某個女人肩膀披的一條圍巾晃了一下。他看到一頂用繫在下巴的圍巾固定住、前緣低垂遮住半個頭的草帽。莎莉就有一頂那樣的帽子，而且戴的方式也相同，也許她正和其他人爭相伸長脖子往下看法庭的情況，而那顆偏斜的頭就是她的頭。

他聽到遠遠傳來一個女人的叫聲，那是在叫「小威！小威」嗎？對他揮動手臂的是她嗎？他認為那就是她，他就愛她這一點。他雖然是一介囚犯，卻不敢揚聲回應，這樣像是在教堂裡大喊一樣不好。無論如何，她都屬於另一個世界，一個他即將離開的世界。她對他彌足珍貴，但是此時此刻，他卻只能靠自己。

他在被告席上站著。在這個台座上，他彷彿全身赤裸地展示在眾人面前，他的雙手被緊緊反綁，迫使他垂著頭。他一直想要抬頭挺胸，正視命運，但是脖子的痛楚讓他不得不再度垂頭彎背。在這麼高的地方，他可以感受到底下的人們冒出的蒸氣煙霧，所有包裹在衣服中的軀體，呼吸起伏的胸膛，以及透過空氣傳遞出去的所有話語。

他被言詞的力量攻擊。法庭中唯一進行的事情就是說話，而真正的談話，也就是證人說話時口中噴出的些微霧氣，將會集中在一件事上面：要不要將他判處絞刑。

他一開始被推上台座時，花了一點時間才看清楚坐在高椅子上的法官：他有一張灰撲撲的小臉，及肩的假髮，繁複的法袍，金色鑲邊的搭疊衣領，讓他的臉顯得更小，小到幾乎在衣服裡找不到人影。

他的公設辯護人奈普先生是軟弱無力型的紳士，索恩希爾對他不抱任何希望，但是奈普先生讓他跌破眼鏡。魯卡斯先生作了陳述之後，奈普先生用疲倦的口吻提出詢問，因此索恩希爾一開始並不了解他已經發現了漏洞：「魯卡斯先生，我記得你說過那天夜色很黑，所以你判斷那人身分的唯一機會，就是確認那是索恩希爾的聲音嘍？」

可是魯卡斯先生看出這番話會導向何方，於是他對著拳頭咳了一下，然後頑固地說：「我發現他的時候，就認出是他。」奈普先生仍然無動於衷，若無其事地問：「但是你只靠聲音判定是他嗎？」

一心要求得高官厚祿的人，是不會被半夢半醒的律師給弄糊塗的，魯卡斯爽快地回答：「我相信我看到的那個人就是這名犯人，我發現他的時候，我知道他就是現在在押的這名犯人。」

現在索恩希爾專心聆聽，開始大大感謝夜晚的黑暗。奈普設了一個小陷阱，他說：「換句話說，你發現他的時候，你知道那是索恩希爾？」魯卡斯再度咳嗽、移動了一下，又揉了揉一隻眼睛，他察覺到問題正在逼近他。「我之前一再靠他的聲音識別他。」他不耐煩地說。奈普先生來一記回馬槍，讓他沒有時間思考：「你是透過聲音認定是索恩希爾——你在接近之前並不確定，一直到接近之後才發現是這樣？」

魯卡斯很聰明，不會這麼容易掉入陷阱。他抓住前面的扶欄，陽光照在他的肩膀上，他的臉上滿是鏡子反射的怪異光線。他說話時，看來好像要從陽光中旋轉的灰塵裡覺察什麼。「木材正在搬動的時候，我沒有聽到任何人聲，那時如果有人問我，我就不可能斷言那個人是索恩希爾。」他停了一下想找適當的措詞，然後用非常平穩、緩慢的方式說話，就好像為羅伯那類人拼出字母一樣：「木材正在移動時，我不能確定，但是我現在可以發誓，我看到的其中一個人就是索恩希爾。當我發現他，我知道那個人就是索恩希爾，絕不會認錯，因為我看到正在搬木材的就是這個人。」

連奈普先生也無法在這種用文字砌成的石造工程找到弱點。

輪到葉茲先生上場時，索恩希爾看出來他很不快樂。他一直橫過律師席瞥視他，鏡子反射的光線讓他只能瞇著眼看，他粗大的白眉毛上下移動，他的手一直亂動他前面櫃檯的邊緣，就好像要擺脫掉這一切麻煩。

奈普先生往上看著遙遠的天花板說：「你沒有機會觀察那個人的臉孔——晚上太黑，怎麼能看清臉孔呢？」他就像是在自言自語。

葉茲開始撫弄著櫃檯，就好像在撫弄小狗一樣。他說：「是的，我承認。我對著人的聲音、身影和形體說話。」

奈普先生突然回過神來，厲聲說話，索恩希爾可以看到葉茲蜷縮的樣子。「什麼，在黑漆漆的晚上可以對著人的身影和形體說話？」可憐的葉茲開始咆哮。「我沒有說我可以，」他說，「除非我跟他特別熟。」他張皇失措時，從他濃密的眉毛可以看出他很苦惱。「我沒有直截了當地說在這種情況下，我可以或是不能對人的身影和形體說話。」

魯卡斯先生坐在法庭中間的證人席，抬頭盯著他看。即使是站在被告席，索恩希爾還是可以看到斗大的汗珠從葉茲半球形的前額滴下來。奈普先生堅持說：「那天晚上月亮沒有出來，你不可能只靠著身影和形體來判斷他是誰吧？」索恩希爾想，「身影和形體」這幾個微不足道的字眼，會成為生死之間的差異嗎？

可憐的葉茲看看魯卡斯再看看索恩希爾，開始嘀咕結巴。「如果我說了任何不實的話，我感到抱歉，」他說。但是奈普先生毫不放鬆，繼續質問。「那番話太輕率了。你靠身影和形體就可以判斷他是誰？你是指你沒辦法做到吧？」現在葉茲很沮喪，對他所說的一切都無法確定，他繼續看著魯卡斯先生。「我當時正接近那個人，」他含糊地說。「雖然不可能，但是從他對我說話的方式判斷，我一定認識他。我聽聲音就知道他是誰。」

他很快地看了索恩希爾一眼。「靠身影和形體就可以判斷是他的那番話，可能太輕率了，」他說完後，像一根木頭一樣起立，他的帽子被壓扁在手臂下，鏡子反射的微弱陽光照在因為煩惱而皺起的臉上。

索恩希爾獲准自行答辯的時間突然來到，令他措手不及，他和莎莉套好的說詞從腦中消失。他只記得一開始的說法。他說：「我繫住駁船，想要稍後再回來。」他知道要講的內容還有很多，但到底要講些什麼？

他發現自己說話的時候盯著魯卡斯先生：「魯卡斯先生知道河上沒有駁船。」但即使他脫口說出這些話，他也知道與目前的情況無關，他絕望地喊道：「我像未出生的孩子一樣純潔無辜！」但是在經過這麼多的演練後，這些話毫無意義。

無論如何，法官並沒有在聽。他翻著整疊文件，並且傾向一邊聽某人在他耳邊竊竊私語。魯卡斯也沒有在聽，他的手摸索著口袋裡的手錶。索恩希爾看到銀製外蓋彈開，魯卡斯看了一下手錶錶面，再往下把它蓋上，用大拇指和食指擰了一下鼻孔。由於法庭上眾人都無心聽他說話，他的言語頓時變得空洞而遭到吞沒。

現在法官在整理黑帽子，它隨隨便便地擺在長長的灰色假髮上，所以垂到了一隻耳朵上。法官開始說話，聲音很細，很尖，索恩希爾幾乎聽不見。法庭中間有一位靠著欄杆的引座員，他身材肥胖，骯髒的白色中心膨脹凸起，他看到一位熟識的人走過，就假裝斯文地向他揮了一下手，還嘻嘻作笑。一位律師撥弄著脖子的骯髒褶邊，另一位則是拿出鼻菸盒遞給他鄰座的人。

在心跳的一瞬間，索恩希爾被認定有罪，判處「帶離此地接受絞刑，至死方休」，但法庭上幾乎沒有人在意。

他聽到一聲叫喊，至於那個聲音是來自旁聽席或是他自己的嘴巴，他並不知道。他想要喊出：「請原諒我，閣下，事情搞錯了。」但是獄卒抓住他的上臂，迫使他走下台階，穿過門口走進通往新門監獄的地道。他回頭看看旁聽席，莎莉就在那裡的某處，只是一時看不見她。接著他就和其他犯人一起回到牢房，可是他的故事已經沒了，無辜受累的辯白已被剝奪，他只知道，一切都化為烏有，希望的契機已經消失，他現在只能等死。

莎莉到死囚室來看他，連她在木質地板上的腳步聲都告訴他，她還沒有放棄希望。他有些驚訝地發現，他當年娶的那個無憂無慮的女孩，背後有另一個人，那個人不是女孩，而是女人。她的幽默沒有被澆息，反而因為她一直以來如石頭般不屈不撓的智慧，而顯得更加深沉。

她說，她一直在打聽，求教他人，以找出被判死刑的人可以做些什麼。「可以寫信，小威，」她告訴他：「解決方法就是你寫信給上面的人。」她顯得一派輕鬆，但是他注意到，她躲避著他的眼睛，就好像害怕從他眼中看到什麼會瓦解她決心的東西。那樣東西就是絕望。他在這裡學習到，絕望和發燒一樣容易感染，而且容易致命。「你得去找那個跛腳耶穌替你寫信給華生船長，」她說。「我試了也沒有用，我不懂得怎麼寫。」她沒有直視他的臉，但是把手伸過桌子緊握住他的手，緊到可以感覺到她的骨頭。「今天就去，小威，一刻也不要耽誤。」

他相信她，就去找她說的那個人。那個人雙腿又瘸又癟，從一間囚房爬行到另一間囚房。如果某人身上有可以割愛的貴重物品，這個人就會替他寫任何需要的請求信。

他把她厚實的羊毛長大衣送給瘸子，那就像切下他一條胳臂，因為如果沒有這件大衣，身為駁船夫的他根本過不了寒冬。那件大衣質地很好，值得換取一封好信。而且除非此人能幫他寫一封信脫離此地，否則他永遠不能再當駁船夫。

瘸子寫完信，就唸給他聽。

這封信寫得好像是索恩希爾親自寫給華生船長的信，華生船長是他在切爾西階梯的常客，也是索恩希爾唯一認識的名人。信中寫著，索恩希爾對他所做的事情感到非常抱歉，這次是初犯，他非常認真祈求上帝寬恕他。信裡列舉了索恩希爾要撫養的家屬、他智能不足的哥哥、每個單身的姊妹、無依無靠的妻兒，以及他妻子腹中尚未出世的無辜孩子。

索恩希爾手上拿著信，瞪著那個跛子巧手寫下的黑色圈圈和漩渦，看起來和莎莉小心寫出的信件完全不同。他一點都看不懂裡面在寫什麼，就他看來，這些就像甲蟲類爬過潑在桌上的一灘黑啤酒所形成的記號。他感到絕望，他的生命竟然要靠如此脆弱的事物來維繫。

出乎意料地，這封信促成另一封信的出現。華生船長自行寫信給洛克伍德將軍，洛克伍德將軍顯然認識亞瑟・歐爾先生，而歐爾先生剛好認識伊瑞斯莫斯・莫頓爵士，莫頓爵士是霍克斯布里大臣的二等祕書。霍克斯布里大臣是這條人脈的盡頭，他手上握有生殺大權。

華生船長是個好人，他把信的副本寄給莎莉，她試著要解讀，但因為言詞太過花俏，只得去找瘸子唸給他們聽。他讀得很快，故意炫耀他有多厲害：「鑑於囚犯威廉・索恩希爾謙恭服從，屈身祈求閣下仁慈寬厚，饒他一命，他和他的意志一直祈求您和您的意志持續像水邊生長的月桂樹一樣茂盛，祈求喜悅的陽光照耀您的頭頂，並願和平之枕親吻您的面頰，當時間之光令您厭倦塵世的歡愉，死亡的帷幔闔上人生在世最後一次沉睡時，願上帝的天使永遠眷顧您。」

諸如此類詞藻華麗的文字，讓索恩希爾不知道在講什麼。當瘸子唸完並且離開之後，他們都坐著沉默不語。莎莉把厚信紙邊緣摺角翻爛的地方一再撫平，索恩希爾認為她可能和他一樣，心裡都覺得很冷。要靠這種瑣碎的詞句來解開厚厚的絞刑麻繩，是不可能的任務。他害怕華生船長沒有判斷正確。華生船長應該要提到他是正直的好人，是妻兒可以仰賴的可靠家人，為什麼要講到和平之枕？

他和莎莉彼此點頭，甚至發現彼此帶著微笑，但是他可以看出她覺得他跟死了沒兩樣。她說話時眼睛朝旁邊看，就好像他逐漸變得透明，不再是這個世上的人了。

莎莉身體狀況不好。雖然她否認，但她變得消瘦蒼白。莉西替大家找了一份縫床單的工作，一共要縫二十幾件，由莎莉、莉西以及瑪麗一起做，但是線的價格上漲，縫邊的酬勞縮水。有一個人想要叫威利做清掃工作，他需要像威利那樣身形比較小的孩子進入極為狹窄的暖氣管清理，但是威利一想到那些黑暗的管子就嚇得哭起來。現在莎莉說，已經找不到更多的工作。她求過普利查先生，但是沒有其他床單需要縫製，普利查先生也說不需要手帕。

他們兩人之間又陷入一陣沉默，之後莎莉又喊出來：「如果沒有人擤他們該死的鼻子，難道是要他們在排水溝裡擤嗎？」在安靜的房間裡，她的笑聲聽起來很不自然，但這股笑聲打破了這個生活重擔下的時刻。他也笑了，並且正視著她的眼睛。她再度執起他的手，不再將視線別開。

如果他沒有活路，她就得做娼妓了。他們彼此都知道這點。他用恩客的眼光看著她，發現她必須讓自己變得亮麗，擦起胭紅、捲起頭髮，再讓臉上出現不知恥的樣子。為了她著想，他強迫嘴角擠出一個活人的微笑。

莎莉沒有犯罪，可是她被判了刑，正如他已被判刑一樣。

一天早上，獄卒來到牢房門口，大聲叫出他的名字。索恩希爾預期最糟的情況來臨，因此叫喊：「時間還沒到！他們說週五才滿一星期！」

獄卒看著他，不急著回答。「不要自己嚇自己，」他最後終於說。「聽著，老兄，」他往後退一步，讓書記進到門口，朗讀他手中拿的一份文件，他的聲音小到幾乎讓人聽不見：「威廉·索恩希爾十月在中央刑事法庭受審並定罪。」

他急促而含糊地朗讀著，他的職責只是宣讀這些字，而不是確定任何人都聽清楚。他湊合的語音無法穿透房裡的各種雜音：說話聲、吐痰聲、咳嗽聲、木鞋在石板上的拖曳聲。索恩希爾進一步向前，及時聽到他的罪行，那些令他每次聽到時內心都很畏懼的字眼：「從泰晤士河駁船偷竊巴西木材而被審判定罪，並且因為相同原因而被判處死刑。由於有人替他謙遜地向我們說情，我們欣然對他表示仁慈和寬容。」

索恩希爾不確定他聽到什麼，整個人顯得面無表情，耳朵豎得大大地聽著接下來的話：「我們饒恕他的罪行，條件是他會被送到新南威爾斯東部服刑，也就是終身服刑。」

接著還有下文，但是索恩希爾沒有再聽下去。他的手腳變得異常冰冷，但是他必須確認。「我可以活下去？」他詢問，視線從一張臉移到另一張臉，獄卒不耐煩地叫道：「對啦！老兄，但如果你寧可被絞死，只要說一聲就行。」書記又拿出一份用蠟彌封的文件說：「還有一份。」然後又開始唸了起來。「我奉霍克斯布里爵士之命，希望您同意……」他停了下來，很快地看著索恩希爾，然後又把視線移開，彷彿害怕看著一個死刑囚犯會讓他變成石頭。「你老婆叫什麼名字？」他問道，但是索恩希爾覺得，除了他可以活下去這項事實之外，世界上所有的字詞、想法和知識都離他而去。他老婆的名字和這事有什麼相關？

獄卒大叫：「你老婆，你那該死的老婆叫什麼！」索恩希爾感覺到他僵硬的嘴脣吐出這些字：「莎莉，莎莉．索恩希爾。」書記繼續說：「准許威廉．索恩希爾之妻莎莉．索恩希爾，代替拒絕接受恩惠的韓歇爾，隨同索恩希爾搭乘沙克林船長的亞歷山大號，威廉和莎莉．索恩希爾的嬰兒也可隨行。」

獄卒哼了一聲。「這表示你老婆能夠跟你同享海上之旅了，索恩希爾，」他大聲說：「願上帝憐憫她的靈魂！」

第二部　雪梨

這座雪梨城是一個又糟又亂的地方，老經驗的人稱它為「營地」。一八〇六年的時候，它仍然保留原始風貌，是一個還不太成熟的暫居地。

二十年前，附近是一面複雜的大水域，雪梨只是數百個小海灣之一。一七八八年一月一個炎熱的下午，白色的大鳥從海岸的樹上發出尖銳刺耳的叫聲，英國皇家海軍的一位船長將船開進這個海域，並且選擇停泊在一個擁有淡水溪流和狹長海灘的海灣。他步出船，下令將英國國旗升起，並且宣布此地是「信念捍衛者」英國國王喬治三世領土的延伸。現在它的名字是雪梨海灣，作用只有一個：收容那些被英國法庭判刑的罪犯。

九月的一個早晨，「亞歷山大號」在雪梨海灣下錨，索恩希爾花了一些時間才看清他四周的地方。重罪犯們被帶到甲板上，但是因為被拘留在暗處太久，天空灑下的光線彷彿在侵襲他們的臉龐，強烈的光點從水面反射，閃閃發光。他用手遮臉，從指間瞇著眼看，感覺到眼淚熱辣辣地流下臉龐，便眨著眼睛將淚撇開。他暫時看清楚周遭的事物，包括「亞歷山大號」停泊的明亮水域，以及有一部分像腳掌般伸進海中、上面覆滿森林的起伏地形。沿著海岸附近有幾排短小而厚實的金色建築物，它們的窗戶呈現金色的光滑表面，它們在一道道光線裡游移，變得模糊。

他的耳鳴嚴重，他從未想過會有這樣的太陽，那熾熱穿透了他薄薄的衣服，現在雖然在陸地上，他又開始暈船，覺得腳下的土地好像在膨脹，陽光從水面上發出的邪惡閃光重擊他的頭骨。

走到碼頭木板上剛好病到不知不覺，算是一種解脫。

就在他被陽光晒得痛苦萬分時，有個女人出現，叫著他的名字，並且從人群中擠向他。「小威！」

她喊著：「在這裡，小威！」他轉身看去。「我太太，」他想著：「是我太太莎莉。」但她就好像只是他太太的一張照片；分開這麼久，他不敢相信她的本尊就在眼前。

當一個蓄著黑色濃鬍的男人用一根棍子推她回去時，時間剛好夠他打量她身邊緊靠著她大腿的男孩，以及她臂彎裡襁褓中的嬰兒。「還沒輪到你，你這娼婦。」他叫嚷著，用他張開的大手打她的頭。之後她就隱沒在一堆臉孔之中，只見他們張嘴叫喊的喉嚨，在陽光下像是一個個漆黑的洞。「索恩希爾！威廉．索恩希爾！」在一片吵雜聲中，他聽到有人叫他。「我就是索恩希爾。」他回答，自己的聲音又沙啞又小聲。那個大鬍子男人抓著他的手臂，在異常清晰的陽光照耀下，索恩希爾看到他嘴巴四周的鬍子全是麵包屑。那個人看了一下手中的名單，然後大喊：「威廉．索恩希爾指派給索恩希爾太太負責管束！」他叫得太用力了，以致於他鬍子上的麵包屑紛紛掉落。

莎莉走上前去。「我是索恩希爾太太，」她在嘈雜聲中喊道。索恩希爾被強光和噪音所震懾，但他清楚聽到她的聲音。「他不是指派給我負責管束，他是我丈夫。」那個人投以嘲諷的眼光。「他或許是你丈夫，但現在你是主人了，寶貝，」他說：「指派給你管束，寶貝，那就悉聽尊便，你想要他做什麼就做什麼。」

男孩抓著莎莉的裙角，盯著他父親看，大大的眼睛滿是恐懼。這是威利，現在五歲了，變得更高更瘦。對一個這麼小的小孩來說，九個月的旅程就像一輩子那麼長。索恩希爾看得出，他的小孩並不認得眼前這個彎下身子靠近他的陌生人。

新生兒是在七月「亞歷山大號」停泊開普敦時出生的，莎莉運氣很好，她開始陣痛的時候，船正好在港口，生完之後，他們讓他去看她，但時間很短。「是男孩，小威，」她低聲說。「要取名理查嗎？紀念我父親？」然後她蒼白的嘴唇就再也說不出話來了，只有她那隻按著他的手繼續對他訴說著事情。過了片刻，他們將他帶回男子區，雖然他有時可以聽到艙壁之外的嬰兒聲，卻從不知道哪個嬰兒可能是他孩子的聲音。

現在他不需要拚命找出他孩子的聲音來源了。嬰兒的哭聲大到令他震耳欲聾。

「小威，」她一邊笑著說，一邊伸手拉他的手。「小威，是我們，記得嗎？」他看到他記憶中的彎曲牙齒，以及她微笑時眼睛瞇起來的樣子。他嘗試要跟著微笑，「莎莉，」他想說下去，卻說不出話，那兩個字變成像啜泣般讓人窒息地喘氣。

國王陛下的政府核發給囚犯威廉・索恩希爾的觀護人索恩希爾太太一個星期的食物、幾條毯子，以及一間在碼頭後面山坡上的小屋。那是國王陛下覺得必須提供的物資範圍，目的是要讓奴僕威廉・索恩希爾替他主人，亦即他的妻子，做任何可能需要做的事。他在各方面都是奴隸，必須聽命於主人行事。因此，重罪犯仍然是囚犯，但是主人要善盡管理之責。就一個家庭而言，這表示全家要能夠自力更生，不再仰賴政府的資助。

這項巧妙的設計，實現了國王陛下的仁慈，讓許多人免受絞刑。

從當天下午開始，索恩希爾一家就得靠自己過活了。

指派給他們落腳的山丘陡峭嶔崎，滿是石板，上面已經住了不少人，就像蛋糕上爬滿螞蟻一樣。

有些人住在小屋裡，但是大部分人在靠近山坡的突出岩石下搭蓋了住處，有些人利用牆壁掛起帆布，其他人則是搬來一些大樹枝抵著出入用的開口。相形之下，索恩希爾的抹灰籬笆牆小屋就顯得很大，即使除了泥牆和泥地之外，裡頭什麼奢華的東西也沒有。

他們三人站在門口往裡面看，沒有一個人想趕快進去。小威利把拇指伸進嘴裡，目光遲鈍地望著，避免接觸到索恩希爾的眼光。「至少不是洞穴，」莎莉最後說道。他可以從她略嫌高亢的聲音中聽出她竭力克制。「不用擔心，」他讓自己說出這些話。男孩轉過去抬頭看他，然後把臉、拇指等統統埋進她的裙子。「非常舒適。」對他而言，他的話聽起來和一個人在管筒裡說話一樣空洞。

太陽沉落到山脊後面，潮溼的空氣開始往山下移動。有一男一女從另一個洞穴沿著山坡走到索恩希爾家，那個男人留了一臉纏結的鬍鬚，但一點頭髮也沒有，而那個女人有一張沒牙的癟嘴，穿的裙子破爛不堪。兩人的臉孔都黑黑髒髒的，而且都喝了酒，走起路來搖搖晃晃。那男人拿了一根悶燒的棍子，而那女人拿了一只茶壺。「嘿！」那女人說：「送你們這個，別客氣。」

索恩希爾以為那是在開玩笑，因為茶壺的底部是木頭做的，於是當著那女人的面笑了起來。但是她並沒有跟著笑。「挖個洞，」她說。這時她突然打了個嗝，整個胸部抽動了一下，所以中斷說話。「在它周圍升個火。」打嗝的力道使得她必須閉上眼睛。「棒得很，」她大喊。她直接走到索恩希爾跟前，把一隻手放在他的手臂上，他因此聞到她身上的蘭姆酒味和骯髒味。「真他媽的棒極了！」

那個男人酩酊大醉，連眼珠子都在眼窩裡頭轉個不停。他用雷鳴般的大嗓門叫嚷，好像索恩希爾一家人遠在半哩外似的：「夥伴，看看那些沒用的野蠻人。」然後發出充滿蘭姆酒味的一陣大笑。接著他態度轉趨認真，屈膝盯著威利看。「他們特別喜歡像你孩子這種美味可口的食物。」他俯身用硬邦邦的手指捏著威利圓胖的臉頰，把威利弄得大哭，還在打嗝的女人便把那男人拖開。

他們將一點醃豬肉插到木棍上用火烤，並且用一片片樹皮當作盤子來盛裝。沒有小杯子，他們就直接從壺嘴喝那女人帶給他們的茶。麵包在他們手上碎開，但是他們把麵包碎屑從地上撿起來吃掉，一邊嚼一邊覺得泥粒在他們的齒間嘎吱作響。

索恩希爾家最晚吃飽的，是咂咂作聲、吸著莎莉母奶的小嬰兒。

時值黃昏，他們坐在小屋外的地上，往下看著這個初來乍到的地方。從山坡這裡往下看，流放地向平原擴展，是個新開發的小地方。其中有一些充滿車輪痕跡的街道，兩邊的溪流都流進海濱，但是在更遠之外，像動物奔跑足跡般的便道將建築物連接起來，石頭和樹木間的扭結就像樹木本身一樣。往下靠海邊的是碼頭及沿著海岸用磚塊和石頭砌成的一些大型建築。但是離海邊較遠的地方，建築物零星分散成一間間用樹皮或塗料搭成的小屋，與其說是屋子，不如說是將泥巴和木棍黏在一起，用木柴籬笆圍住的簡陋場地。豬隻在河流旁邊的灰泥巴裡打滾；一個只用一塊破布遮住腰身的赤裸小孩，站著看一群小狗抓咬帶著一群小雞的母雞；一個男人挖掘歪斜籬笆後面的一塊地。

每件東西看起來都奇怪地互不相干，這裡的地被分割成幾個方塊，散置在這片地廣物稀的土地上，就像英國領土的碎片。

更遠之外是綿延幾哩的粗獷森林。這片森林的灰色比綠色多，四面八方圍繞著山脈和山谷，像布料紋路般一致，低窪地區之間則是水塘。

索恩希爾以前從未到過其他地方，他曾經想像全世界就跟倫敦一樣，相差只是幾隻鸚鵡和幾棵棕櫚樹而已。空氣、水、泥土和岩石怎麼會有這麼大的差異？這個地方和他以前所看過的地方完全不同。在他過去的歲月裡，這個海灣早就存在，隨著地形發展出它的外觀。他曾經在倫敦的黑暗和塵土之中，做牛做馬地低頭工作，在那同時，眼前這棵自行更替葉片的樹木正悄悄呼吸，悄悄生長。一季季的太陽和高溫，一季季的風和雨，都是自然更迭，他完全不知道它們的存在。早在他來此之前，這個地方就一直存在。在他離開以後，這個地方會繼續颯颯作響、繼續呼吸，並且堅持本我，而土地會隨著自己本來的生命軌跡，繼續推擠。

索恩希爾往下可以看到「亞歷山大號」。隨著令人作嘔的搖晃，他記得那張吊床、他頭頂上橫梁的結，以及不論他睡醒或沉睡時都張著看他的一隻眼睛。

夜復一夜躺在那裡，他一直想著莎莉，直到對她的回憶變得了無新意為止。但是現在她的臀部緊貼著他的臀部，她的大腿與他的大腿靠攏。要不是為了威利，他就不必躡手躡腳，蜷縮著讓自己的體積變小，而且如果不是顧忌威利，他就能夠轉身看她的眼睛、她的嘴脣，在他們擁抱時感受她緊緊相依所傳來的溫暖。

在他們後面的山丘上，有隻鳥一再發出「啊、啊、啊」的哀鳴，但是除了這點以外，現在整個世界已經不再有悲傷的事情。

要離開火堆走進陰鬱的小屋，並不容易。索恩希爾拿著火把帶路先走進去，但是火把一下子就熄滅了，餘煙還將他們燻得差點窒息，所以他將火把丟到外面。他們靠著觸覺把毯子鋪好，然後把嬰兒放在上面。他寬慰地嘆了一口氣，好像腳下踩著的是羽毛鋪蓋一樣，立即就睡著了。

一開始威利不肯躺在嬰兒旁邊，雖然他已經筋疲力盡，眼淚幾乎奪眶而出，聲音高亢易怒。索恩希爾原本希望他和莎莉能夠回到火堆旁邊聊天，彌補他們生命中分離九個月的缺口。莎莉睡在毯子的最外緣，索恩希爾躺在泥地上，聽著威利漸漸靜下來睡著。

最後他發現莎莉靠著他移近。「他睡著了，小威，」她輕聲說：「可憐的小傢伙。」除了腿靠著腿之外，他們一直到現在才觸摸彼此。他覺得有點害羞：莎莉一路上獨自航行，隱身在艙壁的另一端，誰知道她的情況怎樣？

他覺得她可能心有同感。她的肩膀貼著他的肩膀，她的腿和他的腿靠攏並排，但卻帶著羞怯，就好像是碰巧如此。他可以感受到她的溫暖，她的肉體和肌膚。他感覺到她的雙手往上移到他的胸膛，再移到他的臉，努力想要回憶她所知道的丈夫。

「感謝您，韓歇爾太太，感謝您拒絕這項特權。」她喊道，試著要低聲耳語，但卻笑著衝口說出，在那一刻，舊日的她，那個發現可憐的蘇珊娜．伍德很滑稽的厚臉皮女孩，他的莎莉，又回來了。他把一隻手放在她的大腿上，身體轉向她，以便在黑暗中仍能隱約看著那張他深愛的臉。他知道她正在微笑。

「另外也要感謝索恩希爾太太，」他說。「我也得感謝她，寶貝。」她和他十指緊緊交纏，他聽到她正在哭，但是也在笑，可以說是悲喜交集。「小威，」她低語，想要說點什麼，但是他們雙手的接觸代表心中的千言萬語。

第一天早上，索恩希爾懷疑他在黑暗中遇到黑人是否只是一場夢。白天時回想起他和黑人的對話──「走開！走開！」──這種記憶讓人很難置信。

人們很容易先從熟悉的部分理解。這一小塊英國領地在森林內延伸。雪梨這地方看似陌生，但是在某些方面（而且是索恩希爾一家認為很重要的方面）它都是泰晤士河的翻版。在這裡想要生存，除了依靠它與英國連繫起來的船隻之外，別無他法。政府當局原本希望這裡最後能自行生產農作物和羊群，但是流放地仍舊不斷向英國本土求助，派遣運送民生必需品的船隻。在碼頭和這些載滿麵粉、豌豆、釘子、帽子、白蘭地和蘭姆酒的船隻之間，船夫的小船前前後後川流不息，就和泰晤士河的情況一樣。

索恩希爾一生都當船夫，在泰晤士河或是在雪梨灣的水面上做這件事，差異並不大。

他為許多主人工作，但主要是為亞歷山大·金恩先生幹活兒，在金恩先生的石砌倉庫中，有一間是索恩希爾第一天就看到的。金恩是個整潔的人，一對小耳朵伏貼著頭，下巴的酒窩深到可以丟進一隻靴子。他個性開朗，喜歡逗人高興，索恩希爾總是很感激，如果知道笑話是金恩先生開的，他的笑聲會更由衷。

金恩先生涉足多項領域，但是與索恩希爾有直接利害關係的是一種桶子，這種桶子裝載某種在澳洲很珍貴的液體，金恩先生請人用船從馬德拉斯、加爾各答、印度群島運進來。金恩先生會在早上過來，大太陽下站在碼頭上，手上拿著清單，在貨物送往海關的途中仔細地清點桶數：有多少牙買加甜酒，多少法國白蘭地和錫蘭琴酒。他付錢不囉嗦，而且面帶微笑，因為他知道沒有出現在清單的其他酒桶，在晚上會有人替他看守。那是索恩希爾的工作：將那些酒桶從船上暗中運到流放地附近的海灣，運到那裡，就可以避開海關緊抓不放的手。

「你會分到一杯羹，索恩希爾，」金恩帶著沉著的微笑告訴他，那是屬於成功商人的微笑。「你會發現酒比法定貨幣還要好。」索恩希爾並不擔心分不到一杯羹，他說：「您可以信任我，金恩先生。」他們握了手，就這麼講定了。

金恩先生是個快樂的人，不會擔心桶箍底下小小的裂口，以及索恩希爾口袋裡的螺絲錐。他不會苦惱，因為他不知道，當他安然躺在羽毛床鋪裡時，索恩希爾正摸黑忙碌工作。

早上和下午，被鏈在一起的囚犯在劈柴搭建的營房裡拖著腳走來走去，腳鐐還發出叮噹響聲，由於囚營裡的吊床靠得太密，囚犯們往往成為彼此夢境的一部分。

如果莎莉沒有擔任他的觀護人，索恩希爾就會被分派到其中一個囚營，或者會被指派給某個移民，這個移民因此可以一年換取一次食物和一套工作服，而且可以隨意指揮他轄下的囚犯。有些人運氣好，碰到比較好心的主人，這種主人會讓囚犯不愁吃穿，一年過後還會讓他們申請假釋許可證。但是對許多主人而言，有人免費替他做事，這種吸引力實在令人難以抗拒，所以一年刑期還沒結束，主人們就會先確定奴僕被控某項輕罪或是其他罪行，免得他們取得假釋許可證。

假釋許可證是新南威爾斯的特產，這裡一年有三季沒種麥穀也沒放牧，利用土地生產糧食是當務之急。政府當局了解，這個地方要能夠自給自足，必須靠自由工人而不是被迫服刑的罪犯。要讓那些人有足夠的自由，可以憑自己付出的勞力得到好處，但又不至於太過自由而擺脫囚犯身分，假釋許可證是一個方法。

來這裡一年之後，囚犯可以申請假釋許可證，口袋裡擺一張這樣的證件，就可以和任何普通人一樣自由行動。他可以隨意選擇雇主出賣勞力，或是占用一塊地自行工作，唯一的限制是他不能離開這個殖民地。對於本來應該上絞刑台的人而言，這項限制似乎是很輕微的束縛。

但是接下來的一年，也就是在可以申請假釋許可證之前，索恩希爾的主人就是莎莉，這一點變成他們之間談笑的話題。每天晚上，他們先鋪好一層蕨類植物，然後再鋪上一塊帆布作為床墊，他會轉身面對她。「女士，我最好稱呼你索恩希爾太太，」他一邊說，一邊緊抱著她，在海上的那幾個月，他已經在想像中觸摸過她的肉體，現在他的雙手做再多次這個動作也不厭倦。「是的，索恩希爾太太，好的，索恩希爾太太，隨時聽您吩咐，索恩希爾太太。」這個地方有許多事情讓人摸不著頭緒，但是他最清楚的仍然是她肉體的觸感。莎莉靠得更近，帆布底下的蕨類植物也跟著移動，就像和他們同床共枕、一刻也靜不下來的動物。「咦，索恩希爾，」她低語：「我的好男人，讓我想想看，你要怎麼伺候我？」

這個地方靠蘭姆酒運作，就像馬匹靠燕麥運作。蘭姆酒是交易的貨幣，錢幣則幾乎用不上。此外，蘭姆酒可撫慰人心，在這塊殖民地上的每個人，都可能因為喝了酒而像飛上月亮一樣。

只要在流放區走動，就一定會走到開放式酒棚，這種建築只不過是用幾根打進土裡的樹枝撐起的樹皮屋頂，再加上用枝條做成的櫃檯。在這個地方隨時都可以買到蘭姆酒。有人攤開四肢躺在翻轉過來的酒桶上，頭靠在櫃檯上，早已不醒人事，手裡仍然緊緊抓住酒杯，連指關節都呈現白色；在櫃檯後面，臉龐瘦削的人面無表情地看著他們的世界。

靠著金恩先生知情而分一杯羹，以及金恩先生不知情的蘭姆酒，索恩希爾一家人很快就搬進河邊的另一間小屋。這間屋子主要是泥土蓋的，比第一間大，還有石頭壁爐和樹皮煙囪。雨通常會透過屋頂以及樹皮滲進來，但是他們互相提醒，這個房子比當年向巴特勒租來的房間好太多了，尤其是在通風方面。

他們把屋子隔成兩個房間，中間用一塊掛在椽上的帆布隔開，其中一間用來開設酒棚。她證明了自己經營客棧的能力，一邊運用微笑的魅力讓客人樂開懷，一邊倒著金恩先生的牙買加好酒，威利在外面的泥巴路上跑來跑去，小狄克則是安靜地躺在搖籃裡。

每個週末，莎莉會清點所得，包括索恩希爾在水上工作的酬勞和她自己賣酒的收入，然後把錢藏在床墊下的一個盒子裡。之後他們哄孩子們在角落睡覺，索恩希爾將大酒桶裝滿酒，再為他們自己倒一大杯金恩先生的上等法國白蘭地——這種酒和總督在山上豪宅裡享用的酒一模一樣——然後在床墊上開始放鬆飲酒，把雙腳放在堆成一堆的硬幣盒上。

那些輕聲絮語的時光充滿了樂趣，他們互相傾訴未來的願景。勤奮節儉的人很快就可以達成目標，這種例子在這裡俯拾皆是。曾經是亞歷山大號指揮官的沙克林船長就是其中一例。在倫敦，沙克林不過是眾多容貌粗陋、腳趾外露的船長之一，但是他在此地落腳，現在已經是這裡穿著銀鈕釦背心、神氣活現的人物。他變豐潤了，生活優渥使得他容光煥發，鬍子刮乾淨到透出青色的微光。即使是重罪犯出身的人，也可以透過制度——從指派做奴僕、申請假釋許可證到取得特赦——在幾年內打拚出頭天。他看到這種人站在碼頭上，不可一世地打量別人：這些人比他好不到哪裡去，卻因為擁有自由而賺進大把鈔票，現在可以大大方方直視任何人。

索恩希爾夫婦告訴自己，不久之後，他們會存夠錢回到倫敦。只要他們確定能擁有永久產權，他們就可以在波若市場天鵝巷裡買一間很棒的小房子，屆時河邊碼頭會繫著一艘和上等蘋果一樣好的擺渡船，還會有一個既優秀又強壯的學徒負責划船，他們則是悠閒地待在溫馨客廳裡的壁爐旁，舒適的扶手椅讓他們筋骨放鬆，而女僕會來添加煤炭。「我覺得，小威！」莎莉蜷起身子貼著他耳語說：「我可以聞到她剛端給我們的烤馬芬上的奶油香！」

乾脆擁有兩艘船好了，還有幾個學徒。

「其中一艘載著印度的渦紋圖案披巾，」莎莉低語：「還有，我再也不必自己洗衣服了。」

索恩希爾可以想像自己悠閒地享用一碟小鯡魚和一杯上等好酒，看起來就像有很多黃金存在銀行裡。他飯後抽著菸斗到河邊散步時，小老百姓會向他問候。「您好，索恩希爾先生！日安，索恩希爾先生！」做窮人時經常練習當富人的樣子，所以他知道以後他會成為和善的有錢人。

一點運氣，再加上大量的勤奮，有了這些，就沒有任何事可以攔阻他們。

索恩希爾覺得，在雪梨灣划船彷彿回到泰晤士河上，但是莎莉時時刻刻都看到這兩地的差異。她很驚訝，這裡每次下雨都不是那種讓一切變得柔和又灰濛濛的毛毛雨，而是發出像加農砲巨響的大雷雨，雨水從天空傾盆而下，彷彿是要將地面沖出個大洞。「老天，小威，」她會說，「你看過那種雨嗎？」在閃電發出蒼白的雷擊時，他會看到她睜大了眼睛，就好像在馬戲團演出時看到有人表演某種魔術似的。

他們的小屋裡到處都是從未見過的生物：眼睛眨也不眨盯著他們看的大膽蜥蜴、溼黏的黑色蒼蠅、可以在一夕之間將一堆糖搬個精光的一排排螞蟻、可以穿透衣服叮人的蚊子，以及埋首在皮膚裡靠人血長大的臭蟲。莎莉從鄰居那裡學會了如何對付牠們，她將桌腳架在裝水的碟子裡預防螞蟻，並且在門口懸掛氣味刺鼻的葉子嚇阻蒼蠅。為了防止吸血的蟲子和小昆蟲，她剃掉孩子們的頭髮，沒有剪刀就用刀片來割，因此威利的耳朵從蓄短髮的頭部突出來，用刀割短的頭髮一簇簇直立著。沒有了羽毛似的濃密頭髮，狄克的脖子看起來就像小樹枝一樣脆弱。

她經常用看人的角度來看樹木，說出她的滿腹狐疑：這些樹不知道自己應該是綠色的，樹都應該是綠色，而它們的顏色卻是被沖洗過的銀灰色，所以看起來總是一副要死不活的樣子。它們也沒有適當的形狀，沒有橡樹或是榆樹的外形，而是扭曲變形的東西，在光禿單薄的樹枝末端伸出點綴著些許樹葉的小枝椏，既不能抵擋陽光也不能提供遮蔭。它們不是掉落樹葉，而是脫去樹皮，樹皮就像髒破布一樣懸在枝椏間。放眼望著流放屯墾區，觸目所及都是那種無邊無際、起伏綿延的灰綠色森林。它的角度似乎令人目盲，想找出它的脈絡卻遍尋不著。它的每一處好像都不同又好像都一樣，讓人看了筋疲力竭。

夏天來臨時——耶誕節在夏天，實在很奇怪——他們頭一次感受到這種炎熱的氣候。太陽挾帶高溫升起，高掛在天空，透過漫長的一天將黃銅色的強光潑灑在萬事萬物上，形成肩上的重擔，直到它隱沒在西方的山頭為止。薄暮時分來得很快，一下子的光景，夜晚就突然降臨。

他們在倫敦所擁有的一切不是被典當、賣掉，就是在航行期間被偷走，連他的舊皮帽和莎莉父親送她的藍色披巾也都沒了。不過有一樣東西是她從倫敦就一路帶在身上，對她來說，那樣東西比其他任何東西都要來得珍貴，因為那是仍然屬於她的東西：她在倫敦的最後一天早上，於醃鮭魚階梯沙地上撿到的一片破掉的黏土瓦。它受到多年潮水沖蝕磨損，但是邊緣的凸起處，也就是黏土被擠成一直線以及連接到條板所在的孔洞，仍依稀可見。這個洞並沒有很圓，它的內側邊緣保留溝槽，透過這個溝槽可以將一根棍子刺穿潮溼的黏土。

「不久以後，我要把它帶回醃鮭魚階梯，」她一邊說，一邊用拇指摩擦它平滑的地方，「回到它原來所在的地方。」這件事就像一個承諾，倫敦仍然在原地，在世界的另一邊，而她總有一天也會回到那裡。

對其他每個人來說，酒棚不過就是索恩希爾的店，但是她特地為店取名「醃鮭魚標記」，只為了聽到說這些字時的樂趣。

索恩希爾發現，莎莉從沒離開鎮上幾條街以外，沒去過那偶爾會有塵土和泥濘的地方。他向她保證，即使總督夫人也會到森林不太茂密的戶外散步，並且坐在岩石上看著夕陽西下。他又說，如果她願意和他沿著小路走到南角的燈塔，她會發現海浪拍打著盲人石巨大懸崖的景色相當值得一看。她偶爾和他一起走到總督花園，像一位淑女由護衛陪伴一樣倚著他的臂膀，但是他知道那只是為了取悅他。在那個小山丘的頂端，她將視線從野外的森林移開，重新看著山下的流放屯墾區。

她最喜歡的地方是雪梨灣。他看過她坐在那裡的公用碼頭，雙腿垂在碼頭邊，威利在沙地上奔跑，狄克則坐在她膝上，盯著海灣裡停泊的船隻。他會划船到其中一艘大船，把貨卸到駁船，然後再划回海關碼頭，而她依然待在那裡，午後海邊的微風讓她的頭髮拂過她的臉龐。

停泊在港口的船隻，是將此地與他們的故鄉串在一起的長線，莎莉往外看著「魚鷹號」或「朱比特號」時，她看到的是自己爬上船，永遠離開雪梨灣，準備把口袋裡的一小塊屋瓦放回醃鯡魚階梯的沙地上。

此地的黑皮膚土著似乎有兩類，常見的一類是生活在流放屯墾區的人，有一個經常在索恩希爾家附近閒蕩的黑人，皮膚黑到可以蓋過陽光。大家叫他疙瘩比爾，因為他的臉全是天花抓破所留下的痕跡。好幾次索恩希爾走出屋外上廁所，都會發現門口附近有個黑影閃過，就有如夜晚本身站起來抓住他。這個黑影好像不是整天號叫乞討麵包碎屑的疙瘩比爾。索恩希爾嚇了一跳，那個人轉身消失無蹤。

早上的時候，可以看到疙瘩比爾靠著後牆睡覺，彷彿那個地方是他的。他倒臥成各種角度，一雙皮包骨的長腿伸出來，除了頭上已經褪色的粉紅色無邊呢帽之外，整個赤裸的黑色身體全部映入眼底，那頂帽子戴在像是燒焦的黑色捲髮上，破爛的帶子垂掛在一個耳朵下，他一手圍住已經變成碎條的絹絲扇，雙眼微張，時而唱歌輕笑，時而皺眉蹙額。當他醒來的時候，他會一陣陣咳嗽很久，索恩希爾回想起來，那種咳嗽方式就像他父親死前的樣子，但是疙瘩比爾的體格仍然很好，陽光照在他臉上起伏的輪廓，雙眼在眉骨下方投射出深深的陰影。他嘴巴旁邊的摺痕像是用石頭刻出來的一樣。他肌肉發達的肩膀和胸膛滿是一道道疤痕。

這個地方是個疤痕之城。在「亞歷山大號」的甲板上，索恩希爾曾經看過丹尼爾·艾力森被鞭打，因為他一時忘形，沒有對警衛舉手敬禮。所有男性囚犯都被帶到甲板上觀看他接受刑罰。幾週後索恩希爾看到傷口變厚，結成一塊塊，皮膚緩慢癒合。

囚犯背部的疤痕，重點在於他所遭受的痛苦，以及疤痕對他印下永遠無法抹滅的烙記。疙瘩比爾胸前的疤痕可不一樣，重點似乎不在於痛苦，而是疤痕本身。那些疤痕不像艾力森背上十字形的鞭痕，而是仔細畫上去的，每一道疤痕清晰地排列，是皮膚的語言。它就像莎莉拿給他看的信件，在白色紙面上顯得粗大。

有時候疙瘩比爾就像在陽光下的黑色剪影出現在門口，叫著：「太太！太太！」莎莉第一次看到他在那裡的時候，突然尷尬地笑出來，並且轉身避看他的裸體。索恩希爾看到她面紅耳赤——他從未赤身露體地站在她面前——並且笑著看他厚臉皮的妻子因為一個無恥的黑人而淪於不知所措。

但是就像此地一大堆奇怪的事情一樣，疙瘩比爾的裸體很快就變成司空見慣了。她逐漸習慣他喊叫她，而且會撕下一點麵包給他吃。

他會帶著他的麵包屑碎離開，而她會說：「感謝老天，疙瘩比爾走了。」她似乎不怕他：「他和螞蟻或是蒼蠅一樣，是本地必須處理的禍害。」每次他離開，她都認定他會永遠地離開。「他消失後就會死，小威，」她會說：「咳嗽咳出血，倒臥在某處的叢林裡。」

他覺得她了解那是一項交易。為了換得麵包碎屑，他會離開他們那裡。但後來他們總是發現他又回來了，直直地靠著牆壁。

疙瘩比爾接受麵包碎屑，但他偏好的是一口蘭姆酒。酒似乎會以驚人的力量對他產生作用。索恩希爾很羨慕他，酒對他腦袋起作用的速度很快、很澈底。「如果其他人也一樣，我們就沒有生意可做了，」莎莉說。如果是白人的話，可能要一直勸誘他花光口袋裡的錢買酒喝，他才會覺得這個世界似乎是一個友善的地方，但是疙瘩比爾只需要不到一口就可以了。

結果疙瘩比爾對生意有幫助，因為蘭姆酒的催化讓他跳起舞來。每個人都喜歡看他四肢收攏，起立跺腳，他的腳強勁有力，讓塵埃四處飛揚，接著他搖搖晃晃，大聲喊叫，將他破爛的絹絲扇指著觀眾，低聲喃喃自語。大街小巷的人們都聚集過來，一邊看著這個像黑色昆蟲的男人——比他們階級地位還低的男人——在他們面前蹦跳，一邊歡呼喝采。

第二類的土著，正是索恩希爾第一天晚上遇到的那種在文化邊陲的人。像莎莉這種只在城鎮中活動的人看不到那類土著。他們生活在森林裡和屯墾區尚未開拓的海灣旁，如果新住民試圖要接近，他們就會消失。即使只有短短幾個月，索恩希爾就看到屯墾區向外拓展，而且每開墾一塊新地，那些隱形人就跟著撤退。

他們四處遊蕩，像蟲一樣赤裸，經常在突出的岩石下或是一張樹皮下躲避。他們居無定所，就像棲息在樹葉上的蝴蝶一樣。他們抓魚、採集牡蠣，殺一、兩隻負鼠裹腹，然後再遷居他處。索恩希爾最常見到的是沿著山脊逡巡，或是拿著釣魚長矛彎著身子準備下水射魚的黑影。他可能會看到一艘獨木舟的一小點，這個小點和水面耀眼陽光下的乾枯樹葉一樣脆弱，裡面坐著一個將膝蓋頂在胸口的人，或是從森林裡某個隱藏地點升起一縷藍煙。但是獨木舟總是在他划到那邊的時候離開，當他太過靠近察看時，藍煙也會消失。

白天的時候，如果有人光是待在屯墾區裡而沒有到附近仔細察看的話，在附近雜亂的地景中可能看不到任何人，甚至會誤認為當地根本杳無人煙。但是到了晚上，若從傑克森港某艘船上遠眺，就可以看見附近四處都是營火，在樹木中閃爍。有時候微風會傳來黑人的歌聲，一首高亢有力的哀歌，以及有節奏的木棍拍擊聲。

沒有跡象顯示黑人覺得這個地方屬於他們。他們沒有設立圍籬宣示「這是我們的地盤」，沒有興建房舍昭示「這是我們的家」，也沒有開闢田地或畜養羊群表示「我們已經對這個地方投注心力」。

但是有時候白人屯墾者會被長矛刺傷。屯墾區常有的傳言是，現在某人正躺在醫院裡，長矛還留在他身上，醫師搖頭表示已經回天乏術；或者另一個人脖子上插著一根長矛，馬上就一命嗚呼，整個人像片小牛肉一樣慘白。

索恩希爾從未對莎莉提到那些長矛傷人的事情，但是她從鄰居口中聽到一些，他發現她常常熟讀

《雪梨報》上的報導。「他們一路尾隨他到這裡然後才下手，」她連看都沒看他：「就在灣區附近。」

不過老想著黑人長矛的事毫無意義，他們就像蛇或蜘蛛，防不勝防，他提醒她，即使在倫敦，人們也可能因為錢財而遭到殺害，他說這番話是要讓她安心，但是莎莉沉默不語。他開始害怕看到攤在桌上的報紙。

不論他對莎莉說了什麼，他很高興他大半時間都待在水面上。在陸地上，他隨時都在長矛的攻擊範圍內。

索恩希爾在雪梨灣替金恩先生工作時，遇到很多來自泰晤士河的老朋友，其中包括湯瑪士·布萊克伍德。布萊克伍德的「皇后號」船底夾層曾經讓他得意過一陣子，但是後來有人告密，他先被判死刑，後來改為流放。

布萊克伍德人高馬大，比索恩希爾還高，擁有駁船夫肌肉結實的小腿和手臂，他具有某種粗獷的尊嚴，一種內蘊的特質，就像一個將內容物拉緊的袋子。他沉默寡言，像深深的靜水般難測，臉孔總是別開，眼神總是看向他處，由於口吃之類的原因，原本就不多話的他，說話時結結巴巴。

這個城市的男男女女都有過一段經歷，問得太過仔細是不禮貌的，可是他有一天單刀直入地詢問索恩希爾，他為什麼會來到新南威爾斯，而且當索恩希爾描述巴西木材的往事時，他還仔細看著索恩希爾。「有人告密，」他斷然說：「魯卡斯因為健康的緣故，晚上不會到河邊。」過了一會兒，他又說：「有一個傢伙也告我的密，一心想拿獎金。」他大笑，但是笑聲中沒有一絲歡樂。「我敢說這隻蛆現在一定很難過，」他說，「因為他幹的事，被丟去餵魚了。」

布萊克伍德並不是那種會向命運屈服的人。相反地，他為了自己拚命努力。他已經得到赦免，現在擁有一艘船，這是另一艘「皇后號」，沒有船底夾層的單桅帆船，因為雪梨和綠山之間的航行交易就可以讓一個人生活無虞。

綠山是河邊鄉村的一片肥沃土地，在內陸綿延五十哩，若有人想要在這片沙地上種植作物，這裡就是最佳據點。雪梨有一條崎嶇的小路通往此處，但是逃犯和黑人會埋伏在森林裡的某一側，伺機搶奪載著滿車貨物的人。要將作物運到市場，比較好的方式是透過水路，順著一條河航行到入海口，然後沿著海岸行駛三十哩到傑克森港。

索恩希爾發現，布萊克伍德已經給這條河命名了。他取的名字聽起來很像是「奧克斯伯勒」，但他的口齒不清，因此這條河的名字有點難以辨認，也帶著某種滑稽可笑的成分。之後他又聽到布萊克伍德講「霍克斯布里」，這下才明白笑點在哪裡。布萊克伍德的命也是霍克斯布里爵士救的，但是布萊克伍德並沒有因此更敬愛他。「一條又好又深的河流，水量充沛，」他說。他似乎喜歡霍克斯布里爵士歸他管轄的感覺，他的眼睛瞪大，一副興致勃勃的樣子。

關於這條河的另一個絕妙笑話是，駁船夫在那裡可能會致富，而且就這一次，駁船夫會比上流階級更有機會致富。殖民地裡的每個人都知道，霍克斯布里是讓人發財的地方（藉由耕作肥沃的土地或是交易農夫的穀物而致富），但是並非每一個人都具備幹這行的條件。首先，你需要一條好船行駛三十哩的大海；其次，你必須喜歡冒險：霍克斯布里和雪梨之間的距離，感覺上幾乎就像雪梨和倫敦之間的距離一樣遠。如果某個人跑到地圖上沒有畫出來的地區時遭遇危險，他就得自求多福了。最重要的是，要在霍克斯布里賺錢，就要有不怕危險的精神，因為那裡有許多最剽悍的黑人，據說他們數以百計地聚集，突襲孤立的屯墾農人。經常有消息傳出，有人被長矛刺死，房舍被搶，田地被焚燒。報紙措詞活靈活現，鉅細靡遺描述黑人所做的一切，並且暗示黑人可能會「施暴和掠奪」，連一隻飛蛾都難以逃過。

但是布萊克伍德並沒有看報紙，當索恩希爾提起暴行的時候，他不發一語。布萊克伍德似乎已經以河為家了，但那是個人私事，他並沒有說太多。

索恩希爾看著「皇后號」沿著傑克森港駛離，布萊克伍德操著舵柄，由他負責管轄的罪犯奴僕正在調整船帆。一個月後，他們會把船開回來，船上將載滿小麥和南瓜，他們對曾經去過哪裡或做過什麼事，都將三緘其口。

歲末年終時，索恩希爾申請假釋許可證，這件事的流程很簡單：首先觀護人要保證罪犯品性良好，接著罪犯必須到監督人住處，站在櫃檯邊，看著書記將名冊本翻到登記他名字的那一頁。「威廉·索恩希爾，搭乘亞歷山大號，」書記說，一邊用他的鵝管筆在其中一欄書寫。「假釋許可證，一八〇七年十月十四日。」

假釋許可證本身只是一張紙，上面印著模糊不清的字，但是它比任何錢幣都來得貴重。莎莉將它包在一塊印花棉布裡，然後再放進儲蓄箱。「你可以走了，索恩希爾，」她說：「你的主人放你自由，你幹麼還在這裡？」連從門口看進來的威利都聽出笑點在哪裡。

狄克才剛開始學會自己吃飯，莎莉又懷孕了。新的索恩希爾，詹姆士，在一八〇八年三月出生。也許潮溼悶熱耗盡了莎莉的力氣，這孩子生來體弱多病，臉色蒼白，眼眶有黑眼圈，骨瘦如柴，肚大如同蝌蚪肚。索恩希爾心裡已經對這孩子說了再見，連想都沒有想到他的名字。

詹姆士—巴伯（這是他的名字）整晚不睡，把莎莉弄得筋疲力盡，她抱著哄他睡著，才要躺下這小孩又醒來開始大哭，把威利和狄克也吵醒了。她站起來哄巴伯，舀一杓水給威利喝，又唱一首小曲安撫狄克，到了早上她兩眼布滿血絲，還得起來弄麵包和茶給他們吃。索恩希爾看到她為了小孩，已經快要被榨乾了。他記得煎鍋巷有一個潑婦也做了同樣的事，讓她的小犬們吸乾她的生命，直到她有一天倒下去，一病不起為止。

索恩希爾一家兩手空空來到此地已經三年，索恩希爾感到驕傲的是，他的家人一星期可以吃三次肉，而且櫥櫃裡總是有一條麵包。事實證明替金恩先生工作是一件好事。威利和狄克長大成為強壯的男孩，如果巴伯養不大的話，那也不是因為家裡沒東西吃的緣故。一八〇八年的耶誕夜，索恩希爾和莎莉用金恩先生的一瓶白葡萄酒互敬，酒力發揮後兩人像新婚燕爾的夫妻一般在彼此耳畔呻吟。

沒有多久，索恩希爾不只一次發現金恩先生斜眼看他。他的書記換了另一個人，此人對他的事情更為挑剔，而且對於別人的暗示相應不理，不像那些願意睜一隻眼閉一隻眼來換得好處的人。

索恩希爾聽說南部有個地方，在殖民地犯罪的重罪犯都送到那裡，可說是處罰中的處罰，這個地方稱為「范迪門地區」，當地發生的事讓人不寒而慄。對索恩希爾而言，現在似乎是該搬家的時候了。當年他在三鶴碼頭沒有傾聽心裡微小的警告之聲，這次他會傾聽。

令他驚訝的是，莎莉竟然同意了。「我們最好確定男孩們有父親，」她一面說，一面把巴伯抱到肩上，安撫他哭哭啼啼的磨人功。「感謝您，金恩先生，你對我們很好，但是我們最好到此為止。」

不久後，索恩希爾看到「皇后號」笨拙地駛向碼頭，裡面只有布萊克伍德一人。據傳從綠山回來的路上，他負責管轄的那個罪犯奴僕決定要提早幾個星期慶祝耶誕節，喝了滿滿一皮囊酒，結果失足翻落船下。在霍克斯布里變化莫測的水流中，罪犯還沒來得及喊叫就沉下去了。布萊克伍德雖不是要施恩於人，但他真的需要一個熟悉船隻操作、願意在安全的城鎮之外冒險的人。

索恩希爾毫不遲疑地接下這個工作。替布萊克伍德工作可能不會讓人收集到很多法國白蘭地，但至少可以避免被送去范迪門地區。

另外還有一件事。他發現自己很想去看看流傳已久、但是沒有多少人實際去過的霍克斯布里。

索恩希爾搭乘「羅絲希爾」郵船往西到過傑克森港口幾次，他坐著金恩先生的船隻，探索過那裡的許多小海灣。但是當布萊克伍德將舵柄用力轉出雪梨海灣，並且讓「皇后號」朝東方前進時，熟悉的景象很快就拋在腦後。他們行經一座稱為斷腸堡的島嶼，這裡曾經是監獄。接著又經過花園島，在此可以看到有個人正在修剪一長排的樹叢。之後就沒有屯墾的跡象了，只有激起一圈圈白色海浪的沙灘和昏暗的森林。

他們接近海岬，也就是「亞歷山大號」三年前駛進的地方時，「皇后號」在浪濤洶湧的海中開始傾斜，在更前面的地方，索恩希爾可以看到海水隨風變成黑色。「風很大，」布萊克伍德喊道。「第一次看到。」索恩希爾回頭看了一下布萊克伍德站著掌舵的地方，舵柄仍在他手上。他不記得以前是否曾經看過布萊克伍德露齒而笑。

他們通過兩個陸岬之間時，索恩希爾面對眼前的狀況毫無辦法。一陣陣強風讓「皇后號」顛簸不已，他可以感覺到強風用力拉扯他的髮根，噪音在他的耳際爆開。那時是一月盛夏，但是強風從遙遠南方的冰原長驅直入。

閃閃發光的廣闊海洋高漲成壯觀的波濤，浪大到要半個地球才能容納，它們急劇升高，其間穿插著白色泡沫，沿著山脊切成齒狀的破碎白浪。強風捕捉到破碎的泡沫，讓它們直接飛到海面上。

航行在那些巨浪之間，索恩希爾可以感受到船隻被舉起、往前推，然後落下。船頭的浪花慢慢升起、破裂、後退，看似從容不迫、甚至嬉鬧，直到它猛烈撞擊，終至停止。波浪通過船的下方，淡漠地前進，它繼續沖向陸地時，背部形成平滑而閃爍的凸塊。

他嚐了一下嘴唇上的鹽巴，領悟到自己的害怕。

這種狀況持續了半天之後，風向突然轉向東北，因此他們必須在海上曲曲折折地航行好與風對抗。在每一個航向，船隻緊隨在後，索恩希爾繃緊神經，深怕船隻翻覆。一直往西走就到了陸地邊緣，那裡到處都有縷縷煙霧升起，還有新月形的黃金海灘，在昏暗的陸岬之間一個接著一個。

布萊克伍德指著說：「在那裡。」但是索恩希爾只在另一片暗綠色森林中看到另一個弧形海灘。布萊克伍德把話說得更清楚。「就在河流出口處，」他說。「我們的霍克斯布里。」

接著他轉動舵柄，將船帆稍微鬆開，讓船隻彎曲轉進海岸線的一個出口，搖晃地朝前方海面前進。一個狀似鐵鎚、並不尖銳的陸岬升高至港口的高度，一塊像獅子的岩石高聳在船的右邊，它的石胸突出於海面，迎向永不休止的風。

當「皇后號」朝島嶼和陸岬之間的豁口前進時，索恩希爾看到布萊克伍德有如琴弦一樣全身緊繃。等他們行駛到可以調轉方向的寬廣水域時，大浪才趨於平穩，像經過漏斗一樣匯入狹窄的峽谷，浪濤在此被擊碎成奔騰的波濤，強風遇到陸地而分散開來，在混亂中造成漩渦、轉向、衝擊。「皇后號」顯得相當渺小，像樹葉一樣翻來盪去。

布萊克伍德的目光一直沒有離開過海水，甚至連眨眼都沒有眨。他的棕色拳頭緊握住舵柄，眼睛半瞇著面對浪花和強風，被濺溼的雙頰彷彿垂著淚水。他身體前傾以利站穩腳步，他那雙駁船夫的結實雙腿在船板上緊繃著。

「皇后號」是剛強的小東西，時而往上震動，時而衝進海浪，但是索恩希爾曾經聽過有些船隻被這種波浪打得支離破碎，船板彈出船尾，海水不斷湧進。現在他的恐懼已經超過感覺，達到麻木的地步，他只能看著布萊克伍德，等待希望降臨。他抓著舷緣想要祈禱，但不知道可以對哪個神明祈禱。

他們終於安然通過。海浪仍然劇烈翻騰，在船身下騷動不已，但是四面的陸地使強風止息，他們已經進入另一個地理區。

「這裡叫做破碎海灣，」布萊克伍德說：「河流從那邊流入，」他往前指，索恩希爾只能看到模糊的河水和叢林密布的海角。「全世界最隱密的河流，」他滿足地說。「如果我沒帶你來，你絕對找不到路進來。」

往內陸看去，一陣風掃過水面，索恩希爾拚命想要找到那條神祕的河流。不論從哪個方向，破碎海灣的邊界似乎都是另一座石牆和森林。一般人可能在附近繞了好幾天也找不到通往霍克斯布里的路。

布萊克伍德將船開向一塊陸地，它是一個陡然墜入海中的堆積山脊，所有的懸崖和枯瘦的樹木都是從那些石頭生長出來的，而且看似山窮水盡的地方，卻悄悄通到懸崖之間的一條河流。當船隻沿著潮水滑行，懸崖突然在兩側升起，除了風吹讓奶油色的岩石暴露出來之外，一切都是鼠灰色，就好像風景本身是擁有金色肉體、外頭覆蓋暗色毛皮的動物。

岩石平坦而且層層疊疊，彷彿是細長的木板堆疊。由於受到風化之故，大小如房子的大片石板掉落，偏斜的部分全都墜落到懸崖底部。有些半躺在水中逐漸被侵蝕。在懸崖與水的交界處，蛇狀的根、藤蔓和紅樹林捲成一團，在落下的大圓石四周糾結。

這裡是夢幻之境，險惡之景，其中充滿了鴻溝、恐怖懸崖和變幻莫測的天空。每一個地方看起來都很像，又好像不同。索恩希爾覺得自己的眼睛張得很大，拚命要找出他們可以理解的景物。

它似乎是全世界最空蕩蕩的地方，任何人都會覺得太荒涼，不適合落腳。後來布萊克伍德說：「看到那邊了嗎？」並且用他鈍鈍的手指著港口的一個海角。在紅樹林的邊緣，索恩希爾可以看到草叢和樹林，以及一堆灰白的東西。「牡蠣、貝殼，」布萊克伍德說，同時看著落在他們後面的海角。

「吸食貝肉，扔掉貝殼，從很久以前就這樣做了，」他笑著說：「還有魚！他們也抓魚。」

「沒有儲存食物？」索恩希爾問：「沒有為明天存糧食？」布萊克伍德帶著頑皮的神情看著他。「沒有，」他回答：「沒有儲存食物。」他拍打他手臂上的一隻蚊子。「他們幹麼要這樣做？河流又不會跑掉。」

索恩希爾四下張望。微風讓樹葉輕搖，讓光線投下變動不定的陰影。「那他們在哪裡？」他問道。布萊克伍德慢慢回答：「到處都是，老兄。」他向前打著手勢。索恩希爾看到有煙霧裊裊上升，最後幾乎消失在岩石和樹林中。他轉身往船尾望去，那裡有另一個灰色圓柱，可能是煙霧或火光。布萊克伍德並沒有回頭看。「他們可以看見我們，」他說：「現在他們正在通知其他人。」索恩希爾盯著堤岸上糾結的樹木和岩石，他看到有東西在移動：那是一個人在比手勢，或是一根像人在搖動的樹枝？

布萊克伍德用稍帶批判的神情看著他。「有件事你最好知道，我們唯一看到他們的時候，就是他們想要我們看到他們的時候。」

這條河嘲弄般地自行顯露，一次只轉一個彎，夾在岩壁和叢林之間相當風平浪靜。當「皇后號」環行一塊高地，另一邊又出現另一塊高地，因此它像齒輪一樣恰好環環相扣。一個地區就像所有其他地區一樣，全都有懸崖、顯現光澤的綠色紅樹林邊緣、綠水。連地平線都沒有提供線索，每一塊凸起的高地就像其他高地，雲層通過太陽時，光線都會投下陰影條紋。

風向變化無常，帶來乾燥甜淨的香味，船隻被潮水牽引，就好像被細繩拖拉，緩慢、寧靜，轉了一個又一個彎。曲曲折折的風景在背後閉合起來，他們不可能知道會往何處去，也不知道曾經去過了哪裡。

他們來到一座有點漂浮森林味道的小島，小島之外有個長長的海灣，這個海灣像一面鏡子一樣平靜，從主河流蜿蜒而來。沿著山脊一直到河邊滿是濃密的森林，一道汙煙懸浮在空中，就像被限制住一樣，布萊克伍德看到以後，下巴抽搐了一下。「是史麥許．蘇利文，」他說：「和我一起從明斯特爾出來的。」他的臉上已經看不到柔和的眼神，說話帶刺，嘴巴緊閉，他抬頭看著船帆似乎要加以調整，但是風平浪靜，船帆鬆弛地掛在船桁上。「他燃燒貝殼做石灰，」他繼續說：「另外還做了很多壞事。」

索恩希爾再看了一下，看到海灣在溪流的沖刷下凹陷。在海灣和河流的交會處是乾裂、朝前伸直的荒野，但其中有一塊平地顯露出來，少許外來的綠色植物屹立在那裡，顏色鮮亮。他瞇著眼看，可以辨別出這片廣大土地上的一間彎曲小屋，它的四周是像被剝了皮的一塊空地。

他還在看的時候，有個男人來到小屋門前揮手，他在河對岸朝布萊克伍德大喊，但是那些話語飄散成懸崖間的回音。儘管布萊克伍德努力要讓「皇后號」朝河道前進，但「皇后號」卻漂得更近岸邊，索恩希爾可以看到一些家禽在那個男人的腳邊啄食，以及披在灌木叢上晒的一件襯衫。那個男人走進一艘小艇駛向他們，到了距離一百碼外叫喊著：「抓住那傢伙！」他的聲音在平靜無風的空氣中相當清楚。他再度屈身用力划槳，當他靠攏過來，布萊克伍德不發一語，只是再度望著桅頂，桅頂的船帆仍然鬆垮地掛在那裡。「看清那個沒用的小偷，」那個男人叫道：「看清楚他的底細！」

史麥許有一張被太陽晒得斑駁如煎餅的臉，黃棕色頭髮從紅色的前額往後退，在無眉的臉上，一對眼睛細小而毫無掩飾，他抓住「皇后號」的舷緣往上看，從緊張又急切的笑容中，可以看到他嘴裡缺了牙齒的漏縫。他毫不感興趣地看了一下索恩希爾，他要的是布萊克伍德。

但是布萊克伍德忙著要展開船帆，它們因為缺乏風力而綳垮了。史麥許從他的船底拿了某些東西，然後將它們舉起來。「看看我帶了什麼，」他喊道。索恩希爾以為是他捕到的魚，想要秀給他們看，或者是一雙手套而已。後來他看清楚了，那是從手腕處切下的一雙手，黑皮膚和白骨形成對比。「這個畜牲偷了我的東西，」史麥許喊道，露出嚴厲、尖聲的竊笑。他前額的紅皮膚、毫無掩飾的臉，有某種可怕的東西存在。「我詛咒你的眼睛，史麥許，」布萊克伍德大聲說，他的聲音在懸崖之間異常響亮。索恩希爾聽見了回音，那股怒氣沿著水域隆隆作響。「快抓起另一把該死的船槳，索恩希爾，」他說：「眼睛尖一點，老兄。」

划了十幾下船槳，他們便脫離了史麥許的小艇。布萊克伍德放下船槳，起身將望遠鏡貼近眼睛。索恩希爾覺得他是氣沖沖地從臉上扯開望遠鏡的，看樣子一定是被他看到的景象刺激到了。他把望遠鏡拿給索恩希爾，索恩希爾透過望遠鏡看去，一開始只看到和苔蘚一樣圓形的銀綠色樹梢滑過他的視線，最後他發現水陸相連的水平線，並且跟著它迅速移動。那兒就是用樹皮和木棍搭成的小屋，附近有一堆悶燒的柴堆。另外還有顏色鮮綠到令人噁心的玉米田。它旁邊有一棵已經死亡的銀色樹木，樹的分枝上有一條繩索，繩索末端垂掛著一個長長的麻袋。

索恩希爾乍看之下，以為那是用來嚇走鳥群的稻草人，後來才發現那是掛在那裡遭人屠宰的野獸。一股微風將船隻推向河岸，這時他發現接目鏡因為自己的汗漬而黏滑：掛在那裡的不是稻草人或豬隻，而是一具黑人的身體，黑人腋下繩索四周的肉都腫脹起來了，頭部往下垂，面容無法辨識。唯一可以確定的是，黃色的玉米穗卡在曾經是兩片嘴脣的粉紅海綿之間。

一陣微風從懸崖吹向他們，布萊克伍德站著握住舵柄，等待風吹過水面，然後轉身將視線移開。風迎面而來，「皇后號」往前躍進，船帆凸起，帆索繃緊。索恩希爾吸了一口氣想說話，但是後來改變主意。

布萊克伍德說話的時候，聲音沙啞刺耳而且帶有感情。「這世界上的東西並不是讓人任意取用的，」他邊說邊往身旁吐口水，然後將目光移到往西奔流的潺潺河水。「人必須為得到的東西付出合理的代價，」他說：「這是付出多少就拿多少的道理。」

索恩希爾看著紅樹林經過，簡單幾筆山脊曲線勾勒在天空中。他只能聽到船隻微小的聲音，船底滑過光滑的水面。那天是個平靜、珍貴的下午，潮水的水量恰恰好，支撐著「皇后號」前進。

快到這個長形流域的盡頭時，船的右舷出現一面很高大的崖壁，布萊克伍德指著前面說，「我就住在上面。」這些話亂糟糟的一團，就好像他的某部分想要說話，但是其他部分卻不想說。「第一條支流從那裡進來。」索恩希爾向前凝視，看到另一條河流在蘆葦間閃閃發光，從較大的河道轉向。他沉默了一下。布萊克伍德邊說邊發出雷鳴般的笑聲：「我獲得赦免，到今年夏天滿兩年，眼前是用錢買得到的最好赦免。」他的目光落在前方，四下寂靜無聲，只有船的龍骨下方沙沙作響的水聲。「我自己挑了一百畝，」他再度開口：「往分支五哩，大家稱它為布萊克伍德的礁湖。離這兒還有一點距離。」

他說這番話的方式，好像在吟詩。與其說他是跟索恩希爾說話，不如說是自言自語。

想到他自己的地方，似乎讓他得以忘了史麥許。他的嘴巴輕柔，品味著這些話，他往前看時，臉上有著屬於個人的歡愉之情。「抓幾隻魚，種一些玉米，釀一些劣等酒，就可以自娛了。」

在索恩希爾的世界裡，有人可能會擁有幾件不值錢的家具、幾件衣服，或許還有一艘駁船，那就是財富。但是索恩希爾並不認識有哪個人能夠購買這麼大一塊地，連米德頓先生都不曾擁有天鵝巷那間小屋子的終身產權。

但是布萊克伍德這個比他好不了多少的駁船夫和罪犯，卻擁有一大片地。不只是擁有這片地，還用他自己的名字來命名！

「怎麼會？」索恩希爾驚訝地說。「你向他們要求，他們就給你一百畝地？」

布萊克伍德看了他一下。「這不是要求不要求的問題，」他說：「你就找塊地巴著不放，就是這樣而已。」

布萊克伍德開始自顧自地哼著歌，往外看著水面閃爍的銀光。「老實說，我寧可避開囚營，那裡有太多傢伙從不讓人忘記他的罪犯身分。」他就像是自言自語地繼續說。「只要滴酒不沾，擁有一艘船的伐木工人也可以為自己謀福利。」

第一條支流往右岔開，之後河流本身猛然左轉，幾乎是把自己對折，就好像環繞著鉸鏈一樣。它突然轉向的地方，是從水中升起的長岬，這個優美的地方點綴著樹木和青草，即使正值盛夏季節，那裡青蔥嫩綠猶如士紳的花園。索恩希爾發現自己正在尋找樹林間窗戶閃爍的莊園主宅第，但是只有袋鼠看著他們經過，牠的前腳高舉到胸前，耳朵朝他們的方向抽動。當「皇后號」快速行經該地，他發現一個圓弧沙灘，前端尖尖的，而且弧形的一邊隆起。

他差點大笑出來，他把它看做是拇指、指甲、指關節等等的形狀。他內心產生混亂，那是因為需求所產生的困惑。沒有人跟他說過，一個人怎麼會愛上一片土地；沒有人說過，在樹林間怎麼會有這種挑逗人心的光影舞動，這種邀人一窺堂奧、靜謐清潔的空間。

他讓自己想像：站在那片山坡頂端俯視屬於他自己的地方，索恩希爾岬。他內心有一股強烈的渴望：他想要擁有它，說「這是我的」，用他從來都不能對任何東西說「這是我的」的方式來說。直到此刻，他才了解那是他非常渴望的東西。

但是「索恩希爾岬」的影像似乎太過薄弱，無法利用和文字一樣直率的東西加以呈現。即使是在自己心裡，要勾勒這幅圖畫並不容易。他不發一語，面無表情地轉過去，沒有驚訝，當然也沒有欲望。

但是布萊克伍德知道他心裡在想什麼。「要多少有多少的好土地，」他說。因為他講得太快了，索恩希爾得花點時間才能聽懂。布萊克伍德直視著他。「我發現你在看，」他說。他往外看著灌木叢搖動的地方。「就在那裡。」他在船尾吐口水，就好像要把史麥許的味道從他嘴巴吐出來。「那種想法不好，」他想要在他們之間建立某種溝通，某種必須傳達的重要想法。「付出多少，才可以得到多少，那是唯一的方法。」他向外看著河水對面，然後轉頭，相當冷靜地對索恩希爾說，「否則就會像跳蚤一樣，死得難看。」

他說的是事實。

索恩希爾點頭，看著上游處另一個陸岬轉彎，帶出另一片耀眼的河水。「我同意，」他說。他抗拒衝動，不再看那片如同他拇指形狀的土地。布萊克伍德看著他，發覺了他的想法。「那就好，」他說，但他語氣裡有一點懷疑。他們之間的這些話像懸而未解的問題。

當第一條支流和長岬落在後面，他們覺得潮水已經逆轉，於是靠岸到一座小島上過夜，升火躺在沙地上睡覺，森林就在他們背後。天亮之前，他們再度動身，趁著潮水向上游行駛。

現在出現更多平坦的三角洲，就像史麥許那一塊，溪流在懸崖之間匯集成坑窪，河岸旁不時出現長著綠草樹木的沙洲。經過石壁之後，取而代之的是小圓丘。河流的性格開始變得更柔和、更親切，更有人的味道。接近綠山的時候，河灘兩邊都延伸出去，擺好姿勢進入設有圍籬的玉米和小麥田，以及發出光澤的橘子園。在田野背後，森林像毯子一樣被向後推。

索恩希爾那天整日看著河流的變化，心裡想著那塊地的長岬。他聽過傳教士說過「應許之地」，他以為那是世界上專屬上流階級的另一樣東西，從來沒有一樣東西是許諾給他的。

他知道這不是傳教士的意思，但是他以記住這個名詞為樂。那塊長岬之地不是由上帝應許的，而是他應許給自己的土地。

回到雪梨後，他把那條河流低地的大峽谷和懸崖等情況都告訴了莎莉，還有農夫在上游地區的潮溼沙洲耕作維生。他告訴她，布萊克伍德靠槍桿子拿到這些地方，他若沒有船，他們的作物很可能會在田裡腐爛。那條河有另外兩個交易商，但巴特利是個酒鬼，安德魯斯是個強盜，所有的農民都在等待布萊克伍德來收購。他告訴她閃亮的紅樹林如何廣闊綿延，而河流又如何隱密地切入陸地。他告訴她支流分岔的事情：他在地上畫平面圖，解釋它在何處匯入河流，並且用一個X記號標示布萊克伍德在何處用自己的名字來命名一片荒地。

他用棍子畫出河流的形狀，解釋它在支流匯入之處的折疊，那個角落成為一條鹹水河變成淡水河的起點，以及它的上游比較平順等等。他看著棍子尖端深入地裡畫出溝槽，藉以表示那條遙遠河流的路線。

他沒有跟她說的是，他的棍子也畫出土地長岬的形狀。在那裡，袋鼠在草地中站起來望著他，他發現他心中有股自己從不知道的渴求。

如果要用言語形容，那個地方是可能會枯萎的夢境。

幾個月以後的某天晚上，也就是一八〇九年七月狄克三歲生日時，狄克吃蜂蜜蛋糕慶祝，他父母親則是喝幾杯來慶祝。現在他們一起坐在火爐旁邊，聽著風在樹梢呼嘯，偶爾掃過樹皮煙囪，將白灰噴到他們臉上。冷風可能會整夜狂吹，但絕不會帶來冰雪、絕不會帶來霜害，這種感覺真的很舒服。第一個冬天，他們在門邊準備好成堆的柴火，還花錢買毯子。現在，經過三年後，他們知道在雪梨過冬沒什麼好怕的。

莎莉坐著打哈欠，盯著爐火。雖然巴伯已經一歲了，半夜還是會叫醒她，起先是啜泣，最後是哭叫，直到她起身餵他奶為止。「應該要上床睡了，」她喃喃自語，但還是將她的凳子移近他，以便和他比鄰而臥。「除了這個以外，這一整天都是最好的時光。」

要跟她提那個想法，此刻似乎是最好的時候。「有一塊地，」他說：「在河的上游，接近第一條支流那裡。」她並沒有把視線從火堆移開，但是他感到她變得異常靜默，顯然有在聆聽。「我們應該取得那塊地，莎莉，要搶在其他傢伙之前拿到。」他聽到他的口氣緊抓著那個想法，所以他說的最後幾個字很急促強烈。

「農夫小威？」她覺得很好玩，臉都亮了起來。「你連蕪菁的頭和尾都分不清楚！」

「很大一塊地，」她還在戲言的時候，他繼續說：「學布萊克伍德的做法在那裡落地生根，永遠不要回頭。」他聽見自己急切的語氣，所以暫時住了口。

她發現他不是在開玩笑。「我們到現在為止過得還不錯，」她說。「生活還不錯就好了。」

她在這一點是對的：他們知道有些人得到土地，卻沒有努力耕耘，或是把獲利浪費在買賣馬肉和花俏的背心等東西。有些人挑了一塊根本無法耕種的土地，結果累個半死，多年勞力只換來遍地雜草。

「小威，」她開口，像不知從何說起般遲疑著。她用一根棍子撥撩著火，然後轉頭正視著他。「小威，我們運氣已經很好了，」她說。「我們兩人原本都可能難逃一死，小孩甚至沒機會出生。」她回頭看著火堆，攤開雙手靠近火取暖。他在火焰的光輝下看到她的手指有多纖細。

「我們過得很好，小威，」她過了一會兒後說：「再過幾年，我們就可以存夠錢回去。」她很快看了他一下。「買回房子和擺渡船、扶手椅等等。」

他想要說服她，那塊地可以讓他們更快得到擺渡船和房子，孩子們會如何因此感謝他們。但是他忍住沒說。他聽見外頭有沙沙作響和咯吱咯吱聲，應該是疙瘩比爾晚上準備睡覺所發出的聲音。

「我們最好抓住這個機會，莎莉，」他說。他聽到自己的聲音一開始很理智，後來忍不住大聲起來：「不要混日子！」

但是他操之過急了。「不行，」她說：「我絕對不要去那裡，小威。」

他發現提高的嗓音吵醒了孩子，他們從床墊爬起來望著。他往威利那裡看，他的臉在黑暗中形成一個蒼白的圓形。身為家中八歲長子，他得到最靠近火堆的床墊位置，狄克以靠牆壁通風良好的位置為滿足，而才剛長得比搖籃高的老么還不太習慣和哥哥們一起睡，他喉嚨發出沙沙聲，表示他還沒有清醒到要哭的地步，但也差不多快了。他們全都一動也不動。過了一會兒，巴伯安靜下來，孩子們又躺下睡覺了。

他感到自豪的是，他的孩子們各有各的毯子，他們不必像他小時候一樣先躺著不睡，等其他人睡著再把毯子拉過來蓋。

莎莉收緊肩膀，往火堆靠去，沒有看她丈夫。他們從來沒有在任何重要的事情上發生歧見，他希望能向她解釋那塊地的神奇，以及陽光照在草地上那種甜美的樣子。

但是她無法想像，也不願去想。他看到她的夢想一直是微小而謹慎，比他們離開的倫敦大不了多少。也許那是因為她沒有經歷過繩索套在脖子上的感覺，那種感覺永遠改變了一個人。

他沒有再說話，但是從醒來的那一刻起，所想的都是那塊溫柔的陸岬，就好像夢裡充滿了它。在他與布萊克伍德朝河水上游和下游行駛的期間，他看到它的各種氣象和風貌。在八月烏雲密布的天空下，他看到雨幕向前移至他認定是索恩希爾岬的地方，讓這塊陸岬變得灰濛濛的，陸岬上的灌木叢受到風吹雨打。夏天一到，清晨的藍天甜美而金黃，小鳥在枝頭歌唱，只要他的手臂側身擦過木麻黃的樹幹，就會看到袋鼠和蜥蜴。有時候，他覺得樹林間有煙霧升起，可是當他定睛一看，卻什麼都沒有。

潮水低落時，陸岬沿線露出了泥巴，這種泥巴和泰晤士河的泥濘不同，是帶著棕色、看來好到可以吃的肥沃泥土。泥巴旁邊是比人還高、像掃帚毛一樣的燈芯草，草上似乎還長著羽毛。這種植物上面到處都是小小圓圓、像知更鳥那類的棕色鳥。他可以聽到牠們在呼叫時發出的聲音：喀──清客──皮──皮──維！維！

另外一些如同士兵般閃亮的鳥兒，用長長彎彎的雙足高視闊步地走過泥巴，他看見不到兩碼之外，有一隻鳥用腳爪將蘆葦夾住後折斷，用嘴剝下外部的葉鞘，吃裡面的白色葉莖。牠一次喙一口，就像一位女士吃蘆筍節。

蘆葦在一端保護長岬，另一頭則是濃密的紅樹林。在紳士公園的斜坡之外，土面傾斜，並且形成石堆和矮小樹叢所構成的一面牆。但是在河流和山脊之間有許多良好的沼地淺灘，有一百畝？還是兩百畝？

不論是多少，都已經足夠。

每次他們經過那個地方，他都會尋找他害怕的東西：上面已經有其他人種植玉米的田地、已經有其他人蓋的房子。每次就是一會兒鬆口氣，但下一刻鐘又開始擔心。

記掛著那個長岬，這變成他的私密之事了，是他心頭散發溫暖的珠子。

這陣子布萊克伍德顯得很愉快，索恩希爾從沒看過他這樣。他準備賣掉「皇后號」，歸隱到遙遠的農田，以他走私酒的所得維生。「木材充足，水源充足，食物也充足。」索恩希爾聽了很驚訝，布萊克伍德聳聳肩。「那裡什麼都不缺，而且得來不費工夫。」

但是在他隱居於河流分岔的山谷之前，他似乎想要先確定索恩希爾過得不錯；看到索恩希爾過得不錯，代表他確定得到了赦免。

假釋許可證讓犯人得以工作，完全赦免的效果甚至更好。目前總督廣開赦免之門（彷彿赦免這件事不值錢），不過已經得到自由的人，以及分配到奴隸而享受到好處的人，並不同意總督的做法。就某種意義來說，情況確實如此。布萊克伍德認識一位名叫考波的教士，這位教士願意為任何身上有攜帶牙買加酒的人擔保此人品性端正。布萊克伍德誇耀他自己的刑期最後變成五年，他說要不是酒桶在手推車上翻倒爆裂，他必須回去再拿一桶的話，他的刑期本來可以更短。

布萊克伍德告訴索恩希爾如何請一個名叫「夜鶯」的人寫請願書，此人因為長期酗酒而身體衰弱，但他很有文采，也寫得一手好字。他坐在溪邊的一間酒館內，面前擺放著一枝羽毛筆和一個空墨水瓶，需要赦免請願書的人要自行攜帶紙張和裝滿的墨水瓶，以及一些蘭姆酒（要帶多少酒，得自行判斷）。清醒時，夜鶯對人並不好，他的手像提琴手一樣搖動，他的小眼睛一副震驚狀。但如果你給他太多酒，酒會從他的毛孔滲出，筆會從指間掉落。第一小杯和準備喝第二杯之間有一段很短的時間，那段時間正好夠他寫東西。

捲曲的信紙底端有紅墨水和黑墨水以及手寫花體字上的花飾，夜鶯留了一片空白，他用顫抖的手指指著那片空白說，「在這邊簽名，麻煩你寫一下。」索恩希爾便拿起羽毛筆，但是他沒有畫一個十字，而是寫起莎莉教他的字母。他在紙張上把筆尖壓得太用力，所以上面留下一滴墨水和潑濺的汙跡，而且他忘了怎麼寫小寫，因此他所寫的不過像是魚餌掛在魚鉤的彎曲線條，但是W和T仍然很清楚。威廉・索恩希爾。

一八一〇年十二月，也就是索恩希爾抵達此地四年之後，他和其他十幾個希望獲得特赦的人在「羅絲希爾」郵船上找到一個位子，並且往港口上游航行，直到它縮小匯入他們稱之為「帕爾瑪塔」的河流。總督的房子就在河流上游，位在羅絲丘上。這間用石頭砌成的方正宅第座落在破落的囚犯屋上方，就像舒適地坐在椅子上的紳士。請願者被帶到一間裝有大窗戶的會客室，室內牆上掛著一些蓄鬍紳士的畫像以及一排排燙金的書本。總督閣下站在高窗傾瀉而下的陽光中，穿著一身使人眩目的鮮紅色，垂著金色穗帶並且別著帽徽的帽子遮住了他的臉，他站在紅色地毯的一個小區域內。

在房間另一端，囚犯把帽子拿在手裡站著。總督的蘇格蘭口音很重，說話鏗鏘有力，索恩希爾只聽懂其中一部分，於是將注意力移到附近的畫像。這幅畫的背景是黑色的，裡面的人側身坐在一張小桌旁，手上拿著一本書。他不知道他自己如果坐在小桌旁，手上拿著一本書，背景是黃褐色，看起來如何。他會和這位紳士一樣顯得架勢十足，還是人必須生來就擁有這種氣質？

這時有人叫他的名字，「威廉・索恩希爾，亞歷山大號流放者，終生監禁，」他機靈地往前走，握過總督戴著白手套的手，親耳聽到宣布「完全赦免」。

從倫敦中央刑事法院的法官抓住從假髮上掉下的帽子，然後宣判的那時算起，威廉．索恩希爾的刑期是四年五個月又六天。

回到「醃鯡魚標記」，他和莎莉向彼此舉杯。應該用總督飲用的白蘭地來慶祝總督授予的赦免才對，他可以感覺到喝下去的白蘭地在胸膛裡升起的溫暖，也看到莎莉的兩頰升起紅暈。「總督大人養尊處優，」她說，然後又喝了一口。「他讓我的男人自由，願他長命百歲，永享仙福。」

她的臉被烈日晒得黝黑，現在她面臨一個難題，這個難題在於她既要喝酒，又要看顧小孩：威利和狄克在屯墾區到處亂跑，巴伯則是用他皮包骨的小腳步履蹣跚地跟在後頭，哭著要他們等他。

她往坐在桌子對面的他靠過去，兩人靠得很近，他可以看到她魚尾紋的皮膚是白色的，這些線條都是因為長期瞇著眼睛看太陽而形成的，它們讓她有張笑臉，並且讓他想要馬上靠在牆上與她共赴雲雨，聽她在他耳邊喘息。她好像可以讀出他眼神的含意，把臉湊得更近，將她嘴裡的白蘭地直接噴到他的嘴裡，因此他感覺臉上被噴得到處都是白蘭地。

由於布萊克伍德不再駕船載貨了，索恩希爾必須找其他事情來做。他想要給自己弄一艘小艇，卡克灣有個人會製造小艇，就像當年行駛在泰晤士河擺渡路線的單人船隻，那種東西可以讓他重回雪梨灣的船上工作。駕駛這種小船，就必須以小規模的方式工作，但如果他本身擁有這艘船，他會過得很寬裕，不需要偷竊了。他會過著良好穩定的生活，這種生活雖非大富大貴，可是會相當可靠，不用冒著被送進范迪門囚營的風險。

不久之後，他還會和莎莉再談一談那塊地的事情。第一次他操之過急，沒有先想好通盤的計畫，嚇到了她，他只需要把腳步放慢就行了。

他和莎莉拿出床墊底下的盒子，在油燈下清點積蓄。三十五鎊。他們從沒擁有這麼多的錢，如果他可以利用二手船槳維生，這筆錢就夠買一艘小艇。

莎莉在手掌裡掂掂錢幣的重量，把它們從一手倒到另一手，然後拿一枚靠近燈光，讓它傾向一邊，看看經過上千人的手之後，它擁有怎樣的光澤。

「小威，」她說，他看著她。她的口氣和以往有點不同，他看到在燈光下，她的棕色眼睛有一隻眼珠較大，一隻眼珠較小。「那個布萊克伍德，」她說。「我在報紙上看到他要賣掉『皇后號』。」他差點開口問她這和小艇有何關係，但他還是等著看她要說什麼。「他喊價一百六十鎊，但還可談。」她大聲說出她的想法：「我們應該向他買下來，像他一樣發財，又快又聰明。」

索恩希爾把視線移到桌上那堆錢幣，想要說話，但是她搶先他一步。「剩下的錢向金恩先生借，」她的音量近似耳語。

他不敢相信他完全了解她的想法，但是當他注視她的臉，她也微笑著在看他。「做幾年跑船生意，我們就可以還清那筆錢，」她說。他覺得他的嘴巴因為驚訝而張開了。她認為他還不太確定，所以趕緊繼續說。「我算過，小威，行得通。」她隔著桌子探過身去，慫恿勸誘他。「之後我們就馬上回去。回老家。」

他本來可以大聲笑出來。這些時候他一直在醞釀他的祕密夢想，結果她也在培養她的夢想。她的夢想和他所企求的結果完全不同，可是奇蹟在於，兩者的起點是相同的。

她沒有猜到他的想法，所以繼續遵循她自己的思維。她看了他一下，眼睛閃爍光芒。「只要幾年就好了，小威，之後就沒事了。家耶，小威，想像那種景象！」

他點點頭，就好像他正在想的是家，當她隔著桌子探過去，用手捧著他的臉親吻他時，他回吻得更激烈，讓她嚇了一跳。「好，」他說：「我明天會去見金恩。」但他心裡想的不是多快可以回家，而是在計算著多快可以建立霍克斯布里的生意，如此一來，在河邊設立基地就成了天下最順理成章的事情：簡而言之，到時他可以站在那塊陸岬上，而且知道那塊地是屬於他的。

除了盒子裡面的錢之外，他們還需要一百一十五鎊。那是一筆大數目，大到幾乎不像是真的，不像是實際的金額，只是嘴巴說說的數字。如果是在英國，他絕不會採取這種做法，而且連想都不會想。但是在這個地方，如果債務可以讓人在晚上保持清醒，它就會讓他變成資產階級。金恩先生同意借錢，他和索恩希爾握手，就好像索恩希爾此時已經與他平起平坐。

他很熟悉「皇后號」：十九呎的單桅帆船，有前半甲板和後半甲板，另外還有很多空間。她和浴缸一樣沉重，船頭很鈍，橫梁很寬闊。身為短程運輸船，她的表現不是很好，順風時的橫轉方式很笨拙，但是她的構造堅固，在強風裡屹立不搖。

索恩希爾得先喝一杯，才能激勵自己。即使如此，他在簽署文件時還是發現自己的手在發抖。

莎莉到雪梨灣欣賞那艘船，她又有了，而且已經進入懷孕後期，所以她必須跨坐在他給她的一捲繩索上面，她的兩腳張開，小心移置她逐漸隆起的肚子。「『皇后』這個名字很可笑，」她說：「爸的船，記得吧，他把船取名為『希望』。」她抬頭對索恩希爾微笑，瞇眼看著他後面明亮的天空。「我們該做的就是保持希望，不是嗎？更別提祈禱了。」他喜歡看她回憶時帶著昔日的微笑，顯得容光煥發，「它的條紋是紅色的，爸真的很講究那種條紋。」

下一次她到雪梨灣來，手臂還抱著新生兒。他和威利塗掉舊船名，漆上新船名，字母則是臨摹夜鶯所寫的字。就在舷緣下，紅色條紋看來很好。他可以了解為何米德頓先生特別講究這一點。為了讓船更完美，他們甚至在另一艘小艇的船身漆上相同的線條，那是布萊克伍德在交易時附贈的。

「希望號」是為一位父親和他的兒子而造，威利即將滿十一歲，靈活度不下於一般成年男人。他很像父親，亂糟糟的頭髮壓扁在帽子下，是個倔強的大男孩，有一天，他的手指被卡在槳架裡，船槳推回來壓到手指，他的臉頓時變成醬紫色，但是他仍然哼都不哼一聲。索恩希爾看到他下巴的肌肉緊縮想要忍住痛楚，因此整個人幾乎鼓脹起來。

索恩希爾自己知道那種痛苦，以及忍住不說的那種力量。

索恩希爾去找金恩先生簽約時，威利也有跟去，他的年紀大到能夠明白承諾支付一百一十五鎊的意思，他很喜歡「希望號」，喜歡讓海風吹著他的臉。他從不介意做苦工，父子倆一起拖拉貨物，把水舀出船外，彼此開始產生默契。

一八一一那一整年，只要有人需要船隻服務，索恩希爾和威利就帶著「希望號」出發，但他們特別著重往來霍克斯布里的定期船貿易。在綠山，溫暖潮溼的農田讓貨艙塞滿玉米、小麥、蕪菁、瓜類。到了雪梨，把貨卸好，再重新載著農夫可能需要的任何東西，包括繩索和釘子、鐵箍和鋤頭。「希望號」從未空船來回，每做一次交易，就有一些錢塞進索恩希爾的手裡。

其他人擁有更大、更好的船隻，但是整個殖民地沒有人比得上威廉．索恩希爾和「希望號」。不論是什麼樣的天氣，他都會出海，有時會帶著威利，但通常是單獨行動。不論日夜，一律照常工作。當別人好夢方酣，他已經摸黑把貨物裝船，逆著潮水徹夜行船，然後在別人剛準備要揚帆出海時踏上歸途。從綠山到雪梨的回程上，其他船隻會因為海面平靜而徜徉在布羅肯灣，之後才沿著海岸一路回到傑克森港。索恩希爾可不會這樣，即使海浪高到「希望號」的桅頂，他也照走不誤。

有兩件事情驅策著他，一件是他承諾償還金恩先生一百一十五鎊本金及利息所簽下的借據，那張借據擺在金恩先生書桌的抽屜裡，就像一條毒蛇一樣，可能會攻擊並致人於死地。

另一件事情是揮別過去、考慮將來。在倫敦，他看過疲憊船夫的雙手，他們做了四十年就垂垂老矣。米德頓先生雙手的指節如同球根，手指像白尾鷲的爪子一樣接在一起，所以他沒辦法從一手掌的錢幣中挑出半克朗的零錢。索恩希爾忘不了波若市場救濟院裡可憐衰弱的駁船夫，他們佝僂並且拖著腳步走路的方式，以及他們看到碗裡清湯那種雀躍的樣子。

在一個冷冽的早晨，他的手凍得發痛，他覺得他可以看到指節開始腫脹，手指往旁邊捲曲。他唯一擁有掌控權的東西就是他的身體，他可以強迫身體屈服於意志，但是他的意志最後會減弱。人生似乎是一場殘酷的競賽：他要在油盡燈枯之前讓自己和家人過著高水準生活，不用再面臨潮水和逆風。

晚上他躺在莎莉旁邊，四個男孩安靜地睡在他們身邊，威利躺在床墊上，睡得和工作時一樣賣力。他旁邊的狄克沙沙作響地動來動去，這孩子快五歲了，出生在兩個世界之間的海上，個性嚴肅，擁有一張索恩希爾完全看不出和他自己有任何相似處的夢幻臉龐。他可以坐上幾小時對著自己哼歌，不經意地玩著幾顆石頭。巴伯睡在他們兩個之間，還不滿三歲，不過他還是會在夜裡醒來，睡覺時兩邊有人似乎會讓他感到安心。他不再是小嬰兒了，但他還是沿用乳名。

最小的一個叫強尼，個性剛毅，從他可以自己坐起來的那一刻，他就喜歡修補任何會移動的東西。對他來說，整個世界可以歸納成滑輪繞著輪軸的方式，起先是單向，接著是另一向。

索恩希爾從未看過莎莉這麼快樂，連年少輕狂的少女時代也不及於此。他看了覺得很驚訝。他愛他的兒子們，但他可以看到莎莉對他們的感覺已經不只是愛，就某些他原本不知道的方面來說，他們是她與生命的連結。

他手中掌握了他們所有的命運，在他出海的漫長歲月中，他知道能夠保護他們的，是他的肩膀，以及划船時踩著船肋的雙腳。如果那些肌肉變得衰弱，他們全都會遭難。

一年多後，在一八一二年初，他設法償還四分之一的款項給金恩，他知道如果不及早行動，就會來不及了。

駕著「希望號」在霍克斯布里上上下下，他已經擬好目標的細節：雖然工程浩大，卻和他手中的舵柄一樣真實。在那塊土地上，他會讓定期船的生意繼續做下去，但是他也會種植玉米，並且養豬來醃製豬肉。只要幾年——這個地方事情發生得很快——索恩希爾一家就能夠還完債務回到倫敦，他心裡彷彿有一雙眼睛可以清楚看到那種安逸的生活。

布萊克伍德說過取得土地易如反掌，他似乎說對了。有一些規定指出，想要取得土地需要一紙總督簽署的文件，但是在那些規定的字裡行間、在那份文件的背後，大家都流傳著一件事實：總督對這件事會睜一隻眼閉一隻眼。喬治王擁有這整個新南威爾斯，至於範圍有多大，沒有人知道，但如果這個地方仍舊是蠻荒一片、只有黑人出沒的地區，喬治王擁有這個地方有什麼意義？文明的人們愈是在這裡據地生根，其他人種就愈有可能會被擠走。這些人願意冒著風險，準備花費勞力，所以用一百畝的土地來作交換，似乎很合理。

接下來唯一要做的事情，就是找一塊沒有人占據的土地。種植農作物、蓋房舍，隨便把那裡稱為張三或李四的家都行，如果有人敢有異議，就送他幾個白眼，要他噤聲。

這些日子以來，他對那塊地的看法密而不宣，那是他深藏在心裡的一個祕密慰藉。自從那晚和莎莉說過之後，就不曾對人提起，就好像這樣做可以防止其他人看到似的。他無法忘懷蘆葦和紅樹林畫面以外的靜謐之地，還有那塊像女體般擁有甜美、溫柔曲線的陸岬。

莎莉又懷了兩個月的身孕。這些小孩來得太快，她才剛讓上一個斷奶，下一個就接著來了。以前在倫敦，有很多老嫗可以照顧孕婦，岩石區教堂街上有一位從事這種工作的女人，但是她的房子和她的人都很骯髒，他不讓莎莉靠近她。

有串鏈條將他與他們在雪梨的穩定生活連結起來，而他的每一個小孩都是這串鏈條的一個環節，每個小孩都讓他們更難從一個地方跳到另一個地方，從一種生活跳到另一種生活。同樣地，他必須採取那個步驟，為了要等待正確的時機，他可能要等一輩子。

一八一三年的新年夜，他們享用莎莉的客人拿來代替酒錢的一隻雄壯公雞，飽餐一頓後，接著享用一瓶上等好酒。懷孕讓莎莉在燈火熄滅後更為勇敢，甜酒和夜晚熱氣讓他們靠著彼此都覺得滑溜溜的，她和索恩希爾真心歡迎新年的到來。

之後他們睡不著覺。屋外，其他人用各種喧鬧的方式迎接新年，熱鬧的氣氛似乎比白天還有過之而無不及。

索恩希爾發現躺在旁邊的莎莉還醒著，她的手鬆弛地平放在他手中，她好像知道他有什麼事情想告訴她。但是他心中想不出該怎麼說比較好，有一度他們各自還假裝睡著。

「莎莉，」他終於開口，聽起來聲音很低沉沙啞，所以他試著再說一次：「莎莉。」

她的聲音很清醒：「什麼事，小威？」

「那塊地，」他說：「我告訴過你。如果我們不把握住，就會錯失它。」

「原來是那塊地！」她高呼：「這陣子我看你魂不守舍的模樣，還以為你一定是看上哪個淫穢的妓女了！」

此語一出，兩人同時笑了起來，但是當他們停下來的時候，尚未完成的構想——那塊土地可以據為己有——仍然存在。她起身走到壁爐，裡面有一些餘燼仍然發出光亮，她對著它們吹氣，直到一根小樹枝燃起，她拿著小樹枝去點亮燈火。她把燈放在地上，然後回到床鋪，用手肘撐住身子，看著他的臉。

她晚上會將頭髮綁成髮辮，他從她垂下的辮子看到一種遙遠的驚奇：她的棕髮中夾雜著灰髮。他心想，人生有多少年可活，過了幾年後就要接近終點？

「你想這件事已經很久了。」她終於開口。

他想到索恩希爾陸岬，在潮水改變時海水流過岬角的方式，微風吹過樹梢的方式。這個想法撫慰了他，而且讓他訝異，他提到它時聲音非常輕柔。「只要五年，莎莉，」他說：「接著我們就可以搭第一艘船回家。」

他把一隻手放在胸口，他從小時候開始就不曾做過這種動作。「我敢發誓，」他擠出一個微笑說。「只要五年，上帝作證。」他繼續說著，即使她早已知道，他們常對彼此說這個故事：「記得嗎？那個等待我們的小屋，錢就要來了，因為已經在敲門了。」她仍然不發一語，但是他感覺得到她正在想像。「壁爐旁擺著一張軟椅，一個女孩拿煤炭進來升火。」他覺得自己因為這個情節而全身感到暖和。「還有各式各樣可口的白色麵包，教堂的鐘聲會告訴我們時間。」

他聽到她說聲「好」，並且嘆了一口不知是失落還是期盼的氣，他不知道倫敦的教堂鐘聲是否可以發揮功效。「想想看，莎莉，」他說：「屬於我們的地方。」他聽到自己的聲音也嚇了一跳：那聲音實在很溫柔。

她也聽到了。他發現她的注意力加強了。「你已經下定決心了，」她說：「對不對？」她轉身檢視他的臉。「是的，」她過了一會兒自己回答：「你對它已經打定主意了。」

她再度說話時，語氣變了。「五年，小威，但是要等到這個小孩安然出世我才要去。」她直視他的臉。「五年，」她重複道，要他遵守承諾。「只要不是一輩子待在那裡就好。」然後她微笑說，「但是記住，小威，你連採蕪菁都不會。」

第三部　森林中的空地

碼頭上沒有人看見「希望號」出海前往索恩希爾岬，只有一隻後腿有點瘸的骯髒白狗在看。牠從碼頭邊緣看著，當索恩希爾從繫船柱將帆腳索翻轉下來時，牠開始發出嘶啞的吠叫聲。

一八一三年九月，冬天還沒過去，溫和的陽光穿過雲層，絲絲冷風拂過水面。很快地，更溫和的空氣從海面吹來，陽光在空中變得更強。想要在地上種植農作物的人一刻也不能延誤。

從傑克森港一路出海，莎莉都向後緊靠，看著逐漸遠去的叢聚建築物，那些晨曦中的白色立方體。「希望號」滑過水面，船帆慢慢地拍動。

公雞的喔喔叫聲從城鎮傳到水上，尾音悠長而憂鬱。當船隻和流放屯墾區之間的第一個陸岬出現時，已聽不到雞叫聲，只聽到隱藏在樹林中的公驢嘶笑，牠的嘲笑聲穿過湖水清楚地傳到船中索恩希爾一家人的耳裡。即使在那時，莎莉也沒有向前看，而是抱著新生兒坐著。他們將她取名為瑪麗，以紀念莎莉的母親。她長得很嬌小，安靜到好像自以為她還在母親子宮裡。她靠著莎莉睡覺，當她母親向後看著森林的陸岬，等待最後一個熟悉的聲音、最後的一瞥時，她青筋暴露的眼皮閃動著。

踏出房子、關好樹皮門之前，莎莉環顧了一下小屋，這一切索恩希爾都看在眼裡。疙瘩比爾靠近煙囪，從他的濃眉下看著。「全都是你的了，比爾，」她說，而他也看著她。「不想因為留下你而感到難過。」她嘗試笑著說，但是卻開始哽咽。孩子們發現母親的聲音透露出緊張焦慮。「我們要去的地方也有黑人對吧，爸？」迪克問道。「不，兒子，我一個都沒見過。」他提醒自己，嚴格來說，這是事實，但是他從莎莉的沉默中聽得出來，她知道不一定要看到黑人，才算有黑人存在。

當他們環繞大片的北岬而行，「希望號」遇到海浪高漲時，索恩希爾把全身重心靠在舵柄上，看著船帆因風鼓起，感受到船下的波濤奔騰。每當「希望號」小小的船頭陷入風浪之中，他心中都會產生某種興奮感。

這麼小的船，這麼大的海。

「希望號」奮力向北前進，經過多處海灘、一個又一個黃色月灣，以及介於兩者之間的陸岬。他現在已經叫得出來它們的名稱，那是從布萊克伍德那裡學來的：曼利、淡水、鯨魚岬的灰暗，以及前面遠方的湛藍，標示著霍克斯布里入海處的錘形陸岬。

可憐的乘客莎莉，即使在平靜的傑克森港水面上也會覺得不適，她緊坐在後方甲板下，盡量遠離冷風，她緊抱著瑪麗，看著她腳下一些髒水在甲板上四處飛濺。他偷偷從旁看著她，在這個陰沉的天空下，風吹著索具發出得得的敲擊聲，她的臉色也變得灰暗。

索恩希爾知道她想避免生病，決心要讓自己撐過這次航行以及任何艱難。他記得在美人魚巷嘎吱亂響的破床上將一瓣瓣橘子餵到他嘴裡的女孩，那時，他因為她不嫌棄他而愛上她。現在，看著她欠身抱住嬰兒，寶寶還戴著她克勤克儉縫補的帽子，他再次因為她的堅強而愛上她。

他向外看著風掀起一陣波濤，「希望號」沿著海岸輕快地前進，然後再往南行。它會將他們載到河口，之後便順著潮水，潮水會上漲流入霍克斯布里，帶著索恩希爾一家前進。到傍晚時，他們就會到達目的地。

在河流入口處，「希望號」在交叉翻騰的浪潮中偏離航線，她背後的浪花幾乎要整個吞噬她，他聽到有人驚恐地喊叫。錘形陸岬切斷強風時，風勢突然減弱，接著他們就順利通過，安然行駛在後方的平靜海面上。

「希望號」往上游走，經過一個又一個支脈，每一個陸岬都在最後往旁邊移動，因此他們可以找到通往那塊土地的路線。聽過海洋的呼嘯之後，這裡安靜到可以聽見船底潺潺的水聲。下午天氣變好，只是風還是有點涼。他們朝太陽的方向直行，直到太陽逐漸西下，前方的水面一片銀色。在船頭，威利站著觀賞被微風吹縐、發出點點波光的海面。狄克靠在舷緣上，河水在他手指四周碎裂又聚合的方式，讓他看得出了神。莎莉終於從懸崖往外看，森林和苔蘚一樣濃密，昏暗的河水反映了更多懸崖和森林。

透過她的眼睛來看這個地方，索恩希爾了解到他走了多遠。他現在已經不是那個第一天和布萊克伍德出海、看到巨大的土地以及這個活生生的水域而陷入沉默的人。現在對他來說，那是一塊應許之地，讓一個人可以用來寫下新生命的空白頁，但是他可以了解，對他的妻子而言，那裡似乎艱苦又不可愛，只不過是難熬的徒刑。

他試著要將想法說出來。「你會習慣的，寶貝，」他說。「你會愈來愈喜愛它。」那只是要鼓勵她，但是當那些話從他口中說出，他發現那是他的肺腑之言。她做了努力，帶著猜疑的微笑看他，然後說：「你和你的煙燻火腿，威廉．索恩希爾！」

「我會讓你覺得像在天鵝巷的家一樣舒適！」他喊道，威利聽了捧腹大笑，但是莎莉並不覺得好笑。從索恩希爾站在船尾的地方，他只能看到她戴著帽子的頭頂，她的雙腳在底下緊緊靠攏。

狄克在森林四下張望，然後高聲說道：「爸，野人會吃我們嗎？」巴伯看了看四周，小臉嚇得慘白，一邊大叫：「不要讓他們吃我，媽媽！」但是索恩希爾並不以為然：「告訴你，孩子，你的肉很難吃，你是那種肌肉發達的小傢伙！」

他還是忍不住往船頭看，槍枝就放在那裡，為了防潮和掩人耳目而用一塊帆布包裹起來。

他在牧牛草原向梅洛瑞先生買槍的那天，是他第一次觸摸槍枝，槍在他手中很滑溜，是一件厚重的器械。

梅洛瑞帶他到自己的小牧場，教他如何用槍。裝火藥是一件很麻煩的事，讓他差點改變主意，從準備好發射一顆彈丸到發射下一顆，需要整整兩分鐘，即使是梅洛瑞也一樣。索恩希爾依樣畫葫蘆，摸索著裝彈，彈丸塞得太後面了，火藥也灑出來了，彷彿要花一輩子時間似的。

他把槍靠在肩上，扣動扳機，感覺到打火石敲在鋼上發出火花。火藥在他的面前爆炸，發出極大的閃光，接著槍托向後反衝，感覺就好像有人撞了他一樣。他搖搖晃晃，差點跌倒。

梅洛瑞臉上出現傲慢的微笑，並且開始說起在沼澤地打野雉的冗長故事。上流階級都知道的另一件事，就是槍枝對持槍者的傷害，有時不亞於對被獵殺者的傷害。

索恩希爾無法相信，他能夠將一顆熾熱的子彈射進另一個身體裡，但是獲准使用槍枝是特赦的特權之一，那是他掙得的東西，不論他想不想要。

他從梅洛瑞手裡把槍接過來的時候說：「只是以防萬一。」現在他不明白當時他怎麼能說得這樣一派輕鬆。

這家人變得非常安靜，每個人都在想像那個地方究竟是什麼樣子。終於在傍晚時，山脊間的裂口中橫臥著紫色的陰影，索恩希爾看到它在前面：像抹香鯨的頭一樣方正的崇高山脊，以及底下蜿蜒於陸地低處的河流，那塊地即將屬於他，它就是索恩希爾岬。

他沿著船向前叫她，要她看一看。「就沿著這裡走，莎莉！」

但是當他們繞到最後一個岬角時，他發現潮水正在改變。水流仍然從船隻的龍骨下起著泡沫流動，船帆也仍然在懸崖吹來的陣陣微風中拉緊，但是支撐著船身的河水開始逆向流動。「希望號」被逆向的風力和水流固定在原位，無法前進，隨著每一刻的流逝，船身開始偏向將他們往後推的潮水。

但是索恩希爾岬就近在眼前，他可以看到拂過水邊紅樹林樹葉的微風，以及站在樹梢上的小鳥。

他必須對抗「這個地方正在嘲弄他」的感覺。

當然，他們可以下錨坐待潮水轉向，並且在船上過夜，他和威利經常這樣做，但是索恩希爾已經等待太久了，一直夢想這刻到來。「操槳，威利，眼睛放亮些，孩子，」他喊道。「我們也可以停泊在這裡啊，爸，」男孩回道：「等待漲潮。」

他是對的，但是索恩希爾太過急切了，急著想踏上那塊應許之地。他跳進船頭，抓住單槳，將全身的重量都靠在上面，感受到自身肩膀的力量使皮膚暖和起來，驅策著他對抗河流。船隻緩慢地搖動作為回應。他用因為急切而變得僵硬的嘴巴喊叫：「老天，威利，使用船尾的船槳，否則鯊魚可能會吃掉你。」但是他聽到自己的聲音消失，在這麼大的空間裡，他的聲音就像是一縷輕煙。

不論如何，威利看到他的表情，就彎下身子划槳，直到船頭掠過紅樹林，顛簸一下後靜止下來。潮水以幾乎看不見的方式退下，頃刻間，龍骨就卡進泥巴裡。他們到了。

索恩希爾跳出船頭時，他的腳陷入泥巴裡。他嘗試要踏出一步，結果陷得更深，他費了一番工夫才拔出一隻腳，想在尖刺的紅樹林根部找尋落腳的地方。他踉踉蹌蹌走進更深的泥沼，嘎吱作響地拔出另一隻腳，感覺步步難行。他低頭摸索探進一片灌木叢，最後終於突圍踏上乾燥的陸地。在木麻黃之外，陸地通往一片覆蓋著綠樹並且點綴著黃色雛菊的平地。

他自己的地，他自己的地，只要踏上它就可以得到。

那裡沒有他所謂的路，只有一條小徑，這條小徑經過雛菊草地並且逐漸上坡，介於草叢和從地面高起的雜色岩石之間。

他走路時腳步輕快，雙腳似乎會自行選擇方向。他心存畏怯，幾乎不能呼吸。

「屬於我的地。」

他的雙腳帶領他上坡，經過一處在岩石上閃閃發光的水流，並且穿過一片樹林。他步出樹林，走進一片空地，那裡的樹木包含一個光影交錯的開放空間：一個由樹葉和空氣構成的場所。四下寂靜無聲，就好像此地的每一種生物都停下手邊的事情看著他。一隻鴿子從他腳邊驚起，飛上樹枝棲息，並把頭轉向他。他則因為嚇了一跳而感到皮膚潮紅。他覺得樹林像安靜的群眾站在他的四周，它們的四肢固定比著一個動作，淡色的樹皮分裂成長長的裂縫，露出內部鮮亮粉紅的內皮。

他脫下帽子，有一股衝動要去感受四周的空氣，他自己的空氣！那棵樹，它布滿灰塵的樹皮在樹幹四周成片剝落：是他的！那片草叢，每一處都有陽光的光環圍繞：是他的！連在他耳邊嗡嗡叫的蒼蠅都屬於他，而棲息樹梢、一眨也不眨地盯著他看的大黑鳥也是他的。

雖然無風，一叢叢樹葉卻是在微動的空氣中搖曳生姿，一會兒這兒搖動，一會兒那裡搖動。西邊山脊的陰影是一條從山腰往下移到空地的線，但是樹林仍然沐浴在蜜糖般的落日餘暉中。

他可能是世界上唯一的男人：威廉·索恩希爾，樂園裡的亞當，深吸一口他自己打造的世界裡的空氣。

黑鳥從牠盤據的枝頭看著他，他的眼神穿過分隔他倆的空間與牠的眼神交會，牠叫著「卡阿阿阿」，並且就像他會回答似地等待著。「卡阿阿阿」。他看到牠彎曲的鳥嘴有多銳利，嘴尖的鉤子可以撕裂肉，他舉起手臂，牠拍拍翅膀，但是並未離開枝頭，他撿起一顆石頭要嚇走那隻鳥，牠似乎看到石頭飛來，在最後一刻才飛離枝頭，並且在上空俯衝直下，朝河流的方向飛走。

在空地中央，他拖著腳跟走了四趟，畫出四條直線，一行接著一行。這四條直線構成了線條，圍出一個四方形。這塊地上從來沒有出現過這種事情，而且從此情況整個改變了：現在有個人在這塊地上，標示出了自己的地界。

不費吹灰之力就擁有一塊地，真令人驚訝。

比較需要張羅的反而是用繩索搭起帳篷，以便提供遮風蔽雨的地方。他和威利以及因為用力而顫抖著瘦弱手臂的狄克，三人一起和厚重的帆布搏鬥。他們沒辦法將樁釘進布滿岩石的地面來支撐帳篷兩側，所以他們必須抬起岩石，將樁定位。最後帳篷終於搭好，但是歪了一邊，而且縐巴巴的。

等他們搭好帳篷，太陽已經下山，陰影移過空地，用它的陰冷將他們吞沒，但是河上的懸崖捕捉到最後的餘暉，在裸露的岩石上閃耀著鮮橘色。

在「希望號」上，莎莉仍然帶著嬰兒和兩個小的擠在後甲板，她的臉已經稍有血色，但是沒有完全恢復過來。她似乎不急著檢視她的新家，繼續坐在船上，從某方面來說，她還依戀著她原來的住處。

索恩希爾發現，從雪梨到索恩希爾岬這趟航行只花了一天，但是從倫敦到雪梨的另一趟航行卻占去大半年的時間，而且距離更遠。從這個無人居住河岸的角度，以及岸上發出哨聲的樹葉和鳴叫的鳥兒來看，雪梨似乎是一座大都市，與倫敦只是程度上的差別。

威利走過去蹲在莎莉旁邊。「我們已經搭好帳篷了，媽，它真的很棒，」他說：「還有升火，可以讓你溫暖。」莎莉的嘴巴擠出一個微笑，她努力站起來。威利似乎感覺到她仍需要勸誘。「我們撿柴火煮了茶，」他說：「還烤了麵包。」巴伯一想到茶和麵包就吞了一口口水，看著他母親。小強尼把他一直在把玩的繩索放下，舉起手臂要人抱。「麵包，媽媽，」他叫道。

莎莉撐起身子，拉過披巾披在自己和嬰兒身上。索恩希爾看到，她有足夠的意願，只是一時還不知要說什麼。巴伯放大聲量，想要吸引她的注意：「我真的很餓，媽！」狄克的手幫她提袋子和包裹，走過他們鋪在泥地上的木棍到達乾燥的陸地。

帳篷、在石頭間跳動的火焰，以及在林間平靜的空地，似乎都表達歡迎之意。但是索恩希爾看穿她的眼神，知道這是個脆弱不堪的家。相形之下，開設「醃鮭魚標記」酒棚的小屋就和聖保羅大教堂一樣堅固。他突然發現這個地方很大，莎莉在這裡生活會很辛苦，每次他乘著「希望號」出海，她就得獨當一面一星期，陪伴她的只有孩子們。如果有蛇咬了他們其中一人，那裡沒有醫師，甚至沒有牧師對著屍體唸祈禱文。他對一塊土地的盲目熱愛，讓他心中跳過了這個看法：莎莉必須在這裡生活，而這裡除了他們之外，沒有人煙。

「這裡像待在狗耳朵裡的跳蚤一樣舒適溫暖，」他宣布。在全家人充滿懷疑的沉默中，悲傷的鳥兒發出悲鳴。

孩子們看著他們的父親，瘦小的臉龐戒慎恐懼。莎莉環顧四周，就好像她可以辨識出某些東西。他可以看出，對她而言，這裡沒一樣是完整的：濃密的草叢、彎曲的樹林、木麻黃使人不安的風聲。在她的眼中，這個地方只是創造世界所使用的材料，不是世界本身。裡面沒有一塊石頭是經過人工雕琢，沒有一棵樹是人種植的。

當潮水困住他和布萊克伍德時，他們經常在這附近宿營。他知道人們在這種地方可以生存下去，但是莎莉的足跡最遠只到過總督花園。

「就是這裡嗎，小威，」她說：「就是這個地方嗎？」它其實不是個問題，她把溜出帽子的頭髮撥到後面。

常用小腳到處跑的小強尼這回緊靠著他媽媽，抓著她裙子的一道褶層，把臉靠過去。巴伯開始啜泣，他已經五歲，不該有一把眼淚一把鼻涕的幼稚舉動。有時候索恩希爾真想把這小子的頭打掉。

他一度認為那是不可能的事。靠這點稀微的人煙——這個臉色蒼白的女人、這些不足以自由行動和表達意見的年幼孩子們——對這塊廣大的地方會產生任何影響嗎？

他從山上俯視因為潮水改變而掀起漣漪的河流，水面漾著的粼粼波光，以及更遠之外的懸崖發出的光亮，讓他忘記冷冽的森林、艱困，以及莎莉無法隱藏的絕望。天空充滿光輝：遼闊、深不可測，一望無際。一彎新月像用紙張裁切貼上般清晰鮮明：同樣是這個月亮，他也曾在泰晤士河夜空看到它升起上千次，畢竟，地球、空氣、天空都是亙古不變，他和莎莉兩個也和過去沒有兩樣，他們都經歷過死亡，然後在地球另一邊重生。

他深呼吸之後說：「畢竟這裡和泰晤士河沒有差別。」重點在於讓她看到他的做法：提供承諾。「就像古羅馬人也到過舊泰晤士河。」她背著嬰兒，無精打采地站著，她甜美的嘴唇死命撐著不讓眼淚掉下，不過他覺得她快哭出來了。

他知道自己應該停止說話，拿一些熱茶和麵包給她，再讓她到帳篷裡睡覺。在清晨，在陽光中，情況看起來會好很多，但是他沒辦法停下來，聽著他的聲音劃過空地。「在船隻旁邊——那是耶穌教堂將來矗立的地方，還有我們的小路，波若市場大街，看到它在那邊了嗎？」

如同他所看到的，最初的幻想開始成形，孩子們一個接一個轉頭看著耶穌教堂和大街。他指著河流另一端的懸崖峭壁，那裡有個地方的一部分陡坡塌陷，留下一個白色的切口，就像一個老人臉上殘留的麥片粥。「記得通往聖瑪莉山丘教堂的路有多陡峭嗎？」他說：「經過沃特曼廳和教堂？不是都一樣嗎？」他可以聽出自己勸誘的口氣。

「還是一樣，」莎莉說，她的聲音變化不定，一會兒像哭，一會兒像笑。「景物還是在那裡，永遠不會改變。」她坐在他拖到火堆旁的圓木上，搖搖頭，就好像對她自己感到奇怪一樣。「唯一的問題是，我們已經不一樣了。」

她這番話等於是在責備。

「五年並不算長，」他說。這番話聽起來不太有說服力，卻是他唯一能夠提出的理由。過了一會兒，她接受了。「是啊，小威，」她說，就好像是她必須讓他恢復信心似的。「五年不算長，現在告訴我那壺熱茶在哪裡？」

陰影在對面金色的懸崖滑動，將懸崖變成深色。隨著夜幕低垂，扭曲的樹木持續保有空中些許的光線。

索恩希爾一家圍繞著火堆蹲踞，聽著夜晚的聲音，感受到它降臨在他們背上的重量。在光線範圍之外，黑夜充滿了神祕的雜音，滴滴答答和吱吱喳喳聲，突如其來的沙沙聲和劈啪響，以及不斷的吱啾嗚。如同窗外風吹般的一陣陣冷風搖動樹木，河裡的青蛙跳出來呱呱叫。

夜愈來愈深，他們就往前移近火堆，增添柴火，所以火一快要熄滅，它就會再度燃起，並且讓整個空地布滿急動的亮光。威利和狄克加進一把又一把木柴，直到亮光對著樹木下面跳動為止。巴伯蹲在靠近火堆一側的地方，放進亮晃晃燃燒著的小樹枝。

他們感到溫暖，至少身體的一邊是如此。火堆讓他們成為一個溫暖小世界的中心。但是它也讓他們成為無助的動物。火焰範圍外的黑暗，和失明給人的感覺沒什麼兩樣。

樹木長得很高大，懸掛在他們上方，就好像它們扯起自己的根，悄悄地更加靠近這家人。它們充滿亂枝的剪影垂掛在升起火堆的空地上。

槍枝放在索恩希爾手邊，他靠著最後一點落日餘暉裝上火藥，而且沒讓莎莉看見。他檢查過燧石，將火藥筒放在外套口袋裡。

他曾經想過，手邊有枝槍會比較有安全感，但是現在為何沒什麼感覺？

因為烤得太快，麵包有點焦，但是焦皮底下冒著熱氣的香味仍然襲人。夜裡，他們吃東西的聲音似乎變大了，索恩希爾可以聽到他喝下去的茶經過他食道的聲音，以及當麵包下肚時肚子的感嘆聲。

他抬頭看著即使火光也不能掩蓋星光的夜空，他想尋找他學到可以用來指引船隻方向的南十字星座，但是一如往常，它正在玩捉迷藏。

「也許他們正在看我們，」威利說：「可能是在等待。」他的聲音裡帶著恐慌。「閉嘴，威利，沒什麼好擔心的。」索恩希爾說。

在帳篷裡，他覺得莎莉在被子下緊緊抱著他，他用火將一塊石頭弄熱，然後用他的外套包住石頭溫暖她的雙腳，但她還是在發抖。她的呼吸和動物一樣急促，他抱緊她，感覺到背部的寒冷，直到最後她在睡夢中呼吸速度變慢為止。

晚上颳起一陣風，他可以聽到風吹上山脊的聲音，雖然在山谷裡一切都寂靜無聲。那就像拍岸的浪濤聲，潮起之後繞著山脊流動，潺潺水聲愈來愈大，然後又逐漸消失。大量的樹葉和風使山谷顯得矮小。

伸展四肢，感受身體徜徉在自己的土地上——他覺得自己一生都在趕來趕去，現在終於有個地方可以歇腳。他可以嗅到吹進帳篷垂簾的潮溼空氣，他可以透過背部感受到地形。「我自己的土地，」他一直自言自語：「屬於我的地方，索恩希爾的地方。」

但是吹上山脊、穿梭在樹葉間的風聲所說的，卻是另一回事。

有帳篷已經很好了，但是要標示一個人的所有權，就要靠一方長長的土地，這塊土地要經過清理、翻過土，種植以前從未在那裡出現過的植物。他擁有玉米種子、一把十字鎬、一把斧頭、一把鐵鍬。問題只是選擇一塊地來開闢。

河邊有一塊狹長的土地，地面平坦無樹，已經具有田地的雛型。剩下的工作就只是清理雛菊，翻鬆地面以便播種。

隔天早上，曙光乍現時，索恩希爾就和威利走去那裡，狄克則是荷著一把鋤頭，慢吞吞地走在後面。平坦的部分有時靠左，有時靠右，不只一個地方適合用十字鎬來挖土。

但是威利用手遮著眼睛往前看。「爸，你看，」他喊道：「有人已經挖過土了。」是真的，有一塊剛翻過土的地，上面點綴著露水，吸收陽光。他瞇著眼看土裡的植物。晨光太明亮，很難看清楚東西，有幾朵雛菊鬆散地倚在那裡，厚厚的根已經斷裂。他用腳來回摩擦其中一朵，它一下子就倒下來。

他渴望這個地方，讓自己太快就愛上它。一直以來他都在懷抱夢想，而且受到渴望的驅使，他奮力抵抗大風大浪和疲憊，結果還是太晚了。有人比他早來一步，用他的十字鎬開疆闢土。就像其他每一個希望，這個希望已經被人從他身邊奪走。

他覺得自己彷彿要掉下淚，就深吸了一口氣，抬頭望著天空，等待快要奪眶而出的眼淚平息。他凝視天空，幾乎可以看見空氣中的塵粒緊挨著彼此飛舞。

一道黑影從那塊地上飛起來，影子投射在他臉上。有著冷酷黃眼的黑鳥轉身振翅飛走。

他又看了一下，一般人用十字鎬挖土都會掘成方形，但這裡並不是這樣。想要種玉米的人不會讓雛菊隨意散落在可能會重新長出來的土地上，而是會將它們拔起來丟到一邊。

他很驚訝自己的聲音如此平靜。「只是野豬之類的動物，或者是鼴鼠之類的動物弄的。」他愉快地說著，一點翻過的泥土絲毫不會影響到他。

威利懂得不該跟他父親唱反調。「鼴鼠，你認為是鼴鼠。」他說。索恩希爾聽得出他口氣裡有點不太相信。

狄克的鋤頭卡在一堆灌木叢裡，他在那裡大叫，聲音被風覆蓋。他蹌踉走出來，拖曳著鋤頭，站著看這塊傷腦筋的地。

「被挖過了。」他最後說。威利馬上回他說：「不，狄克，爸說是鼴鼠挖的。」但是狄克沒有意識到他哥哥口氣裡的警告意味，高聲說道：「是蠻人挖的。就像你一樣把它們種下去。」

索恩希爾看著那片土地，現在陽光把它照得變成乾灰色。他想，要不是大家都知道黑人不會耕作，狄克就是對的。黑人到處閒晃，拿現成的東西果腹。他們看到土裡有什麼東西，就會把它挖出來，不然就是在經過灌木叢時從樹上拔東西下來吃。但是他們和小孩一樣，不知道今天種植作物，明天就可以收成。

那就是為什麼他們會被稱為蠻人。

他俯身扭斷葉柄，上面連著小小的根莖。「閉嘴，狄克，」他說：「沒用的黑人不會種東西。」他把葉莖丟開。它一下子就飛出去，然後在根部重量的牽引下，又掉回泥巴裡。

這塊地的土質不像濃密的柏孟塞泥土，在下雨後會泥濘到讓腳拔不出來，這是可以從指間漏下的稀疏沙土。一叢叢雛菊很容易拔出來，它們散開的根在土裡死氣沉沉，可以被丟在翻過的土旁，堆成一堆。

這也是很辛苦的工作。索恩希爾可以划槳，但是用鋤頭彎腰耕作讓他滿頭大汗，當早上太陽愈升愈高，天氣就變得和英國的仲夏時刻一樣熱，蒼蠅在他鼻子四周飛舞，還飛進他眼睛。他覺得熱氣讓他快要脫一層皮，用自己的汗水煮熟。

威利拚命挖土，想要趕快做好，才能夠回到「希望號」，坐在船上緊繞繩索或是推送一點補土來填補漏洞。狄克則是心有餘而力不足，花半小時迷迷糊糊地挖同一塊泥土，臉上帶著少許神祕的微笑。但是他們完成了鼴鼠或是野豬起頭的工作，到下午時，他們已經將一塊地翻好土，準備播種：那塊地不比帳篷大，但是個好的開始。與其說它是他夢寐以求的作物，不如說它是一個訊息。就像在旗桿上升起一面旗一樣。

他要孩子們去播種，然後坐在一旁讚美他們做得好。他可以聽到靠近草叢的某種昆蟲發出的「靂——靂——靂——靂」聲，以及一種細高的嗡嗡聲。附近有一隻鳥訴說著故事，叫聲一聲比一聲高，更遠的另一隻鳥發出像搖搖欲墜的門開了又關、關了又開的噪音。

在這塊不平整的土地上，連綿不斷的森林就像縐縐的布料覆蓋在山丘和山谷上，除了他們所挖掘的一小塊土地之外，這裡沒有一樣東西可以判定跟人有關。他可以聽到血液在他耳朵發出的劇烈跳動聲，以及從他胸膛吸進又吐出的氣息聲。

接著他發現有兩個黑人在看他，與其說他們出現，倒不如說他們選擇被看到。他們顯得一派輕鬆，其中一人的一隻腳是彎起來的，抵住一膝側邊，他用矛撐住自己，看起來就像他周圍彎曲的樹枝一樣；另一人像大圓石般靜止不動。

索恩希爾站起身。就像在等待這一刻，站著的那個人向前走一步：他頭髮斑白，小腿肌肉發達，擁有老人四四方方的胸膛以及高而圓的肚子。他的私處由腰間的一條細繩圍住，細繩上掛著各種棍棒，但是作用不在於遮羞。另一個人隨後站起來，他和索恩希爾差不多高，正值盛年，高高的前額上豎著一撮頭髮，上面還束著一片毛皮。這兩個人的胸膛和肩膀都有幾道暗淡的疤痕。

他們彷彿心不在焉地握著他們的長矛，他看不清他們的臉，他們的眼睛隱藏在濃眉所投射的陰影之下，他們的嘴巴寬闊，毫無笑容。他們毫不畏懼，堅定地面對他站著。這個時刻屬於他們。

索恩希爾將雙手在馬褲兩側擦了擦。他可以感覺到他的手掌摩擦著布料凹凸不平的接縫。這樣能讓他安心，他又做了一下，然後將手滑進口袋。他覺得把手塞到沒有人看見的地方，比較不會感到無助。他腦中某個部分存在著一個影像，在這個影像中，他自己進入溫暖黑暗的口袋，安全地蜷曲著。

一隻小鳥在一棵木麻黃上愉快地吱吱叫，一陣輕快的微風吹過樹葉。最後，他覺得唯一可做的事是走向那些人，就像跟幾隻小心翼翼的狗講話一樣。「別用矛刺我，好小子，」他對年輕的那個人說：

「我很想請你們喝一杯茶，只是我們沒有茶。」

但是老人打斷他的話，就好像這些話和樹裡的風聲一樣不重要。他詳細地說，聲音不大，只是滔滔不絕，就像他的皮膚沒有明顯的稜角。他說話時，手勢變來變去，有時指著河，有時指著山上和山下，像撫平床罩一樣用手掌把東西弄平。這讓索恩希爾想起米德頓先生解說貝特西地帶潮汐的情況。

但是毫無意義的話排山倒海而來，到最後令人發狂。他開始覺得自己像個傻子。為了彌補那種感覺，他插嘴高聲愉快地叫了老人一聲。「老男孩，」他喜歡這個說法，他從未像上流人士般稱呼任何人為老男孩。「我聽不懂你說的話！」他說著，就像上流人士要他划快點、算便宜一點，但又假裝是在開玩笑時，會對他說的話。

他停下來時，那兩人看著他，等他繼續說。他舔一下舌頭，然後又開口說話。「我聽不懂你說的話，老兄，一點都不懂。」有一個想法讓他發笑，而這個舉動讓他變得勇敢起來。「老兄，你乾脆學狗叫好了。」因為覺得好笑，他兩頰都鼓起來了。

老人的臉上並沒有顯露出欣賞笑話的樣子。他鬆垮的皮膚從鼻子開始起皺摺，長長的上唇讓他看起來很難討好。他再度開口，像用水澆火一樣切斷索恩希爾的幽默。他用手的一側比出劈砍的動作，扎著那塊翻好土的四方地和成堆枯萎的雛菊，這次他的聲音與其說是不斷冒出的蒸氣，倒不如說是滾下山的石頭。

索恩希爾指著懸崖，河流在樹木之間閃閃發光。「現在是我的地了，」他說：「其他都是你的。」他用手臂在空中畫了一個方形，示範他百畝地的疆界。

按理來說，在新南威爾斯這整塊廣大的土地中，他的地當然是滄海一粟。對方不為所動，他沒有跟著索恩希爾指來指去的手臂四處看。他知道那裡有哪些東西。

威利和狄克帶著種子袋沿著山坡跑時，有一個強烈的呼喊聲傳出來。當他們看到黑人時，臉上的歡笑全都不見了。莎莉臂彎裡抱著嬰兒，出現在帳篷門口，索恩希爾看到她一臉驚嚇，她抓住想要衝出去的巴伯，由於抓得太用力，他皮包骨般的手臂差點沒脫臼，只好放開他，轉而抓住試著要跟他哥哥一起跑的強尼。兩個黑人似乎在等待某件事情，索恩希爾不知道他可以給對方什麼東西，十字鎬、小斧頭、鐵鍬，全都太珍貴了，他這時真希望自己想過從雪梨帶點東西來。珠子。他聽過給黑人珠子、鏡子的事。

要取得一把珠子、幾面鏡子，原本是易如反掌的事。

但是莎莉從帳篷往下喊：「拿一些豬肉給他們！機警點，小威，拿去。」她一邊肩負著嬰兒，一手拿著豬肉，這是她應付疙瘩比爾的方法。他好像意識到這兩個人和疙瘩比爾不一樣，至少是能拿給他們的東西，即使這塊豬肉不是很新鮮，但還可以吃。幸運的話，他們會接受然後離開。「快點去，威利，拿過去。」他說。他可以聽到她語氣裡的緊迫性，而且認出其中帶著恐懼。

提供一點豬肉和麵包似乎算是進步，黑人至少接受了，之後他們手上拿著食物等待著。他們彷彿認不出那塊豬肉是食物，索恩希爾示範給他們看，他自己吞了一些肉，感覺到肉筋通過喉嚨的乾燥感。但是無論再怎麼示範，他們都不吃。

過了一會兒，年輕的那個把他的那片豬肉放在泥土上，嗅著他的手指，皺起鼻子，用一叢草揩擦他的手。的確，那塊豬肉已經變黑，在某些光線下是綠色的。他們習慣在吃的時候屏住呼吸，以免聞到怪味道。

這應該不是他們想要的東西。

索恩希爾想到口袋裡的硬幣。有一枚一便士和一枚六便士銀幣，雖然不如珠子，但也許會奏效。他把手指滑進口袋找那些硬幣，這時威利嘶啞地喊叫：「你們這些小偷，把那個還我們！」還有一個灰鬍子老人當場被逮到手拿著鐵鍬。威利抓住他的手肘，用盡力氣想要把他手中的鐵鍬拉下來，老人擺脫他，繼續拿著鐵鍬。

他生氣地喊叫，一再重複同樣的話，威利也正對著他留白鬍的臉回罵：「給我放下來，放下來！」雙方言語交鋒，就像海洋遇到河流，彼此激烈傾注和混攪。

整個早上的緊張氣氛升高，進入緊急狀態。這裡的人太多，而運用的語言太多種了。他聽到他自己喊出一個詞：「不要！」他的意思是要對眼前這個時刻說不，因為情況已經有點失控了。「不要管他，威利，」他喊道，並且走到老人身邊。他心裡沒有盤算，但卻發現自己推著那個人的肩膀。對方的肩膀溫暖而且健壯，他輕拍著它，當他拍一次的時候，繼續再拍似乎很容易。他指著鐵鍬，每拍一次就正視著對方說：「不行！不行！不行！不行！」拍肩膀的聲音就好像帶有挖苦意味的緩慢鼓掌聲。

河岸似乎正在經歷環境的改變。老人臉上的光線縮小到臉上的陰影皺痕。他的手伸出去抓住他腰間串繩上的彎曲木棍，而年輕的那個則是向前一步，手持長矛，矛柄抵著腳踝，臉色猙獰。索恩希爾聽到樹上木頭和木頭的刮擦聲，他知道那是擲矛者所持的長矛發出的聲音。他聽到莎莉發出淒厲的叫聲，因為她也聽到了，強尼的叫聲則是突然中斷，因為她用手摀住他的嘴巴。

情況一度很緊張，老人因為憎惡，哼了一聲，然後轉身離開，把鐵鍬丟在地上。彷彿一步的光景，他就隱沒在閃爍的微光和森林的陰影中。整個畫面就像布幕一樣平順地收合。

年輕的黑人並未離開，他手臂強大的肌肉依然繃緊，一觸即發。他走近索恩希爾，由於距離很近，索恩希爾可以聞到他身上濃濃的動物味道，並且看到銳利的刀尖：有些是石頭，有些用玻璃做的，令他覺得有種夢幻般的趣味。他伸手用力推索恩希爾的胸部，然後用力拍了他肩膀三次。那就像在鏡子中看著索恩希爾自己剛剛才做的動作。那個人用力大聲說，並且用剛剛拍索恩希爾的那隻手比著。不論在哪個地方、用哪種語言，那種手勢都代表「走開」的意思。連狗看到都知道「走開」代表什麼。

他們盯著彼此，黑人的臉強大有力，憤怒全寫在上面。接著他轉身跟在老人後面走進森林。他穿過矮樹叢時沒有發出碰撞聲，沿著滿地樹葉前進時也沒有發出嘎吱踩過的聲音。前一刻鐘，他還面有怒色，手持長矛站在那裡；下一刻鐘，人就消聲匿跡，只剩下空蕩的森林，一隻鳥兒啼囀，彷彿什麼事都沒發生。

小巴伯蒼白的臉孔從莎莉身後探出來，「他們為什麼不用矛刺我們，爸？」他小聲說，「他們本來有機會的。」強尼癟嘴大哭，但是莎莉用力撥著他的頭髮，他的頭在她手下擺動不穩。「他們沒有要殺我們的意思，」她叫道。索恩希爾可以從她的口氣裡聽出欣慰，鬆了一口氣。「我們給他們食物，他們就放過我們。」她瞥了他一眼：「對不對，小威？」

他不知道她對這番話相信幾分，以及有多少分是為了孩子們好，但是他很高興地表示同意。「我們會沒事的，」他說：「他們因為想要鐵鍬，鼻子都氣歪了，事情就是這樣。」他拿起鐵鍬，將它插進土裡，在地面挖出一個切痕。「他們現在已經走了。」

他的話說得鏗鏘有力，但是他們隨後陷入沉默之中。

隔天早上，索恩希爾一大早就醒來爬出帳篷外。經過一晚，帳篷傾斜得更厲害了，草地上到處都是蒼白的露水，每棵樹的每片葉子都發出微光，河面上籠罩一層明亮的薄霧，但是在帳篷四周，一道道陽光斜穿過新月形的葉子，並且透出微弱的綠光。擁有寬闊翅膀和巨大鳥嘴的鵜鶘寧靜地掠過河上的天空。

帳篷四周似乎到處都有像是一夜間冒出的小樹，仔細一看，竟是深深插入土裡、埋住倒鉤的長矛，令人肚子一陣翻攪。

他趕緊把它們一根一根從地上拔起。在他手上，每一根長矛都有其用途，他不準備想像它們飛過天空的樣子，如果他把它們丟掉，它們會好像從不曾存在那裡一樣。威利從帳篷出來和他說話時，他正好在拔最後一根。「下次會拿來射我們，」他說，「對不對，爸？」

他看著河對面的山脊，以及山脊上濃密的灰色森林。「如果他們要傷害我們，我們現在就不會站在這裡了，孩子，」他平靜地說，一邊把最後一根矛拔起來。「他們沒有這個意思。」他把矛當作一堆引火物一樣全都丟進火裡。但是他心中有一股可能被長矛切開的空虛感覺。

威利不發一語。索恩希爾想到拿豬肉給黑人的莎莉，她確定事情就是這樣。「不要用絕不會發生的事情嚇唬你媽媽，」他說。孩子驚訝地看著他，索恩希爾對自己的話也感到懷疑。莎莉聽到丟長矛的刮擦聲，臉上盡是驚恐：他不想看到的正是那種神情。「她是軟心腸的小東西，」他用男人對男人的方式對孩子說。「我們不想讓她為沒有的事煩心，對吧？」威利點頭，在其中一根長矛所弄出的一個洞上用腳來回摩擦，直到把洞填成和其他地方一樣平為止。「是的，爸，她絕對猜不到的。」

他們可以看到從大河的支流某處竄起的裊裊煙霧，但是他們轉身不看。長矛熊熊燃燒，「我們今天把那些種子種好，孩子，」索恩希爾說。威利點頭，但是並沒有看著他父親的眼睛。

索恩希爾對他在雪梨買的乾枯種子沒有信心，很難相信這種毫無生氣的東西會變成人們可以大啃特啃的玉米。威利說出他的想法。「我們被騙了，爸，這些東西長不起來。」

威利已經是小大人了，但是他還沒有培養出何時該閉嘴的判斷力。

索恩希爾彎下腰，用他的拇指把一顆種子推進土裡。「它是死是活都沒有關係，」他輕鬆愉快地說：「只要它能說明是索恩希爾先到此地就好。」

莎莉弄了一塊她稱為院子的地方，她把這塊地方打掃乾淨，直到它變得平坦為止。在這塊地的範圍內，她做了一些家用設備：用石頭圍起來的壁爐，茶壺和鍋子放在裡頭的煤炭上，水桶裡注滿溪水，一片木板放在幾塊石頭上充當桌子。她就像其他家庭主婦一樣，煮飯、洗衣、打掃，在一塊木頭上修補孩子們的衣服，或是磨碎玉米。

她只有在上廁所時才會到院子以外，不會閒晃浪費時間。索恩希爾會護送她回來，她的目光會掃過森林、岩石、懸崖、天空，之後才會回到桌子或帳篷、孩子。那些是她目光所及之處。至於視線以外的東西，就是她無法看見的，他觀察著她，看到她一直別開臉不去看樹木在風中颯颯響動的地方。

和任何囚犯一樣，她有一個用來記錄每一天的地方，那就是靠近帳篷的一棵樹的光滑樹皮。每天傍晚，她會帶著一把刀子走到那裡，耐心地刻著一條直線，第一個週日的傍晚，她橫切過已經在樹皮上劃下的六條線。她似乎很喜歡刀鋒切入灰白樹皮的方式。

他聽到她告訴威利：「五年是兩百六十個星期。我們已經過了將近一星期。」隨著日子一天天過去，索恩希爾發現自己希望她會忘了去樹皮上刻劃記號。有時候一天過去，他以為她忘記了，但是他隨即看到她拿著尖端破損的舊刀子走到樹下。

如果她在走回來的路上看到他，她可能會對著他嫣然一笑，但是什麼話也沒說。他也會報以微笑，那種笑代表的是另一種未說出的意義。他們以前從未對彼此隱瞞事情，自己所有的想法也會和對方分享。他想，為了得到最好的結果，這是他們目前必須暫時付出的代價之一。

他們之間未說出的祕密是，她在這裡是個囚犯，在她自己打造出來的一小塊地裡數日子，之所以沒有說出來，就在於她不想讓他覺得自己像個獄卒。在某個意義上說，她是在避開他。而且如果她沒有說出來，他怎麼可以說？他怎麼可以說：「抱歉，我最想要的是把你囚禁起來？」如果他這樣說的話，那他也得說：「我們最好回到雪梨。」

索恩希爾私下的想法，存在於他微笑背後的陰影中，那是對失敗的恐懼：恐懼玉米會死在土裡，或是恐懼「希望號」會失事。他把它們帶到這裡，但是他可以靠它們謀生嗎？

不過在他把那些縐巴巴的種子塞進土裡的兩星期後，每一顆種子都開始冒出鮮綠的葉子，而且它們強大到可以穿透土壤。他挑的播種時機很好：天氣一天比一天暖和，在騰騰熱氣中，葉子的成長速度幾乎是肉眼可見。他讓孩子們去澆水：河水太鹹，所以每一滴灌溉的水都是來自小溪。植物長高一些後，他希望它們不需要再澆水，他向孩子們保證，這裡會有雨水，春天總是雨水豐沛。但是他們現在得暫時拿著水桶每天下午去取水。

在他的慫恿下，莎莉去看了那塊地，也稱讚了一番，但是他可以看出那嫩綠的小玉米沒辦法像激勵他那樣同時鼓勵著她。他看著她很快就回到山上的帳篷，依舊背對著不看院子四周充滿濃密樹林的地方。

她害怕孩子們到處亂跑，在森林裡迷路，而且因為沒有東西可以用來做圍籬，她索性用長繩索把巴伯和強尼拴在記錄日子的樹旁。除了他們隨身攜帶的東西，比方說醃肉、麵粉和乾豆子之外，她也不隨便亂吃任何東西。他有一天嘗試要給她吃河邊生長的一些綠色植物，他發現那種植物不像荷蘭芹一樣粗，但是她不願意吃。「我要等玉米收成，」她微笑著對他說：「我吃現有的東西就可以了，小威。」他很高興看到她的笑容，但知道她是在說，她可以等待，不只是等他們種的玉米收成，也是等她五年的刑期期滿。

她的夢全是關於他們拋在後面的地方，當他們同床共枕、身體交纏，暫時不去想明天的事情時，她就會告訴他這些幽長複雜的夢。「我夢見我走在老家附近的巷弄，」她開始說：「有時是走過維克里那家店，就在老地方的街角。」他可以聽出她口氣裡的溫柔。

他們種好第一批種子之後，接下來的工作是清出更大一塊地，把更多種子種下去，這樣做不只是標示對土地的擁有權，也是標示對實際作物的擁有權。一旦完成這項工作，索恩希爾可以察覺，他必須親手建造一個比帳篷還要正式的住家，否則莎莉的強顏歡笑會變得更不自然。

他們都沒提到黑人，從第一天之後，他們就不曾看過黑人，他覺得有時候如果沒有人提到「黑人」這兩個字，也許他們就不存在。

但是他們有被監視的感覺。他們兩個都曾在升火、吃麵包的當中停下來，看著樹林。這個地方有一個特點，那就是你愈想用眼睛搜尋某樣東西，就愈會被陰影所混淆。索恩希爾不時瞥見有人監視他們，但是一旦到了他起床的時候，那個人影就會變成只是幾根有稜有角的樹枝。

索恩希爾決定列為自己地盤的百畝地，包含河邊所有的肥沃土地，一直到山的起頭那邊為止。這塊地從那個角的緩坡，突然像屋頂的一邊那樣向上翹，上面岩石稜角崢嶸，並且布滿扭曲著伸入天空的樹木。

前幾個星期，他們費盡千辛萬苦整理居家環境：要翻掘土地、挖出灌木，砍掉小樹。在孩子們每天的照顧下，玉米飛快地成長。索恩希爾認為這片農田會變成純粹的生意，他親手種出來的食物！他因為這個構想開心地笑，彎腰摸著葉子，感受指尖的平滑和清涼。

一直到他派威利去種新的玉米田，並且砍下二十棵小樹（他算過，蓋房子至少需要二十棵樹）之後，他才去爬上山脊遠眺。他對此事期盼已久：索恩希爾的土地在他下面開展，玉米田在荒野中印出一個方形，那是擁有這個地方、俯視和認為「觸目所及盡為己有」的另一個方式。

但是上山之後，每一個轉角都被大塊或是突出的灰色岩石所阻斷，如果人類想要加以頑抗，無異等同蚍蜉想去撼動大樹。他開始感到自己的渺小，但他強迫自己繼續往上走，爬上岩石、穿過森林以及叢叢的勁草。他可以聽到自己的氣喘吁吁聲，他有時抓住草以便拉自己一把，一隻手因此受傷流血。那種草的堅韌葉片像鋒利的刀一樣割傷了他。

最後，他必須折回，退而求其次走到平坦的岩石平台，這個平台就像台階一樣繞著山脊的底部。在他頭頂上，整個天都開了，點綴著雲彩，在夕陽餘暉中，懸崖呈現橘色。他腳底下，那塊地的形狀很像拇指，河流在它左邊和右邊。他可以看到莎莉，距離遙遠使她變得很小，她正彎下身子在臨時桌子上的洗衣盆洗衣服，威利本來應該挖掘另一塊種玉米的地方，現在則是靠在十字鎬上。

「我看到你了，威利，」索恩希爾大聲叫道：「小子，我看到你在那裡。」

他的聲音在這裡的空氣中沒有迴響，他清了清喉嚨，蓋過微弱的聲音。

一隻褐色的大螞蟻從他腳附近的岩石縫中跑出來，在岩石上呈之字形移動，就好像要把裂縫縫起來一樣，它靠纖細的黑腳拖著發亮的黑色身軀，爬得又快又高。就是這隻螞蟻，讓他注意到岩石表面有一道剛抓的痕跡。起初他以為那是水或風的某種自然作用所構成的瑕疵，但是這條線結合另一小條線繼續延伸，然後又再延伸。即使當他看到這些線構成一條魚的輪廓，他的第一個想法是稱讚大自然模仿圖畫的方式，只有當他看到魚背上的脊椎、魚尖刺的扇形物時，他才認清這是人為的東西。

他走過四、五碼長的魚身，這些線條不只是淺淺的抓痕：它們形成溝槽，深寬達一吋，在灰色岩石的對照下非常醒目，就像同一個早上刻出來的。岩石表面的凸塊讓魚像是彎著身子似地逆流而上，牠皺皺的長嘴可能正準備張開露出一排牙齒。

往魚尾看去，另一串直線和三角形將魚身蓋住大半，他從另一邊走上前去看時，才發現這個圖案的意義。他看到「希望號」的樣貌。其中有船頭和桅杆的曲線，船帆在清風中鼓起，甚至有一條線刻的是舵柄，朝著船尾向內划。其中只缺少掌著舵柄、聽著繩索咯吱聲，並且在溯流而上時開始進入森林的索恩希爾。

他聽到自己因為憤怒而衝口驚叫，這個語調和威廉．華納從魚街山一位紳士口袋偷走錶時，那位紳士的語調一樣。

監視中的森林將這個聲音吞沒，就好像聲音從未發出過。他用腳刮擦那些線條，但是它們全都刻在岩石上擦不掉。

他四下張望，沒有看到任何人在監視他，只看到永遠屹立不搖的樹林，以及光影交錯的樹下清風。

他突然醒悟，這地方也許看似空無一人，但是當一個人走過這整條魚身，看到「希望號」的舵柄和船帆被刻在石頭上，他就必須承認這裡是有人住的。這個地方和倫敦的客廳一樣，都有人住，房子的主人剛從客廳走進臥室，或許沒有人看到他，但他就在那裡。

在遠遠的下方，莎莉洗好衣服起身，走到她掛晒衣服的繩索邊。他看不到繩索本身，只看到她把嬰兒尿布一條條披上去時，四四方方的尿布迎風飛舞的樣子，然後在她返回帳篷之後靜止下來。

他會告訴她魚的圖樣這件事，甚至帶她上來看看。但是時候還不到，她在她的小天地裡很滿足：帶她來看小天地以外的另一個世界有什麼好處？

他開始發現，他們兩個人之間沒有言明的事情是，當你已經踏上那條路，繼續走比回頭容易。

他們來到霍克斯布里的第四週，屋子還沒有蓋好，就有了第一位訪客。有一天，史麥許捎來喬遷賀禮：從他樹上摘下的最後幾顆橘子、一包毒老鼠的綠粉末，以及一桶酸橙。史麥許想，有什麼會比一些石灰粉和殺蟲劑更受女人歡迎呢？但索恩希爾就是沒想到這點。

他順著潮水抵達，從河邊往上走，肩上掛著小桶子，他的狗尾隨在後。他走出他的小艇，呈現出五短身材，他擁有小孩的身體、大人的臉孔。他用自己的粗糙方式打扮得像是花花公子：他為了這次拜訪，穿上最好的行頭，也就是鑲著鍍金鈕釦的藍色外套，他全身挺直，像個遊行中的士兵，裡頭還穿了一件高度到脖子的骯髒紅襯衫。

莎莉不會對史麥許這種人產生好感，但是她像對待老朋友般歡迎他。她看到他在流汗便喊道：「把外套脫掉，史麥許，朋友間不必客套。」

她把嬰兒交給狄克，然後忙著招呼史麥許，讓他坐在他們充當家具的木板上最好的位子，拿茶壺煮一壺茶，用一些他們最珍貴的麵粉做麵餅請他吃。

史麥許在木板上坐定，接受款待。是的，他會喝一杯茶，而且也非常喜歡吃麵餅，稍後再啜飲蘭姆酒也會讓他很期待。他盯著嬰兒的臉，並且讓狄克看他如何把拇指拿掉、然後再放回去的把戲。索恩希爾和他坐在一起聊天，不過索恩希爾待會兒就要起身去砍另一棵小樹。

史麥許顯然很希望有人作伴，他話匣子一打開就關不上，跟他們說自己的故事，提到他如何在邁爾恩路看到一個從馬車後面掉下來的盒子，他正準備把盒子歸還給它的主人時就被抓了，他和索恩希爾家的嬰兒一樣是純潔無辜的。「但是沒有人會相信窮人，對吧，索恩希爾太太？」他說，並且對莎莉眨一下眼睛。「你做的麵餅真好吃，索恩希爾太太。」

索恩希爾酸酸地看著他，認為他的讚美只是為了要讓他們將裝麵餅的盤子再度遞給他，但是過了一會兒，他發現讚美食物是史麥許對有人陪伴表示感謝的方式。「我覺得和人談話有益身心。」他的笑容是令人意外的甜美事物，像花朵一樣在他狹小的臉上突然綻開。在那個微笑裡頭，是一個生命中已經烙下印記的誠實男孩。

史麥許的狗叫「小姐」，是一隻有斑點的大狗。她是待在硬漢身上的柔軟東西。史麥許滔滔不絕地說話時，她一直坐在他腿上，直到他嘴角全是唾沫、用手指餵她吃一點食物，並且俯身撫弄她的耳朵為止。「她是有史以來最好的狗，」他說：「她讓人在這個偏僻的地方不致於太過無聊。」那隻狗感到很幸福，眼睛都瞇了起來。

莎莉把所有的事情都告訴了史麥許，包括天鵝巷和巴特勒公寓、狄克如何體貼地等待他們來到開普敦才出生、為什麼把雪梨的酒棚命名為「醃鯡魚標記」。她指給看他頭頂上那棵樹的樹幹上的劃劃標記，並且當場劃下當天的標記給他看。雖然當時只是下午而已。

索恩希爾第一次見識到她有多麼想念社交生活。失去社交生活是一種短暫的死亡，沒辦法將生活中的點點滴滴編織成故事，與初來乍到的人分享。這是他們來到這裡之後，索恩希爾第一次聽到她聲音充滿溫暖，看到她臉色開始恢復光采，他感到吃驚和心痛。

她從未提到她很寂寞，他也沒想到要問。那是他們之間相對無言的一部分。

過了一會兒，狄克對嬰兒感到不耐煩，莎莉便將她抱過來，好讓他可以去和他的兄弟們玩鬥雞遊戲[3]。孩子們離遠點後，史麥許開始談到黑人。他提到有關黑人的故事似乎都很可怕。

他說，黑人在南溪附近將兩個人活生生割下頭皮，然後從搖籃取出嬰兒，切開嬰孩的小喉嚨將血吸乾。索恩希爾發現他自己正在想像這個畫面：咬著白肉的黑嘴。在被逼問下，史麥許承認他並沒有親眼看見這件事，但是他和一個人談過，那人發誓絕無謊言。他說，就在牧牛草原，黑人將一個白種女人開膛破肚，從她的子宮取出嬰兒並且吃掉。他也沒有親眼看見這件事，但是他將手按在穿著紅色法蘭絨上衣的胸口發誓，報紙有刊登這件事，所以那一定是真的。

史麥許因為自己身為會閱讀的人感到洋洋得意，並未注意到莎莉開始想東想西。她坐在木頭上，緊緊抱著瑪麗，抱得太緊了，連不會抱怨的小孩都哭了。史麥許準備說另一則故事時，索恩希爾終於吸引到他的注意。「可以了，史麥許，你會讓我們嚇個半死。」他用意料之外的嚴厲口吻說，試圖讓史麥許的語氣緩和一點。

---

3 play knucklebones，就是單腿跳躍，將另一腿的膝蓋突出與人頂鬥的遊戲。

史麥許停下來。「噢，」他再三保證地叫道：「你不必擔心，索恩希爾太太，只要索恩希爾先生隨身帶槍就沒問題了。」那不是索恩希爾希望的保證，他把視線轉開不回答，但是史麥許沒發現這個暗示。「我有三把槍，」他說：「裝好子彈，有任何黑鬼靠近這個地方就開槍。」

索恩希爾開始覺得很想掐死史麥許。「夠了，」他說。但是史麥許顯然已經喝醉了。「鞭子，」他對莎莉說：「要對付一般的黑蠻人，用鞭子很方便。」他對她點頭微笑。「還有養狗，像這隻『小姐』，我訓練她專門用來對付黑人。」

兩位主人都沒有回應。索恩希爾故意用大動作把軟木塞塞回蘭姆酒瓶，但是史麥許把酒一仰而盡，拿著空杯子還在等人倒酒。「潮水快要退了，史麥許，」索恩希爾說：「不要錯過了那波潮水。」一再大聲道別之後，他才終於上船，將船推出，然後划向薄暮。

已經無話可說了。史麥許為這個地方帶來吵雜，離開後卻留下一片沉默，讓暴力故事在這片沉默中迴響著。

稍晚孩子們入睡，在乾草堆鋪成的床墊上彼此磨蹭時，索恩希爾夫婦也躺下來。這是索恩希爾一天當中最好的時光，偌大的世界縮小成淺碟裡的燈芯火焰。陰影掩蓋了他們四周一直歪斜下垂的帳篷、地上亂成一堆的家當，以及到頭來他們所過的卑賤生活。莎莉又變回那個少女，令人無法抗拒的嘴上帶著安詳的微笑。他切開一顆史麥許送的橘子，每切好一瓣就拿給她一瓣。他很喜歡看到她靠著手肘吃橘子的樣子，也喜歡四周充滿強烈的味道，熱熱濃濃的，陽光的味道。

橘子吃完時，她還是悶悶不樂，盯著油燈的火焰。「那個史麥許，」他勉強擠出笑容說：「他真會捏造故事！」她朝他看了一下，她的臉被燈光分成兩半。「你覺得他只是在開玩笑？」

他可以從她的口氣裡聽出懷疑以及希望。他堅定地表示看法：「如果我聽過任何那種事情，那麼願我擁有的煙燻火腿都送你，寶貝。」但是他忘不了史麥許在他面前扯弄的那雙斷手，也忘不了掛在樹上、曾經是好端端一個人的黑袋子。

她轉過頭看著燈火，裡頭扭曲的碎布慢慢燒盡。從側影來看，她看起來和硬幣上的臉孔一樣堅定，當她再度開口說話時，她的聲音低到他差點聽不見。「他談到鞭子時那種說話的方式，」她一邊說，一邊用手擦她的嘴脣，就好像要把重新提到故事的字眼抹掉。「我不喜歡他臉上的表情，」她非常直接地看著他：「你以為我是個蠢女人，但是，小威，答應我你絕不會做這種事？」

他想到鎖骨被絞死的那天早上，那種漫長的恐怖，以及莎莉問及此事的情況。他曾經說過行刑過程「乾淨俐落」，因為如果把事實告訴她，讓她傷心，那又有什麼意義呢？

靠在燈光旁邊很舒適，黑夜被拒在門外，布萊克伍德的酒在他肚子裡暖洋洋的。在這種情況下，要做承諾相當容易。「我絕不會，」他說：「絕對不會。」她倚著他，身心放鬆，馬上就睡著了，他看著陰影時，擁著她和抱著嬰兒的感覺一樣甜美。

蓋樹皮屋看似簡單，實則不然。每一個階段都帶給索恩希爾前所未見的障礙。泥土裡的石頭太多了，沒辦法挖個像樣的洞來豎立柱子，而且這裡又是沙地，柱子也站不穩。在森林裡看起來挺直的小樹，砍回來後才發現原來是彎彎曲曲的，當他將樹皮從樹上撬起時，樹皮都裂開了。

砍樹、闢地、建造的過程中，他發現了一個新的索恩希爾：可以辛苦對抗荒野，直到產生一個住家為止的人。隨著一天天過去，他們開闢的範圍愈來愈大，整個地方都是他們自己的聲音——伐木聲、燃燒木頭的爆裂聲、將十字鎬敲進土裡的聲音。玉米田要擴大，所以他們花了數天整地，後來才發現不曉得是什麼東西把玉米種子袋咬破了，將種子一掃而空。他們只好延後耕種，直到索恩希爾從雪梨回來為止。

等莎莉在樹皮上標示到第五週的時候，一間小屋已經屹立在院子中。它沒有他想像中的便利設施，例如可以用皮製鉸鏈向後折疊以便讓光線透進的樹皮窗、一座壁爐、一根煙囪等。要擁有那些東西，還得等上一陣子。

但是小屋在理平的土地上矗立著，對照森林的糾結，顯得乾淨俐落，只有從某些角度看才會彎曲。至少現在沒有人會認為這個地方空無一人。

屋裡屋外的空氣並不相同。在屋外，無止盡的嗡嗡聲和嗒嗒聲將些許人煙圍住，就像水流環繞小卵石一樣；但是一旦有了這幢小屋可以安居，一個人會再度與這個地方分隔，並且在他們自己天地裡的空氣中穿梭。

從屋裡和屋外觀看森林，也有不同的風貌。在屋外，太多的細節令人眼花撩亂，每一片葉子和草莖同中有異，異中有同；如果用門口或窗口當作外框，森林就變成可以局部觀看和命名的東西，比方說樹枝、樹葉、草地。

晚上的時候，在冒出煙霧和些許光線的油燈下，手上拿著一小杯蘭姆酒，嘴上抽著菸斗，這就是最幸福的地方。他以此自豪。

白天的時候，他得承認，小屋的外觀粗糙不堪，樹皮毛茸茸的，就好像小屋是某種行動緩慢的動物的粗糙毛皮；而從屋裡看它的下半部，簡直就像動物被剝了皮一般可怕：做為牆壁的樹皮都已經彎曲變形，兩張樹皮之間的缺口大到簡直可以把手臂穿過去。屋內和屋外的差異不如他預期那麼明顯。有天早上，威利和狄克從乾草堆床墊爬起來，一條長長的黑蛇尾隨他們滑行，就好像以為牠自己也是這個家裡的另一個男孩似的，彷彿也準備要吃一片烤麵包和一杯茶。他們全家人都看到了，一家子立刻都變成大理石動彈不得。這條遲鈍的黑蛇不慌不忙地穿過骯髒的地板，繞著一只盤子滑動，然後從牆上的一道縫隙鑽出去。

莎莉是第一個開始動的人。「那裡有泥巴，」她說：「就在我們取水的那個地方附近。你、威利和狄克，吃過早餐後到那裡去，我們要把所有的縫隙填補起來。」她講得很輕鬆，就好像防止蛇侵入屋裡是一個人每天必做的差事。

她隨時都會令人感到驚訝。

「只要把和蛇差不多高度的縫隙補起來就可以了，」她說：「蛇不會跳，對吧，小威？」這個笑話很好笑。「還有那扇門──」她回頭看了一下，樹皮做的門扭曲變形，空間大到連瑪麗都可以從底下爬過去。「我們要沿著底部綁上另一片樹皮。把它補起來。反正那扇門不需要用太久，」她輕鬆地說，就好像那扇門是個笑話似的。「只要用到我們離開這裡就好。」

他心裡的某種想法突然在此開始轉彎。以前在「醃鯡魚標記」的床上，他們說好的五年似乎是很長一段時間，現在，隨著刻痕開始布滿樹幹的側邊，感覺上已不是那麼長了。

看到莎莉寂寞到連史麥許來訪都很高興，索恩希爾因此鼓勵史麥許把他所受到的殷勤招待轉告他人。在他們搬進小屋後的星期天，有好幾位鄰居前來拜訪。當有人要慷慨請喝酒時，從這個空蕩的地方能夠跑出這麼多人，簡直就像木製品跑出許多蟲一樣，著實令人吃驚。對他而言，他不一定要接受所有的人，但是為了莎莉，他一律表示歡迎。

史麥許第一個抵達，他穿著緊身的藍外套，來到和回去的時候都穿著那件外套，似乎讓他感到自豪，即使她一看到他就敦促他脫下來，他不需要別人跟他說第二遍。其他鄰居到達的時候，史麥許一一介紹他們，他粗糙的皮膚因為社交的樂趣而發紅。

貝托斯是有著怪異大耳、臉上毛髮濃密的彪形大漢，頭頂上童山濯濯，後腦杓的頭皮形成深深的溝紋，就像牛頭犬的臉一樣。史麥許介紹貝托斯時稱他為「睿智兄」。這背後是有個典故的：他小時候，在史提分尼市地區有位牧師因為他所做的某件事而說他很「睿智」，但這個詞聽在貝托斯耳中，被他解釋為牧師在嘲笑他，所以他覺得很火。後來才有人把這個字的意思解釋給他聽，告訴他那是讚美的意思。不過「睿智兄」這個綽號就定下來了。

睿智兄的一生並未展現他有多麼睿智，他被人逮到在史提分尼市的米爾街上偷竊四袋煤灰，並且在范迪門地區的監獄待了三年。他腳踝四周有紫色的疤痕，那是金屬腳鐐擦破皮肉的痕跡。現在他住在狄隆溪上游，也就是一座山丘後面的一小塊肥沃土地，耕作了一塊小麥田，並養了幾頭豬。他必須把他種的每一袋穀物扛上山，走到山的另一邊，然後再搬上船將穀物運到市場，現在他像銷售員一樣彎腰駝背，支撐布袋的脖子背後有一個大如雞蛋的腫塊。他曾經有妻子和幾個孩子，但是他們似乎全都死於這個極端的炎熱太陽下。他有一個生活非常奢華的鄰居，叫喬治．退斯特，但是退斯特前一天晚上醉得不省人事，無法叫醒他前來拜訪新鄰居。

睿智兄說，他經常被黑人搶劫。他說黑人偷走他的斧頭，從房子裡拿走錫盤，還有他洗好晾乾的襯衫。他們也帶走了他僅有的家禽——先前在野狗的襲擊下只剩兩頭。

莎莉笑著看了索恩希爾一下，讓他回想起殷格朗的母雞。

但是睿智兄的小麥被偷並不是什麼滑稽的事，那是他辛苦工作的結晶，是他準備扛到山下船上的一袋袋珍貴作物。他堅稱黑人全都是偷東西的黑色畜生，看準人家的辛苦成果想趁火打劫。他叫他們每次看到黑人徘徊時要學到教訓。

說到「學到教訓」那些字眼時，索恩希爾看到他和史麥許相對嘻笑，接著他身體往後靠，抓著蓄有粗糙鬍鬚的下巴，發出很大的銼磨聲。

索恩希爾發現自己正在想像睿智兄可能會採取什麼形式的教訓。他開口想要改變話題，但是史麥許搶先一步，他幾乎是迷迷糊糊地開口：「就像可惡的蒼蠅，對不對，殺死一隻，會有更多隻前仆後繼。」

這番話讓莎莉停頓下來，她本來忙著在火爐邊做麵餅，手上還拿著擀麵棍，就轉過頭來和她丈夫交換另一個眼神。史麥許也看見了那個眼神。「噢，我不是在說殺人，」他說，但帶著說謊者的輕率口氣，當莎莉轉開視線前又對索恩希爾使了個嚴肅的眼色。「用趕的就好，」他說完便移開視線，一邊氣喘吁吁地說話一邊笑。

接著來拜訪的是韋伯，他非常瘦，留著和狗毛一樣蓬亂的頭髮，那一束束毛髮顯示他曾為了對抗頭蝨而用刀子割斷頭髮，就像莎莉用刀子對孩子們所做的事一樣。韋伯謝絕他人的邀請，沒有坐在木頭上，而是隨興地坐在地上。

索恩希爾希望話題能夠轉向，但是大家能談論的似乎只有黑人。韋伯（他們稱他為史派得）住在半月灣，三面由懸崖和森林圍繞，黑人很容易潛到山腰。有一天，韋伯的太太生病獨自在家，黑人跑進來，他們要搶她身上穿的裙子，但是找不到解開裙子的方法，就乾脆拿刀把整件裙子劃開，最後她身上只剩襯裙。他們還把吃的東西也搶走，包括雞肉、鍋子和一切，等到史派得回家時，他們早已不見蹤影。

史派得時運不濟，他在史密斯菲爾德市場被抓，因為有人認出他外套上的那些鈕釦就是他主人一星期前遺失的那些銀鈕釦。除了黑人造訪的故事之外，他還曾被洪水沖走，玉米也曾被害蟲吃光。他有一個兒子被蛇咬死，另一個死於痙攣。

索恩希爾私下認為，他不應該把他的地稱為「永不失敗」。

史派得頭小小的，嘶啞的聲音讓人詫異。「他們是害蟲，」他說：「和老鼠一樣的害蟲。」索恩希爾覺得，他聽起來好像已經有過入死出生的經歷似的。當然，他們全都是類似的情況。

史派得就像史麥許一樣，很能吸引聽眾。「他們會像我們對野獸一樣切開我們，」他說：「然後吃掉最好的部分。」史麥許樂得臉都皺了起來，大叫：「是哪些部分，史派得？你是瘦巴巴的一塊老肉！」這句話改變了笑聲的腔調，就好像每一個人都想到自己身體被切得恰好作為一餐。

洛夫戴的家就在韋伯家的對岸，所以他們兩人一起前來。索恩希爾知道洛夫戴不常將南瓜和西瓜等作物運到雪梨，他是怪異的大個子，對於農業的知識少得可憐，但是任何人在河流沖積平原上都可以種出東西。

他像在自己家裡一樣，蹺起二郎腿坐在木頭上。他面容枯瘦，原因是吃了太多南瓜和西瓜，其他東西都沒吃夠。儘管如此，他稱得上是位紳士，討好的嗓音頗為迷人。在這群說不出什麼好話的人當中，他顯得格格不入。在眾人裡頭，洛夫戴（史麥許稱他為牧師）是唯一有穿靴子的人，即使這雙鞋太大了。

洛夫戴也有一套關於黑人的故事，他站起來享受著述說故事的時刻：有一天，一個原住民用長矛刺他，但他在叢林中自行脫困。他甚至解開他的馬褲拉到一邊，讓人看他臀部的疤痕。他宣稱從那天起，他就不曾放鬆警戒，一直等著回到英國，只有在英國，去洗手間時才不用擔心屁股被矛刺穿。

聽到這番話，連憂傷的韋伯都笑了起來。洛夫戴看了看四周，因為觀眾捧場，他瘦削的臉龐紅了起來，他還對莎莉眨眼。索恩希爾看到他與她保持距離，不希望自己的身高嚇到她，這是紳士才有的細膩。他很高興看到她笑得很開心，他自己也的確對這個故事笑得最久，因此莎莉會知道，這只是要娛樂新鄰居的故事，而不是千真萬確的事情。

這裡聚集的都是男人，女人只有兩個：韋伯太太沒有來訪，因為她的一個孩子發燒，但是寡婦賀林太太自己駕船從貓眼溪來到這裡。在這個地區，賀林太太顯然最具醫師的資格，她會接生、縫合斧頭造成的傷口，並且讓韋伯最小的孩子不至於因百日咳而死。她長得不美，額頭又高又方，眼睛彷彿要從臉突出來，半邊微笑的嘴裡總是叼著一根有汙跡的白色菸斗。

賀林太太是精明的老鳥，傾向一側的嘴巴看起來好像背後藏了許多鬼點子，但是她大多密而不宣。賀林太太到達時，莎莉把她當成失散已久的姊妹一樣擁抱。她不敢相信賀林太太在貓眼溪邊的幾畝地上獨自生活，陪伴她的只有幾隻家禽。「賀林太太，你在那裡不寂寞嗎？」她問道：「不害怕嗎？」賀林太太從嘴中取出菸斗，開始在碗裡摸來摸去。「跟這麼多我認識的人在一起，還不如獨來獨往，」她說著，瞥了史麥許一眼。「至於黑人，他們要什麼，我就給什麼。」她遲疑了一下。「他們有時候會自己拿走東西，我睜一隻眼閉一隻眼。」索恩希爾看到史麥許歪一下嘴，就好像咬到一顆檸檬。賀林太太再度把菸斗塞回嘴裡，含著它說話：「照我來看，我得到夠多東西了。老女人是很好養的。」

莎莉笑了笑，搖晃臂彎裡的嬰兒哄她入睡，但眼睛還是看著賀林太太，等著她提供更多答案。她看起來好像會再提問題，但是男人那邊充滿歡笑聲，史麥許咳出一口痰，吐到一棵樹後面，他回過頭時，目光被河邊的某件事給吸引住。「布萊克伍德來了，」他說。索恩希爾看到他和睿智兄再度交換一個眼神，史麥許的嘴角變得冷酷起來。

「最好把這隻狗拴起來，史麥許，」睿智兄說。他轉向索恩希爾。「小姐會咬他，就好像他是黑鬼一樣咬他，很好笑對不對？」

他們來到河邊五個星期了，從來沒看到布萊克伍德。布萊克伍德搭著買來替換「皇后號」的平底小漁船來來去去，替綠山的皇冠街和藍豬街供應物資。布萊克伍德賣的酒假不了，喝進口裡從食道一路燃燒，讓人隔天還嚴重宿醉，但是數量很多，而且價格不錯，可以靠此維生，他就算沒有因此發財，好像也不在乎。

布萊克伍德走進索恩希爾的空地，肩上扛著一小桶酒作為賀禮，他的出現似乎讓這個地方變小了。他有一種權威感，使得連自誇的睿智兒也安靜下來，他悶悶不樂地看著布萊克伍德，一邊捻著他嘴上的鬍鬚。

索恩希爾知道布萊克伍德的見識比這條河上的任何人都要廣，但是他不知道布萊克伍德神色後面的任何事情。他從未看過布萊克伍德居住的礁湖，他曾多次表示想去拜訪，但是因為某些與布萊克伍德有關的事情而未能成行。索恩希爾認為那是因為釀酒場的緣故。釀酒場的產品似乎是某種愚蠢的美味，每個人都知道他有個釀酒場，但如果布萊克伍德想保持隱私，索恩希爾也不會侵犯。

布萊克伍德的出現，讓史麥許急躁起來，他的聲音帶著忿忿不平的語氣：「那些賊昨晚到我那裡，偷走我用來大便的鏟子，女士們，恕我言辭冒昧。」

布萊克伍德婉拒坐在木頭上的邀請，而是到旁邊找了個位子蹲踞，他的側臉就像石頭雕出來的：壯觀的鼻子、不洩露任何事情的厚實嘴唇。史麥許又開砲了：「他們沒有權利——」但是布萊克伍德立即打斷他的話，直接對索恩希爾說：「那裡本來有雛菊。」他拾起掉在地上、從鞭子上脫落的一段細繩，並且將它纏繞在他的手上，這時大家都看著他。「我稱它們是『雛菊薯』，現在差不多都沒有了。」他把頭拉向一邊以指出地點。

這是千真萬確的事情。那些雛菊很容易去除，因為一旦將它們挖出來，它們不會像其他雜草一樣重新生長。

「我剛來的時候，他們有給我一些，」布萊克伍德說。大家都知道「他們」是指誰。「我給了他們一些上好的小鯡魚，」他回憶時邊說邊搖頭：「雛菊薯就像猴子卵葩一樣軟軟的一團。」他笑得很大聲，把嬰兒都給嚇醒了。

索恩希爾可以看到布萊克伍德在心中品嚐著那個東西的味道。「相當好吃，圓圓的一整個，對不對？」賀林太太不顧史麥許和睿智兒的傲慢眼光，一邊吞雲吐霧一邊說。「是很甜，」布萊克伍德贊同她的說法，「而且放在木炭裡烤一會兒，會變得粉粉的。」但是布萊克伍德不是來談番薯的味道。「看，番薯本來是種在你們現在種玉米的地方，」他說，「你把番薯挖起來，就表示他們要餓肚子了。」說完他的看法後，他轉身看著河的對岸，太陽正從那裡開始下沉。

但是睿智兒暴怒起來。「他們什麼都沒做，」他叫道：「看過他們出力挖起番薯嗎？」他把杯子重重放到地上，杯子裡的飲料也潑了出來。

視線始終不離懸崖的布萊克伍德直接跳過他，無視他的發言。「總督和黑人曾開過一次會，」他說：「總督搭乘『海豚號』停在那個岬角。」他扭過頭去指那個地點，「有個黑人會說一點英文。」他粗厚的指頭仔細重新捲起繩子，而且他似乎是對著那捲繩子講話，而不是對著四周的人講話。「結論是，總督說，白人不能再往河上游走，不能到第二條支流。」

「你在撒謊，布萊克伍德，」睿智兒叫道。但是布萊克伍德冷靜地結著繩索，並且用牙齒將它咬斷。「大家握手言和，情況就是如此。」他顯然並不在乎睿智兄是否相信他。「我當時就在船尾甲板，像我剛才一樣揮動著繩索。」他看著索恩希爾眨眨眼。「連你也沒在第二條支流那裡看過任何一艘船，對不對，索恩希爾？」

史麥許十分憤怒。「他們不過是小偷，」他大喊：「能夠做的就只是欺騙老實人！」

布萊克伍德把臉轉向他，就好像看到一隻企圖要咬他腳踝的小狗，神情莞爾。「老實人，」他重複說：「你也偷過東西呀，史麥許。噢，不。」

在場的人全都笑了，只有史麥許沒笑。索恩希爾可以看到他下巴的肌肉咬得緊緊的，抑制著他的怒火。賀林太太笑到前俯後仰，她把菸斗從嘴裡取出，以便盡情大笑。

但是布萊克伍德還沒說完。他把臉轉向索恩希爾，等待眾人停止笑聲。「你可以用自己的方式追求成功，」他說：「但是記得，得到多少，就回饋多少。」接著就起身，好像他已經完成來這裡的目的。他回到船上時，莎莉向他道別，他只是揮了揮手，沒有四下看看。

布萊克伍德的來訪使氣氛為之改變，他的離去也是一樣。大家似乎已經沒有想要講的故事了，住在上游的人提醒彼此，趁現在還滿潮的時候最好順流而去，然後就走向船隻。只有史麥許還坐著不走，他在等潮水逆轉，帶他往下游走。他凝視著河水時，臉上露出冷酷的表情。

「得到多少，就回饋多少。」這是一種警告還是威脅？但是布萊克伍德不是那種可以請他把意思解釋清楚的人，何況索恩希爾也無意聽取史麥許可能會給他的任何建議。

一想到一百五十鎊加上利息，他就輾轉難眠。這筆債務使他得到通往致富之路的「希望號」，但是「希望號」已經閒置超過五個星期，而它的主人現在是農夫和房屋工人。時序已經進入十月，他們從雪梨帶來的存糧愈來愈少，而作物的種子還未種到土裡。

他離開雪梨之前，已經向政府申請指派囚犯工人給他，因著這項措施，他就可以把糧食載到雪梨。為什麼不做呢？人要從大處著眼，才能夠為自己帶來好處。夜鶯已經幫他寫好申請書，以交換幾夸脫好酒，而且他以前寫過類似的申請書，所以建議索恩希爾申請四個人，希望最終能獲得三個人。

現在，剛好在這個時候，鮮魚島的安德魯捎來消息：已經有兩個人被指派給索恩希爾，這兩個被流放的人才剛上路。索恩希爾不敢相信這麼容易就申請到人手。莎莉說：「應該要求十個人才對。」她和他一樣驚訝，「這樣我們就會有五個人了。」

他必須做的，就只是到雪梨拿他的十字鎬。

他會離開一星期，如果是逆風，可能要兩星期。在這段期間，十二歲的男孩威利就是家裡唯一稱得上男人的人。索恩希爾帶囚犯回家之後，他就可以讓他們留在這裡，而他和威利可以搭「希望號」來來去去。但是他必須先暫時放下家人的安危，不論哪種方法，他在心裡想了又想，結果都回到同樣的問題。

每天都看得到黑人升火所製造的煙霧，有時是從小屋後面的山脊升起，有時是從下游升起，有時候則是從距離第一條支流不遠處升起。它們隨時隨地無所不在。但是在這五個星期裡，索恩希爾一家人在河邊時，只有第一天看過黑人。索恩希爾告訴自己，黑人如果要製造麻煩，早就做了。

他必須冒風險，祈求一路順風，讓「希望號」快點抵達雪梨然後回來。莎莉勇敢面對現實，她和他都知道，他們沒有什麼選擇。當「希望號」駛離，她和孩子們站在可以俯視整個流域的高地上，她舉起強尼胖嘟嘟的小手揮舞，顯得高高興興。

他也揮手回應，但是當「希望號」順河而行，他只能看到索恩希爾岬的脆弱。在那片經過整理的平坦地面上，幾乎看不到小屋，四周都是叢叢森林，即使在最強的太陽光線下，也會形成結合了光、影、岩石和樹葉的陰影。

當第一個岬角掩蔽了人影時，他轉過身去。他發現自己對一件事感到焦慮：他們對這個地方的掌握微乎其微，駕駛「希望號」和沿著河岸出航一樣困難，莎莉站在高地勇敢揮手的薄弱身影在他心底揮之不去。

在總督碼頭外，史卡布羅夫運輸船停泊在明亮的水上，索恩希爾站在碼頭，耳邊傳來陣陣呼喊聲，囚犯們在甲板上集合時，腳鐐發出單調的噹啷聲。他還記得當時他如何從黑暗和惡臭被帶到陽光下，就像一隻白色的蛆暴露在腐木上。回憶起來相當容易：有些事情太過深印銘刻，不會褪去記憶。

但是這個記憶屬於另一個生命，那個生命與此刻快活的春晨、水面閃爍的點點光亮，以及微風吹到他臉上所留下的細鹽無關。在那個生命中，這種挑逗的光線或那種微風吹過的廣大森林，似乎都只是幻想。但他就在這裡：威廉・索恩希爾，就快要擁有單桅帆船「希望號」，還有他自己占領的一百畝地。

令人難受又驚訝的是，不久前還是「亞歷山大號」放逐囚犯的沙克林船長，現在穿著銀鈕釦背心站在碼頭上。索恩希爾聽說他一度獲贈土地，就像士紳階級一樣拿到土地所有權狀，而不是靠自己的努力而得。但是在這塊地方，財富來得快也去得快，驕傲到不想自行耕種土地、而且很貪杯的沙克林船長也不例外，他失去了他的土地，現在只是擔任監獄委員會委員的小官員。

一小塊靜脈曲張覆蓋在他的兩頰，他的眼睛像老人一樣陷入陰溼的眼窩，他的鼻子變成酒糟紅鼻，成為他臉上獨立突兀的一個器官。他的外套袖口磨損，襯衫沒有衣領。

他手中拿著一份囚犯名單，和永遠寫著索恩希爾名字的那個板子相同，或者只是類似的東西。他看了一下索恩希爾，就好像他跟繫船柱沒什麼兩樣，他用髒汙的長手帕彈掉蒼蠅。

接著他們四目相遇，索恩希爾看到沙克林還是記性很好，記得他是誰。他站得直直地看著沙克林，讓他想起放在鐵盒裡的特赦狀。

沙克林用大半輩子都在發號施令的人所慣有的大嗓門說話，也不在乎誰會聽到：「索恩希爾是不是亞歷山大號的流放者？」然後用手帕自命不凡地在自己身上輕拂。

索恩希爾並沒有回答，只是把視線移開。沙克林稍稍微笑了一下。「我從不會忘記重刑犯的臉，」他說：「威廉．索恩希爾，亞歷山大號流放者。」他的聲音裡盡是滿足。

索恩希爾讓自己面無表情，他看到一隻蒼蠅停在沙克林的下巴，然後往一個鼻孔爬。沙克林哼地一聲退縮了一下。「滾開，」他叫道，帶著怒氣在他四周拍打著。蒼蠅飛起來，又停在他頭髮上、前額上，然後停在難以抗拒的鼻子上。「滾開，」他又開始叫：「滾開。」他用雙手趕走索恩希爾，就好像他是隻狗似的。「看在上帝的份上，往後站，」他叫道，「你會帶來蒼蠅！」

頃刻間，傑克森港的光榮再度變成監獄，陽光失去光采，封閉的城市成為可能讓人窒息至死的有毒場所。他可以買到特赦，可以得到土地，可以用錢填滿他的保險櫃，但是他不能買到沙克林所擁有的。不論沙克林變得多麼落魄、喝得多麼爛醉，他總是能夠把頭抬得高高的，他是從沒坐過牢的人。

沙克林盯著索恩希爾，想激他回嘴，但是他依舊無動無衷，這是他還活在前一個生命裡、還在「亞歷山大號」船上就學會的事。他曾經以為，知道如何脫離自己身體的那個老我已經死了。結果舊創還在，回過頭來卻發現重罪犯索恩希爾正披著地主索恩希爾的外皮在等待。

他後退一步，突然想起昔日在船夫廳進行簽保時，他拖著腳走向火邊，直到他的馬褲差點著火。當時他以為一個男孩要在世界上立足，就必須付出那種代價。看來男孩轉變成男人之後，也得繼續付出代價。

重罪犯們被推戳著走過甲板再走到碼頭，然後站在熾烈的陽光下低著頭，身上的鐐銬讓他們顯得笨拙。他們的頭髮剛被剪短，所以頸子蒼白得像才發芽的馬鈴薯，長滿疙瘩的皮膚顯示曾經被剪髮利刃刮傷的地方。他們緊靠著站在碼頭上，彷彿害怕彼此間的空位太大似的。

索恩希爾期待這一刻到來。他曾經幻想他如何邁開大步，指著他想要的人。但是現在他畏縮不前，想避免面對沙克林的訕笑。

總督的人馬已經挑走具有專長的囚犯，包括木匠和蓋房子工人、鋸木匠和農夫。現在，頤指氣使、衣著考究的士紳拓荒者，正在挑出身材強壯、容貌還未歷盡滄桑的囚犯。最後，才由刑滿開釋犯拓荒者挑選，當沙克林突然在他身旁冒出來時，已經沒剩多少選擇了。「挑一下人選，索恩希爾，」他說，並且擺出商店老闆豪爽的手勢，在豔陽下，他的笑容是黃色的。「覺得自由了，對吧？」他說，釋放出一點殘存的權威性。

索恩希爾挑選的兩個人是一堆爛柿子裡最好的。自稱奈德的那個人，有著暗淡瘦弱的身形、像腳後跟的下巴、潮溼紅潤的嘴巴，以及過度凹陷的眼睛，他讓索恩希爾想起在倫敦時可憐的羅伯：少根筋，但是似乎很肯做事。另一個據他自己說是科芬園的叫賣小販，但他的年紀已不再是孩子了，在刺眼的強光下顯得形容枯槁。

他們是一對難兄難弟，但全都屬於他。

叫賣小販透過刺眼的陽光瞇著眼看他。「是威廉．索恩希爾嗎？」他說，他靠得很近，索恩希爾聞到他傳來的船上味道。「小威！丹．歐菲爾德，記得嗎？」

索恩希爾看著他：憔悴的臉，蒼白皮膚下的黑色鬍鬚，讓他看來一臉飢餓，他開始露齒而笑，露出有缺口的牙齒。他現在記起丹．歐菲爾德了。他看過他父親在鯡魚碼頭浸在河水中溺斃的情景，他記得他們共同擁有的飢餓和寒冷，以及他們只為片刻溫暖而站著尿到自己腿上的往事。

「故鄉捎來問候了，小威，」丹喊道。他的聲音太過大聲：「沒有了我們的小威．索恩希爾，瓦平舊樓梯新碼頭就不一樣了！」看到索恩希爾毫無反應，他的笑容開始僵硬。

索恩希爾淡淡地說：「你忘記了你的禮貌，丹．歐菲爾德。」他看到對方收起笑容，便想到沙克林不露齒微笑的樣子，於是試著用這種方式微笑。「我是索恩希爾先生，丹，」他說：「你要記住。」

丹茫然地把視線移到傑克森港口對面的陸岬、濃密的叢林、盪漾的銀波。「索恩希爾先生，」他用毫無感情的聲音說。索恩希爾看到他低頭看著河水以及咬緊下巴的樣子，一道道陽光將白色的手指伸進光亮透明的綠水深處。他一直低著頭用一隻手遮住雙眼，然後又用另一隻手遮，陽光顯示他前額的一縷縷頭髮有多麼纖細。

索恩希爾記得他自己也曾經用那種方式低頭看著河水，那一天，鬍鬚上滿是麵包屑的人把他交給莎莉，他盯著河水深處，幻想自己化為一條魚，或是河水本身，藉此跳脫現實情況。

他知道丹是什麼樣的人，那就是麻煩所在。他可能有資格指揮丹，但是在沙克林這類人的眼裡，他和丹．歐菲爾德都一樣。他看到以前從未看到的情況：索恩希爾一家回到倫敦，可能就沒有未來。

他記得自己曾經對被流放的人有某種看法：他們往往染上水痘之類的疾病，應該避開他們，以免被傳染。即使是科芬園的叫賣小販，都可能覺得自己比曾經戴過腳鐐的人優越。當然，船夫廳裡養尊處優、安坐在偌大紅木桌後面的紳士們，是不會在乎誰獲得赦免的。不論他坐擁多少金子，他們都不會把擺渡船或學徒交給一個曾經坐牢的人。

更糟的是，他在同樣悶熱的那一刻看到，一個人只要留下汙點，他的孩子也會有汙點，以後的子子孫孫也都一樣。他們的姓氏「索恩希爾」都會帶著汙點。他想像過他的孫子和孫女們戴著蕾絲帽的粉紅色臉龐飄進遠處的嬰兒床中，但是他們受到摧殘，他們的臉上蒙上一層陰影。

他以前不了解，但是現在知道了，為何當布萊克伍德將船朝上游划去並且深入陸地時，他的言辭總是愈來愈寬厚。在霍克斯布里這個地方，沒有人可以自認為比鄰居更棒，他們全都是那個隱蔽山谷裡的刑滿開釋犯。在那裡，而且也只有那裡，人們可以不必像拖一隻死狗般拖著自己不堪的過去。

莎莉在倫敦時也認識丹·歐菲爾德，而且像索恩希爾一樣，她不讓他套過去的交情。第一天晚上，丹和奈德必須和索恩希爾一家同住一室，家裡很狹窄，全部的人都擠在裡面。新來的人分到一小塊地，上面鋪著幾個袋子，緊靠著索恩希爾的袋子。

「老天，莎莉，」丹踢著袋子的一角說，「這個不是很舒適。」莎莉好像已經準備好了，從容回答：「你最好叫我索恩希爾太太，丹。」她說得很大聲，好讓對方聽清楚。丹不發一語，但是斜眼看了她一下，她開始變得有些氣勢洶洶。「按照這種方式，對彼此都適切。」索恩希爾站在門口，聽見她突然文謅謅地咬文嚼字起來，這一定是她在哪裡聽過的華麗字眼。「按照這種方式相處才算圓滿，」她說，然後又想起另一句：「我想我們會理解的。」

他想到他們剛到雪梨的時候，兩人都從這種主僕遊戲中找到樂趣。丹則是另一種全然不同的情況，而且不是遊戲，他們實際上幾乎操著丹的生殺大權，而且他們兩人心裡對此都有一點點樂此不疲的感覺。他本身從中得到的樂趣，如同他曾經在碼頭上威嚇丹時所得到的樂趣，他自己對此也感到驚訝：他不知道他的內心藏著一個暴君。人要遇到情況，喚起內心的東西，才知道自己究竟是什麼樣的人。莎莉顯然很滿意，以前和她曾經共享偷來栗子的人，現在稱她為索恩希爾太太，這是另一項令人驚訝的事情。他看到丹很快瞥了他們兩個一下，似乎在懷疑到底是新南威爾斯的什麼東西造成這樣的改變。

他到雪梨買了兩樣禮物給莎莉，一是裝在柳條編織籠裡的幾隻母雞和一隻公雞，一是用玻璃框裱起的舊倫敦橋雕刻。她把食指放在玻璃上，循著街道的線條，就好像心裡正沿著它們走路一樣。她轉身看著他時，眼中充滿淚水。「小威，」她啜泣著說，「你實在很了解我，沒有什麼可以瞞過你。」她拉起他的手緊握著。在他手中，他可以感覺莎莉的手很粗糙，這雙手屬於一個不停工作的女人。「它是寶貝，小威，」她說，「你能想到這一點，真的很可愛。」他看到她聽見了那件雕刻所說的話：「我沒有忘記我的承諾。」

他拿一根木釘插入小屋柱子的一個洞，然後把雕刻掛上去。「掛在我醒來第一眼就可以看到它的地方，小威。」她說。當他稍晚進來時，看見她拉了一條繩子從屋頂下方穿過，把繩子掛在木釘上，因此繩子就吊在雕刻下方。

那天晚上，碟子裡的燈芯被掐滅之後，屋子裡都是燃燒油脂的味道，他們全都躺在一起，像盒子裡的燻鮭魚一樣擠進小屋裡。索恩希爾可以感覺到莎莉直直地躺在他旁邊，而丹就在不到一碼外的地方，雙手枕在頭底下。

雖然孤獨本身也有缺點，但是他們到現在才享受到的孤獨也是一種禮物，如果沒有它，他們真不知道該怎麼辦。

奈德馬上就睡著了。經過一段時間的鼾聲大作，他開始從夢中喃喃自語，在袋子上扭來轉去。接著他們聽到他起來，像一匹站著睡覺的馬一樣站著，聲音重濁地說：「佛萊明走開佛萊明。」丹很生氣地哼了一聲，起身把他推回到地上，他終於無聲睡著了。

在營火旁邊吃早餐時，索恩希爾看到丹吃著麵包四下張望，他看著河流另一邊的懸崖，第一條支流在山脊之間轉向北方所在的山谷。

索恩希爾知道他心裡在想什麼。有些人曾試圖穿過那片森林走到中國，有時候他們會搖搖晃晃地走到某個移民的小屋，眼神狂亂，瀕臨餓死，衣服被黑人扒光而全身赤裸。偶爾有骸骨出現在偏遠的小峽谷中。他們通常會永遠消失，被併吞到無際、無形的遠方。

但是丹在這裡待不夠久，不知道那些被沒有圍牆的監牢所愚弄的重罪犯發生了什麼事情。

索恩希爾等待著，直到丹看著山脊和山谷的眼神與他的眼神交會。「看上去真容易，對不對，回雪梨只有五十哩。」他確定自己的口氣很溫和。丹繃著臉別開視線，看著河流對面的懸崖，懸崖掛在暗牆上，太陽就在後面。懸崖回視著。索恩希爾覺得他的嘴巴正在塑造像沙克林的優越微笑。「你在這裡有我，」他說：「在那邊只有森林和野蠻人。」丹用他無法解讀的眼神看了他一下。「由你決定，」索恩希爾說：「不關我的事。」

第一天早上——莎莉在早餐時說當天是他們來這裡的第七週的第一天早上，索恩希爾要丹和奈德在屋子旁邊加蓋一間相倚的小屋，他們可以在裡面睡覺。他則是忙著為家禽騰出一個野狗晚上沒法偷襲的地方。他已經先砍下一些小樹準備蓋小屋，威利從樹上剝下一些樹皮，新僕人只要修整小樹當作屋頂支架，並且在樹皮中打洞繫牢小樹即可。

但顯而易見的是，每當最需要人手的時候，奈德就常常昏倒，即使是直直站著，他也會緊張不安地顫抖。索恩希爾沒辦法交給他斧頭，所以給他錐子在樹皮上鑽洞。面對索恩希爾的監督，他會裝出正在做的樣子，但他沒辦法把事情做好，等他完成時，原本應該在樹皮上鑽出幾個整齊的洞，結果卻弄成長而無用的撕裂口。

奈德很喜歡講顯而易見的事實。他看著樹皮參差不齊的邊緣說：「看起來不太好，索恩希爾先生。」然後吃吃地傻笑。索恩希爾看著他，他的笑容似乎露出太多牙齒，眼窩裡的眼睛也有點散漫。

一個人會因為他笑的程度而被懲罰嗎？

在流放船上待這麼久，丹的身體本來就不健壯，春天令人喘不過氣的熾熱讓他臉上的蒼白皮膚突然變成東一個疙瘩西一個疙瘩。他舉起斧頭砍樹時氣喘吁吁，鼻子上滿是汗珠。他一察覺沒有人注意到他，就會靠著斧頭朝外看向森林。他穿著條紋外衣的背上有一大堆蒼蠅飛來飛去，但是牠們最喜歡的是他的眼睛、嘴巴，那一大片汗水淋漓的臉頰。他拍打他的手、瞇著眼看、吹氣和甩頭，想把蒼蠅趕走，蒼蠅盤旋而飛，但總是又停下來。最後他為了把牠們從手上趕走，差點用斧頭把他自己的腿給劈開。

他發起火來，把斧頭扔到地上，這時他看到索恩希爾站在一片樹蔭下。「讓我們休息一下，」他說話時並沒有稱呼他「索恩希爾先生」。「至少給我們一點水。」他瞇起眼睛對著太陽看，猛打蒼蠅。

索恩希爾記得流汗喘氣央求別人的感受如何，他現在了解，央求會如何讓一個人變得醜陋而且不像人，那就是：讓人很容易拒絕別人。

「丹，按照規定，重罪犯在白天必須工作。」他從自己的口氣中聽到充滿虛偽的語調。「我自己也是個刑滿開釋犯，我不打算違反總督的話。」他溫柔地微笑，享受著這些話帶來的樂趣。「現在繼續工作，等完成之後，我們再來看看事情進展如何。」

丹面無表情地看著他，他並沒有動手撿起斧頭恢復工作，索恩希爾懷疑他是不是做得太過火了，丹是否要揭穿他的把戲並且拒絕工作。他想像著：丹會不顧麵包和水、不顧鞭打，堅持抗命。他在大個子的人身上看過這種情況，有這種想法的人不會讓步，他看過他們寧死不屈。

最後做到這點的是蒼蠅，牠停在丹的鼻子上，讓他退縮。這樣的小生物也具有摧毀人類意志的力量。他拿起斧頭開始砍樹。索恩希爾看到蒼蠅不受打擾地在他臉上爬，他的眼睛因為牠們而瞇緊。在大太陽下，他變成低頭卑微的動物。他脖子背後的肌腱顯得很突出，既白又脆弱。

索恩希爾輕拍他用來當做拂塵的樹葉細枝——他發現木麻黃長長的繩狀針葉最好用——然後走到樹蔭下。他覺得他身體裡有一些東西在高張，就像從肚子裡湧出的呵欠一樣。散步溜達。就是這個字眼。他在散步溜達，除了這根小樹枝之外，不必拿任何累人的東西。像一名紳士可能會從舊天鵝巷散步到教堂階梯一樣，他口袋中的硬幣叮噹作響，等待船夫央求光顧生意。

或許哪天也會輪到丹翻身，但現在還不是時候。

奈德和丹花了一整天才把幾張樹皮綁到樹框上，最後，搭在主房上的小屋不像是人的住所，反倒像是一間狗舍。但是那天晚上，他們兩人還是爬進去睡覺，透過牆壁的裂縫，索恩希爾一家依舊可以聽到奈德自言自語，丹在睡著時翻來覆去，但是現在因為中間有一道阻隔，那種聲響似乎變得不一樣了，先不論他們之間的阻隔有多麼脆弱。那是生命的階梯上，位居他們之下的兩個人所發出的聲音。

莎莉轉向索恩希爾，她的臉在燈光下顯得年輕。她的眼珠發出透明清澈的微光，她微笑時，臉頰上出現一個他已經久違的酒窩。「我們會把這個地方弄得很棒，莎莉，」他低語。有一個念頭突然閃過他腦際，他不假思索地說：「你絕不會想離開的。」她把這句話當成幽默的笑話：「絕不會想離開！」聽到她口氣中的驚訝，他不知道他自己為什麼會講出這些話，為了掩飾，他只好也假裝在開玩笑。「我會把你拖到船上回家，」他說，「你會跪在地上求我。」他學她講話，把聲音拉高，裝模作樣地說：「拜託，小威，讓我留下來！」

這個動作讓她捧腹大笑，他看到她笑得淚都流出來了。這對夫婦小心翼翼地擁抱，避免下面所鋪的蕨類植物發出太大的沙沙響聲。兩人面對面，莎莉坐在小威腿上，就像一對湯匙，他喜歡莎莉的臀部在他胯部的感覺，他大腿磨蹭著她的大腿，每一次對著他的胸膛喘息，她的背就起起伏伏，她的乳房盈握在他手中。他們氣息交纏時，他聞到她身上的麝香氣味。

在樹皮牆外，他的僕人們已經睡著，他感覺到某種緩慢的引擎已經開始發動：輪子轉動，齒輪順滑地咬合。新南威爾斯有它自己的生命，不受任何人的干預，連總督、甚至國王也不例外。在這個機器中，有些人會被壓垮吐出，有些人則是登上高峰，這是他們以前從未夢想到的。

這對夫婦之間呈現一種友善的沉默，油燈快要熄滅，碟子裡的燈油全都沒了，燈芯正在燃燒自己。這是今天和之前任何一天的不同，他們兩人都沒有起身將火掐滅並且將燈芯留著隔天用。

他躺著靜聽外面夜晚的聲音。透過牆壁的裂縫，空氣流進屋裡，有一種幾乎像藥味的潮溼甜味。外面的一些生物發出和剃刀一樣俐落的細尖叫聲，而在河邊，青蛙的鳴叫聲忽大忽小、此起彼落。

五年，他需要的只是這樣。

十一月，天氣開始愈來愈熱。即使在黎明時分，太陽依舊是讓人避之猶恐不及的敵人，到上午十點左右，屋裡根本不能待人。樹木不能完全遮蔭，陽光還是會灑下來，隨著時間過去，小屋形成的陰影愈變愈小。到了正午，陰影不見了，空地在酷暑中顯得沒精打采。

但是這種天氣卻讓玉米長得很好，天上驟然降下的大雷雨提供充足的水分，所以不必用水桶提水灌溉，多餘的時間就拿來鏟除可能會吞噬植物的雜草。

起初莎莉以為，她在餵奶時瑪麗顯得焦躁只是因為氣溫太高，所以她痛苦地拉著疼痛的乳房，說：「晚上天氣涼爽，我就會好一點的。」但是隔天早上，即使天氣涼爽了些，她還是在發燒，她的乳房和鼓一樣硬。索恩希爾原本要到上游採收大麥農作物也不能去了，轉而去請賀林太太來看病。她是個好人，一請馬上來，她判斷問題出在產乳熱。

儘管產乳熱讓莎莉疼痛不已，賀林太太堅稱，產乳熱的唯一治療方法是繼續哺乳，她用熱膏藥和熱布照料莎莉，然後讓嬰兒湊近乳房，抱住她直到她吸吮乳汁為止。

但是莎莉的病情沒有改善，只是在炎熱的下午躺著發抖，在毯子下冒冷汗，她的臉一會兒發紅，一會兒灰敗如土，眼睛變小而且呆滯。巴伯和狄克輪流坐在她旁邊，用小拂塵趕走蒼蠅。

索恩希爾一想到可能失去她，就很害怕。他痛恨天空日復一日都這麼藍，就好像一切都沒事；痛恨漠不關心、叫著離開的小鳥；痛恨把她帶到這裡的自己。他緊守著賀林太太所說的每一個字，以及她對他的問題提供答案時的語調：「和預期的一樣好」，或是「沒有比昨天差」。

最後，即使可能冒犯她，他還是划船到綠山，想用二十基尼請醫師看病。那個人說，不論代價多少，路途都太遙遠了：即使是順潮，坐船也要四、五個小時。在言談之間，醫師雖然沒有明說，索恩希爾卻聽出他不願出診的真正原因：莎莉只是一個刑滿開釋犯的妻子。

每天下午，賀林太太會研磨碾碎的玉米，並且不停指示孩子們拿一些小棍子給她升火，這時索恩希爾會坐在莎莉旁邊。他看著她躺在那裡，雙眼緊閉、臉色蒼白地靠著枕頭。她那張甜美憔悴的臉是他生命中唯一柔軟的東西，他仍然可以看到當年天鵝巷廚房裡的女孩，她粉紅色的小嘴發出笑聲，一邊幫他的手指握住筆管。

她似乎不怕死，接受賀林太太的治療時毫無怨言。有一天下午，他大膽地提到蘇珊娜．伍德。蘇珊娜的先生很喜歡數學儀器，他甚至測量他太太被擠出的乳汁，測量到最後一滴為止。索恩希爾認為他看到她的嘴巴動了一下，就表示她記得蘇珊娜．伍德的事情，而且感到有趣，但是她沒講話。

她似乎不怕死亡或痛苦，但是對於被葬在這塊異鄉非常害怕，也擔心在這種熱浪下，她的骸骨在那些刺人的樹下腐爛。她發呆嘆氣、直挺挺地躺在床上，有一天她說：「把我埋在面北的地方，小威。」這是她這麼久以來第一次開口，他請她再講一次。「北邊，小威，家在那裡。」然後她同時壓著雙唇看著他，等他答應。

起先他像傻瓜一樣咆哮。「不會有什麼埋葬的事情，莎莉。」他叫喊，但是她閉上眼睛，不想聽。他看著她，看著那張他極度熟悉的臉。他知道她要求的是什麼。但即使在這個時刻，一想到沒有她的日子就像死亡本身一片空白，他就沒辦法讓自己說出她一直想要聽到的話：我們會回家。

消息很快傳遍了河岸地區。史麥許帶著一個潮溼的布袋往上游划，袋子裡裝著用毛繩綁緊螯足的一些紅樹林螃蟹；睿智兄帶了一些當天現宰的豬肉。莎莉一點也沒碰，但是其他人飽餐一頓，直到塞不下肚為止。史派得送給她一瓶他從某處弄來的上等白葡萄酒，連布萊克伍德有天下午都從河岸走上來，手邊帶了他湖裡抓來的幾條鰻魚和一袋新鮮馬鈴薯。

可能是布萊克伍德的鰻魚奏效，也可能是他坐在床邊跟她說，他如何依照他在伊斯特奇普的母親教的方式將鰻魚凍結的事情發揮作用。「格蘭特利街，」他說：「靠近萬聖教堂。」莎莉微笑，而且有力量點頭。「我知道，」她低聲說：「史提克利布店就在轉角。」她終於坐起來，虛弱地靠在枕頭上，並且吃了幾口東西，然後才推開盤子再度躺到被褥裡。

隔天索恩希爾醒來時，他發現莎莉已經在床上坐起來，瑪麗趴在她的乳房上找奶吃。

「小威，」她幾乎恢復了往日的笑容，微笑著說。他執起她的手，高興地緊握著。「我不是船槳，小威，放開啦，」她喊道，但是她也反過來用力緊握著他的手。「現在告訴我，小威，我像一塊木頭一樣躺在這裡有多久了？有人劃記號嗎？還是你已經記不得時間了？」

他臉上浮起微笑。「我們在星期日做了記號，莎莉。已經過了九星期又五天。」可是他必須努力掩蓋他的失望之情：她第一個想到的竟然是樹皮上的記號。

第四部　百畝良田

有了奴僕之後，他駕著「希望號」出海時就沒那麼擔心了。丹和奈德這兩人雖然愚蠢，但他們畢竟是男人。以前每次離開莎莉都讓他有點心疼，至少現在不用留她一個女人待在樹林間。

事情開始順利起來。他和丹搬了幾塊石頭，在搭有煙囪的小屋裡替莎莉做了一座壁爐，壁爐大到可以容納好幾根木頭。在十一月中旬的熱天裡，很難想像屋裡需要升火，但是韋伯警告他說，這裡的冬天比雪梨還冷。而他自己也期望能在冬天時坐在升著爐火的小屋裡。他覺得他喜愛的火爐是那種奢侈地使用一堆木材，讓木材四周竄出清黃色火焰的爐火，而不是因陋就簡、只用兩根木炭升起的火。

在雪梨沒辦法茁壯成長的孩子們，在這裡就截然不同了。強尼快滿兩歲了，整天都忙個不停，忙著把一些東西塞進其他東西，或是把某些東西放在其他東西上，不讓它們掉下來，他腦袋裡總是有某種計畫，使得他的小臉因為專注而顯得面無表情。狄克逐漸長大，成為身形挺立的七歲男孩，小嬰兒瑪麗會對自己說話唱歌，連巴伯都開始好轉，過去飲食太差讓他深受其害，現在他完全沒有這個問題，而且顯然因為吃得比較好而開始成長茁壯。雖然他還是比一般五歲小孩更容易放聲大哭，眼睛周圍也仍然有黑眼圈，不過他終於開始長肉。

事業也很順利。總督已經下令要在河流上游地區派兵駐守，如此一來，即使黑人經常燒殺擄掠，農民也會有安全保障，不致於棄守家園。所以簡陋的綠山就成為皇家溫莎堡，而上游分散的小屋就成為倫敦的繁華區域里奇蒙了。英國軍人在河邊的農田巡邏，每隔一星期就進入荒野追捕行凶歹徒，將其繩之以法。

小鎮的聚落出現後，就很適合開艘滿載好貨的船去做生意。索恩希爾不用再逐一到分散各處的孤立農場去，只需要把船開到新的聚落，卸貨做買賣，再於當地載滿其他貨物，前往雪梨就好了。

他每次到雪梨就一定會買小禮物給莎莉，例如一對茶杯、地墊，以及一條藍披肩。這條披肩讓她想起她父親送她的披肩，只不過這條比起父親送的，要來得粗糙多了。

他也為自己買了一雙靴子，這是他平生第一次擁有靴子，穿上靴子後他終於了解為何士紳看起來就是不一樣，一方面是因為他們在銀行裡擁有存款，一方面是因為靴子會告訴主人要如何走路。

每次他從河邊走近他自己的家──有時是帶回一批甘藍菜和玉米，有時是去雪梨帶回印花棉布和鐵鍬──就覺得很緊張。他沒有對莎莉說什麼，並且再三交代威利要小心謹慎，但是小鎮上總會流傳黑人為非作歹的消息。每次他駕船回來，看到煙霧從家裡的煙囪冉冉升起，家禽在院子四周啄食，孩子們跑下山坡迎接他時，他就大鬆一口氣。

一八一三年十二月的某一天，也就是那年快要結束的時候，他往上游啟航，朝索恩希爾岬划去，從西面吹來的炎熱狂風使得他從囚營回來的路程變得很艱難，最後到家時總算鬆了一口氣。當他還來不及把「希望號」停進紅樹林裡的位置，威利就從屋子裡跑出來，他的頭髮散亂，臉部扭曲，大聲喊叫。威利得先稍微喘口氣，才能夠把事情講清楚：黑人來過了。

索恩希爾只覺得胸口痛苦地收緊，就像手掌握緊一樣，他立即想像莎莉仰天倒地，面無血色，已經無神的兩眼盯著天花板。瑪麗躺在她身旁，變成一小包靜止不動的碎布，血全被吸乾。巴伯和強尼被剝了頭皮、切片、活活烤來吃，精華部分全被吃掉。

等威利稍微平復，講出更多消息之後，才知道聽起來好像沒有人受傷。威利狹窄的胸膛因為喘氣而劇烈起伏，骯髒的臉充滿恐懼，他用手指著，但是觸目所及，只有一道煙霧，從陸岬最遠的某個地方冉冉升起，煙霧卡在樹林間，使得樹林呈現迷濛的藍色。只聽見他們自己的回音。

索恩希爾沒感到害怕，只覺得疲倦。他只想要做自己的生意，駕著「希望號」來來去去，種一點玉米，享受奴僕的服務，然後登上發財的階梯，這樣的要求似乎不多。但是那些黑人再度跑來，想避都避不了。

「孩子，看在老天爺份上，別作聲。」他一邊說一邊聽。微風傳來的聲音，不過是狗兒無力的吠叫、小孩一聲遙遠的哭喊。一個女人發出高亢快速的呼喊。他盯著煙霧，等待它消失，黑人就在那裡。

威利皺起眉頭看著他。「拿槍，爸，」他說：「把槍亮出來。」

有那麼一瞬間，索恩希爾希望威利還是個把自己爸爸當做神的小男孩，而不是自認已經長大成人的男孩。

莉莎背著瑪麗站在小屋門口。「他們是昨天來的，」她說：「可是沒有靠得很近。」

他發現她沒有受到驚嚇，於是鬆了一口氣。

「拿這個給他們，小威，」她拿出一只袋子說：「裡面有一點豬肉、麵粉之類的。另外還有一些我認為你用不著的菸草。」

索恩希爾並沒有伸手去拿。第一天拿一點肉是一回事，但是像這樣交出他們的食物，甚至他自己的菸草，又是另一回事。這不像是禮物，倒像是每週一她要他拿房租給房東巴特勒先生一樣。

最後他接過了袋子，但把它放回桌上。「我們每次都給他們東西，這樣下去會沒完沒了，」他說：

「他們會一直予取予求，直到我們一無所有為止。」

丹從船上回來，看著他們。他下船時，應該要把船槳也順便帶上來，但是他卻空著手。他站在那裡雙手懸盪、聽他們夫妻倆說話的樣子，讓索恩希爾忍不住想揍他一頓。他就像討厭的田鷸，但是動作很快。他看到索恩希爾夫婦意見不合，反而覺得很快樂，而他竟然毫不掩飾自己的這份快樂。

但是聰明的莎莉讓他失望了。「說得有道理，」她表示同感。她朝門外煙霧燻黑天空的地方看去，把事情徹底想清楚。「他們就像以前老家的那些吉普賽人，」她說：「不是嗎？他們跑到後門時，爸都會把他的舊襯衫給他們，但不是每次都給，而且從不讓他們進屋裡。」

他頓時感受到對她的一股愛意，因為她找到了一種觀看這個新世界的方式。「我們必須想辦法設下限制，」她繼續說：「像爸爸以前那樣。」她緊握在一起的雙手往一邊擺過去，又往另一邊擺回來。「讓他們高興，但不要讓他們占便宜。」她抬頭看著他的臉。「依照他們流浪的生活方式，他們不久就會走了。」

她一語道盡他對這件事的看法。和黑人之間一定要劃清界線，只不過要在哪裡劃界線，他還不知道。但是他知道，如果要等待黑人來劃出界線的話，對他不會有好處。

他盡量用輕鬆的語調說：「我會去那裡跟他們談談，」他說道，彷彿提到的是一般鄰居似的，「把事情釐清。」他看到她聽了這番話時，眉頭皺了一下，可是她也想不出更好的辦法。

「快去快回，」她說。

他想到要帶奈德或是丹去，但現在並不是在解算數問題：這一邊有多少人，另一邊有多少人。

如果是算數，索恩希爾一家還沒開始就會被打敗。這是另一種情況，雖然他也不知道這到底是哪種情況。他往有煙霧的那邊走去，像一個人在量測土地一樣沿路大步走。

一如往常，他覺得自己好像被一眼看穿了。

黑人在索恩希爾岬遠處的四周紮營，那裡距離他上次看到刻有魚隻圖案的岩石不遠，是個紮營的好地點，柔軟的草地和散布的樹木，使這個地方變成了可以享受河上微風的陰涼處。旁邊還有另一條小河，只不過比索恩希爾那一條小。在彼此傾靠的幾根樹枝上，有兩堆用樹皮和樹葉堆成的東西，位在一塊整理乾淨的空地上。這塊空地就和索恩希爾家的那塊空地一樣。另外還有一些擺在一起的盤子，一堆莓子，以及一個淺碟形狀的大石頭，裡頭擺著準備磨碎的草籽。

他花了一點時間看著火堆旁邊的兩個老嫗，她們看起來就像從土裡冒出來一樣安靜、黝黑。她們把瘦削的長腳直接往前伸展開來坐著，外擴的乳房垂到腰部。其中一個女人在她肌肉發達的大腿上捲著尤加利樹皮的纖維，將它變成棕色的粗繩，她做到一半停下來，她身後的一個小孩站著看索恩希爾。那女人瞥了他一眼，但是顯得興趣缺缺，就好像他是飛來看他們的蒼蠅。

他們全都停格在這個靜態畫面，直到一隻躺在陰涼處的瘦弱小狗僵硬地起身吠叫，做繩索的女人對著牠喊，只喊了一個字，牠就停下來。那隻狗抓了一隻蒼蠅，然後再度躺下，斜著一隻眼睛看索恩希爾。

另一個女人站起來，手上垂掛著一條死蛇，她若無其事地把牠輕彈到木炭上，好像牠是一截舊繩子一樣，然後彎下腰，用一根棍子刮了一些炙熱的灰燼覆蓋在死蛇上面。接著她又坐下來，開始在盤子裡挑莓子，看都不看索恩希爾。

「你們最好離開，」他口氣溫和但堅定地說。不過那些話似乎消失在空氣裡，女人們一動也不動，她們的臉反映出內心的想法，瞧都不瞧他一眼。長長的上唇，分隔鼻側兩頰的深厚皮膚皺摺，讓她們顯得嚴厲又高傲。他說：「你們最好離開，離開我們的地方。」

這些話膨脹後又消失了，留下一片沉默。他上前一步。做繩索的那個女人不慌不忙，把東西放到一旁起身，她長長的乳房擺動著，乳頭下垂。她站著看他，就像屹立在大地上的一棵樹。

他不敢正視她。他從未看過任何女人裸體，即便是莎莉，也只看過局部裸露。她從未像這個女人般，除了下體用一根細繩圍住外，全身一絲不掛地站在他面前。她這麼做，令他想要趕緊幫她遮蔽。但是這些女人似乎不會覺得難為情，看來她們甚至沒有意識到自己的裸體，她們以皮膚作為衣服，就像莎莉穿戴披肩和裙子一樣。

那個剛才把蛇丟進火堆裡的女人舉起手臂，用一隻手拍拍他，然後用唐突、高亢的方式說話，她深陷的眼睛反射著光芒。她對這個頭戴帽子、身穿馬褲的男人毫不畏懼，不論她說什麼，她都不期望對方有任何異議。她說完之後，就像關上他們之間的門一樣轉過身。

他痛恨她那種行為舉止，彷彿是說他有任何的反應都不重要。「老太太，」他咆哮道：「我可以輕易就用我的槍把你那顆還沒開化的腦袋轟掉。」他可以聽到自己大聲喊叫，整個地方都充滿他的聲音。那個女人並沒有朝他這邊看，但是她的神情很不以為然。現在另一個女人開口說話了，而且向一邊甩頭。他了解，她是在告訴他該往哪裡走：沿著原路走回去。

他感覺到情況不對，於是轉過頭去。他背後有一群男人站在那裡看著，他們靜悄悄地回來，彷彿是從地底升上來似的，總共有六個人，也許是八個人或十個人吧，他們的皮膚黝黑，在樹蔭下很難把他們看清楚。

在倫敦，索恩希爾算是身材高大的人，但是這些男人讓他覺得猶如小巫見大巫。他們和他一樣高，肩膀肌肉發達，強壯有力，胸部都是一塊塊胸肌，每一個人都拿著幾支長矛，矛柄的長度像昆蟲的觸角般高高低低。

他兩腳張開站著，腳上穿的沉重新靴子牢牢踩在地上。他想像他們對他的觀感：他的衣著神祕，帽子遮蔽了他的臉龐。

讓自己扮演主人的角色，似乎很重要。只要反客為主，他們就是他的訪客。他讓自己用愉快的方式向他們招呼致意，就好像他們是一群一嗅到恐懼的味道就會咬人的狗。

「日安，各位先生，」他喊道：「今天過得好嗎？」

他聽到他微弱、愚蠢的話蒸發到空中，很慶幸奈德和丹沒跟在他後面聽見這番話。他覺得胸口有點熱熱的，是憤怒還是恐懼作祟？

真希望手上有槍。

林間，一隻鳥開始在啼叫，草叢裡的嗡嗡聲忽大忽小，此起彼落，一根枝條掉到火中，發出柔和的碎裂聲。

一層霧氣開始從烤蛇的木炭中冒出來，一陣油膩的香味飄送到他這裡，聞起來和肥美的羊排差不多。他發現自己正在想，拿一條蛇來當晚餐或許還不賴。

「怎麼不說話了？」他說：「你們這些黑人？」這句話就像一個信號，提醒了他們。他們從容地握著矛，以原來鬆散圍成一圈的方式移動，其中一人，也就是索恩希爾第一天對他拍肩膀的那個灰鬍子老翁，站出來走到索恩希爾面前，伸出一隻長長的黑手放在自己的前臂上。這個赤裸的老翁散發著權威，就像火散發出熱氣一樣，他的嘴巴開始吐出一長串話。

索恩希爾迫使自己破除這個咒語：「很好，你這老傢伙，」他的口氣嚴厲，將對方的一長串話打斷：「現在你聽好，」他彎下腰，用一根小樹枝在地上畫記號：一條曲線代表河流，一個整齊的方形代表他自己的一百畝地。「這是我的地，索恩希爾的地方。」

那個人盯著他。

「其他都是你們的，」索恩希爾說。他可以聽到自己的聲音逐漸變大。「其他所有好地方都是你們的，老兄，隨你們使用。」可是他的話就像一陣無足輕重的空氣一樣，從那個人身上流過。他以前沒注意到那個人的眼白部分有多白，他不知道這是不是因為黑色的皮膚襯托出眼白部分，使得對方的眼睛像從裡面點亮一樣。

老翁往前一步朝火堆走去，從一個樹皮做的盤子挑出某種東西：一串雛菊根，有六到八個小小的塊莖掛在莖上。他指著雛菊根，再度開口，最後他咬了其中一塊，咀嚼、吞下、點頭。雖然對索恩希爾來說，那些話和鳥叫一樣沒有意義，但他還是明白了對方的意思。那個人拉斷一截雛菊根，把它拿給索恩希爾，雛菊根的果肉透明、光滑，看起來很脆，很像小蘿蔔。

但是索恩希爾並不想吃。「你真好，老傢伙。」這個玩笑話不失趣味。「你自己吃吧，不用給我。」他再度看著那個男人手掌上的東西。「我叫它猴子食物，老兄，祝你好運。」

那個人的態度現在變得非常激烈，他一直在詳細解釋某樣事情，他轉身指向河流沖積平原，一邊握著那束雛菊根。他的話裡似乎有一個主題，一個重複的片語，就好像他想要取得同意一樣。

「是的，老兄，」索恩希爾說：「你非常喜歡你吃的猴子卵葩，你自己留著吧。」老人大聲、激烈地說了什麼，索恩希爾聽出他在反覆相同的片語。

他想要承諾。

那個老人似乎準備花一整天等待一個答案。

「老兄，我們種我們的食物，你們種你們的。」索恩希爾說。他與老人的眼神交會，並且點頭。那個老人也用簡慢的點頭回應。

一場交談已經展開，其中有詢問，也有回答，但問題是什麼，答案又是哪個？

他們看著彼此，他們之間的話語就像一堵牆一樣。

「事情順利極了，」他回到小屋時告訴所有人：「一點都不用擔心，他們不久後就會離開。」

經過耶誕節和炙熱的一月初，他每天早上望著門外，希望天空不再有黑人製造的煙霧。但是每天早上，煙霧還是在那邊，塗抹著天空。

莎莉似乎很放心。有一天她看到他盯著煙霧皺眉頭，就說：「他們不久就會離開，就像你所說的。」他只得表示同意，但是他開始了解，把故事說得太好，就會有某種「不足為人道」的孤獨感。

他花了一點時間才向自己承認，他的百畝地感覺上不再像是他自己的地了。雖然平常看不到黑人的蹤跡，可是有一小群黑人總是如影隨形，他們在樹林間忽隱忽現，就好像漆黑的人體是樹皮、樹蔭、溼漬岩石上搖曳光影的延伸。雖然可以用眼睛往前看，可是卻不知道自己看到的是樹枝，還是持矛者在觀看著自己。

他們的走路方式是索恩希爾沒見過的。他們好像每個人都有一雙瘦長的雙腳，重心放在臀部，他們的腳輕輕踩在易碎的樹葉和樹皮捲上。不知怎的，他們好像可以飄浮在地面上。

索恩希爾本來以為所有的黑人看起來都一樣，因此當他經過一段時間、已經可以輕易辨識出他們之後，就覺得有點驚訝。他開始替黑人們取名字，取的都是一些普通名字，這樣讓他們之間的差異沒有那麼明顯，也讓這些沒用的東西變成家常生活的一部分——另一種街坊鄰居。

嘴形嚴肅、鬍鬚斑白的老人讓他想起天鵝巷附近幫人磨刀的某個老哈利，因此馬上替他取名為大鬍子哈利。索恩希爾沒有跟人說的是，他知道這個嚴厲的老人絕對跟倫敦的磨刀匠不同。第一天拍拍他的人是一個高個子，站得很直，所以他就成了長人巴布。另一個年輕人雖然沒有特別黑，但是他凝重的臉孔帶著沉思的神情，所以稱他為黑狄克，就沒那麼驚人了。

大鬍子哈利會用他瘦巴巴的小腿從容不迫地四處走動，或者他會一隻腳抵著另一個膝蓋站著看遠方，把矛豎立在身旁。當他和索恩希爾面對面時，他把索恩希爾當作空氣似地透視他。

長人巴布和黑狄克有時看著索恩希爾和奈德及丹在玉米田裡除草，他們或站或蹲，他們的矛與周圍環境其他細長垂直的東西混雜在一起。

他們總是隨身攜帶長矛。

有一天，索恩希爾和丹看到黑狄克用他的矛瞄準草叢裡的某種動物，黑狄克身體繃緊，向後彎曲，伸出空出來的那隻手，像是要保持前面空氣穩定似的，然後用和抽鞭子一樣快速、無形的動作，拿矛射中了小動物。

「老天，」丹低聲說：「你看到了嗎？」

男性黑人們從來沒有太靠近索恩希爾和他的僕人，沒有靠過來想搭訕說話。但是女性黑人比較樂於接近莎莉，她們把小屋當作一塊大圓石一樣繞著走，並且習慣在經過時對著她唱歌。

索恩希爾有一天回到小屋要喝杯茶，奈德和丹跟在後面，他看到一群黑女人從森林出來，排成縱隊穿過院子盡頭，當莎莉從小屋拿著器皿走出來時，他向奈德和丹示意停下來保持安靜。在靜止的空氣中，他聽到她對她們叫喊：「咦，梅格，你手上拿了什麼？」他站起來看，並且緊抓著鐵鍬，萬一她們攻擊她的話，他就會喝令奈德和丹往那邊衝。

她們人數眾多，而莎莉人單勢孤。

但是那些女人走近她，給她看她們木盤裡的東西。她們聚集在她周圍，不時發聲尖叫著，覺得很好玩似的。有個女人腰際的一條繩子上垂掛著一隻有斑點的大蜥蜴，她每動一下，那隻蜥蜴就靠著她的膝蓋拍打著。她把那隻肥重的蜥蜴舉起來，它的雙腿從白色的肚子向外展開。她對著莎莉高叫，就好像她遠在半哩外似的。他聽到莎莉說：「我相信牠很好，波麗，但你不會準備要吃牠吧？」她指著蜥蜴，模仿吃東西的動作，然後又指著那個女人。她們全都大聲笑她，仿傚她用手送進嘴裡並且假裝咀嚼食物的方式。她們的牙齒是索恩希爾所見過最白皙的，那些牙齒在她們臉上顯得強健又閃閃發亮。莎莉很喜歡這種情況，因為不管她說什麼都可以。「你還真是活潑調皮，波麗。那吃老鼠好嗎？你準備要燉一鍋美味的小蟲嗎？」

年輕黑女孩在年長黑女人後面畏縮不前，對著彼此掩嘴而笑。其中有一個比較大膽的女孩衝上前去，握住莎莉的裙子，然後發出小小的尖叫聲，放開這種陌生的布料，就好像布料會燙傷她似的。但是莎莉向她走近一步，抓起一把裙子讓她握著。「咦，你和不說話的動物沒有什麼兩樣，」她微笑著說。女孩見了莎莉的舉動，認為這就是莎莉的許可，於是衝上前來，用手拾起布料觸摸。其他黑女人也圍在她身邊，有個人摸了莎莉赤裸的臂膀，她的手相形之下顯得異常黝黑。她一開始快速碰了一下，就好像莎莉的手臂會咬人似的，然後用整隻手順著莎莉的手臂摸，並且看著莎莉的臉龐。她後面的另一個女孩輕觸著她的無邊呢帽，其他人叫喊著鼓勵她。

接著其中一人拿掉莎莉的帽子，戴在自己頭上，只見黑捲髮上頂著白帽子，很不相稱。任何人看到以後，都會覺得這是天底下最好笑的事情：莎莉笑彎了腰，而那女孩的確看起來很可笑，她全身除了頭上歪斜的帽子之外，一絲不掛，帽子下的臉龐笑逐顏開。其他女人全都想要戴戴看，因此帽子就被傳來傳去，戴來戴去，直到大家笑到站不穩。

男人可能會因為年輕女孩的小巧乳房和修長大腿而失去理智。當她們其中一人伸手拿帽子時，她的肌膚順著發出微光的圓肩以及乳頭，如絲綢般波動起伏。索恩希爾四下張望，發覺丹飢渴地盯著這些不知羞恥為何物的女孩們，他的眼睛在他蒼白的臉上冒出烈焰。奈德則是直接用言語來表達。「看看她們的奶子，」他嘶啞地低語，格格發笑：「把她們的奶子看個夠吧！」

莎莉用手勢讓她們知道，她感興趣的不是木盤裡的東西，而是木盤本身。女人們答應她的請求，把幾個木盤裡的小東西倒進一個木盤，好讓莎莉把其他木盤往上翻，欣賞盤子的下面。接著就是談條件了，莎莉拿出帽子，向她們比手勢：「你給我，我給你。」

女人們馬上就明白意思。最老的那個，也就是索恩希爾第一次看到她時，正在做繩索的那個皺巴巴的女人，參與了莎莉的交易。莎莉走進屋裡，出來時拿了些糖。「我們的糖！」他差點驚叫出來：「不要把糖送出去，莎莉！」她們擠成一團討論，最後穿著上衣和裙子的白種女人離開了那群赤裸的黑女人，一宗交易完成了：最年長的黑女人拿到糖，手上也拿著帽子，而莎莉則得到其中一個木盤。

她走回屋裡時，才看見索恩希爾站在那裡，於是便像個女孩般叫喊：「看看我拿到什麼，小威，是她們的盤子，很稀奇吧？」一邊把盤子伸出去給他看。「我們已經有盤子了，莎莉，」他說：「這個盤子不適合我們。」可是她沒理會這句話。「小威、小威，」她叫道：「你這個傻瓜，它不是拿來用的，它是藝術品。」她笨拙地說出這個陌生的詞彙。「賀林太太說，在英國老家，上流階級會花大錢買這種東西。我這五年如果每個月都得到一件美術品，我們回老家的時候就可以賺很多錢了！」

她的手指撫摸著粗糙的盤子。「而且代價只有那頂舊帽子，」她說：「還有一點點糖。別再悶悶不樂了，高興點！」

她像個孩子一樣，為自己、為她和這些鄰居的熱誠，以及她所達成的交易感到驕傲。「賀林太太的想法是正確的，」她說：「不需要做其他的生意。」

她這麼得意洋洋，他又怎能不在最後微笑一下，並且環繞她的纖腰？她的身形在男人的掌中著實美妙。

索恩希爾稍後在河邊看到在蘆葦叢中挖掘的黑女人，用來裝糖的那張紙已經被舔得乾乾淨淨，擺在她們之間的地上。莎莉的帽子被那個腰間垂掛蜥蜴的女人戴著：不是戴在她頭上，而是戴在她突出的屁股上，她們全都在大笑，他不希望她們這種笑法被莎莉看到。

索恩希爾從來沒有在森林裡發現可以當晚餐的食物。黑女人找到的食材，他連看也不看一眼，更別提說他會相信那些東西可以吃了。莎莉曾經給他看一些黑女人採集的東西，例如又小又硬的水果、看起來乾乾的莓子、球根。他在森林中只看過螞蟻和蒼蠅，從樹枝上側視他的小鳥，以及盯著他看、身上有斑點的巨大蜥蜴。他覺得自己絕不可能吃那些蜥蜴，牠們長長的頭伸得高高的，眼睛一眨也不眨，如果他嘗試要靠近，牠們就會快速跑到最近的樹上去。

他不知道黑女人是否因此覺得新鄰居很可笑。索恩希爾一家人在烈日底下努力工作，但是除了醃豬肉和麵包之外，還是沒有什麼東西可吃。相形之下，黑人只要晃進森林，回家的時候腰間就會掛滿晚餐。

他想，從某種觀點來看，這種情況似乎很可笑。

奈德和丹都看不起黑人，覺得黑人通常比他們更低等。在一個陽光充足的下午，丹看到有個黑人蹲在陰涼處，旁邊豎立著長矛，便脫口說出：「老天，看看他露毛的股溝，連狗都比他端莊穩重！」有時會發狂的奈德，還把頭往後一仰並且叫罵起來。

那天晚上，他們全都悶悶不樂地坐著吃東西，丹抱怨說：「從沒看過他們工作，恕我冒昧，索恩希爾太太，他們就只會伸出卵葩坐著，看著我們做死做活。」莎莉說：「我們可以讓他們工作，小威，教他們使用鐵鍬之類的。」他們全都試著想像大鬍子哈利或黑狄克放下長矛，彎腰拿著鐵鍬的情景。「連吉普賽人都知道偶爾要做一天的工作。」莎莉說，但是索恩希爾可以聽出，她已經對這個想法喪失信心。

索恩希爾腦中不斷重現他和大鬍子哈利那次雞同鴨講的對話，但是他怎麼想也想不透。他知道這項討論還沒有結束。

某個星期天，莎莉去樹木那裡劃記號，回來時若有所思：「他們在這裡已經很久了，他們出現的時候，我們到這裡已經十四週，那時是十二月，現在我們已經邁入第十七週。」她在火邊忙著，背對著他。「我以為到這時候他們就會走了。」

開誠布公討論這個想法，讓人如釋重負。「我不想讓你焦躁，莎莉，」他說：「可是我也一直在想同樣的問題。」她轉身看他，瞇眼看著壁爐冒出的一縷煙霧，微笑著說：「你不會讓我焦躁的，想想看，如果我焦躁起來，我會不會像個妓女一樣潑婦罵街？」

幾天後，他們聽到營地突然傳來騷動聲，幾隻狗吵鬧了一陣，之後就有叫喊聲傳出。莎莉坐在屋外的木頭上，膝蓋之間放置玉米碾磨機。「賀林太太說，來的人比走的人多，」她說：「他們和我們一樣喜歡住在河邊。」

索恩希爾驚訝地看著她。「你有問她？」他說：「你有問她關於黑人的事？」賀林太太有一套觀察索恩希爾的方法，她精明的眼睛彷彿可以看穿他的心思，讓他覺得尷尬不自在。他或許可以對莎莉隱藏他內心的想法，但是他認為任何人都無法瞞過賀林太太。他可以想像出，如果他嘗試要和她談論黑人的事，她會表現出什麼樣的譏諷神情。

莎莉全神貫注在小型玉米磨碎機上：當她轉動碾磨機把手的時候，它偶爾會從她的膝蓋間滑出，整個碾磨機飛掠地面，玉米粉全倒在泥土地上。「我當然有問，」她終於說，她因為忙著磨玉米而緊閉嘴巴。他把這個新玩意兒從她身上接過來，開始自己動手努力碾磨，直到斗槽空了為止，然後再將磨好的玉米粉倒進她準備好的碗裡。這機器實在不行，一旦有錢的話，他打算買一台更好的。

她手裡拿著碗站著，直視他的臉。「來來去去是一回事，」她說：「但是來了不走，又是另一回事。」他可以察覺「另一回事」指的是什麼，她並不打算詳細說明。但是他知道那是什麼事，因為他也感覺到它的存在：不是恐懼，甚至不是焦躁，而只是在他們世界上方的陰影，在這個世界裡，陌生人的營火所產生的煙霧，持續不間斷地升到空中。

「賀林太太的情況和我們不一樣，」索恩希爾說：「那裡只有她一個人，她別無選擇。」

莎莉用手指攪拌碗裡的玉米粉。他可以看到裡頭有一些白色的斑點，那是象鼻蟲，牠們跟著碾碎的玉米被磨碎。「我們也是，」她說：「我們有其他選擇嗎？」他本以為她是在質疑他，但接著看到她真的是在詢問。「小威，」她看著他的臉問道：「問問那個布萊克伍德，看看他有什麼說法。」

隔天天還沒亮，他就划著小艇到河流分岔的地方，任憑高漲的潮水帶著船隻前進，船隻後面揚起一道泡沫，行進在光滑的水面上。索恩希爾只需要坐在船尾用一支船槳當舵，小艇就會被帶往上游。

布萊克伍德在這裡找出生存之道，但是他的智慧始終充滿了謎。「得到多少，就回饋多少。」歸根究柢，這句話代表什麼意思——不只是言詞而已，更是時空裡的動作嗎？在黑人營火邊發生的那種情況底下，當一個白人和一個黑人嘗試只用毫無效果的語言來了解彼此的時候，要如何應用「得到多少，就回饋多少」這句話？

等太陽爬到森林最頂端的樹葉時，他已經朝山谷上游走得老遠。整個地方安靜無風，河水雖然清澈，顏色卻像濃茶一樣黃。兩邊的紅樹林掩蓋了河岸，更遠之外是垂掛著木麻黃的一條狹長平地，接著山脊以奇怪的角度上升，兩側陡峭而且充滿岩石。

這裡的蚊子很凶惡，索恩希爾看到一隻腳有斑紋的大蚊子停在他手臂上，把如針一般的口器推進他襯衫之下的皮膚，直到口器彎曲為止。在他前面樹冠層的某處，有隻小鳥一再發出富有節奏的清脆叫聲，就像敲響一個小小的銀鈴般，還有一條魚像一束銀色的肌肉，跳出水面並躍過空中。整個大地都在屏息旁觀。

上溯支流大約五哩處，紅樹林以外的土地豁然開朗，就好像河流已經用它的手肘清出一塊空地，把多石的山脊推開，在它和河流之間產生一塊寬闊的新月形平地。他看到有煙霧升起的地方，那一定是布萊克伍德的家。

紅樹林間沒有碼頭，甚至沒有空地讓船隻停泊。索恩希爾通過那裡之後才看到一個山口，他得先操槳退出來，然後再朝山口駛去。那裡似乎沒有出路，但是他穿過叢叢樹枝，再度發現一片清澈的河流，走到最後，看到一條用木頭鋪排而成的路徑，布萊克伍德的平底小漁船就隱密地停泊在長滿草的岸邊。

從第一天起，這個地方就屬於他，包括紅樹林、木麻黃灌木叢，以及散布樹木的開闊土地。在山脊的彎曲部分，潟湖像晨光中的金屬鋅片一樣發亮，它本來是一截河流，四周布滿木麻黃，可是在大塊岩石下突然中斷，並且被遺棄在那裡了。

他可以看到布萊克伍德的家，一間蓋著樹皮屋頂的整齊平板屋，還可以看到在晨光中呈現鮮綠色的玉米田，幾隻家禽在地上跳躍著。小屋和玉米田悠閒地座落在樹林之間，布萊克伍德並沒有像索恩希爾和其他人一樣，把他家的邊界清理出來，也沒有使用成堆的枯木來標定土地邊界，標示文明開始與結束的分野。在布萊克伍德的家，空地和森林在同一塊地方並存。

布萊克伍德正在等待他，他龐大的身軀占滿了小屋的門口。「你來了，索恩希爾，」他說：「愛管閒事，卻沒人砍你。」

那稱不上是歡迎辭。

「我們這裡真的很隱密。」他看著索恩希爾說，而索恩希爾正在尋找「我們」裡頭的其他人。

「我家前面出現一塊黑人的營地，」索恩希爾開始說：「真是出乎意料。」他可以聽到自己的語氣充滿了不確定。他的話並沒有讓布萊克伍德臉上巨石般的五官表情起變化。他停下來，把臉轉過去看潟湖。那裡有一縷升高到樹林之上的煙霧：他猜想那是布萊克伍德的蒸餾器，正在釀製另一批驅風劑。

「沒有徵求你的同意就來拜訪。」索恩希爾再說了一次。他想要解釋，住得太過靠近黑人會帶來窒息感，黑人把這個地方看成是自己的，以及當他嘗試要對那個老人說明地界時所產生的愚蠢感覺。

他找不到字眼來形容自己的看法，整件事含有一點私密性，就像羞於示人的身體上某個蒼白、隱密的部分。

「黑人出現了，讓你嚇一跳，對不對？」布萊克伍德終於開口。索恩希爾認為他有點嘲諷的感覺。但布萊克伍德又想了一下，才突然說：「我們最好喝點茶談談。」

他們各自拿著一杯茶，在屋外的長椅坐下。布萊克伍德挑了一個愜意的位子，樹底下綠草如茵，遠方的潟湖在陽光下閃閃發光，小鳥在玉米田附近歌唱。他坐在這裡很舒服。他有一個粗短的石頭窯，有一條麵包正在堅硬的石灰岩下烤著。樹蔭下有一張長椅，他的洗臉盆放在上面，釘在樹皮的釘子上掛著磨剃刀的皮帶，一小面鏡子則是釘在裂縫中。

在潟湖邊，煙霧飄揚、退散，然後再度增強。樹葉裡傳來鳥兒和微風的雜音，索恩希爾感覺到還有其他聲音。那是人聲和狗吠聲嗎？就在聲音開始變清楚時，一隻鳥兒又開始發出長而清脆的鳴唱聲。

布萊克伍德開始說話時，內容好像風馬牛不相及。「有一天從雪梨回來，」他說，「平靜無風，潮水退得很快，往上走到沙島附近的那片海灘。」他一路上本來好像有一席長話要傾吐，可是到頭來只擠得出這幾個字：「那裡的黑人正在等我。」

索恩希爾試著想像：布萊克伍德站在沙島的海灘上，黑人出來和他碰面。「你現在，」布萊克伍德說著，然後等了一下。他知道不能催促布萊克伍德，因為他可能是個頑固的傢伙。他的忍耐得到代價。「他們出來了，」布萊克伍德說：「來叫我滾開。」

「呃，他們叫你滾開，」索恩希爾說完，等著他繼續說。

「他們手持該死的矛，嚇死我了，」布萊克伍德用他厚厚的雙手比了一下他們是怎樣站在他的身旁。「那個樣子就好像他們正在等待。」

布萊克伍德看著對面的懸崖。太陽已經移到他們後面，所以他們成為這幅風景當中的留白部分。

「我給了他們一些吃的東西，」布萊克伍德說：「可是他們不收。」

索恩希爾覺得他可能已經聽了夠多白人住在下霍克斯布里地區有多危險的故事，但是布萊克伍德慢吞吞的講述方式真會讓人發瘋，沉默恐怕會再度掌控言詞。

「那他們在等什麼？」

布萊克伍德看著他，彷彿詫異著他怎麼會在那裡。「他們打量著我，老兄，但是我把頭上的紅帽子脫下，送給他們其中一人。」他對著自己微笑，看著他前面的景色繼續說。「他們沒有被我騙到，」他說：「你知道，一頂帽子算什麼！」他旋轉著杯子裡的茶渣，以閃閃發亮的弧形將它們甩到地上。「總而言之，他們准許我待下來，但表達得非常清楚——待在海灘上。他們表達得之清楚，簡直就像是在說正統的英語一樣。」

故事還沒完。「稍後山上傳出來又好聽又古老、很單調的節奏，你知道，就是用棍子之類敲擊的節奏，」布萊克伍德規律地打拍子，就好像他可以聽到音樂一樣，配合著旋律擺動頭部。「我照他們說的，沒有靠近。」他將兩雙手掌合起來輕抹著。「但我的帽子永遠拿不回來了，」他笑著說：「那些畜牲，把我的帽子拿走了。」

接著又是一陣沉默。索恩希爾納悶這個故事裡是否有任何部分可以拿來套用到他自己的情況。「得到多少，回饋多少」，那句話確切的意義仍然很模糊，難道它指的是貯藏很多帽子嗎？

煙霧逐漸轉變成樹林上方一縷更濃密的空氣。

布萊克伍德似乎已經道盡一切。他拿著空杯子站起來，但是當索恩希爾也站起來的時候，卻傳來了一個聲音，那絕對是人的聲音，從木麻黃樹枝形成明暗交錯網絡的潟湖那邊傳來。索恩希爾看了看，沒半個人影，但是布萊克伍德回應那個聲音，他說的是哪種話並不清楚，字全都擠在一塊兒，接著其中一道影子向前移動，變成一個黑女人。她站在樹林邊緣，索恩希爾可以看到她發出一連串混亂的聲音，嘴形也跟著變來變去，他雖然不知道她在說什麼，但是他認出她抓著頭的角度。莎莉用那種方式抓著頭時，就表示她很生氣。

她向前幾步，現在他看到她後面有一個小孩，除了她黑色大腿上一隻像蒼白海星的手之外，他看不到那小孩的模樣。那女人用一隻手環繞小孩的肩膀，另一隻手對索恩希爾打手勢，她的聲音愈來愈大。索恩希爾絕對是令她不悅的原因。

布萊克伍德回答她，起先索恩希爾以為他是用他一貫蒙混含糊、夾纏不清的方式講話，過了一會兒工夫才發現，布萊克伍德是用她的母語在說話。那些話說得既慢又笨拙，但是索恩希爾看得出來那個女人正在聆聽，而且了解意思。那個小孩從她後面慢慢走出，他盯著索恩希爾，一隻拳頭塞進嘴巴，索恩希爾瞥見他稻草色的頭髮和淡茶色的皮膚，和那女人的黑腿形成強烈對比。

布萊克伍德轉向索恩希爾，看到索恩希爾正在看著。他等他的鄰居回過神來看著他，他已經做好準備了，直視他的眼睛。索恩希爾從不記得以前看過布萊克伍德的眼睛，在他磚塊般風化的臉孔上，那對眼睛迸發出驚人的藍色，如果長在女人臉上，那種風信子的藍色和長長的睫毛會使她變成美人。

「他們是安靜、和平的人，」布萊克伍德終於開口了：「這種鄰居，一般人大概碰不上幾個。」他用他的手指比著動作，找尋他需要用的字眼。「我告訴她，你會對你在這裡看到的一切守口如瓶。」他眼睛發出的亮光和舉起的拳頭一樣嚴酷。「我想要確定一下你了解了，索恩希爾，如果我不確定的話，上帝為證，你的命一點都不值錢。」

索恩希爾悄悄地告訴莎莉他所看到的事情，以免奈德和丹在隔壁小屋聽到，她良久都不發一語，他以為她已經睡著了。最後他感覺到她在動，又聽到她嘆氣。「那又是不同的情況了，」她說：「對我們的幫助跟賀林太太沒什麼兩樣。看來我們得自求多福了。」

狄克即將滿八歲，已經大到可以負擔一些工作，例如餵食家禽，以及替莎莉收集引火物——當他慢慢走進樹林，而巴伯拿著一只麻袋在後面跑，想要趕上去的時候，莎莉會叫道：「不要拿樹皮，只要拿小樹枝就好。」狄克也負責將水桶裝滿水，拿著水桶沿路走到小河在山邊切割出鮮綠色裂縫的地方。而巴伯則不准走到這麼遠的地方。他們挖了一個貯水池，用石頭標示出來。這些水雖然甘甜，還是得用棉布過濾，才能排除掉孑孓。要把屋外的水桶注滿，需要來回走六趟；若要把壁爐旁邊的鐵鍋裝滿水，需要再多走一趟。

狄克做完這些家事後，就會不見蹤影，留下呼喚著他回來的巴伯。「你還太小，」狄克會說：「只有五歲，巴伯，你知道媽不會讓你到處閒逛。」他走過空地，經過辛苦砍下、等著燃燒的樹堆，經過沙沙作響、在地面投下點點陰影的白千層，甚至走出這個範圍，直接進入山坡，進入炎熱乾燥、發出細碎聲響的夢想森林。他整天待在那裡，彷彿要把那個地方默記起來似的。

他常從那裡帶一些東西回家讓家人看：糖膠樹葉會自行捲起來，就像蜷伏著睡覺的小狗；透明的小圓石、被白蟻吃成海綿狀的一片木頭。其他人只是隨便看看。巴伯可能對睡覺的葉子感到驚異，強尼可能會在威利用來打彈弓之前偷走圓石，但是他們自己不會去找這些東西。就算他們出去找東西，也不會從濃密的樹林之間把它們挑選出來。樹林裡有太多眼睛難以察覺的瑣碎東西。

其他的時候，狄克會走到河邊。索恩希爾不只一次看到他在那裡，也就是索恩希爾岬另一頭的附近，他們把那裡稱為黑人那一邊。他看過狄克在一塊狹長的沙地上，和那些手腳全都像昆蟲一樣細長發亮的原住民小孩玩，在水裡跑進跑出。狄克也和他們一樣，全身脫得光溜溜的，他一身白皙，而他們一身黝黑，但是在陽光下，他們的皮膚全都發亮，隨著河水而閃閃發光，很難看出兩者的差異。他們跑著、叫著，和他們一起歡笑，他可能是他們的白種親戚。

當白人在烈日下辛苦種植，拔除似乎在一夜之間長高到及膝的雜草時，他們可以看到孩子赤條條在河裡滑進滑出，聽到他們傳到山坡的高亢聲音。

索恩希爾沒有對莎莉說這件事，但是巴伯可不會替他哥哥說話，他哥哥老是拋下他一人。有一天，他氣喘吁吁、面紅耳赤地跑進屋裡，急忙用盡全力告訴大家，狄克正在和黑人玩，而且全身脫個精光！

莎莉非常平靜，停下手邊正在和的玉米粉麵團，她的手上覆蓋了像砂的黃色物質。「你最好去那裡把他找回來，小威，他做得太過分的時候，就該學點教訓。」她平靜地說。

他在通往營地的路上碰到他們：十來個小孩聚集在長人巴布周圍，而長人巴布在他們中間的地上蹲著。索恩希爾花了一點時間才看到他兒子也在那群人裡面，狄克緊盯著長人巴布正在做的事，所以沒有注意到他父親。「狄克，」他叫道，狄克看著他，他的小臉像一個拳頭般縮起來，「別待在那裡，還有，你的馬褲在哪裡，孩子？」

狄克動也不動。「他正在教我們怎麼升火，爸，」他大聲回答：「不用火石或其他東西。」索恩希爾聽過這種摩擦兩根棍子生火的事情，他覺得這只是人們談到的黑人故事之一，他走過去，準備觀賞這個愚蠢的舉動。

索恩希爾走近時，長人巴布並沒有抬頭，他把黑小孩拿來的一根乾樹枝撕開，露出柔軟的內部，然後將它平放在地上，把他的雙腳當做另一雙手一樣地壓握它。接著他把第二根樹枝垂直插進第一根樹枝裡，並且在兩個手掌間搓揉滾動著第二根樹枝。這樣一來，第二根樹枝就會像鑽頭一樣，對著平放的樹枝鑽下去。索恩希爾看到他背部的強壯肌肉，以及他耐心應付著工作的雙手。他旁邊的地上放著一片塞滿易燃物的甘藍樹葉。

索恩希爾怎麼看就是沒有火的跡象，甚至連煙也沒有。他看著狄克的眼睛，等著對狄克使眼色，但是狄克緊盯著兩根枝條的交會處，全神貫注在那個地方，根本忘了他父親的存在。

「快走吧，孩子，」索恩希爾說。但是孩子們的叫嚷聲把他的話蓋過去了。在第二條樹枝戳進第一條樹枝的地方，有一小縷黑色煙霧，捲成一束飄進空中。長人巴布很快地把兩根枝條放進葉子裡，再把包括易燃物和枝條的整個東西包成一個鬆散的包裹。接著他像他們一樣站著，沒有進行任何繁複的程序，開始維持一定的距離旋轉著包裹，令索恩希爾吃驚的是，那個東西突然燒起來。他把它丟到地上，放進一些小樹枝，火就這麼產生了，和大家心想的一樣棒。

他直視著索恩希爾，不用言語就可以了解這是什麼意思：「點火，白人。」

索恩希爾選擇一笑置之。「那只是一個高明的花招，」他說。他看了一下狄克，發現他緊張的臉放鬆了。「對不對，狄克小子？」但是那孩子並沒有表示同意，這時黑人和白人打量著彼此，對話出現了中斷。孩子們看著，沒看到任何事情發生時，他們又回去圍在火堆旁邊。

索恩希爾把一隻手放在胸部。「我，索恩希爾。」他宣布。他的聲音聽起來很響亮，音節清晰，蓋過孩子們細小的聲音。長人巴布看著他，然後就走開了，好像他沒有講過似的。

「我，索恩希爾，」他再度說：「那是我的名字，知道嗎？我，索恩希爾。」

他從眼角餘光發現狄克在看，長人巴布終於看著他，他的臉化成一個露齒的微笑，他的牙齒強而有力，是他嘴裡配備的白色工具。

看遍倫敦所有的嘴巴，從沒看過這種牙齒。

「我，索恩希爾，」長人巴布盡可能清楚地說，索恩希爾開心地笑，因為情況好轉而鬆了一口氣。他朝他向前走一步，拍著他的肩膀，但是對方肩膀上的某些東西，使他不敢再繼續隨意碰觸對方。對方肩膀的肌肉強健，同時也有著粉紅色的疤痕。

「沒錯！」他喊道。「只不過那不是你，老兄，我才叫做索恩希爾。」

他用手指著自己胸部，差點要跳起舞來。

長人巴布用一隻手指著他。「索恩希爾，」他說，然後把手放在自己胸前，嘴巴快速發出一長串聲音。

索恩希爾捕捉到第一個聲音，但是其他聲音就像茶壺裡的蒸氣蒸發到空中。不過，一個可以用一張紙寫出自己名字「索恩希爾」的人，不能讓一個赤裸的蠻人把他變得像是傻瓜一樣。「傑克，」他很確定地說：「再見，傑克。」

黑人又發出那些聲音，他的食指朝向他的胸骨指著。第一個聲音是把嘴巴往前推所發出來的，那個聲音夠清楚，但其他聲音並不清楚，而且好像是沒有意義、無法聽到的一個字。

「是的，老兄，」索恩希爾說：「傑克是簡稱，因為你的名字那麼拗口。」

在傍晚的陽光中，那個黑人的眼睛變成深陷的光點，他的臉布滿思想的皺紋，帶有陰影而且神祕。除了他自己的兒子之外，他周圍只有黑人。索恩希爾看到他們的皮膚並不是黑色的，而他自己的皮膚也不是白色的。皮膚就是皮膚，有著相似的毛孔、毛髮和顏色明暗。如果人注意到的就只有黑皮膚的話，那麼令人驚訝的是，過了沒多久，黑皮膚很快也就變成所謂的膚色了。

「你是個好人，傑克，」索恩希爾說：「雖然你的屁股和茶壺底部一樣黑。」他聽到狄克發出的噪音，狄克正在忍著不讓自己笑出來。「但是我們最後會把你們全部弄走。」他不經思索地脫口說出這些話。「我們的人數非常多。」

他突然想到令人不堪回首的巴特勒公寓，擠在一起的眾多男男女女發出的咳嗽聲和咒詛聲，他可以聽到倫敦市像個巨大的機器運轉，而司法制度則如正義之輪，碾碎了罪犯然後將他們一船又一船地吐到這裡。罪犯們從雪梨的總督碼頭上岸，散布在整個大地上，擴散的速度雖然緩慢，但永遠不會因為河川、高山和沼澤的阻隔而停下腳步。

這個想法讓他的思緒變得柔和起來。「我們是阻止不了的，」他說：「再過不了多久，這裡就沒有你們黑人的容身之處了。」

長人傑克回答了幾個字，這幾個字又讓孩子們躁動了起來。索恩希爾看到他們笑起來時露出的粉紅色舌頭，以及他們強有力的白牙。狄克也在笑，但不確定自己在笑什麼，他的目光從傑克移到他父親身上。

索恩希爾也跟著笑，彷彿那是全天下最滑稽的事情。他發現他的動作恰好和以前倫敦那個「基督教堂」的牧師一樣，牧師只要感到不安時，就會用兩手互相摩擦。索恩希爾於是趕緊停下這個動作。孩子們仍然蹲在火堆四周，抬頭看他，並且用手掩住露齒而笑的嘴巴。

這樣又讓他想起瑪麗對著他咯咯笑，露出嘴裡僅有的一顆牙齒，就好像是因著某個很好笑的笑話在發笑一樣。唯一的差別是，他從來沒有懷疑瑪麗是在嘲笑他。

那天晚上，莎莉叫狄克坐好，要對他把狀況說明清楚。「他們是蠻人，狄克，我們是文明人，我們不會赤身露體到處跑。」雖然她的口氣相當溫和，索恩希爾還是看到孩子的臉茫然而緊張。狄克是個小心謹慎的孩子，她也看出這點，並且盡量用輕鬆的方式說話：「狄克，你想想，如果我脫掉上衣，像他們那麼做？還有你父親脫掉馬褲的樣子？」這番話讓孩子們笑了出來，連狄克也淡淡地笑了一下。

索恩希爾很不喜歡狄克一做完家事就一溜煙跑掉。「你已經長大了，不要玩他們那種把戲，孩子，」他說著，聽到自己的口氣比預期中嚴厲，莎莉還因此抬頭看了一下。「你要專心在工作上，不要跟蠻人一起玩。」

狄克儘管有時會東想西想，但他卻是個頑固的小傢伙。「他們不像你一樣，還要用火石或其他東西升火，」他生氣地說：「而且也不用整天在玉米田裡除那些該死的雜草。」索恩希爾聽了大發雷霆，抓起男孩的手臂，把他拖到屋子外面，在落日餘暉中，在愚蠢鳥兒的喧囂聲中，抽出他厚重的皮帶開始鞭打狄克。他覺得手臂很沉重，心裡也百般不願，但他就是停不下來。他聽見每次皮帶落下，狄克那種驚慌的哭叫聲。

他以前從沒打過孩子。他只會像自己父親以前那樣，輕打他們的耳後，或是拍一下他們的屁股讓他們記住。但是這次他內心有某種東西爆發開來了，來到這個蠻荒地帶的漫長三個月裡，他內心凝結的焦慮和恐懼全部化為暴怒。

他回到屋裡時，莎莉很安靜，不願與他的視線相遇。她很快把孩子們趕上床，他們坐在一起看著壁爐裡的餘燼。大家總想待在火堆旁，木炭在夜裡顯得特別光亮。

「你覺得我不應該這樣做，」他終於說了。他們之間的沉默變得難以忍受。「你認為他應該跟他們……」他回想他聽過某人使用的一個字：「……那些蠻人，跟他們到處亂跑？」

莎莉的口氣謹慎而中立。「不是那樣的，小威，」她說。「就算他稍微在四處走動，也就是像你我所做的一樣。」她把手伸向木炭，雖然晚上並不冷。「記得沿羅瑟海斯走下去的那個地方嗎？只不過他沒有羅瑟海斯可去，他甚至沒聽過那個地方。」

在角落裡，他可以聽到狄克發出喘息的悶聲，以及其他雜音。他知道莎莉是對的：他的孩子不知道索恩希爾岬以外的任何地方，他們不知道街道和鵝卵石，不知道緊挨著擠成一團的房子，不知道在河水霧氣中凝結水珠的磚塊，他們不知道因為太冷而凍得麻痺的雙腳、因為抓著像鐵塊般冰冷的船槳而凍得麻木的雙手，也不知道日復一日從天空落下的毛毛雨以及刺骨的冷天，是如何的可怕。在他們口中，其他地方的名字都有獨特的聲音。

不論怎樣，這裡都是他們所知道的唯一世界。

索恩希爾到現在還感覺得到他抓起皮帶打下來，他手掌冒出來的熱氣，就好像被打的人是他一樣。「還是一樣，從現在起他跟著我和威利到船上工作，」他說：「去賺生活費。」他看到她心不在焉地點點頭，於是摸摸她的肩膀。「今天就到此為止，好嗎？」他說著，把她的手放在他的臉頰上撫摸，他聽到自己粗硬的短鬚發出的刮擦聲。

「隨你高興，小威，」她說，她的微笑把她的眼角向上推，眼角附近出現了皺紋，他很喜歡看到她這樣。兩人於是準備上床睡覺，可是就在上床之前，她躊躇了一下。「關於狄克，」她低聲說：「不要煩惱，小威，事情一定會好轉的。」他手掌上的疼痛，以及另一處的疼痛——在他心中某處的刺痛，很快就被他妻子身體在他臂彎裡的觸感，和她在耳畔呼出的氣息給平撫了。

儘管被痛打了一頓，隔天索恩希爾還是發現狄克在河邊附近一個隱密的地方，用一根枝條鑽著另一根枝條。狄克專心又認真，他的臉發紅，小嘴僵硬。

他忽然看見父親過來，便放下枝條，坐著抬頭看他父親。索恩希爾看著亂七八糟的小樹枝和引火的小枝條，以及孩子瘦小的臉龐，雖是驚恐地看著他，但也準備反抗。

索恩希爾突然感到一陣盛怒。「我要再抽出皮帶嗎，小子？」他說，但即使如此，他的氣已經消了，他看到那孩子僵硬的臉對著他，又記起皮帶在他手中那種熱辣辣的感覺。如果打他一次不能奏效，打他兩次也不會使情況變好，他自己在「亞歷山大號」上面學到很多了。

索恩希爾在狄克旁邊蹲下來，輕輕地搖他的肩膀。「只是開玩笑，小子，」他說：「我打了你一次，已經夠了。」

孩子抬頭看他，眼神仍透露出不信任。「我們來試試看這個蠻人的把戲，」索恩希爾說，然後拿起狄克已經在摩擦的枝條。第一件難事是牢牢地握住底部的枝條。長人巴布，現在是長人傑克，是盤腿坐著用腳踩住它，但是索恩希爾認為自己的腳大概沒辦法用那種角度彎曲，也認為自己的腳沒辦法像手一樣靈活。

「孩子，緊緊握住這個，」他說，狄克便用雙手握住底部的枝條，索恩希爾則是用手掌滾動著另一根枝條，這件事比想像中的更難，既要持續將枝條的端點壓在相同的地方，又要持續在兩個手掌間平穩地滾動枝條，他一直蹲著，因此血液開始在他的頭裡重擊。「我的手快要燒起來了，」他氣喘吁吁地講：「這可惡的枝條卻沒有燒起來。」

狄克邊看邊坐著抱住膝蓋。「讓我來，爸，」他終於低聲說：「給我。」

索恩希爾把樹枝拿給狄克，同時還繼續滾動枝條，他摸到狄克粗糙的小手指。他看著狄克，狄克因為有機會試試這個新東西，臉都亮了起來，他是個奇特而專注的孩子。

但是沒多久狄克也就軟弱無力了，索恩希爾再度接手，用僅剩的狂熱滾動枝條。最後，一縷小小的黑煙終於出現，他快速將整個東西倒進早已備妥在一片葉子上的引火小枯枝，情況完全跟他看到傑克所做的一樣。他笨拙地站起來，感覺到膝蓋發出咯吱咯吱聲，然後開始在他頭頂上旋轉這整包火苗。

也許是轉的速度太快了，整包東西飛散出來，枝條和易燃物像冰冷的石頭掉下來。狄克移開視線，免得引起注意，生怕自己會被責罵。

索恩希爾很不喜歡看到這樣。「一定有某種訣竅，孩子，」他喘著氣說，接下來他突然看到有趣的一面：「一個大人在玩蠻人的把戲！」

「最好再請他做一次給你看，」他說。狄克不可置信地抬頭看他。索恩希爾把一根手指放在鼻子側邊。「只不過不能跟你媽媽說。」

男孩焦慮的面孔轉變成微笑，但他還是不習慣父親這樣。

威利十二歲了，但腦海裡還殘留著五歲前待在倫敦的些微記憶，他能夠描述巴特勒公寓樓梯的每一處轉折，以及光線如何穿過扶手，在地面上交織成絞繩般的陰影。他也記得各種聲響在兩邊高高矗立的圓柱間迴蕩，帶來令人生懼的空虛感。索恩希爾覺得威利記得的是倫敦中央刑事法庭的光景，他自己也記得那裡，每次想起那個地方，都會造成新的傷痕。

但是對其他的孩子來說，他們的父母稱為「老家」的地方只不過是一個詞彙，是某種他們所不熟悉的東西。

索恩希爾站在屋外，屋子恰好有個裂縫，將莎莉的聲音傳進他耳裡，他聽到她在用以前新婚燕爾時她告訴過他的故事哄孩子們上床。「用葡萄剪刀，老頭子說。」他記得那時床搖得很厲害，他們兩人開懷大笑。「用剪葡萄的剪刀把小枝條剪下。」孩子們並沒有笑，他們連剪刀是什麼都沒看過，更別提葡萄，而且他們小心翼翼，猜測這個故事或許對母親含有某種他們不知道的意義。

她也唱倫敦老歌給他們聽，她的聲音在昏暗森林的溫馨氣氛中裊繞不散，他發現自從他們住在美人魚街的房子之後，他就沒有聽過她唱歌，那時他們很快樂，第一個孩子即將誕生，小擺渡船停在碼頭，未來正等待著他們。她的歌聲和那時一樣不和諧，但是他聽了之後突然感到滿心歡喜。

「提到橘子和檸檬，就數大鐘聖克雷門，」她唱著：「提到五毛錢和兩分半，就數大鐘聖馬丁。」

丹從玉米田走回來，索恩希爾示意要他安靜。「聖克萊蒙斯，那個地方在伊斯特奇普，」莎莉解釋說。

「狄克，你記得我昨天告訴你伊斯特奇普的事情嗎？」丹發出有點像又不太像鼻息聲的噪音，然後把它轉變成吸氣聲。

索恩希爾的歡喜之情消失。那首歌不是為了歡娛，它並不代表在異鄉的天空下也可能享有那種快樂。它純粹是為了返鄉所做的準備。

唱完歌之後，她帶著他們走過柏孟塞的街道。「現在，要從巴特勒公寓走到海關優惠碼頭，」她開始說，他可以聽出她感受到的樂趣，用她心裡的眼睛看著倫敦的街道。孩子們安靜地聽著。「沿著柏孟塞街，在懷茲庭園左轉，穿過十字架巷，然後切入吉本斯出租房屋那裡。」

但莎莉講錯了，索恩希爾忍不住透過牆上的裂縫說：「不是在懷茲庭園左轉，是右轉，左轉會走到救濟院，記得嗎？」她回應說：「是左轉，小威，救濟院是在下一條街。」

然後丹說，既不是右轉也不是左轉，因為救濟院在梅洛街底，全在懷茲庭園的另一邊。

倫敦，這個充滿堅硬石頭和圓石的地方，逐漸成為另一個故事，連它的確切形狀都變得不固定了。

快到一月底時，有幾天氣溫降低了一些，幾朵高高的雲層減輕了太陽的威力，空氣帶著清涼。某個淺藍灰色的早晨，他們聞到煙霧的味道而醒來，索恩希爾走出去，看到煙霧從黑人營地附近騰空而上，如同一根灰色長羽毛。

「他們在升火，索恩希爾太太，」奈德說。日復一日待在這麼狹窄的空間，奈德對平淡無奇事物的熱中，愈來愈令人感到厭煩。莎莉從小屋出來，跟他們站在一起看著煙霧，接著孩子們也陸續走出來。巴伯說出眾人都在想的事情：「他們會來逮住我們嗎？」沒有人回答。

他們可以看到往上坡緩慢竄移的火焰，但這並不是燃燒木材堆燒烤野生動物時所發出的灰白、猛烈火焰，這次是完全不同類的火焰，好似一種會在草叢間滑行的溫馴小動物，暫歇後突然狂嘯、氣焰高張，之後吐著火舌，一路吃乾抹淨。

在火堆邊緣，黑人像身在風景畫當中一般，手持樹葉茂盛的綠枝站著。火焰開始變大時，最接近的人從容不迫地向前一步，用樹葉拍打直到火焰減弱為止。黑狄克手持引火棒繞著走，對著還未著火的草叢輕觸，直到它們冒出一團團白煙為止。長人傑克手持樹葉撢子放在背後。

大鬍子哈利站得最靠近索恩希爾的家，他的身體非常直，煙霧在他頭上四周旋轉，他偶爾會對他們其中一個人唐突地喊叫。索恩希爾看著他的側影，等著和他的目光交會並且對他微笑或比手勢，但是索恩希爾家這邊的英國人聚集區，似乎並不在那個老人的視線範圍內。

這個場景看起來好像是已經進行過無數次的例行儀式，而且與他們這些新來者無關。他們觀看的時候，看到他們暱稱為「梅格」的女人朝著火的邊緣前進一步，用一根枝條對著地上的某個東西敲打。她彎腰撿起一隻在她手中掙扎的蜥蜴，不徐不疾地搖著牠，讓牠無力下垂。她把牠塞進繫在臀部四周的繩子，對著莽撞波麗高聲尖叫，索恩希爾可以看到波麗回應時，一面用手對著蜥蜴，一面笑著露出白色的嘴巴。連他們比手勢的方式都不一樣，他們的手柔軟輕巧，就好像手指頭多了幾個關節，而手腕則以某種奇特的方式整個沿著柔和的繩索構成，而不是由筋骨組成的。

索恩希爾等待他們轉向他這邊並且舉起東西大喊，這樣他就可以微笑並且回應他們。在他背後，莎莉似乎也有同樣的想法。「波麗！」她喊道：「波麗，你們都在做什麼？」並且朝她們走了幾步，準備揮手。「波麗！」但是沒有一個女人看她，不過從她們動作的一些微小改變來看，她們顯然聽到了莎莉的呼喊。

莎莉把手臂放下來，走到索恩希爾旁邊站著。「她不知道她的名字叫波麗，」她說，這話比較像是自言自語，而不是對他說的。他可以從她的口氣中聽到一絲不確定。「那個名字是我給她取的，但是她不知道。」她對自己解釋的時候，開始相信情況是這樣。「她還沒有搞清楚。」

但是她繼續看著那些女人，等著捕捉她們的目光。

「蜥蜴！」奈德口沫橫飛地脫口說出。「他們要吃那隻蜥蜴！」

「蜥蜴真的很棒！」狄克叫道，但臉色隨即僵住，把要說的話吞回去。莎莉看著他，一句話也沒說。已經上竄到斜坡側邊的火勢，沿著透過地面露出岩石的彎曲摺縐處漸漸枯竭，它在那些傾斜的石板上逐漸減弱成為黑煙。黑人們已經完成他們要做的事情，地形會將火熄滅。他們彼此向前後呼喊，魚貫走回營地。

大火留下幾百步寬的焦土，粗糙的草叢被燒到只剩下殘株，小型灌木幾乎付之一炬，散布的樹木在樹幹四周被燒得焦黑。

丹仔細清了清嗓子，然後吐出一口痰說：「為了幾隻蜥蜴燒掉整個地方，比那邊那個嬰兒更沒有常識。」

至少緩慢燃燒的小火還沒有構成威脅，但是它讓索恩希爾一家一直到天亮都感到不安。它現在還不能稱之為威脅，但卻可能是威脅中的威脅。

幾天後，那些高高的雲層結合起來，開始下雨：不是那種經常見到，從黑到發綠的雲層傾盆而下的大雨，而是讓人感到舒適的毛毛雨。索恩希爾感覺到頭上溼溼的，一度覺得自己又回到聖凱薩琳教堂的階梯，看著灰色的河水起伏不定，巴特勒的碼頭在雨中變得柔和。莎莉走到外面站著，沒戴帽子，對著天空伸出手掌，好像在祈禱一樣。

接著天氣又恢復高溫，一夕間被燒焦的土地為之改觀。一撮撮長長的綠草從每一簇粗短草叢的中心長出來，生長速度之快，幾乎用肉眼就可以看到，而且光禿禿的泥土冒出鮮明的小葉子，就像擁抱土地的紫羅蘭。有了嫩綠的青草，袋鼠也來了，每天傍晚都會成群從山脊下來吃草，輕輕跳過倒下的木頭和岩石，牠們一靜止不動，就成了黃昏裡的另一塊灰色岩石。

有天下午，索恩希爾看到黑狄克肩上背著一頭獵到的小袋鼠走著。索恩希爾覺得自己的舌頭在嘴裡移動，他已經記不得上次吃新鮮的肉是什麼時候了。他們未來或許會煮一鍋雞肉，但要等到那幾隻雞繁殖一倍之後才有可能。他在莎莉走到屋門口時捕捉到她的目光，她走回屋裡拿出槍，在他走進門時交給他。「新鮮的肉，小威，」她說著，她的臉龐因為希望而發亮。「想想吧！」

索恩希爾拿槍躲在一棵倒下的樹後面，落日餘暉向一邊斜照，整個草地上都投射出了陰影。有六、七頭袋鼠在吃草，一頭是公袋鼠，另外一些是母袋鼠，其中一頭的育兒袋裡藏了一隻小袋鼠，小袋鼠除了伸出來的長腳之外，什麼也看不到。

靠近一點看的話，袋鼠簡直就是傳說中的動物，由類似好多種動物的不同部分拼湊而成，包括狗的耳朵、鹿的口鼻，而厚厚的尾巴就像有毛皮的蟒蛇。由於比例出了一點問題，所以後腿幾乎和尾巴一樣長，而前肢就像從小孩那裡偷來的一樣。牠們沿著草地吃草，在前肢和尾巴之間讓自己向前跳動，彎曲的尾巴讓牠們在向前跳到另一處草叢時支撐身體重量。

袋鼠很畸形，但是索恩希爾發現，如果看袋鼠看得夠久，就會覺得綿羊看起來才奇怪。

他已經看中了那頭公袋鼠。光是那條尾巴，就幾乎和他的前臂一樣粗，足夠裝滿整個鍋子。他從雪梨帶回來的醃肉從來就不能讓人飽餐一頓，而一鍋香噴噴的燉肉可就不同了，他一想到這點，就不禁垂涎三尺。

那頭公袋鼠似乎進一步接近了索恩希爾蹲伏在樹後的地方，他漸漸感到彎著的腿又痠又麻，他前兩根手指之間的嫩肉也被凶猛的螞蟻叮咬。一隻蚊子在他耳邊嗡嗡叫，但是他不願將牠揮開。他在扳機上的手指快要僵硬了，他瞇著槍管的眼睛開始充滿淚水。他覺得自己無影、無聲，而且幾近無息。他已經成為木頭的一部分、空氣的一部分、傍晚的一部分。

公袋鼠現在非常靠近，牠用嘴巴咬草來吃時，他可以聽到小小的咀嚼聲。他可以看到有隻蒼蠅在牠耳朵四周飛舞，以及牠在落日餘暉中發亮的纖細鬍鬚，他甚至可以看到牠長長的睫毛。他離袋鼠不遠，但卻不相信自己或是槍枝靠得夠近。這隻動物繼續往上，朝他這邊的山坡移動，如果他撐得夠久，繼續把自己當成木頭和空氣，牠就會靠得更近，而他絕對可以射中。

最後他知道，他必須告訴自己僵硬的指頭扣下扳機，否則身體的某個部分就會緊繃到斷掉。他沒有發出聲音，除了手指的小肌肉之外，一動也不動，但是那頭動物發現了，牠的頭從草地抬起，耳朵朝他轉動。牠猛然掃了一記尾巴逃之夭夭，躍過草地、躍過岩石，最後跳進森林，其他袋鼠也跟在後面跳走。

在逃跑的時候，牠們的身體構造顯得非常合理。

他站在倒下來的樹木後面，聽著牠們穿過森林和岩石，跳上山脊時發出的衝闖和蹬蹬跳躍聲。槍枝毫無用處地垂掛在他手上。

他走下山時，莎莉站在門邊，她看著他把槍枝掛回槍樁上，並且把火藥袋放到架子上，他沒辦法相信自己現在能夠輕聲細語地講話，因為他胸口壓了一塊失望的大石頭。

那天晚上，他們圍坐在火堆四周，沒有人講話，只是把他們擁有的一些豬肉串放在木炭上烤，用一抓就會變成碎片的玉米麵包接住滴下的肉汁。他食不下嚥，鼻孔裡聞到的食物味道讓他作嘔。莎莉坐在他身邊頑強地吃著，但是他就是沒辦法，她看了他，又看了他手中的食物，但是什麼都沒說。

丹是第一個聞到香味的人，他的頭像動物的頭一樣，轉向從黑人那裡一路隨傍晚空氣飄來的氣味：燒烤新鮮肉品的味道。索恩希爾可以聽到他的腸子因為渴望嚐鮮而發出咕嚕咕嚕聲。

幾天後，索恩希爾看到長人傑克和黑狄克將另一頭袋鼠吊在一根棍子上要扛回營地，於是溜回小屋，拿了一小袋麵粉，朝他們的營地走去。

老婦人以一如往常的方式，將雙腳往前伸直坐在火邊，索恩希爾到的時候，她們沒有看他。他們暱稱為莽撞波麗的女人用一根棍子撥弄著灰燼，梅格則是將一個用手指玩遊戲而發出尖叫聲的圓胖嬰兒抱在膝上，她瞧見索恩希爾和他手中的麵粉袋，嬰兒握住她的指頭，對著她的臉笑。

在近處，男人們挖了一個坑，並且在裡面升起火堆，索恩希爾走過來的時候，他們把更多柴枝丟進去，將枝條堆得高高的。長人傑克和黑狄克都在那裡，但是他們似乎都專注於升火。如果他不夠了解，他可能會以為他們沒有看見他。

他可以看到袋鼠的身體在坑邊僵直地撐開來，牠身上大部分的毛已經用火燒除了，矛戳的洞在牠身體的側邊裂開，整支矛貫穿牠的身體，從一邊進去，另一邊出來。而那支沾滿血的矛就放在牠的屍體附近。矛的長度不算太長，卻可以穿透毛皮和筋肉。

他沒見過毛瑟槍子彈打在肉體上的效果，不知道彈丸是否也能夠從一側打穿到另一側。

大鬍子哈利站在坑洞旁邊，就像其他人一樣，似乎也不準備對訪客打招呼。他的臉大致朝索恩希爾的方向，但是他所占用的空間只不過是狀似人形的一片空氣。

索恩希爾朝向他走一步，拿出袋子。在這麼多黑色的東西之中，比方說皮膚、泥土、木頭和石頭，他手上的棉布袋反而顯得骯髒。「來個公平交易，老男孩。」他說。他的手臂向這個不動如山的老人伸出去，令他覺得很愚蠢。「購買」的概念很荒謬嗎？或者是因為用麵粉袋做交易還不夠？

索恩希爾並沒有看到老人的嘴在動，可是他聽到幾個字，長人傑克走過來拿了麵粉袋，解開袋口的結。索恩希爾伸出手要做給他看，但那似乎沒有必要。長人傑克把袋子拿給大鬍子哈利，大鬍子哈利伸手進去抓了一把麵粉，舉到鼻子邊聞一聞，在手掌上檢查，又用舌尖舔一下。他怎麼看都像是科芬園的挑剔顧客。

長人傑克轉身用直率而紊亂的語句向其他人呼喊，並且用手快速輕打了一下袋鼠，他長著白色長指甲的食指比來比去，就像跳舞一樣意味豐富。黑狄克彎下身子，用他的短小石斧切割袋鼠，不一會兒就直起身子，手上拿著袋鼠的前肢，交給那個老人，那個老人再拿給索恩希爾。他嚴肅而獨斷地說了幾個字，看來對方已經了解交易的觀念。

索恩希爾現在手上拿的不是麵粉袋，而是袋鼠的肢體，那不是他選擇的部位，而是帶著棕色趾爪的腳部，以及上面帶著一點肉和肌腱的第一個關節，整個東西仍然覆蓋著沒有被火燒除的大量獸毛。如果懂得他們的語言，他就會討價還價，但是那個老人轉身就走，看來討價還價並不包括在購買的概念中。

沒人對手上拿著袋鼠腳站在那裡的白人有進一步的興趣，大鬍子哈利激烈地說話，其他人開始用棍子將一些灼熱的木柴餘燼從坑洞挖出來堆在旁邊。黑狄克舉起袋鼠，把牠丟進坑裡，他們全都忙著用挖出來的餘燼將牠覆蓋住。他們的動作並沒有很快，但是袋鼠屍體已經被覆蓋好，起先用一層冒煙的木炭覆蓋，接著再用泥土和沙子覆蓋，直到整個坑洞填得滿滿的為止。

「祝你們好運，各位，」索恩希爾說。他的口氣很難不帶著輕蔑，他對這些野蠻人不以為然，因為他們不會用更好的方式烹調肉類，只會用一些熾熱的木柴餘火加以覆蓋。長人傑克看了看他，若有所思地動了一下嘴巴，卻一句話也沒說。過了一會兒，索恩希爾發現，他獨自一人待在坑洞微微冒煙的泥土旁邊，陪伴他的只有一隻用黃色眼睛看著他的瘦狗。

莎莉斜眼看著袋鼠腳，威利拿刀走過去，想要切開皮膚去皮，可是刀子切不進去，只能鋸掉一點皮毛，發揮不了太大作用。他所花的力氣大概和砍一棵樹差不多。他父親從他手中拿走刀子，用盡蠻力設法要切開。如果這是一塊羊肉的話，皮就會像短襪一樣被扯掉，但是這肉塊像木頭似的，皮緊附著下面的肌腱。索恩希爾可以感覺到拚命想切肉的狂熱讓他變得面紅耳赤，他愈是想到黑人把袋鼠屍體丟進木炭的處理方式，就愈生氣。

最後，他在地上用斧頭劈開這隻袋鼠腳，丟進莎莉鍋子的每一塊東西全都帶有毛、骨頭和軟骨。目前看來，他所做的交易不是很讓人滿意。

最後他們把袋鼠腳煮成一鍋湯，還得用棉布過濾掉裡面的毛髮浮渣。湯裡有一塊塊骨頭以及像靴帶的筋，連威利都咬不動那些肉片，最後他們能吃的就只有像牛尾一樣黑的湯汁，味道嚐起來很像粉狀的老玉米麵包。他們一邊吃一邊讚嘆湯汁的美味，直到他們說累了為止，但是他們渴望的還是一片好吃的肉。

「柏孟塞的人絕不會相信，」莎莉一邊說，一邊揩去下巴的湯汁。「我們竟然吃袋鼠！」這一餐雖有瑕疵，卻讓她感到愉快。他跟著附和她的心情：「莎莉，與其說是吃袋鼠，不如說是喝袋鼠。」

稍後她移坐到床墊，靠在他身上，因為飽餐一頓而發出滿足的嘆息聲，馬上就睡著了，呼吸寧靜而安詳。他躺著沒睡，聽她抓搔著跳蚤，並且想到他的鄰居，拜他們之賜，索恩希爾一家比平常吃得要好。

黑人確實沒有種田或是搭圍籬，沒有像樣的房子，整天晃來晃去沒有考慮到未來，他們也確實不知道要遮蓋身體，反而像狗一樣光屁股坐在地上。在這些方面，他們都只是野蠻人。

另一方面，他們似乎不必透過工作來取得他們需要的一點東西。他們雖然整天都在花時間找食物填滿盤子，捕捉小動物之後掛在他們的腰帶上，但是之後他們似乎有充裕的時間坐在火邊聊天談笑，或是撫摸嬰兒圓胖的小手小腳。

相形之下，索恩希爾一家都得日出而作，在玉米田裡除草、挑水、砍掉四周的樹木。只有太陽下山之後，他們才能放鬆，而且到那個時候，沒有人會覺得輕鬆愉快了，當然，也沒有人有多餘的力氣去逗嬰兒笑。在睡覺的時候，他突然想到：黑人和白人一樣是農夫，但是黑人不會特地做籬笆防止動物逃跑，反而是創造美味可口的園地引誘牠們進來。不論用哪一種方式，都表示晚餐有鮮肉可吃。

更有甚者，他們就像上流階級人士，每天只花一點時間工作，其他時間都是自己的玩樂時間。兩者的差別在於，在黑人的世界裡，他們不需另一個階級的人站在及膝的河水裡，等待他們聊完天，然後載他們去玩樂的地點或女友那裡。

在這些赤裸蠻人的世界裡，每個人似乎都是上流階級人士。

索恩希爾現在每次駕船離開索恩希爾岬時，已經不會像以前那麼焦慮了。一點點的實用商務（袋鼠換麵粉）讓他相信黑人可以某種程度地正常社交互動。另外，生意也開始有了起色，他們來到這條河近半年之後，「希望號」從沒有空船過，他現在已經有一些農夫常客，那些人寧可等待「希望號」，也不願意找其他信用較差的船隻。

史麥許就是他的常客之一。石灰在雪梨供不應求，雪梨的石造和磚造建築飛快增加，唯一的限制是缺乏灰泥的原料。將石灰載到雪梨是一項不錯的生意，每一小桶可以賺五先令。

但是索恩希爾每次到史麥許家的感覺都不太好。那裡是一段彎曲的河流，介於長著高大樹木的山脊之間，之後彎進更遠之外的緩和平原。在那裡，太陽似乎冷冷地散發光芒，河水是一面黑色的鏡子，即使東北風暴擾亂了主要河川，這裡沒有一絲風會弄縐光滑的水面，也沒有風會吹走飄浮在山脊之間的煙霧汙跡。

史麥許把他的地盤設立在兩面山坡間的一塊三角形平地上，他隨便整理了一下，清出一塊布滿樹木殘株、凹凸不平的空地，還有一些蓬亂的玉米在砂土中奮力求生。史麥許在玉米田旁邊蓋房子，但因為地基位在陡坡上，整個房屋都向下傾斜，而且變得歪斜搖晃。在空地和扭曲的小屋之外，森林彷彿要朝他壓下來。

他三角形的土地有一邊是以水為界。海岸線是一塊狹長形、光禿禿的泥巴地。他將紅樹林砍下作為燃料，岸上被搜括一空的地方顯示，他就是在那裡刮下黑人留下的貝殼堆，並且收集起來燒成石灰，直到他燒到原始的泥土為止。火夜以繼日地燃燒，將貝殼變成石灰，由於燃燒的速度太快，這個地方的樹林和灌木叢全都被燒完了。

索恩希爾總是急著從史麥許家離開，他快速裝貨，隨著消退的潮水駛離，以加速行程。那是他喜歡採用的方式。

「希望號」趁著最後一波漲潮滑進時，空地以外的森林似乎正屏息以待。史麥許的小狗，也就是那些他相當引以為傲的咬人動物，全都被鎖在屋外，唯一的例外是從未離開過他身旁的「小姐」。牠們只要一嗅到索恩希爾的氣味，就開始嗥叫狂吠，一路追撲到狗鏈最遠可及之處。

索恩希爾站在船尾，到達防波堤。他朝著之前懸掛黑人屍體的地方望去，當時屍體像黑袋子一樣懸掛著、旋轉著，那裡現在沒有東西了，沒有樹，沒有人體。史麥許就在河邊，繞著一堆枝條走來走去，他朝索恩希爾招呼又揮手，叫聲穿過水面傳到索恩希爾那裡，索恩希爾也揮了揮手，但是沒有說什麼。這個地方存在著徘徊不去的警戒氣氛，這一點使得他不願意用他的聲音打破既有的狀態。

索恩希爾一靠近，就聞到史麥許身上帶著的死牡蠣臭味和一口爛牙所發出的惡臭，他手上拿著一根火棒，正在點燃堆在枝條四周的乾樹葉，並且將火棒插進去。枝條之間塞著貝殼：不是死貝殼，而是在小樹枝間發出白色光澤、新鮮肥美的牡蠣。枝條樹葉堆內的深處開始發出危險的連續爆裂聲，膨脹起來的煙霧隨風飄走。

史麥許像男孩般高亢的聲音總是讓索恩希爾吃驚，他喊著：「索恩希爾，給我一根菸，叫我做啥都甘願。」索恩希爾不情願地把菸草袋遞給他，看著他抽出一根放到嘴裡。

索恩希爾看到一個放在樹葉堆頂端的牡蠣被火舌一舔，便努力緊閉，拚命保持合攏，接著，一滴汁液跑出來發出嘶嘶聲，貝殼也同時彈開。

史麥許看著他，「現在除了這些就沒有了，」他說：「已經把黑人留下的全用完了。」牡蠣打開時，發出尖細的連續爆裂聲，急迫的縷縷蒸氣從樹葉堆中的漏孔迅速升起，接著是聞起來有燒焦肉味的一道道黑煙。

索恩希爾在孩提時代就吃過泰晤士河牡蠣，那種牡蠣肉很硬，大小和核桃差不多，還來不及變大變多汁，就被人從岩石鑿取。而在這裡的這些霍克斯布里牡蠣，尺寸幾乎和人的手差不多大，是豐盛肥美的扁平東西。剛開始的時候，他就像要抓住最後機會似地狼吞虎嚥，差點吃出病來，但其實他沒有必要狼吞虎嚥：在產量如此豐盛的地方，再飢餓的人都可以獲得飽足。

可是，現在看著史麥許的地盤四周被挖走最後一個貝殼的岩石，他不禁懷疑那句話的正確性。

「唯一的好事是，他們現在已經滾了，這裡沒什麼東西可吃了，」史麥許笑著，一邊咳嗽和吐痰。「這是擺脫他們的方法。」他的笑聲響亮，傳遍河面。

當他們把一桶桶石灰從屋裡推到船上時，狗吠聲突然變得高亢而歇斯底里，索恩希爾四下張望。每次有黑人突然冒出來，他都會覺得戰慄而震驚。這個黑人一定是搭著像棕色大葉片的獨木舟，自海上漂浮而來。黑人現在站著等待他們看到他，他手無寸鐵，只拿著幾個還一直流出汁的肥美牡蠣。

黑人吸引到他們兩人的注意時，便用拇指指甲打開一個牡蠣，他讓這個動作變得和壓扁一隻虱子一樣簡單。接著他把頭往後一仰，吸掉裡面的東西，他們可以看到他吞食時脖子上強有力的肌肉。他以同樣的方式，只用拇指打開第二個牡蠣，並且伸手拿給史麥許和索恩希爾。他開口了，用牡蠣比手勢，說話大聲而清楚，就好像對著某個傻瓜一樣，用手勢示意牡蠣吃起來有多美味。

史麥許才不會聽黑人說教。「你要吃免錢餐嗎？」他吼道：「先下地獄去！」那個人不管他，走到一直在冒油煙的樹葉堆。一個變黑的牡蠣滾出來冒著熱氣擱在地上，他指著它，不斷比手勢，然後走到岩石旁邊，在那裡，落潮暴露出被燒的牡蠣曾經依附生長的白色岩礁。

黑人憤怒地叫囂著。

但是史麥許不會讓黑人為所欲為，他伸手拿出腰間的鞭子，劈啪一聲打在那個黑人旁邊，發出像槍響的聲音。「滾，」他喊道：「該死！滾！」黑人退縮了一下，但是仍堅守陣地，接著揮舞的鞭子正中他的胸部，黑人的皮膚立即出現一條長長的紅印，他後退一步，站著看史麥許，他深陷的眼睛反光，他的嘴巴緊抿。史麥許舉起手臂再度揮鞭，但是那個黑人冷不防抓住鞭子尾端，有很長一段時候，他和史麥許兩人對峙，同時抓著鞭子。

接著，黑人不發一語鬆開鞭子轉身就走，走入他的獨木舟滑進水中。史麥許跑進屋裡，抓起靠在牆上的火槍，但是等到他跑回來、摸索著子彈袋時，黑人早已撐篙入水，被水流帶到岩石附近杳然無蹤。史麥許的叫喊在水灣四周迴響著，狗兒們也發出怒吠聲，只不過狗鏈扯住牠們的脖子，使牠們如鯁在喉而發出模糊的雜音。

他在狗兒的喧囂聲中猛地轉過身面對索恩希爾。「你，」他喊道：「我們都知道你跟那些雜種走得很近。」他嘴角冒出灰色的口沫，他的眼睛因為厭惡而瞇得小小的。「你和那個該死的布萊克伍德，我們看到你們兩個。」

他的臉太靠近了，聲音太大聲了，索恩希爾不禁後退一步。「閉嘴，」他喊道：「你什麼也沒看到。」但是他感到有些驚慌，彷彿是踩在一個大輪子上，輪子旋轉著把他帶離了這個地方，而這個地方卻是他從來沒想過自己會來的。他本來以為布萊克伍德的事情沒有人知道，也沒有人知道他曉得布萊克伍德的祕密。現在索恩希爾知道那一點都不是祕密，但是他不想探查這樣可能代表什麼意義，也不想知道它可能導致什麼結果。

煙霧持續在水面上冒著，史麥許轉頭將一口濃濁的痰吐在地上。「有一天他們會逮到你，」他說。這個想法平息了他的怒氣。「你以為他們不會逮到你，你比我所想的更笨。」

現在索恩希爾再也不能忍受多待一刻。「當心點，史麥許，」他說：「我錯過了這次潮水，你就死定了。」在沉默中，他們沿著防波堤把最後一桶推到「希望號」的船艙，索恩希爾離開時，把臉轉向開闊的河水，他聽到史麥許在他身後大喊，「等你肚子上插著矛的時候，別跑來對我哭訴，索恩希爾，」他喊道。

第五部　劃清界線

索恩希爾從雪梨回來後，事情開始有了變化。

他們過了一段時間才了解，有一群黑人已經固定在索恩希爾岬附近聚集。他們三三兩兩從山脊下來，男人以一貫從容的方式走路，身上只帶著幾支長矛，女人跟在後面，每個人身上都背著嬰兒，帶著從前額垂到背上的長袋子。其他人搭獨木舟前來，隨著潮水在河裡漂上漂下，一片片小樹皮紮成的獨木舟載送一男一女，中間夾著一個小孩，河水奇蹟似地沒有透過舷緣滲進船裡。

他們來了之後，似乎沒有要離開的樣子。以前索恩希爾岬附近有一縷煙霧升空之處，現在多了好幾柱煙霧一起燻黑天空。以前索恩希爾一家偶爾會聽到一個小孩的叫聲或哭喊，現在他們隨時都會聽到各種聲音，包括砍東西的沉重擊打聲，以及隨風傳來的女人呼叫聲。袋鼠比以前多更多了，他們每天都可以看到一群群黑人挑著吊在棍子上的獵物回去。

小屋裡的人們都陷入沉思，彼此都不願和其他人的眼神交會，連孩子們都變得安靜而小心翼翼。莎莉讓孩子們貼近自己身邊，索恩希爾則是繼續做他的事，砍下另一棵靠近小屋的樹木，並且監督奈德和丹將它劈開當柴燒。但是他發現自己工作到一半會停下來，聆聽空地外傳來的聲音。

莎莉在樹皮上劃下記號，代表他們已經邁入一八一四年二月。時值盛夏，玉米穗軸已經長得大到一眼就可以看見。每天一大早烈日就高掛天空，逼人的暑氣填滿山谷，讓人熱到幾乎無法呼吸。夜晚並沒有讓暑氣消散，山谷變得像是漏斗一樣，把索恩希爾一家人和他們的黑人鄰居卡在裡面。索恩希爾知道史威特和奧戈爾曼會在埃比尼澤等待他的「希望號」前去載馬鈴薯，但是他天天都延遲行程。

有天下午，他差遣奴僕拓寬通往河邊的小路，然後自己就溜走了。沒有人瞧見他繞到屋子後面，繼續往前走上岩石平台，順著平台繞過索恩希爾岬，經過刻著魚和船隻圖案的石頭，直到走至黑人營地正上方為止。

他透過樹林往下看時嚇了一跳。先前那個地方只有大約六個大人和幾個小孩圍繞一個小小的營火，現在他看到的黑人比之前任何一次所看到的還要多，簡直像個墾殖區，裡面有好幾個彼此緊靠、如肉峰般的帳篷，而且到處都是營火。人影像螞蟻一樣難以計算，跑來跑去，消失到陰影裡，之後再度出現。

他計算了一次，數到四十人。那已經夠了。

他回到家，家人在院子的樹蔭下躲避豔陽。「他們只是在舉行小型聚會，」他輕快地說：「就像我們的聚會一樣。」

莎莉非常了解他，從他的口氣中聽出一點蛛絲馬跡，但是她並沒有說什麼，只是繼續做事，用棉布把瑪麗的臉擦乾淨，聚精會神把每一塊汙垢都拭去。她抬頭看著他說：「如果可以的話，小威，下午幫我個忙，不要回玉米田去。」她的聲音很輕快，可是他看到瑪麗的眼睛轉向一邊，她的下巴仍然被莎莉的手指托著，莎莉用棉布不停擦拭。

「蠻人會來找我們嗎，媽媽？」巴伯直接問道。「傻瓜，他們不會到哪裡找誰，」莎莉叫道，並且開始用棉布擦他的臉，因此他沒再說話。

索恩希爾走進屋裡，感受到樹皮屋頂散發下來的熱氣，他從掛釘上取下槍，順著槍身看去，檢查火藥是否仍然乾燥，彈丸就擺在袋子裡。他往死神可能從裡頭冒出來的黑暗槍管看進去，這時他聽到莎莉接近門口，就立即把槍掛回牆上。不過她知道他在做什麼，她看到他兩手空空站著，目光就轉向掛釘上的槍。他看到她開口像要說些什麼，就先行發難。「槍管裡有該死的蜘蛛網。」他說。

他們當晚很早就吃晚飯了。有一種需要備妥待命的感覺。

索恩希爾並沒有自問，備妥等待什麼？

才剛到黃昏，莎莉就把孩子們趕上床，並且唱歌給他們聽。「還錢？得等我有錢，就想到休爾狄區的大鐘；等你有錢？那是什麼時候？就想到史特普尼大鐘；我也不太清楚，似是包伍大鐘的回應。」她的聲音聽起來很乾澀，他從裡頭聽出溫柔的顫聲。

或者是恐懼的顫聲。

他們兩人在火爐餘燼旁坐到很晚，靜靜地看著火光在木炭上明滅不定。在屋子角落，孩子們抽鼻子和呼吸聲此起彼落，狄克揮動著手腳，一邊用模糊不清的聲音喊著夢話。奈德的鼾聲從隔壁屋傳來，聽起來就像震動的鋸子發出的噪音。他們聽到他咳嗽，可以想見丹把他翻過身去，而在隨後的寂靜之中，他們可以聽到營地傳來的聲音。

起初是明顯的拍手聲，像心跳一樣持續不斷。莎莉將臉轉向索恩希爾，在火光中，她的眼睛像一潭深池，但是他看到她的嘴巴緊閉，他還來不及想出讓她安心的話，歌聲就開始響起：一個男人高亢有力的呼號聲，以及這聲音底下嗡嗡作響的其他聲音，那不是一首曲調，不像聽到童謠〈橘子和檸檬〉時令人感到愉悅，反倒比較像可能會在教堂裡聽到的某種詠唱，會滲透到皮膚底下的一種聲音。

索恩希爾稍微提高了音量說：「只是唱一點歌罷了。」他變得口乾舌燥，於是再說一次：「就像那個疙瘩比爾，記得疙瘩比爾嗎？」她當然記得他，但是她和他一樣都知道，這個莊嚴的合唱聲，完全不同於疙瘩比爾為了換得一口酒而勉力唱出的薄弱歌聲。

他必須強迫自己，才能用比較大的聲音說：「他們沒多久就會唱煩了。」從牆壁間的裂縫看出去，就在那裡，夜晚和耳朵裡面一樣黑，廣闊的空間彷彿都被擾動了，裡面充滿了帶有敵意的東西。他想像黑人們悄悄爬上屋子，像蜥蜴般無聲無息，用寬大安靜的雙腳走著。或許就在此時此刻，他們正朝屋裡盯著他們看。吵雜聲愈來愈大，只有一支軍隊才能發出那種聲音。

沒有說出口的話就像一隻動物，在他們之間踱來踱去。

奈德和丹被吵醒了，兩人走進來，奈德走到燈旁站著，就好像燈光可以保護他的安全。「他們要來抓我們了，索恩希爾先生。」他說。

「聽到他們在笑，」丹補充說：「他們等不及了。」

那是真的，他們可以聽到遠方的笑聲，索恩希爾心中浮現黑人面帶屠夫見獵心喜的神情準備長矛，還有他們長矛鋒利尖銳、快速殺害白人的樣子，覺得汗毛直豎。

奈德的聲音幾近恐慌。「他們要跑來用矛刺穿我們的五臟六腑，對不對？」巴伯的聲音發顫：「不要讓他們刺我，爸！」他可以聽出強尼也感受到恐懼，開始嗚咽而泣，他一哭，瑪麗也跟著哭了。莎莉跑到他們躺著的地方，用手臂環抱他們。

「如果他們要刺我們，早就已經成功十次以上了，」索恩希爾說。接著他覺得自己這番話可能沒什麼說服力，於是宣布：「我們沒必要擔心。」但是似乎沒有人相信。

現在威利說話了。「他們一旦得逞，就會沒完沒了，爸，」他說：「我們最好給他們一點顏色瞧瞧。」在索恩希爾聽來，這些話似曾相識，好像是從別人那裡借來的，也許是史麥許或是塞格提。他重新看著這孩子：這個像騾似的瘦削男孩，身高比力氣長得快速，有著瘦巴巴的脖子、一對招風耳，以及好強的嘴巴。威利瞇著眼看他，用一隻長長的赤腳搔著另一隻腿的背部。「拿槍，爸，你不是有槍嗎？」

但是狄克從凳子站起身，面對他哥哥。「不需要用到槍，威利，」他說：「他們只是在聚會，就像爸說的。」威利抓住他的肩膀猛搖。「你騙人，」他叫道：「天大的謊話，我們得去拿那把該死的槍。」「你們兩個都閉嘴！」索恩希爾的聲音響徹整間屋子，兩個男孩都不再說話了。接著丹在靠近火爐的陰影中說話。「我手上有刀子，」他說著，他因為害怕，聲音聽起來很刺耳。「那些畜牲一靠近，就用刀刺他們的黑內臟。」

他說完後，遠方高亢的聲音和棍子的咯咯聲似乎更響亮，小屋成為一個恐懼的壓縮體。

索恩希爾站在半開的活動遮板旁邊，回想起在新門監獄的晚上，他經常聽著自己的心跳聲，而且總是不由自主地等著下一次心跳，下一次、再下一次，然後試著不去猜想他還剩下多少次心跳。他在小屋裡很鬱悶，沒辦法忍受密閉的感覺，那實在很像待在深埋土裡的棺材中。

他開始說話，卻不知要說什麼，於是他咳嗽一下，再度開口：「我會去探查一下。」在他自己聽來，他的聲音很薄弱。「確定他們是不是要造成危害。」

在夜晚醉人的香氣中，能夠待在戶外，讓他鬆了一口氣。一輪明月高掛天空，讓星光黯然失色，並且將森林變成一片灰色世界。在索恩希爾岬傳來的噪音下，這個地方似乎自有步調，隱密地發出滴答聲和呼呼聲。有某種東西在靠近柴堆的乾樹皮中咯咯作響，一隻鳥的黑影倏忽飛過空地。

幸好有月光指引，索恩希爾往上走到平坦的岩石平台，繞過它走向營地。他不想讓人看見他，但是他知道，在樹木的對照下，他的襯衫儘管暗淡，卻一定顯得很突出明亮，而他的皮膚，那無法脫掉的皮囊，不但發出螢光白，而且會招致危險。他努力想要無聲無息地前進，可是到了晚上，原本熟悉的地方好像變了一個樣。岩石出其不意地撞向他，樹木已經不在白天時候的位置，他逆勢踉蹌前行，一直走到側面布滿粉塵的一棵白千層為止，從那棵樹背後可以看到營地。沒有人轉身或是指向他，如果黑人知道有白人在那裡，他們也不會在乎。

他們的營地中心有一處巨大的火炬，他可以看到從下方照亮樹林的火光在樹幹的外層上閃爍，形成一個亮光的洞穴。一個個人影走過火堆前面，火光因此明滅不定。

圍成一圈的人們繞著火堆頓足和跳躍，另外還有一個人盤腿坐在旁邊，臉部朝上，用一種非常急迫的節奏歌唱。他們臉上塗著白漆，彷彿戴了面具，眼睛咕嚕咕嚕轉。火光讓他們像一環環跳躍的光影一樣不真實。

女人和小孩圍繞他們席地而坐，一起拍擊棍子，讓那種脆弱的脈動構成歌曲的基礎。女人們長長的乳房懸垂在胸前，四周的顏色較淺，像衣領一般，活脫像是莎莉胸衣的腰身。她們的臉也和男人的臉一樣塗著白漆，小孩也是如此，即使他們的臉蛋很小。那只是一點白黏土，但是它讓孩子們看來像是泥土做的人一樣。

他暗想，那是出戰前塗在臉上和身上的色彩，他們正在跳浴血戰舞。他很驚訝自己對這個想法的冷靜態度，同時也發現他老早就預期這個時刻會到來。

他可以認出，這種舞蹈雖然和疙瘩比爾的舞蹈同屬一系，卻有著天壤之別，這就好像索恩希爾扭曲變形的帽子和總督插著羽飾的船形帽完全不同。疙瘩比爾跳舞時，眼睛幾乎全閉，臉部毫無表情，與周圍環境抽離；而這些人跳舞時，眼睛映照著火光，身上的白色線條和生命糾結在一起。

過了一會兒，索恩希爾認出長腳傑克，他手持長矛，和其他人一起蹲著，接著他奮力一跳，落地後再度頓足，將灰塵揚到空中。傑克不再是人，而是袋鼠變成的人。

對於在樹後面傾聽的人來說，這種聲音和昆蟲的嗡嗡聲一樣沒有差別，不知道它是開始或是結束。但接著棍子聲全部同時停止，歌者的聲音最後輕彈了一下，然後靜默下來。他發現這就像教堂裡每個人同時停止歌唱，因為大家都知道已經唱到聖歌的結尾。索恩希爾在樹後面觀看，他是唯一不知道歌曲何時結束的人。

他們又開始歌唱，這次節奏改變了，現在有一個老人獨舞，他的腳踩進土裡，塵土四散飛揚，並且在火光下散發光亮，他就是大鬍子哈利。他肌肉發達的身體化為水中游魚般開始舞蹈，他的踩步聲就像大地本身的脈動，當他歌唱時，他把歌曲拋進空中，歌曲的線條蜿蜒修長，彷彿是這個地方的血液在血管裡激盪出的聲音。

索恩希爾覺得這個人不是大鬍子哈利，大鬍子哈利只存在於替他取這個名字的人心中；這個身塗白漆跳舞、沉浸在神祕歌曲中的，完全是另外一個人。

其他人一邊看，一邊用兩根棍子相互敲擊，他發現他們不只是在看一個人跳舞，就像白人坐在櫻桃花園裡看一些人跳吉格舞一樣；他們面前有一齣現場表演的戲劇，裡頭有一個大家耳熟能詳、並且透過肢體語言述說的故事。有如聖馬德蓮教堂的耶誕節：年復一年，教堂裡的每個人都喜歡重複述說耶穌誕生的故事。

索恩希爾心想，這個老傢伙是一本書，他們全都在讀他。他想起總督的圖書館裡表情嚴厲的畫像，以及一排排閃閃發光、燙著金字的書籍，它們可以透露書中的祕密，但是只有知道如何解讀的人才能夠參透。

看著此人頓足時大腿展現的遒勁，索恩希爾想起自己曾經拍打過他，並且把他當作小孩般責罵。那真是個大錯誤，現在他想起來就怕。大鬍子哈利不像一般老人一樣有著細長的小腿，也不像為了一口飯而蹣跚前行的船夫貧民那樣無足輕重，而是和總督一樣年高德劭，誰也不該推他拍他，正如沒人敢推那位身上配著閃亮長劍的總督一樣。

木棍的持續拍擊聲和黑人的起伏呼號聲從懸崖彈回來，聲音變得混亂而且更為響亮，像俯身靠近岩石的聲音之河。索恩希爾站在樹後面，感覺被深深拉進聲音裡，棍子的拍擊聲就像他自己的心跳聲。

他回到小屋時，丹拉他進來。「請務必把門關上，」他叫道：「而且要快點閂住門。」

屋裡很悶，他們轉向他時，燈火在他們臉上閃爍不定。「那裡有多少個畜牲？」丹問道：「一百？

兩百個？」他害怕得到的回答會是很高的數字，所以聲音愈來愈微弱。「不超過十二個，」索恩希爾回答：「也許還不到。」但是這個謊言聽來和器皿一樣空洞。

莎莉叫醒孩子，替他們穿好衣服，他們全都擠在桌邊，桌上的油燈邊冒煙邊發出光線，奈德和丹以及孩子們在這種光線下顯得蒼白，只有狄克沒有和大夥兒一起圍著油燈，他躺在床墊上，抬頭盯著圓木看。

莎莉在桌上擺出他們擁有的一切：小盤子、茶杯、刀鋒破損的刀子、她其他件折疊整齊的裙子。另外還有威利的摺疊式小刀、她剛縫好的一頂無邊呢帽，以及一袋麵粉、一袋更小包的糖和用來碾碎玉米的碾磨機。它們擺在桌上，好像是商店櫃檯那樣。

「小威，如果把我們的東西給他們，他們就不會來煩我們，」她說：「就讓他們拿吧。賀林太太做過一次。」她的聲音非常篤定，就好像她經常和野蠻人周旋一樣。「他們沒有必要傷害我們。」

在黑暗中，有人不信地「嘿」了一聲。索恩希爾認為可能是威利，就朝他看去，但是這孩子面無表情地回瞪他。

奈德說話了：「我們可以開槍打那些畜牲，不是嗎？」他的口氣不確定，但是丹打斷他的話，他的聲音變得和女人一樣高亢。「他們會燒了這地方，」他叫道。「把我們像負鼠一樣除掉。」

好在可以將恐懼化為行動，索恩希爾往前一步走到丹面前，用皮帶抽打他的頭。「閉嘴，丹！」他吼道。他強迫自己平靜地說話：「讓他們知道我們有什麼東西，我們該做的就是這樣。」他把槍取下，站在他旁邊的威利立刻拿子彈袋、火藥袋和塞桿給他。

他覺得當他把子彈上膛時，每個人都看著他。或許他們不知道，但是他清楚光是這樣做毫無意義。他可以完成包括裝子彈、瞄準、發射的整套繁瑣程序，但是之後要做什麼？他可以想見重裝子彈時的混亂恐慌：要先裝好子彈，再把火藥倒進火藥池，用火石打出火星點燃藥池內的火藥，之後才能繼續射擊。

在做完這一切事情的期間，他們全家人會像插滿針的針墊——如果這是黑人想要的情況。他覺得有一股得意之情湧上心頭，不得不加以抑制。他很驚訝地發現：他在倒火藥的時候，手很平穩。

接著他走到活動遮板旁邊，將板子推開，毫不思索就將槍管伸出屋外。「把這個放進你的菸斗裡抽！」他吼道。槍枝的後座力撞擊他的肩膀，讓他搖搖晃晃，他一度因為火光而看不見東西。爆炸聲令他震耳欲聾。

他把槍口放低，聽著槍聲的連續回音一再迴盪，沿著兩側懸崖間的河流聲漸漸變小。「這樣他們就不會靠近了，」他說，然後像大功告成的人一樣關上活動遮板。可是在底下的索恩希爾岬，拍擊和歌唱聲仍然不絕如縷，索恩希爾想像那裡的黑人聽到槍聲，然後又神情嚴肅地繼續跳舞，他想像臉部本身也像一面風景的長腳傑克一邊抬頭往小屋看，一邊豎耳傾聽。

那星期的每天晚上，黑人都會唱歌跳舞。在那幾天晚上，懸崖都迴蕩著木棍的激烈敲擊聲，小屋裡的人們躺著傾聽，隔天早上，他們屋外的財物覆蓋著露水，但是仍然完好無缺。第一天天亮之後，他們醒來時，很驚訝地發現自己沒有被長矛刺傷和剝頭皮，恐懼感就減少了。不論發生什麼事情，似乎都跟小屋裡的一家人無關，而是黑人本身一些必須履行的責任。

接著黑人像退潮一樣靜靜地消失，只留下平常的幾個人悠閒地來來去去。

索恩希爾一家人試著照舊幹活兒，只是一切都不一樣了。小屋裡的人太少，只有兩個男人，一個愚蠢、一個年輕，還有一個女人和四個小孩。掛在牆上的槍不過是發出噪音和熱氣的器械。索恩希爾以前就知道這些，但現在他忘不了這點，即使是片刻的時間。

莎莉也知道這點，她也變得有些不同了。他不再聽到她的哼唱聲，有時還會發現她蹙眉呆望著。當女性黑人們魚貫經過小屋朝森林走的時候，她雖然也會對她們揮手微笑，卻保持距離，不再走到她們之間，也不再有更多碗盤和原始鏟子加入她的收藏。

情況開始讓人覺得，只有一把槍而且只有一個人會用槍，這樣既危險又無知。索恩希爾向里奇蒙的約翰．霍恩買了三把槍，並且釘了用來掛它們的掛釘，一把接一把橫掛在牆上。之後有一天，他教丹、奈德和威利如何射擊。

令他驚訝的是，奈德天生就擅長玩槍，他其他事情都做不好，唯獨很會裝子彈並且填塞火藥，他幾乎不用瞄準，他們用來當作目標的一塊木頭就再度從欄柱上面中彈翻滾下來，奈德終於找到他擅長的事情。

丹很笨拙，不但把塞桿弄掉到地上，還把火藥撒了一地，似乎抓不好訣竅，不曉得如何把臉頰貼著槍托，並且讓它緊靠肩膀。他沒有一發子彈是射中木塊的，他偏好使用可以在手裡揮舞的棍棒。他花了一早上待在森林裡，回來時帶著一根一端突起來的棍子，並且花了好幾個傍晚削它，直到它的重量和形狀適合他為止。

輪到威利試用槍時，他臉色發白，在馬褲上揩乾雙手。索恩希爾看到他把火藥倒進藥池時，兩手一直發抖。「你只是個少年，威利，」他說：「不需要做什麼事。」但是那孩子堅持要學。第一次他沒有將槍托穩穩抵住肩膀，扣扳機時槍枝的後座力讓他往後跌倒，可是他一下子就站起來，面孔鐵青地再試一次。

索恩希爾知道，如果黑人來找他們，擁有四把槍和三個會用槍的人是不夠的。但是他們有人有槍，確實會讓黑人感到害怕，現在只能寄望黑人的恐懼奏效，而不是槍枝本身發揮作用。

他忘不了黑人跳戰舞那幾晚，當他知道森林之牆逐漸靠攏逼近時的感覺。一支長矛可能會從樹林飛出，讓人還來不及看清對方就被射倒。

他決定在小屋四周清出空地做個壕溝，但是這種壕溝應該要做多寬？他砍下一棵牧草樹的葉莖，自覺有點像傻瓜，他手上拿著長矛站著，每個人都在看。莎莉站在屋子門前，臉上帶著他無法解讀的神情。

「我看來像個好蠻人嗎，孩子們？」他問道，想要開個玩笑，連奈德都懂這個笑話。索恩希爾模仿他看過的黑人動作，側著轉身將他的胸肌和肩膀肌肉聚攏，再將矛射出。他感覺長矛離開他的手，並且想像它飛過天空形成平順的曲線，就像黑人的長矛一樣，最後矛尖先接觸地面。結果他的棍子在空中晃來晃去，而且只沿著泥地滑行了幾碼。

他轉向觀看的家人，笑著說道：「知道我的意思了吧，」他喊道。莎莉在小屋看著。「不需要讓自己大驚小怪。」他並沒有跟他們說他的肩膀在痛。

接著狄克撿起長矛，用他的小手舉起它，他好像從沒有試過，但是那東西就在那裡，從天空呼嘯而過，穿過地面五十碼之遙，落到很遠的樹林間。

顯而易見，這絕對不是狄克第一次擲矛，說不定是他的第二十一次，或第一百零一次。索恩希爾從他臉上得知，這孩子了解他告訴他們的事情，但現在不是分派他工作的時候，而是了解矛可以飛得多遠的時候，即使那是由一個不滿八歲的瘦小男孩所擲出。那種情況可能會讓人立即收起笑容。

他用腳步量出長矛飛行的距離，再增加幾碼，接著差遣他們開始工作。除了莎莉在上面做記號的那棵樹以外，每一棵樹都用斧頭砍倒，每一株灌木都被連根挖起，每一塊鬆動的岩石都被推走，整片地都用籬笆圍起來。就這塊崎嶇不平之地所及，小屋四周的防護圈都被夷平，任何可以讓人用來藏身的東西一樣也不留。

「他們不會想來挑釁我們的，」他告訴他們。他看到莎莉看著他說出權威性的話，但她卻避免和他的眼神接觸。

他把這個地方弄得有模有樣，砍倒樹林、除掉灌木、割去長到足以讓蛇做窩的草叢。每一天都可以看出一點進步：又多砍了一棵樹、多清理了一碼灌木、多蓋了一段圍籬。

他喜歡籬笆對一個地方所做的貢獻。籬笆內整齊方正的土地和籬笆外面的景觀完全不同。籬笆會讓人知道他走了多少路，而且在最後一段籬笆以外，他可以看到接下來他可能會到哪裡。

但是這其中有一個重點：不論一個人在這個地方做了多少事，連綿不斷的森林絕不可能被消除，只會被向後推。在他相當自豪的那塊空地之外，木麻黃發出嘶嘶聲，桉樹發出咯咯聲，以始終不變的方式刮擦出聲響。懸崖上方有一群鳥，在被太陽晒得褪色的午後天空下顯得很黑，牠們一起飛來飛去，就像在風中飛揚的圍巾一樣。

「向史麥許買狗」這個構想開始吸引索恩希爾。他不希望史麥許幸災樂禍，但是在三月初一個平靜的星期天，他放下自尊，划著小艇到下游找史麥許。

他還沒有看到房子，老遠就聽到狗叫聲，牠們的吠叫在山谷間此起彼落地迴蕩。當他走近屋子，牠們在狗鏈的末端向他撲去，史麥許提供牠們寬敞的空間，讓牠們可以繞行到史麥許清理好的灌木叢附近。

史麥許站起來看著索恩希爾，在他的帽子下，他的臉陰冷蒼白，就像完全不吃蔬菜的人。

索恩希爾沒有浪費時間打趣。「我要向你買幾隻狗，」他單刀直入地說。但是史麥許想要拖延。「聽說蠻人來了，」他微笑著，可以看到他牙齒間有很多缺縫。「結果還是沒有放過你，對吧？」但是索恩希爾沒有等他說完。「幾隻母狗和一隻公狗，五鎊，不要就拉倒。」史麥許假裝在考慮，他抓著下巴，使鬍鬚發出銼磨聲。「重點是，現在大家都很需要我的狗，」他說。他橡膠似的窄臉顯得洋洋得意。「我說至少要十鎊，小威，已經非常便宜了。」

但是索恩希爾不願被嘲笑。「五基尼，史麥許，」他說：「我最後再說一次，五基尼，」然後就掉頭走向船隻，史麥許這才讓步，他早就算計好史麥許會這樣。「我們得互相幫忙。」他喊道，索恩希爾回頭看。

史麥許身材瘦得像皮包骨，他彎腰曲背地站在他彎曲的土地上，褲子蓬亂地垂在腳踝四周，他的光腳沾滿泥塊，臉上汗如雨下。「那就給我五基尼，」他說：「白人幫忙白人。」

他們回到屋裡讓索恩希爾牽走狗時，史麥許蓋過狗的吠叫聲喊道：「有東西要給你看。」他語氣裡有某種狡猾的興奮，讓索恩希爾遲疑起來，但是史麥許推他進去。

在耀眼的陽光下待了一陣子，很難看清楚屋裡的東西，只看到在一片片樹皮之間透進光線的地方，其中有一處陰影被幾束亮光分割。但是角落裡有某種移動的感覺，還有一股濃厚的氣味，有點像動物，又有點像已經腐爛東西的味道。當索恩希爾的眼睛適應黑暗之後，透過一道薄弱熾熱的陽光，他可以辨別出某種東西，它是個床墊，旁邊還有一個黑色的形體。有鐵鏈的叮噹聲，還有另一個喘息聲，不是史麥許的聲音，也不是他自己的喘息聲，他覺得那一定是隻狗，但就在此時，他看到那是一個蜷伏的人，一道光線在她身上變得曲曲折折：是個黑人，靠著牆壁蜷縮。她喘著氣，所以他可以看到她塗漆的嘴巴裡閃著微光的牙齒、鐵鏈摩擦造成的潰瘍，以及襯托出她黑皮膚的鮮紅傷痕。

史麥許推開索恩希爾，走過去叫嚷：「把你懶惰的黑屁股從那裡移開。」她踉蹌地走到外面時，索恩希爾看到鞭子擊中她背部的地方，在陽光下，她的皮膚乾燥粗糙而且呈灰色，她站著抓住將她腳踝連在一起的腳鏈。

在那種似乎會讓東西變黑的熾熱太陽下，史麥許是個手持鞭子準備揚鞭的瘦小男人，他的臉上露出卑劣猥褻的笑容。「黑天鵝絨，」他說，他的舌尖沿著嘴脣顫動。「男人在這裡唯一可以得到的一種天鵝絨，除非那個老賀林的屁股合你的意，她可不合我的胃口。」他笑夠了和賀林太太胡搞的念頭之後，就走過去靠近索恩希爾。「她和我以及塞格提一起搞過，」他低聲說：「像一對湯匙一樣面對面搞。」

在極其逼真的一瞬間，像被閃電點亮的一幕，索恩希爾想像自己抓住這個女人，在他的手指底下可以觸摸到她的皮膚，她長長的雙腿緊壓著他的腿，那只不過是火熱的一瞬間，他的獸性突然出現。「你想玩玩嗎，索恩希爾？」史麥許詢問。「只是要小心，她的手指像貓爪一樣。」索恩希爾不知該說什麼，只是努力搖頭，然後轉身。

史麥許就像已經在等待似地煽風點火。「可以免費搞女人，好得難以置信，對不對？」他一邊吼，一邊從嘴邊吐口痰，那口痰在飛過天空形成一道弧形時閃閃發光，然後落到地上。「連你那寶貴的朋友布萊克伍德也有一個黑賤貨。」

索恩希爾急著要離開這個令人無法呼吸的地方，如果他再不離開，他會當場在那裡窒息而死。「混帳！史麥許，不買狗了！」他厲聲吼道。史麥許一直掛在臉上的微笑逐漸消失。「只要給我五鎊就好了，」他說，但是索恩希爾現在不想要狗了，用任何價格買都不要，那些狗惹惱了他，牠們嗥叫咆哮，牙齒因為唾液而發亮，肌肉發達的舌頭在長長的喉嚨間伸進伸出。

可以吼叫真好。「我說不買狗了！」吼叫可以發洩一些東西，將那些東西燒掉。他聽到他的聲音從山脊反射回來，覺得整個地方、每棵樹、每塊靠在山坡上的岩石都在聆聽。

但是史麥許不為所動。「某些人才懂得控制狗，對不對，」他過了一會兒說。他的口氣好像在對話。「也許你不是那種人，索恩希爾。」

索恩希爾走進小船，拉起槳，用力把船推出去，並且轉過臉不再看史麥許。滑溜的煙霧在水面上低垂。

他曾經想像跟莎莉述說他所見所聞的那一刻——連在自己腦中想著這些話，都會讓他充滿羞恥。在自己記憶中留下這個影像已經夠糟了，想著這件事、說著這些話，會讓他變得和史麥許一樣，就好像他在屋子裡看到那個女人時，史麥許的心已經進入他的心，讓他感受到誘惑的瞬間。他並沒有採取什麼行動營救她，現在他也成了幫凶。

如果他挑的時機正確，當這條河畔的每一戶人家都開始要收成的時候，載了滿船收割鐮刀的交易商就會在霍克斯布里大發利市。二月初，索恩希爾買了一百二十把鐮刀，並且在三月的第一個星期賣出很多把，連手把裂開的鐮刀也出清了。現在他正趁著月光順流而下，「希望號」像蜻蜓點水般輕快地在水面上航行。

為了擁有平靜的生活，莎莉追憶家鄉的點點滴滴時，他一律表示同意。他也認為這裡的陽光太刺目、白天太熱、晚上太冷，有太多蛇和刺人的東西；這裡是地球的盡頭，最接近的鄰居離這裡也要一小時的船程。他從未試著向她解釋，儘管此地有蚊子和刺眼的太陽，可是也有令人安慰的地方。

這條河在月光下呈現一片銀色和黑色，在懸崖上方，皎潔的月亮高掛在參差不齊的樹林之上，讓星星黯然失色。

河上的夜晚很甜美，這種甜美有一部分出在他對它知之甚詳，他可以順著如金屬般閃亮的河水看到索恩希爾岬的圓形小丘，以及山脊在第一支流的山谷上方起伏的樣子。現在他對它們的熟悉，就像他以前對瓦平階梯和天鵝碼頭瞭若指掌一樣。

他坐在「希望號」的船尾時，心裡平靜而喜悅，覺得河水就像另一個人對著舵柄往後推。他曾經想過，來到這裡會以某種方式死去，但是後來發現，人不一定要是耶穌才能從那種死法復活過來。

他不急著讓「希望號」快速前進，捨不得離開黑夜。往上坡走時，他在玉米田旁邊暫歇，在月光下聽到玉米發出細小隱約的咯吱咯吱聲。他和其他人一樣，也準備收成，在盛夏的高溫中，帶著金色柔軟穗狀雄花的玉米欣欣向榮，一棵植物上面可以長出五到六根玉米，莖上枝葉茂盛，聚集在他四周，發出紙張般沙沙作響的聲音。

幾天之內就要收割了。以一蒲式耳十先令來計算，他們可以賺好幾鎊。當他只需把大量種子插進土裡然後等待收割時，那就算是可以輕易得到的財富。

到了晚上，小屋就不再是固定在地上的盒子，而是在每片樹皮之間流瀉出黃色光線的寬鬆容器。

當這種光線從門口傾瀉到外面的地上，連潔白的月亮也顯得黯淡無光。

他知道，待在屋裡，將煙囪升起火，在桌上擺油燈，會讓人有種安全、與世隔絕之感，但是從船上看去，小屋顯然相當脆弱而且透風。突出的山脊使它顯得矮小，微風掩蓋了坐在屋裡的人們說話的聲音。

他知道莎莉有訪客來了：他看到船隻停泊在碼頭，當他進一步靠近時，可以聽到裡面傳來的男人低沉說話聲。

從那天起，也就是兩週前他看到那女人在史麥許屋裡之後，他就沒有和史麥許說過話。船經過史麥許的碼頭時，他就將船轉向。他現在讓來自烏魚島的安德魯斯去做史麥許的石灰生意，他嘗試將那個女人以及她皮膚上的血紅傷痕的影像束之高閣，存放在他不必想起的部分記憶中。

他剛離開夜晚充滿樹葉清香的地方，一進門就聞到男人和蘭姆酒的刺鼻臭味，差點要窒息而死，接著又被骯髒的油燈給薰到。史麥許就在那裡，「小姐」在他腳下。塞格提帶來他的鄰居退斯特，退斯特是脾氣暴躁的瘸子，雙腳因為軟骨病而彎曲，整天戴著低到蓋住眼睛的帽子。洛夫戴笨拙的身體趴在桌上，賀林太太則是一本正經地坐在另一邊。布萊克伍德坐在煙囪旁邊的角落，一手撐著手肘，臉部被手半遮。

一聽到開門聲，莎莉一臉驚恐地轉頭。洛夫戴也用誇張的方式轉頭，他醉到已經變成一部笨拙的機器。「你那掙麵包的頭家回來了，索太太，」他說，而史麥許一拍都沒有漏掉，接在他後面說話。「比較像掙麵包碎屑的人吧，」他吼道，這番話讓他們開始騷動了起來。塞格提用手重重拍桌，他覺得那句話太有趣了，他怪異高亢的笑聲聽起來像嗚咽聲。索恩希爾看到他前所未見的情況：塞格提有幾分像史麥許的馬屁精，就像一對湯匙。

莎莉替她丈夫倒了一杯水。「他們毀了史派得，小威！」她說：「史麥許，跟他說史派得的事。」史麥許不用別人催促，就開始重述情況：史派得．韋伯太太獨自和孩子們待在那塊稱為「永不失敗」的可悲開發地，史派得離家到下游借鐮刀收割，他自己的鐮刀前一週被土著偷走。

史派得在家的時候，他不讓黑人走進他的籬笆內，如果有必要，他會持槍跑出去趕走他們。但是史派得出門後，韋伯太太讓黑人進屋，黑人於是欺騙了這個心腸好到不知道為自己著想的笨女人，一個黑人在門口跟她說話，蹦跳逗弄著這個笨女人，所以她給他一杯茶和油炸麵餅配著吃。就在韋伯太太勸她的新朋友再來一個油炸麵餅時，另外六個黑人隱身在田裡，忙著把每一根玉米拔光。

史麥許重述情節，憤怒寫滿臉上。「她為什麼不請他們到她的床上睡一下？」他說：「請他們抽一下她頭家的菸斗，喝一點他的蘭姆酒？」他對自己的風趣頗為開心，咧嘴大笑，他嘴裡有多少顆牙都數得出來。但是索恩希爾可以看出他並不是真心覺得好笑，他的笑聲只是顯示他怒火的另一種方式。

賀林太太在火爐邊發表意見，她說話時，拿著菸斗咯咯笑。「可憐的傻子，她被黑人騙了，就像海特斯巷的老巴尼斯先生被我和我哥哥騙了一樣。我哥哥托拜西在門邊和老巴尼斯先生一直瞎扯，我就偷溜到後面，從他櫃檯偷了一疊緞帶，後來賣掉得到半克朗。」她把煙吹走，一邊微笑。「這些黑人，只要他們願意，他們確實有某種魅惑人的方法。」

「我沒有緞帶，賀林太太，」塞格提說。他無法隱藏口氣中的憤怒。「我有四袋小麥，才剛裝袋，那些畜牲就跑來行搶。」退斯特也對賀林太太的溫和態度惱火。「他們不是在找麻煩嗎？」他說，他四下張望、等待有人表示異議時，下巴突出來。

退斯特向來是個不快樂的醉鬼。他家裡有養豬，是個好客戶，索恩希爾想帶給他多少鹽和多少桶酒，他都照單全收，而且都是請「希望號」運銷豬肉。但是索恩希爾無法對他產生好感，他從未告訴莎莉，但是很多人都知道，退斯特的一頭豬咬死了他最小的孩子，而且這條河上的人都傳說，他不肯把小孩埋葬，因為他怕那頭豬可能會把小孩屍體再挖出來吃掉。

關於史派得的故事還有下文。他帶著收割鐮刀回來時，黑人還在他家，他開了一槍，但是當他重裝子彈時，黑人制伏了他，一個人站在他上面，用長矛看守著他，同時他們要韋伯太太煮完母雞下的每一顆蛋，又吃掉所有的豬肉，而且一把一把吃光了他們存在袋子裡的寶貴砂糖。

黑人並沒有調戲韋伯太太這個沒有牙齒而且瘦得皮包骨的女人，連史麥許也沒有暗示這一點，但是他們穿上韋伯一家的幾件衣服：韋伯太太繫有粉紅緞帶的高級無邊呢帽、她母親留給她的披肩，以及史派得多餘的襯衫。他們閃著豬肉油光，穿著這些衣服蹦跳胡鬧，嘰哩咕嚕說個不停，就好像繫有粉紅緞帶的無邊呢帽是世上最好笑的笑話。最後他們把能帶的全都帶走，包括斧頭、鐵鍬、茶罐、杯盤等。他們其中一個人還看上了小女孩的碎布娃娃。

史派得最大、也是脾氣最暴躁的雀斑男孩一直說：「阻止他們，爸，阻止他們！」但是他父親只能站著那裡，眼睜睜地看著一切家當被搜括一空，那孩子突然氣到哭起來。

最後一個黑人回過頭說了一些讓其他人捧腹大笑的事情，當他們站在被掃蕩一空的屋子門口，那個黑人開始扭動他的黑屁股，並且嘲弄地拍著它。那是史麥許喜歡描述的細節，他還用自己的屁股和自己的手示範，奈德看得瞠目結舌。

這個訊息很清楚，史派得決定不要等另一個訊息出現才採取行動。他拋下他開墾的「絕不失敗」，跑到溫莎試試自己的運氣。黑人沒辦法進入那個小鎮，他在那裡開了一間酒館賣布萊克伍德的酒。他讓其他人去種植玉米以及和黑人周旋。

洛夫戴醉到全身僵硬，不會眨眼，他一隻手拿著酒杯，另一隻手緊抓著桌子，就像請人來畫肖像一樣一動也不動。但是他突然怒喝一聲，聲音響徹整間屋子，每個人都四下張望，只見他說：「整個世界上沒有一群人像這些人這樣，懶惰又缺乏智謀！」奈德點頭表示同意，神情嚴肅莊重，跟這些冠冕堂皇的話很搭配。「天生的惰性讓他們沒有注意到自給自足的方式。」

但是這個故事是史麥許的，他可不想被滿口仁義道德的粗劣紳士給比下去。「也就是說，他們是懶惰又愛偷竊的蠻人。」他打了個嗝，並且拍桌子要大家注意，然後像潮水勢不可擋地繼續說。「我們的黑皮膚兄弟，正確地說應該是懶惰的蠻人，他們偷偷收割別人的東西，破壞他們自己懶得耕種的農作物。」他的眼神飄忽不定，但是這些詞句卻滔滔不絕自他的口中說出。

索恩希爾看著他的蘭姆酒，這種長篇大論讓他緘默下來。史麥許猛地轉過身，以手勢表示抵著他肩膀的一把槍。「他們很了解這個手勢代表的意義，牧師，」他高喊。塞格提舉杯敬酒，不過他突然想起一件事，所以在將酒杯往嘴邊送時停下來。「或者是，搞幾個黑女人的意思？」

賀林太太嗤之以鼻。「講話小心點，史麥許，」她嚴厲地說：「我們一點都不喜歡這樣。」

聽完這話，桌子四周的人沉默下來。史麥許對索恩希爾嘻嘻作笑，索恩希爾舔舔嘴脣，將視線轉開。他不知道是否所有的人都曾受邀分享那個被鐵鏈鏈住、沿著牆壁爬行的女人。塞格提撫著嘴巴四周的鬍子微笑。

「沒有人肯聽一個老女人說話，」賀林太太說：「但是我跟你們挑明了講，你們做這種事會有報應，史麥許，還有塞格提也一樣。」說完後馬上把菸斗塞回嘴巴，就好像用軟木塞塞住她想要說的其他話。

索恩希爾覺得對面的布萊克伍德在看他，那種眼光帶有某種急切的成分，某種質疑。他不動聲色，並將視線轉開，揉著雙眼，屋裡到處都是煙，很難看清楚東西。

洛夫戴舉起一根指頭請大家注意，並且慷慨激昂地表示：「眾所周知，黑人無權擁有我們的土地。」他本來要繼續說下去，但是史麥許壓過他微弱的聲音，他便住了嘴，繼續喝他的酒。「上星期抓了兩個要到達奇灣的畜牲，」史麥許說完，接著咬了一口莎莉做的麵包捲，邊吃邊講。「像擁有一對松雞的地主一樣把他們抓走。」他環顧四周，但是沒有人說話，他便在嘴巴塞滿麵包碎屑的情況下繼續說：「蠻人唯一的用處是當成土地的肥料。」嘴脣上的白麵粉讓他看起來像生病了一樣。他又說了一次：「真的是優質的肥料，讓玉米飽餐一頓。」

索恩希爾看到史麥許瞥視布萊克伍德，如果史麥許的目的是要激怒布萊克伍德，那他已經成功了。布萊克伍德站起身，這個大個子因為盛怒，在小房間裡變得更高大。「你，史麥許，」他高喊，然後停下來，他巨大的手臂在他胸前交叉，他的臉彷彿岩石。

索恩希爾擔心布萊克伍德會變得跟他一樣緘默，如果那種情況發生，史麥許會馬上繼續窮追猛打。但是布萊克伍德接著說話，語氣裡完全沒有那種感覺。「我對上帝發誓，」他說：「其中一個黑人的價值，超過你這種沒腦小姐的十倍。」全場鴉雀無聲，每個人立刻嚴肅起來，笑聲在他們的喉嚨中消失，沒有人聽過布萊克伍德咒罵或是語氣中帶著那種冷酷。

他臉色猙獰地走到史麥許面前，好像準備要打史麥許似的，但隨後就轉身憎惡地哼了一聲，在還沒有人來得及反應之前走出大門，進入黑漆漆的屋外。

「那個雜種會後悔他說過那種話。」史麥許口氣裡的怒火像火藥一樣被搗實，準備爆發。

索恩希爾往外看著門口高大的黑影，心裡跟著布萊克伍德沿著小路，走上他的平底小船，然後沿著第一支流前進。他想像布萊克伍德坐在船尾，迂迴進入那片隱密而且有月光照耀的山脊和懸崖風景。就在那裡，黑人會等他回去，他會走進他的小屋，重新升火，並且坐看茶壺下熊熊燃燒的火焰。或許那女人會和他一起坐在那裡，連那個小孩也會。他認為那是個女孩，但是他只驚鴻一瞥，不太確定。

一八一四年三月間發生了多起暴行和劫掠，史派得一家人所受的攻擊只是其中一起。黑人在這條河到處流竄，總是在不同的地方突然冒出來，每個等待收成作物的人家似乎都無一倖免，他們的田地被縱火、房子被燒毀，拿著收割鐮刀外出的人們被矛刺殺。農民必須再度播種，重新來過，期望冬天來臨之前有新的收成，否則他們就得放棄一切，離開自己開墾的地方，回到雪梨。

索恩希爾的生意也一落千丈，沒有貨物需要載到雪梨，自然就沒有人需要「希望號」，也沒有人有錢買印花棉布或靴子。索恩希爾把船繫好，等待更好的時機來臨。他很高興有這個藉口可以待下來，這個時候需要在自己的土地上嚴陣以待，以防止亂事發生。他淡然處之，是可以克服任何挫折的人。他對第一次的玉米收成非常重視，這些玉米足夠供應幾餐，讓狄克和巴伯吃飽好去挑水。他表面雖然高興，實際上卻是心有千千結。

由雪梨總督閣下所代表的英國國王陛下，並未特別關心在遙遠的霍克斯布里河岸掘地開墾的刑滿開釋犯。但是騷擾一個白人就等於騷擾了全體白人，政府不能坐視不顧。在一個莊嚴的時機，強大的法律機器開始磨刀霍霍轉向黑人。總督閣下發出授權令：國王陛下已經對原住民展現了耐心和寬容，但是現在不得不對原住民劫掠者採取行動。

在這項個案中，國王陛下的法律機器是最近從舒茲伯利抵達的邁凱倫上尉。他率領手下搭乘一艘政府大船，從溫莎衛戍地來到這裡，大船就駐泊在「希望號」旁邊，索恩希爾岬是他籌畫戰役的便利起點。

索恩希爾在屋裡等候他大駕光臨，聽著象徵他即將到達的單調小鼓聲，這位軍官顯然很小心維護自己的尊嚴。

他昂然走進屋裡，在桌上打開地圖，開始向隨行的英軍解說他的計畫。他們就像身穿胸前繡有十字黑帶的紅外套、頭戴羽毛軍帽的昆蟲一樣，而他們揮汗如雨，臉孔被頦帶繫住，並未透露出他們對這位軍官的想法。

索恩希爾站在門邊，莎莉在他身旁，孩子們蹲在地上。他私下認為，要解決土著的問題，答案並不在於總督可能會做的任何事情裡。那個身穿紅衣、配著金穗帶的人，就像英國國王、甚至上帝本身一樣，與霍克斯布里發生的事情毫不相關。

但是邁凱倫上尉已經擬出他確信可以將原住民困在達奇灣的巧妙策略，他對這個地方的名字有自己獨特的發音方式，就好像它很荒謬或好笑。達奇灣沒有什麼好笑的，它是從塞格提的地盤順流而下的小地方，對白人沒有好處，是一個陰暗的裂口，在這個地方，河流的一條小分支在山脊之間流過，由於相當陡峭，陽光只有在正午時才會照進來。據傳被趕出農地的土著跑到那裡避難。索恩希爾看過在達奇灣連接河流的地方進進出出的獨木舟，也看過他們營火的煙霧在山脈之間飄蕩。對索恩希爾而言，達奇灣就像實用的櫥櫃，只要關上櫥櫃的門，就可以不用在意黑人。

但是對邁凱倫上尉而言，這個地方的狹窄裂口暗示了其他的可能性，他正在籌畫一個包含他所謂「人造鎖鏈」的鉗形運動，這個構想是：英軍會用手臂圍成鎖鏈，並且沿著裂口走完整個達奇灣，將土著驅趕到他們前面。

「就像人趕羊一樣，」上尉解釋。

邁凱倫上尉是個紳士，說話方式像紳士一樣如鯁在喉，語焉不詳，索恩希爾很難聽懂他的話，但事實證明這不是問題，因為邁凱倫上尉連看都不看索恩希爾一家人，畢竟他們是刑滿開釋犯。他婉拒了莎莉端給他的茶，甚至連水也不願意喝一杯，即使天氣相當炎熱。

他在地圖上示範，原住民會如何被趕進兩邊懸崖陡然升高的小峽谷盡頭，在那裡，國王陛下將會伸張正義。

他把手伸到桌子底下，用魔術師炫耀性的動作拿出一個帆布袋。「總督親自御賜這六個袋子給我，」他說著，並且審慎地清清喉嚨。「他告訴我，他很有信心，我們會將袋子裝滿後帶回去。」如果他期望聽到表示同意的歡呼或甚至是低語聲，他會很失望。穿著紅衣的英軍蹭地、換腳、呼吸，但是不發一語，他環視他們面無表情的臉孔，索恩希爾可以看到他決定說得更明確一點。「六個袋子，你看到的是用來裝六顆頭顱的六個袋子。」

屋裡鴉雀無聲，每一個人看著他舉起一個袋子，示範如何拉緊細繩，索恩希爾看到狄克伸著脖子看，不可置信地張開嘴巴。

在地圖上，邁凱倫上尉的計畫看來簡單到近乎幼稚，很容易想像它在地圖上的樣子：人造鎖鏈、前進、獲得伸張的正義。地圖相當正確，其中有沿著索恩希爾岬蜿蜒伸展的河流與往前一哩的狄隆灣，塞格提的地盤被畫成一個正方形顯示在地圖上，正前方就是達奇灣的彎曲線條。達奇灣終點的懸崖在紙上用母雞的點點啄痕來顯示。地圖是正確的，上尉的邏輯、鉗形運動和人造鎖鏈的簡潔精確也無庸置疑。

但是索恩希爾去過那裡，知道地圖只是大致正確而已，他知道，在真實的情況下，邁凱倫的「人造鎖鏈」沿著達奇灣前進的地方，是一大片令人筋疲力竭的樹林、叢林和大圓石，山腰覆蓋著鰭狀和盤狀的岩層，小峽谷內濃稠到足以將人吞沒的泥巴裡布滿紅樹林和蘆葦。那裡的藤蔓糾結，加上蔓生的樹根以及鞭狀的灌木，連一個人都沒辦法穿過，遑論一支軍隊。蚊子會活生生叮咬他們，水蛭會滑進他們的靴子，不論他們鞋帶扣得多緊，壁蝨會掉進他們的頭髮，鑽進他們的皮膚，他們會被迫一再繞路，使得沿著裂口前行的路程比地圖上的距離增加十到二十倍。

才剛離開倫敦不久的邁凱倫上尉，紅潤的雙頰在殖民地的驕陽下已經起水泡，很難期望他知道上述事實。他接受的訓練都是要他從採取某種陣勢和遭逢敵軍的情況下來思考，但問題在於，這裡沒有軍隊，只有來無影去無蹤的模糊人影，這些黑人不會笨到建立像軍隊一樣脆弱的東西，因為他們知道總督和邁凱倫上尉所不明白的事情：邁著沉重步伐前行的軍隊很容易暴露行蹤，而且和在桌面盤旋的蜜蜂一樣脆弱。在這裡，會贏得戰爭的是那些深藏不露的軀體，他們會突如其來地射出大量長矛，等你要對他們射擊時，他們已經消失無蹤。

從他在門邊的位置所見，再加上他與上尉的判斷相反，索恩希爾決定要說話。「恕我插手干涉，」他說：「那附近崎嶇難行。」他發現莎莉挺直肩膀並且靠著他站得筆直，以示支持。

邁凱倫目光遲鈍地看了一下他，再看看莎莉，然後從他們倆身上移開。「謝謝你的警告，索恩希爾，」他對著他們頭上的一小片牆說。他對這一點態度非常強烈。「我不期望你擁有受過完整訓練的部隊經驗。」他的神情暗示——以你的罪犯身分是不可能的。「索恩希爾，我們是訓練有素的戰鬥機器，你所說的崎嶇難行，在我們來說是兵家常事。」

索恩希爾感覺到莎莉因為憤怒而繃緊，他希望她不要出聲，所以很快緊握一下她的手警告她。他聽到她透過鼻子發出近似哼聲的鼻息，但是她沒有說話。他們倆靜靜聽著邁凱倫朗誦他顯然準備多時的演說。「這個殖民地正在刀口上，各位，」他宣布：「要不要堅持下去對抗奸詐的敵人，就看我們自己了。」

這時，邁凱倫上尉好像忘了他準備要講的其他部分，他停頓了良久才繼續說：「我相信在場每一位都會對國王和國家效忠。」他似乎期望有人會高喊「聽到！」，但是整個屋裡的人們只是盯著他看。至於索恩希爾，國王和國家從未幫過他什麼忙。他咳嗽起來，邁凱倫對他投以嚴厲的目光。

一個星期以後，邁凱倫回來時，整個人像洩了氣的皮球。他紅色外套的衣領被扯開一半，在脖子的一側鬆垮地飄動，他的一隻袖子被撕下來到肩膀，兩個膝蓋沾滿泥巴，帽子已經不見，頭髮滑落到充血的眼睛上，臉部則因為蚊子叮咬而變得慘白。

他對索恩希爾一家人不發一語，依舊把下巴抬得高高的，眼睛也往別處看。稍後，他的部下在經歷了荒野歲月之後，一邊享受莎莉的玉米餅，一邊侃侃而談。他們確曾執行人造鎖鏈，沿著路線前進，完成鉗形運動，也有往達奇灣山谷走。他們經歷了重重障礙，包括涉過深及腰部的爛泥、走過一連串障壁的山脊和峽谷，也遭遇了蛇、蜘蛛、水蛭和蚊子等等各種危險，最後終於到達懸崖，他們原以為會看到他們想要驅趕的土著，結果卻被困在那裡蜷伏著。那裡一個土著也沒有，甚至連狗都沒有，但是數十支矛飛出森林將他們困住，就像他們想要困住黑人一樣。

他們盲目地對灌木叢射擊，但是在他們有能力將黑人趕走之前，已經有三名士兵死亡，四名士兵受傷。

邁凱倫上尉的失敗並未嚇阻總督閣下，只是讓他改用另一樣手段。既然英軍的鉗形運動失效，他準備讓殖民者自己動手。《公報》上面刊登了一項公告，洛夫戴將它唸給到索恩希爾家聚會的人們聽。

小屋裡擠滿了人，史麥許、退斯特、塞格提、賀林太太，連布萊克伍德也來聽聽總督的想法。丹和奈德蹲在門口，看到這個場面而張大眼睛的孩子們也不同尋常地擠在床墊上。

太多人觸摸那份報紙，使得報紙的紙張像布料一樣折來折去，那一頁的字跡也漸漸褪色。洛夫戴模仿總督，讓聲音顯得更低沉。「一八一四年三月二十二日，」他開始說：「殖民地的黑人土著對英國居民顯示強烈和血腥的仇恨和敵意。」

塞格提到索恩希爾家之前已經喝了滿滿一皮囊酒，他痛苦地大叫：「也就是說，他們一逮到機會，隨時就會用矛刺你。」但是布萊克伍德不予理會。「只管繼續唸那毫無價值的東西，好嗎？」他站在門口附近，不肯再喝一杯酒或是找張凳子坐。他顯然只是想要在場，因為他自己看不懂總督的公告。

洛夫戴用笛聲般的語調繼續唸：「萬一有任何土著攜帶武器，或是雖未攜帶武器但是心懷惡意，或人數超過六人的一行人闖入屬於英國國民的任何農田，英國國民應該先以文明的方式請這些土著離開該農田。」

洛夫戴自得其樂，酒精和滿屋的聽眾更讓他興奮到微醺，但是史麥許可不會讓他取得發言權。「用我的槍口來行使文明的方式，」他插嘴，他的眼睛在紅通通的臉上發出微小而危險的光芒。洛夫戴現在情緒高張，不願就此打住，他舉起一隻手提高嗓門說：「如果他們持續徘徊不去，殖民者就可以自行以武力驅逐他們。」他停下來環視聽眾。「簡而言之，就是你一逮到機會，隨時都可以開槍打那些畜牲。」他說，然後將手肘旁邊的杯子一飲而盡。

「拿來，」賀林太太喊道：「把報紙拿給我。」索恩希爾覺得她不相信洛夫戴會把公告唸正確。洛夫戴把報紙遞給她，她示意莎莉幫她忙。她們兩人俯身靠近文字，小聲地彼此研究字句，一邊用手指一行行地指讀。索恩希爾看到她們讀到最後一行並且看著彼此，就這一次，賀林太太把她的菸斗放到一邊，嘴巴顯得陰鬱。

因為喝酒而紅光滿面的塞格提喊道：「願魔鬼把那些狗屎一個一個抓走！把綠色的粉末拿去餵他們！」但是史麥許站起來，他的聲音響徹小屋。「以為我需要該死的總督發布的一紙文件嗎？」他從褲子口袋裡掏出某樣東西，然後把它放在油燈旁邊的桌上，那是用一條皮繩綁起來，像幾片樹葉的東西。「我的就是我的，我絕不會等著人說『擅自進入請勿見怪』。」

莎莉站在靠近史麥許的桌邊，她伸手碰觸其中一樣東西，索恩希爾從對面看到她在燈光下的焦急神情，就知道不論那些東西是什麼，都不會像樹葉那樣純潔，但是他沒辦法及時走到對面。他看到她臉孔扭曲，用手把那個東西彈掉，彷彿那東西咬到她似的，他聽到她憎惡地大叫。「把它們拿出去！」她叫喊：「拿出去！史麥許！別讓孩子們看見！」

那是一對人的耳朵，呈暗棕色，切砍的邊緣處呈鋸齒狀高低不平，血漬乾掉的地方結成幾近紫色的硬皮，就像擺放太久的肉類一樣。

史麥許笑著從地上撿起它們。「好的，太太，」他說：「不需要大驚小怪。」孩子們伸著脖子要看，但是莎莉走到他們那邊，擋住他們的視線。

史麥許看著索恩希爾，打算奚落他。「拿了一先令運費載運雪梨一個伐木工人的頭，」他說：「要估量一下。」他拾起那對耳朵，搖動它們：「得先好好把它煮沸，弄得乾乾淨淨的。」

他們全都在思索把人頭煮沸的事。索恩希爾臉繃得像石頭一樣。史麥許這人討厭之處，就在於沒人知道他哪時是在吹牛、哪時是說真話。不論是哪一種情況，索恩希爾都希望他離開。

他可以看到莎莉大半個臉，她緊抿著嘴巴。他對她隱瞞了這麼多事情，現在這些疑團一下子全都解開了。

塞格提打了一個意味深長的嗝，這個動作似乎讓洛夫戴動起來，他喊道：「用醃漬的。」話說得不清楚，所以他大聲再說一遍：「醃漬。」他環顧每一個看著他的人，然後繼續說：「比煮沸好，史麥許，我的好兄弟，」他說：「就科學的角度來看，」他沒講清楚，所以試著再說一次，「就科學的角度來看，各位。」他把手放在一塊墊子上保持平穩，然後整個身子轉向史麥許，就好像他不相信光靠他的頭就可以轉過去。「醃漬更能夠完整保存物質。」他費心清晰地說，之後就突然進入酒醉狀態的下一個階段，也就是不願被叫醒的不省人事。

史麥許重新吸引所有人的注意，他示範如何用皮繩將那對耳朵掛在皮帶上，「這樣可以求好運。」有幾次索恩希爾幾乎可以發現，在他心裡，他為史麥許感到難過，史麥許對於他人讚美的渴望已經到了赤裸裸的地步。

布萊克伍德衝到史麥許面前時，史麥許還在玩弄那對耳朵。布萊克伍德比史麥許強壯多了，他抓著史麥許的脖子，把史麥許的頭壓在桌上，然後咬緊牙關說：「你這該死的小蛆！」他的手仍然抓著史麥許的脖子，直直地猛拉著史麥許，把史麥許往後拖去撞柱子，弄得整間小屋搖晃不已。史麥許被拉去撞柱子之後，雙腳還在拚命掙扎，但是布萊克伍德的手臂繼續將他舉離地面，一邊說：「你做這勾當已經很久了，史麥許！」然後揮拳揍他，全身的重量全都壓在史麥許的臉上。

史麥許的頭被扭向一邊，但是他的眼睛還是張開盯著布萊克伍德，而且他還試著張口說話。布萊克伍德又對著他的臉痛毆。屋裡的每個人都聽到碎裂聲。布萊克伍德放開他，史麥許搖搖晃晃站著，雙手摀著臉，鮮血從他的口鼻湧出，他像嬰兒一樣哇哇大叫。

塞格提和退斯特一起撲向布萊克伍德，索恩希爾也抓住布萊克伍德的手臂，觸摸到他襯衫下堅硬的肌肉。布萊克伍德不理會他們，邁開幾個大步就走出屋外，他們聽著他走回去的沉重腳步聲。

他走了以後，史麥許透過滿是鮮血的嘴巴小聲說：「麻煩給我一杯，人都差點被打死了。」塞格提倒了一杯，史麥許像喝水一樣一飲而盡，他的嘴脣有好幾處撕裂傷，還失去了前排僅有的幾顆牙齒。他的聲音嘶啞纖弱，每說一個字，索恩希爾都可以看到他嘴脣上的血黏在一起之後又撕開。「那個畜牲會為他所做的事感到後悔，」他說。他用顫抖的手背揩嘴，然後又喝了一杯。「他們全都會非常後悔。」

所有的人離開後，索恩希爾一家人躺下入睡，但是全無睡意，最後莎莉說話了，而他知道她一定會說話。「我們最好離開，小威，」她平靜地說。

他低聲回應：「離開去哪裡，我們要去哪裡？」他聽到她懷疑地哼了一聲：「當然是回家，小威，我們還能去哪裡。把一切賣掉然後離開這裡。」

「還沒有滿五年，只過了半年！」那是他的第一個反應，但是連他說話的時候，他也知道這件事不在於信守諾言。「我們還沒待滿期限，莎莉，」他很快地繼續說。「離期限很遠！」她靠著牆撐起身看他的臉。「那要多久，小威？」她說。「要多久才夠？」

他不願意說個數字。「我不要回去過駁船夫的生活，」他說。他覺得怒火中燒，但是他強壓自己的憤怒，讓情緒就像在談論天氣時一樣平和。「記得巴特勒公寓嗎？」他說，他可以感覺到她在回想：他們睡覺之處發出霉味的成堆破布、從他們身上成群冒出來的跳蚤，以及整晚咬個不停的臭蟲。巴特勒公寓是她至今仍覺得臭味猶存的地方。

「記得，小威，」她說，他看到她跑到他前面，知道他會說些什麼。「那換個地方好嗎，我們去威伯福斯，或是沒有黑人的其他城鎮。在那裡做生意也不錯。」

她已經把情況仔細考慮過了，令他嚇了一跳並且沉默下來。就像善於討價還價的商人，她相當靈巧，一開始先報最高價，之後再假裝把價格降到早就盤算好的價位。她轉向他，她的臉在黑暗中難以清楚辨認。「再開一家『醃鯡魚標記』酒館，就像在雪梨的時候一樣，快點賺錢。」

這番話讓他吃驚：她一直在思索其他可能性，而且好像已經達成某項定論。「聽好，莎莉，」他開口說。他聽到自己氣勢洶洶的口氣，以便讓自己安靜下來，彷彿現在談論的是世界上最不重要的事。

「如果黑人要採取什麼行動，他們早就做了。」他摸著她的耳朵，火光顯現它的柔軟。「記得我們約好五年，最壞的部分已經過去了。」她伸出一隻腳靠著他的腳，什麼也沒有說，於是他繼續說下去。「他們有他們的天地，我們有我們的天地，」他說：「我們不會帶給他們災難，而且他們知道我們有槍。」

她往後躺回毯子裡，過了一會兒，他聽到她的一聲長嘆。「我不想再看到史麥許出現在這裡，」她說：「那個人會給我們所有人帶來麻煩。」他聽到她聲音裡的一絲陰鬱。發出這個聲音的人雖然準備屈服，但內心卻是百般不願。

他對於能夠說服她，心裡有點不安。換作是別的女人一定會哭鬧喊叫，最後逼迫他一定要去威伯福斯。他因為她不是那種女人而愛她，可是他知道她是對的：麻煩遲早會來。

他無法放棄這個地方。他怎麼受得了坐船經過現在這個地方，看到別人已經取而代之時的感受？那種感覺就像是遺棄一個孩子。

他聽著莎莉入睡，但她其實還沒有睡著，只是側躺面向他，不過她沒有摸他，而是陷入沉思。

第六部　祕密的河流

在韋伯停泊了一星期之後，「希望號」在一個蔚藍明亮的早晨通過達奇灣。索恩希爾注意到周遭杳無人煙。這一次，邁凱倫上尉的人馬過去走過的谷地不見有炊煙升起，只有鳥群起飛、盤旋、向下俯衝到樹林間。

本來他也許會駕船直接通過此處，但直覺讓他把船舵一偏。河面正在漲潮，船身很容易就被水流帶著在河面航行。當他駛近紅樹林時，風完全靜止了，紅樹林枝枒不是擦過船身左側，就是擦過船身右側。船就這樣被水推著前進，一直推到河岸與陸地平高的地方為止。

當索恩希爾下船涉水上岸時，他覺得四周更靜了。他想回到小船上，把船推回河面，遠離這種異常沉寂的靜默。他大叫一聲「喔伊」，看看是否有人回應，但只有寂靜在他的聲音之上傳了回來。似乎連蚊子都遺棄了這個地方。能踏上陸地著實讓人鬆一口氣。他愈快看完該看的，就能愈快回去。黑人之前在四周升火焚燒，這是他們清理營地的一貫做法，但現在他們在熄滅的營火木炭旁留下幾個營帳。幾袋空的麵粉袋亂丟在地上格外醒目，地上還有一個用樹皮做成的盤子，盤子是拿來混合未發酵麵包的材料，現在剩下的殘渣已經變乾、變黃。

他等著，但沒有東西在動。在他頭上，鳥振翅飛翔、或在樹枝間跳躍。他彎身去看離他最近的一個帳篷。一開始，他什麼也沒看到，只看到陰影。接著他就發現那陰影是一個男人和一個女人，而且他們兩個都死了。一大群身體發亮的蒼蠅在他們周圍爬來爬去，發出嗡嗡的聲音。那男的仰躺，雖然死了，還是彎著身體。他嘴巴張開，嘔吐物在他下巴變乾結塊。他的眼睛也是張開的，但死神已奪去他雙目的光彩。那個女的伸出一隻手，宛如在抓空氣。他可以看到她黃色手心的線條。屎糞味很嗆鼻。

他退回光線中。帳篷外面還有更多屍體：一個男的及一個女的，女人的臂彎還抱了一個僵死的小孩。就連小孩的嘴巴周圍也有那種淡淡黏黏的東西，蒼蠅在上面亂哄哄地圍著。

每件事都清晰得很不自然，地上的樹枝影子甚至比樹枝還要真實，陽光把它們從陰影中複製出一張對比強烈的照片。

他聽到一聲呻吟，他以為是他自己發出來的。當他再度聽到時，他告訴自己那是鳥，或是樹枝和樹枝摩擦的聲音。但呻吟聲第三次出現時，這回就不會再弄錯了：在這個清理過的營地上，除了他還有另一個活人。他的腳不聽使喚，像做惡夢似地走向發出聲音的地方。

那是個男孩，手臂還很細，胸膛還很瘦，年紀不會比狄克大。他躺在地上，膝蓋彎曲碰著肚子，嘴邊淌出幾條嘔吐物，嘔吐物沾得他滿頭都是，下半身排出排泄物的地方發亮。

男孩弓著身體一陣痙攣，並且呻吟起來。他的頭在抽搐，想要再吐。蒼蠅聚在他的臉和胸前嘔吐物滑溜溜的地方。

索恩希爾不知道該怎麼辦，他只覺得在溼熱的大太陽下，陽光穿透他的脊背和肩膀。他把目光從男孩身上移開，看著四周樹林，但那裡也好不到哪裡去。河谷上方，天空高掛，藍得刺眼，兩隻鴨子肩並肩飛過。

他強迫自己開口，打破邪惡的詛咒：「有我可以幫你的地方嗎，小伙子？」他想要轉過背去，把這一切拋在後頭，讓後來的人去傷腦筋。

不知為什麼，他就是無法一走了之。他可以給那男孩一些水喝，至少可以提供善意。然後他就能離開了。

「希望號」上熟悉的一切讓人舒服：船首放小木桶的地方，如果轉的方向不對就會掉下來的側邊水龍頭，飲水流入金屬杯的聲音。這些才是他知道的世界。

等他回到帳篷那邊的時候，他已經說服自己那裡不會有東西。不會有人因為腸子裝了致命毒物而一動也不動，不會有小伙子縮成一團，慢慢走向死亡。

但屍體就在那裡，而且男孩還是躺著眨眼看他。他現在已經變成仰躺，膝蓋豎了起來。當索恩希爾靠近時，他的臉痙攣，頭從一邊擺向另一邊。當他看到水杓時，他舔舔嘴唇，發出細語，努力著靠近水杓。

索恩希爾在他旁邊跪下。他很驚訝那個男孩的黑髮竟然那麼柔軟。他的手在男孩的頭髮下可以感覺出男孩頭骨的形狀，就像他自己的一樣。

他小心地把金屬杯拿到男孩脣邊。男孩喝了水，但即使在喝水的時候，他的身體也還在顫抖，水沿著嘴邊的條狀綠色黏液直接又吐了出來。

「天哪。」索恩希爾恐懼地喊出聲。他不是故意的，還好那聽起來像是祈禱。

男孩動也不動。水似乎對他一點用處也沒有，而且他還是沒闔上眼睛。他微弱地動了一下，把膝蓋移到胸前，並且瞪著索恩希爾看。他的眼神疲倦呆滯。索恩希爾心想他可能死了，但他又發出一聲呻吟，從下巴滴下一縷黏液。索恩希爾感覺自己身體裡的每個部分也停了，彷彿他吸進一口氣，就會感覺毒藥在他腸裡發作似的。

除了走回船上，似乎沒有其他可做的了。他把船從岸邊推開，然後划回紅樹林之間的河道上。當他再度回到開闊的河面時，他覺得鬆了一口氣。河上的空氣清新涼爽，他站在船首大口吸氣，好像怎麼吸都吸不夠似的。他沒再回頭看鳥群在上頭盤旋的達奇灣。

他知道他不會跟任何人講他剛剛看到的事。有人一定已經知道了，例如塞格提就是其中一個。他就是那個講綠粉末的人。

他知道他不會跟莎莉講這個男孩的事。這是另一個他會鎖在內心深處的記憶，他會假裝這件事不存在。

第二天早晨，狄克用跑的跑到小屋，他跑得很急，腳下塵土飛揚。他跑來告訴他父親說，那些黑人正在玉米田中。不光是在玉米田，他喘著氣繼續報告，他們在摘玉米！他們把玉米裝在他們用草皮編的小口袋內，然後帶走。

索恩希爾發現自己早就在等這種事發生，早在兒子說出這個消息前，他過去的平靜生活只是一張白紙，等著這種事被寫進去。他的憤怒高張，快速而單純。那是一種很單純的感覺，就像一片大海湧起波瀾。

他從掛釘上取下槍，他發現當他在裝火藥、把火藥盒塞進槍管時，他的手在發抖。他把槍掛在肩上，走下小路。陽光已經熱得發燙。

他看得到黑人在玉米田裡。他們一點也沒有要躲或跑的意思。他們看看他，接著又把目光移開。

他們到處都是，把手伸到肥大的玉米穗上，然後把它們的莖扭下。他可以看到長腳傑克和黑狄克就在附近。玉米田邊上的那些女人大聲呼叫對方。她們每扭下一根玉米莖，下垂的長乳就跟著擺動。

當他走得更近一些時，他們全都靜了下來。但他們還是繼續把玉米穗從莖幹扭下，把臂膀舉高，故意而炫耀。他們知道玉米田主人就在那裡，但他們不想理他。

他抓住其中一個女人的頭髮。「他媽的，滾開，」他大叫。她很強壯，但他更壯，而且他不放手。另一個女人跑來攻擊他，抓他的手臂。她對他又抓又扯，他聞到她身上的味道又嗆又刺鼻。他看到她舉起她手上的棍子，接著就感覺那棍子朝他頭頂上方打下，他聽到自己悶叫一聲，然後感覺他的槍從手上掉落。有那麼一下子，每件事都變成灰色。

「滾開，你們這些賊黑女人！」他大叫。他頭上的疼痛讓情況變得很明朗，第一個女人轉身時，他把握住機會踢她。她被踢得彎下了腰，如果不是因為他抓住她的頭髮，她就會跌倒。

接著一個老女人一邊發出恐怖尖叫，一邊攻擊他，另一個女孩也從背後掐住他的喉嚨。但他在柏孟塞混大不是混假的，他用手肘猛力朝後拐，他發覺他碰到一個軟軟的東西，可能是女孩發育中的胸部。她痛得直喘氣，掐在他脖子上的手鬆開了。他對老女人的膝蓋狠踢一腳，結果她跛著一腳撤退。現在他抓住第一個女人的肩膀。他抓住她的同時，也狠狠對第二個女人背部推了一把，但她立刻又撲了上來，所以他給她一拳，正好打在她臉上。她用手遮住臉，鮮紅色的血流得到處都是，從她的指縫間湧了出來。

那血像我的一樣，他驚訝地想，顏色和我自己的一樣。

丹拿了他的木棍跑過來，奈德也拿著槍跟在丹後面，他們相距很近，穿過玉米田跑來。索恩希爾可能已經把那女人的手臂折斷了，他放她走的時候，她的手臂無力地垂在一邊。他舉起他的槍，她畏縮地逃開。

長腳傑克和黑狄克向他走過來，他把槍對準他們。他過去從未把槍對準任何人。槍發出一種親密的邀請。槍在他們之間，但它也能沿子彈飛行的路線把他們連繫在一起。

「別拿我們的食物，」他大叫。在槍枝後面，他的聲音顯得很有自信。他用力踐踏地上讓自己的意思更清楚，一根玉米穗從他的靴子下面滾了出去。「這是屬於索恩希爾先生的，你們滾遠一點。」他說，並且威脅地向他們走近一步。

他們跑掉了，傑克半拉半抬地帶走那個跛腳老頭，那個斷手的女人緊緊把斷臂按在她的肋骨前。威利用他男孩清脆的聲音大叫，劃破早晨的寧靜：「爸，快開槍打他們。」莎莉站在他旁邊，瑪麗在她的臂彎裡哭。她用眼睛瞄了瞄，到處都是折斷的玉米莖。「媽，他們摘我們的玉米，」威利大叫，好像莎莉自己沒看到一樣。

黑人現在已經跑到林子邊緣，接著消失在林子裡，不過長腳傑克除外，他轉身，直直看進索恩希爾眼底。

「滾！」他聽到自己在咆哮。「滾！」但傑克不走，彷彿他正在記下索恩希爾手上拿槍的樣子，或是要激他開槍。

索恩希爾把槍舉到肩上，瞄準。最後一秒當他手指扣下扳機時，他閉起眼睛。槍聲把自己吞沒，槍的後座力讓自己往後退。空氣中尖銳地爆出難聞的火藥味。

當他張開眼睛，沒人站在樹下。傑克沒在看他，也沒有倒在地上死了。林子裡除了一棵樹影摩擦另一棵樹的影子，什麼動靜也沒有。火藥的藍煙在空中散開。隆隆回音漸漸退去，周遭又回到寂靜的狀態。

這聲槍響來得正是時候。他手上的槍管的熱度讓人感到安慰，但它同時也很空虛，讓人很想再開一槍。

他暈眩，嘴巴完全不聽使喚。脖子被那女孩勒過的地方還在痛，而且臉上被指甲用力掐進去的地方也很痛。

他把槍倚在地上，握著它以穩住自己顫抖的手。這下應該會讓他們學乖，他用細而尖的聲音說。「黑鬼，把這滋味放到你的菸管抽吧！」威利朝樹林叫，但不是太大聲。

莎莉冷不防罵道：「威利，你閉嘴。」她的聲音總是能讓威利乖乖聽話。

他們聽到丹遠遠地在玉米田另一邊吼叫。他抓到一個男孩，年齡不會超過十二歲，紡錘形的身材，腳又細又長，膝蓋突出，一隻眼腫起來。丹手上拿著木棍，上面沾了血。他把男孩的手腕扭在背後，男孩想要彎身走減少疼痛，但他愈往前彎，丹就把他的手腕愈往上提，他們兩個就像在跳舞那樣黏在一起。男孩瘦巴巴的腿上有一片皮膚擦破了，露出鮮紅的肉。

奈德急切地問：「你的槍有撂倒人嗎，索恩希爾先生？」他張開粉紅色的嘴巴問問題。「我從沒看過死人，你知道嗎？」

狄克瞪著那男孩。他站得僵直，手臂垂在身邊，每條肌肉都緊繃。他的臉露出痛苦的表情。他張開嘴巴，但沒有說話。

丹把男孩的頭扭過來，又把他的下巴抬高，以便對他說話。「禮貌一點，索恩希爾先生和索恩希爾太太來看你了。」他的聲音充滿可以對另一個人大叫的愉悅。男孩在發抖，而且在流血，他想低下頭。丹按住男孩的頭，把他的頭轉過來，逼男孩看著索恩希爾。男孩的胸口像狗肚子那樣急速地一張一縮，他的肋骨在皮膚下面上上下下地移動。他伸出舌頭舔嘴脣，那裡有一大塊傷痕。

丹開口說：「現在我們抓到一個。」男孩扭動身體想逃跑，但丹把他的手臂更往上提。狄克則伸出一隻手，像要把什麼東西擋住一樣。

「把他綁起來做餌，等其他人來救他時，我們就開槍打他們，」丹喘著氣說。他朝索恩希爾點頭，尋求贊同，但索恩希爾看著那男孩，他的雙腳緊張踩地的樣子，彷彿他想往上彈跳，如鳥兒一樣重獲自由。「史麥許也是這樣做的，」丹說，「他跟我們說這招很有效。」奈德噗嗤一聲笑出來。「好好教訓他們一頓，」他大叫，他用想像的槍假裝開槍，槍的後座力彈到他身上，他的臉因為興奮而發亮。

但是索恩希爾只看到這個男孩可能是達奇灣被毒死那男孩的兄弟。這男孩的肩膀也是一樣窄，可以看到肩胛骨在皮膚下移動，而他也有相同的黑頭髮。

「別再說了，奈德，」他說，他看到丹和奈德彼此交換一個眼色。丹的臉色整個沉下來，索恩希爾彎下腰，以便能對著男孩的臉說話。男孩的眼淚從他的黑臉頰流下。「你們為什麼不全都離開呢？」

他幾乎是用懇求的，他覺得丹和奈德在看他，「離開這裡。」

男孩現在已經全身癱軟，靠在丹的手臂上。

「讓他走，」莎莉叫道，她的聲音帶著情感。「這樣做不會帶來什麼好結果的。」她向前一步想親自釋放男孩，但他害怕畏縮地躲開。「丹，看在老天的份上，讓他走！」莎莉叫道。

但丹只是看著索恩希爾。「讓他走，」索恩希爾說。丹想開口說話，但索恩希爾向前一步，「否則你們兩個都要吃鞭子。」丹放開男孩，但是在放開他之前，他先擠出一大口痰，然後吐在地上。雖不是吐在索恩希爾的靴子上，但也很靠近了。

男孩被放開後，差點站不住。他眼圈旁邊腫起的一大圈開始在臉上擴散。他的皮膚被抓了一道白痕。他似乎不知道自己已經自由了。他們幾乎得推他離開。「走，」狄克用小而繃緊的聲音說，「走。」

男孩跌跌撞撞走出玉米田，重心不穩，差點要倒下去。他差點走不到林子邊，接著他就消失在林子裡了，只剩那塊被踐踏的玉米田見證他曾經來過這裡。

他們四周的玉米田發出沙沙聲響。一陣風突然從河那邊吹過來，樹被吹得晃動起來。索恩希爾抬頭往林子看去，葉子一叢叢從四面八方像波浪般湧向他。一隻白鸚鵡尖著聲音叫起來，另一隻也回應牠。接著，一隻蟬開始一聲長長的、起伏有致的叫聲。

巴伯拉著莎莉的裙子說，「爸，他們走了，對不對？」索恩希爾低頭，驚訝地看到他也在那裡。他的臉因為擔憂而露出苦惱的神色。索恩希爾說，「是的，孩子，他們已經滾了。」巴伯用手指摸摸槍管，它還熱熱的。「我們在這裡，但他們會到哪裡呢？」索恩希爾指著被樹林覆蓋的山嶺，「他們都跑到那裡面去了，」他說：「他們不敢來搗亂了。」

索恩希爾的腿在發抖，膝蓋的肌肉也在顫抖。他的大腦似乎指揮不了它們。一個人嘴上說一件事，但他的膝蓋說的卻是另一件事，可真是奇觀。

巴伯還是不放心，但是狄克把他推到旁邊。「我們可以給他們麵包，」他急切地說，「是不是，爸？」威利聽了可不高興，因為他已經是個小伙子了，常覺得餓但卻老是吃不飽。而現在，他弟弟卻要把晚餐送人？

「我們不用擔心，」索恩希爾說：「他們這次是永遠消失了。」他聽到他聲音裡假裝出來的權威被風吹走。

那天下午，他們把能帶進屋的玉米都帶回去，甚至連巴伯也被派了任務，把玉米穗堆放在籃子裡，強尼和他坐在一起，他被閃亮晃動的玉米穗鬚給弄得很高興。莎莉幾乎從未把嬰兒放在地上過，但現在她也放了，小東西朝天空踢腳，咯咯地笑。

幹這些活很花時間。從堅硬的莖幹長出的帶梗玉米穗很難折斷，而且玉米株和玉米株之間種得很近，幾乎沒轉身的餘地。莎莉機械式地工作著，同時也把注意力放在她手上的、或是她即將伸手去折的玉米穗。索恩希爾想勸她稍微往旁邊移動一點，但她似乎一直讓他們兩個之間保持相隔幾株玉米的距離。她伸手去拔玉米穗的時候，他看著她的側面：她似乎不是在生氣，而比較像是受了感動，好像在聆聽一場對話一樣。

「他們毀了這塊地，」他說，「六個月的辛苦。」她像是沒聽到的樣子。他吸了口氣再說一次，但她打斷他：「我剛才已經聽到了，小威。」她繼續用力把玉米穗的梗蒂扭斷，她扭得那麼用力，連臉頰也搖晃起來。

太陽高掛在天空時，他們可以假裝沒事繼續幹活。索恩希爾甚至可以聽到丹邊吹口哨邊工作。但當太陽開始下山，丹便安靜下來，他們不約而同開始收拾他們摘下的幾籃玉米穗。山嶺的陰影吞噬了小屋，又投射到河上，一直延伸到另一邊的岩面。在陰影後面，每樣東西都屏息等待。煙從煙囪直上黯淡的薄暮，河流則像杯裡的水一樣靜止。

半個太陽已經沉到山嶺背面，在太陽餘暉下，莎莉把小孩推進屋裡。強尼還想跑出去，她揪著他的耳朵拉他進去，揪得十分用力，強尼差點就撞倒門框，於是大哭起來，哭聲充滿整個谷地，她拉著他，把他拖進屋。

索恩希爾看她用力把木頭堆到火上。孩子站著看她，覺得奇怪。他知道她是怎麼一回事，因為那也曾發生在他身上：恐懼會在不知不覺中變成憤怒，宛如這兩件事是同一回事。

他醒來時就聞到煙味。從小屋門口就可以看到谷地煙霧滿布，河流下方有團霧氣揮之不去，每口呼吸都聞得到灰燼的味道。一隻鳥像走平衡木般在圍籬上跳躍，蹺著頭看他。河那邊傳來鳥鳴的合唱，各種聲音混在一起，彷彿沒一件事是要緊的。

在下方的玉米田裡，一團霧濃濃地籠罩在糾結變黑的莖梗上。空氣中的苦味跑到他的胸膛，他的眼睛湧出淚：燻臭的燒焦玉米變成灰燼。

玉米田是他們半年前完成的第一件事。他掘土、把種子埋下去、看著它們發出嫩葉。他拔除雜草，在毒辣太陽下曝晒。一次又一次，周而復始。黃昏時他跑到玉米田當中站著，看著每株玉米的根日益堅固。他撫摸它們的葉子，是那麼柔順，那麼冰涼，葉穗下的玉米是那麼飽滿。

他也可以什麼都沒做，但他努力過了。

他以為擁有上百畝地、船和僕人，終於穩定了。他開始把茶罐和裝滿錢幣的保險庫視為理所當然。真是盲目啊。他的錢幣花掉了，花在玉米穗上，也花在未來要兌現的借據上。生命一直在等他，等他再度相信它。但現在它以黑人的面目反撲，那些黑人除了一根點火棍外什麼都沒有，卻能摧毀他流血流汗換來的東西。

鳥兒飛到樹枝上，站在那裡看他。這些黑色大鳥的黃眼睛眨也不眨，但那裡剩下的東西連鳥也不感興趣。地上還很燙。熱氣被荒蕪的黑色大地彈了回去。

黑人營地沒有煙升起，也沒有往常的吵雜聲。沒有小孩尖叫聲，也沒有狗吠聲。沒有劈柴聲。他發現自己希望能聽到這些熟悉的聲音。

莎莉從小屋的門望出去，而瑪麗像一條小豬般夾在她腋下。她瞪著那些被蹂躪的玉米看，像木頭似地動也不動。他走上前去，站到她身邊。他在心裡想了幾種開場白，但似乎沒有一種適合告訴沉默的她。

就算他們在倫敦最糟的時候，那時他們兩個都以為他已經沒命了，而她將要淪落街頭，就算是那時候，她也不像現在這樣。她看也沒看他，就朝那些黑女人走過的足跡走去，那些足跡由下往上一直過了小屋。她等走到院子外，才停下腳步回頭看。他發現這是她走得最遠的一次。她大概從沒在這種距離下看過小屋。當然更沒看過黑人的營地。

他緊跟在她身後，但她的視線越過他，接著她又轉身繼續沿足跡走。「莎莉，」他在她背後說：「聽著，寶貝，我們最好別管他們。」但她轉過頭說：「小威，他們不在這裡。」他抓住她的手，把她拉近。「那你是要到哪兒呢？」他大叫。她突然轉身。「他們來我們的地方，」她也吼回去，「現在我也要去他們的地方。」索恩希爾還來不及阻止，她就沿黑人足跡走下去了。

營地裡，黑人的居家布置像他們往常那樣。有兩個帳篷，一大一小。他以前從未注意到那些當成屋頂的多葉大枝枒是塞得那麼好。大帳篷裡有幾個木頭盤子、一根攪拌棒、一小捲樹皮做成的線。他們用石頭搭成壁爐，裡面有一層厚厚的細灰。一絲熱氣還從灰燼中升起。旁邊有個磨石，一根磨杵插在磨石中間的凹槽。地上四周就跟莎莉自己的後院一樣整齊乾淨，灰撲撲的大樹枝靠在大帳篷上，那是當成掃帚用的。

這裡靜得像陷阱。「該走了，」他輕聲說：「莎莉，快點，我們最好離開。」但她不理他，她在營地走來走去，看著那些讓營地化身為舒適的家的東西：石頭繞著火排列，而且有個平坦的地方可以放食物；骨頭和殼整齊地放在營地邊緣。她走到掃帚那邊，拿起它，在地上掃一下，然後丟下它。

「他們都走了，索恩希爾太太！」奈德說了句傻話。威利和狄克在他後面，所有的孩子也跟著來到黑人營地。「別擔心！」狄克拾起掃帚，把它豎立在帳篷旁。

「他們剛剛還在這裡，」莎莉說。眼見為憑，這個營地在莎莉眼裡變得前所未有的真實。她轉身向索恩希爾說，「就像我們那時在倫敦那樣。一模一樣。」

她把瑪麗從她屁股一邊轉到另一邊，但那孩子踢著要下來，她便彎腰放她到地上，但她心不在焉，好像孩子只是個包裹一樣。「你從沒告訴我這個，」她小聲說：「你從未說過。」

他對她未說出口的指控火大。「他們是什麼都有，」他說：「但他們過的是到處為家的吉普賽生活。看看這裡四周，莎莉，他們就是這樣。」

「他們剛剛還在這裡，」她再說一遍，他們的祖母和曾祖母，都在這裡。她轉頭看他，直視他的臉。「他們甚至有掃帚可以做打掃工作，小威。就像我也有掃把一樣。」

她的聲音裡，有一種他以前從未聽過的東西在。「如果他們把這裡當成是他們的家，」他平板地說：「那他們為什麼現在不在這裡呢？」她的眼光轉向河邊紅樹林濃密的地方：濃、綠、神祕。她轉頭看這片山嶺荒郊的每個方向。他過去從未看過她正眼瞧這整個地方。

「他們這時就在外面，」她說，「看著我們，等待時機。」她說得很輕，彷彿在談論天氣一樣。「他們哪兒也不會去，」她說。「他們永遠也不會離開。記住我的話，小威，」她說：「如果我們還待在這裡不走，他們早晚會逮住我們。」

「沒必要為了幾個蠻人就放棄，」他說。他強迫自己像她一樣平靜地回答：「總之，如果他們再回來，我自有打算。」

聽到這句話她更火大。「不是他們會不會回來的問題，」她大叫，「威廉・索恩希爾，如果你是這樣想的話，你就是個傻瓜。不是會不會回來，而是什麼時候回來。」

他伸手碰她，但她不理會。「我們得離開這裡，小威，」她說。她說得很溫和，有如在宣布壞消息。「我們去哪裡都沒關係，但我們必須把孩子弄上船離開。」她朝威利和狄克站著的地方看了一眼。狄克搖頭，但他也有可能是在趕蒼蠅。「趁我們還有機會的時候，小威，今天就走。」

有那麼一下子，索恩希爾試著想像這畫面：拋下幾個月來他流血流汗開墾這片荒地的成果。讓其他人用一張寫著一些數字的紙交換這塊地，換不到幾文錢。其他人會走過這片土地，微笑想像它帶來的所有可能。

現在他已經熟悉了他擁有的這塊地，知道它在白天、晚上、碰到風雨、在太陽和月亮下會如何反應。他想著河岸的綠色地帶，想著那些金黃、灰色的崖壁，還有河邊橡樹發出的呼呼聲，想著天空。他還記得第一晚的情景，這個陌生之地令人害怕。但冷淡的星辰已經變成他的老友：幾乎和極星一樣好用、可以拿來指引方向的十字星座；大熊星座；呈炒鍋形狀的獵戶星座，只不過在這裡它是顛倒過來的。他對霍克斯布里河每個河灣熟悉的程度，不下於泰晤士河。

他想要勾勒出一幅他過去經常想像的畫面：科芬園的小屋，他早上外出巡視，確定他的學徒在為他流汗工作，而且沒有偷他的東西。但他不太記得那裡的空氣如何，也不太記得英國的雨感覺起來如何，更不太記得那些街道。懷特區、庫魯斯費斯巷。他和莎莉帶來的照片還是很清晰，他們常傳著看，但那些照片和他一點關係也沒有。

他已經和以前不一樣了，已經不再認為一個男人的期望，就應該是在天鵝巷擁有自己的小屋外加一艘渡船。他似乎已經完全變了一個人。吃這個國家的食物、喝這裡的水、呼吸這裡的空氣，已經讓他慢慢變成另一個人。這片天空、那些崖壁，而且那條河也不再是帶他回某處的通道。這裡就是他所屬的地方：不管是身體還是心靈上，都是如此。

人心像個深口袋。人可能把它翻出來，並且對他找到的東西大感驚訝。

太陽現在已經升起，它在天空的高度拂過崖壁樹頂，並且對崖壁陰影投下點點綠光。白鸚鵡突然全部從牠們歇息的樹梢飛起，像沙一樣散在空中，牠們明亮的翅膀被陽光照得更加顯眼。

一行人等著索恩希爾開口說話，崖壁懸掛在河上，在清晨的陰影下顯得神祕又蒼白。此刻，崖壁像一塊粗布，是岩層的紗緯、向上散開樹木的經線。在參差不齊的樹梢稜線之外是天空，天空是甜蜜的藍。突然來了一陣風吹縐了河面，河面頓時亮光點點，樹林隨清晨的涼風起伏有致地擺動。

「我可以在一小時內打包好，」莎莉說：「到晚餐時間，我們就會在好幾哩外了。」她伸出手要強尼過去她那裡，但這冷靜聰明的小天使對她的話無動於衷。索恩希爾心裡的怒火被點燃了。「他們絕不會動這裡一根汗毛，」他說，他感覺自己義憤填膺。「他們跟麻雀一樣，對這裡一點權利也沒有。」他聽到他自己說的話和史麥許說的一模一樣。他們坐在那裡微笑，表示贊同。

「也許是，小威，」她用實際的口吻說：「我只知道，住在巴特勒該死的公寓，都好過餘生提心吊膽、不知哪天會有一支矛刺進我們的背。」小強尼用一隻手挖鼻孔，另一隻手則去抓停在他手上叮他的蚊子。巴伯、狄克和威利站在一起，光著腳丫、腳開開地站在地上。這些孩子沒有在看他們的父親。

莎莉伸出手要拉強尼，但索恩希爾突然拉住她的手臂。「我們不離開，」他大叫：「不是他們走，就是我們走，但老天，莎莉，不會是我們走！」他去拉她時，看到她踉蹌了一下，但她還是不看他。

他只抓到她的肩膀，他們兩個之間的連繫是那麼微弱，讓他很絕望。她站在那裡，像泡泡一樣脆弱，但也像石頭一樣堅硬。「我不會讓這些黑人阻撓我的！」他使勁把她扳過身來，好讓她的臉就在他旁邊。「我也不會讓你阻撓我的，莎莉！」

「我們不留在這裡，就這麼簡單，」她吼回去。她聽起來像在朝強風吼叫一樣。他發現自己向前一步，看著她，他是那麼高，她只好歪著頭看他。「張大你的眼睛看清楚，」他叫道：「我們哪兒也不會去。」他舉起手臂，手自動張開，這個動作幾乎是自動的，就要朝她打下去。

她抬頭看他，看他舉高的手，好像很驚訝。他看到她就要認不出他這個人。是某個粗暴的男人在拉她、在對她吼，她丈夫的心被陌生人給占據了。

但是這個陌生人嚇唬不了她。「如果你想打我就打吧，小威，」她叫著：「就算這樣也改變不了任何事的。」

他看到她臉上出現不肯屈服的神情，就像她從前過另一種生活時那樣。這景象就像從門口往外瞥一樣清晰。然後它消失了。此刻，他的手抬高要打她，事實就是這樣。

他垂下手臂。他的怒氣來得快也去得快。他到底中了什麼蠱，竟然對他的莎莉那麼生氣？他很想回到過去，把每件事都重頭做過。但來不及了。一切已經太遲了。他的生命像是一艘無槳的小艇，被海潮給困住。他把家人帶到這個地方，把他們推入一個沒有出口的角落。

「聽著，莎莉，」他才開口，丹就來到他們身邊，他喘著氣，臉也紅了，他想要告訴他們什麼。他們等著他開口講話，丹彎身，調和呼吸，這才喘過一口氣。「他們在塞格提那裡放火，」他喘得很急地說，「我看到有煙從那裡上來。」

索恩希爾等莎莉看他，但她還是不肯。「威利，」她叫道：「把我們的東西都打包，拿到河邊。還有，狄克，你把工具都打包。」

她重新抱緊瑪麗，同時抓住強尼的手，朝小屋走。索恩希爾只好拉她的手臂以便讓她停住。「聽著，莎莉，」他又開口，但她搶在他前頭發話。「你儘管去幫塞格提，」她說：「可是你一回來，我們就要出發了。」至少這些話她是看著他講的，而且整張臉對著他。「有沒有你，我們都會走，小威，你得做出選擇。」

「希望號」一開到河上，他們便看到黑煙從塞格提那裡升到空中。船慢慢駛向狄隆灣時，索恩希爾俯在船首，瞇眼看前方。他看不到小屋，也看不到有船停在河邊。他本能地走到另一邊，察看船另一邊的崖壁以及水上的陣陣涼風。

奈德靠在船首，伸長身子說：「事情很不對勁，索恩希爾先生。」他不情願地划槳。

看不到半個活的東西：看不到塞格提和狗，雞鴨也沒到處啄東西吃。

然後他們看到小船了。要把船底打爛很難，但它的船底被打爛了，一邊船身的厚木板被挖了一個洞，洞口參差不齊。船槳被搗成碎片。一片像索恩希爾一樣的玉米田被燒掉了，玉米田再過去本來是塞格提的小屋，現在只剩一、兩根焦黑的木頭突出來，正冒著濃煙。

丹用刺耳、夾雜著恐懼的聲音說：「黑人逮到他了！」

谷地裡除了緩慢上升的煙，看不到有任何東西在動。索恩希爾從船頭放槍枝的地方拿出槍，慢慢把槍上膛。他之前已經把第四把槍留給威利，讓他自己去想像配槍四處走的驕傲。他祈禱威利不要做傻事。丹拿出他的刀，把它繫在船鉤上。

不管他們的準備工作進行得多緩慢，塞格提的地盤上一點動靜也沒有。

終於，索恩希爾把槍拿在手上，帶頭往前走。因為流汗的關係，他握著槍把的手變得好滑溜。他聽到他靴子底下一聲碎裂，低頭一看，是塞格提的盤子被踩碎了。一塊襯衫破布掛在小樹叢上隨風飛揚，一個錫杯被很大的力量壓扁，嵌進地上。在小屋餘燼附近，塞格提的狗仍被鏈在狗鏈上，但喉嚨被割斷了。

唯一沒有燒掉的東西是水桶。他們在水桶後面找到塞格提。他仰躺，有如一個在欣賞天空的人，只不過他肚子上插著一支長矛。

索恩希爾一看到塞格提，就希望他已經死了。你死了，他想。但他還沒死，不過顯然就快死了。他臉色土灰，眼睛陷入眼窩，血從傷口深處湧出，透到襯衫外，血色暗得像是黑色。索恩希爾可以看到他衣服被矛刺穿、深入肌膚的地方。蒼蠅在那裡聚集。塞格提的嘴巴張開，但沒說出半個字。他只靠眼睛說話，他的目光緊跟著索恩希爾的眼睛。

他每次一呼吸，矛的尾端就隨著微薄的氣息抖動。

索恩希爾渴望今天是昨天，或者是一小時之前，渴望回到不必處理這一切之前，渴望得有如是生理需求一樣。

他聽到奈德發出一聲像是驚訝、也像噁心的聲音。「那些混帳離開了，但也用矛刺死他了，」他脫口而出。他往前一步想去摸矛，但塞格提發出一聲可怕的緊急叫聲。丹用手遮住嘴巴說話，好像這樣塞格提就聽不到似的。「他沒希望了，對吧？索恩希爾先生。」塞格提眨眼，他慢慢握起其中一隻手，好像在握船槳一樣。

死掉吧，索恩希爾希望他快死。看在老天爺的份上，快死掉吧。

但是塞格提不死，只是繼續瞪著他們。他眨眼，然後又瞪著他們看。他們四周的土地熱氣騰騰而沒空氣。在塞格提玉米田外的森林像座牆。索恩希爾覺得自己被一件他毫無準備的事件給困住了。他開口，但聽起來像是別人在說話一般。「把他搬到船上，載到溫莎，」他說，「到醫院。」

他們回到船上，用一張帆和兩支槳拼成一張擔架。有事做讓人覺得好一點。船帆、繩索、槳，都跟往常一樣。做擔架其實很平常，只要別想到那是為了讓一個距離他們不到五十步遠、心臟插著一根矛的人躺就好了。

當他們回到塞格提仰躺的地方時，他還活著。他們把他抬到擔架上時，他發出異常痛苦的叫聲。塞格提一人得要三個人抬才抬得動，因此他們沒手去扶他的矛。塞格提用雙手把矛握直，他們每走一步，他就痛得叫出聲。他的指關節因為緊握矛柄而發白。索恩希爾覺得自己汗流浹背。他們終於回到船上，把他放下。「到了，伙伴，」他說：「你會沒事的。」

丹把蘭姆酒瓶放到塞格提脣上，然後把酒瓶傾斜。酒沿著他的下巴流下，蘭姆酒混著血。你為什麼不死，索恩希爾在心裡想，他低頭看他，恨他不死。他掏出手帕蓋住他鄰居的臉，不讓蒼蠅跑到他的眼睛和鼻子。

而且也不讓他繼續看他。

有潮水的協助，他們能在兩個鐘頭內就到醫院。在整個旅程中，索恩希爾沒辦法去看塞格提躺在船板上，任憑髒水流來流去地沖刷。他也沒辦法繼續看那根黑木棒插在他身體中間，隨船身擺動。沒辦法對莎莉隱瞞這件事。不過謝天謝地，她沒仔細看到矛是怎麼用的，也聽不到被矛刺進內臟的男人發出的細微呻吟。但其實她也不需要知道這些。如果他先前希望說服她留下，在看到塞格提躺在盛雨的水桶後面時，他已經死了那條心。

他太了解她了，知道她是說到做到的人。當他回到小屋時，小屋會已經幾乎清空了，裝食物的袋子和他們的幾件衣服都打包好了，她晒衣服的繩子也取下捲好。要帶走的東西不太多：她每晚為黑人小心擺出來的東西可以都放到幾個小包內，她會把茶壺和鍋子從火堆上取下，還會帶走舊倫敦鐵橋版畫、她的藍披肩。還有什麼？木製碗盤、挖土棍、樹皮繩。以及從醃鯡魚階梯取下的屋頂瓦片。

她會頭也不回地離開。

他們離開之後不久，索恩希爾岬又會變回森林。院子會長滿雜草，小屋的樹皮會被風吹掉。最先毀壞的是門，然後那些在地上爬的又會回來：蛇、蜥蜴、老鼠。玉米田會長出新草，袋鼠會跑來吃，把圍籬的欄杆推倒。沒過多久，整個地方就會變得彷彿索恩希爾這一家從來沒在這裡住過一樣。

他們會在溫莎或雪梨建立家庭。也許有一天他們會回去倫敦，倫敦現在已經變得像月球一樣遙遠了。他會去賺錢。他們會一樣快樂。

但是他失去那塊拇指形狀土地的痛，卻無法撫平。那種晨光從樹木之間斜照進來的樣子，崖壁在夕陽下閃閃發亮的樣子，以及天空純粹簡單的藍。那種大步走在屬於他自己土地上的感覺。知道他是國王，而他也只有在那個地方才會是國王。

他們抵達鎮上後，其他人把塞格提從船上搬下，抬他到醫院。暫時是看不見他了。但溫莎鎮上只有兩條塵土飛揚的街道和碼頭。當他的矛被拔出時，鎮上每個地方都聽得見他的尖叫。就算是在「河女酒吧」也能聽到。索恩希爾聽到了，那叫聲不像是由人發出的。

他不用看也知道塞格提死了。他被矛刺進去的時候就死了。他在船板上的那幾個小時並不是詛咒的一部分，而是他死亡的延伸。

尖叫聲停止時，鎮上靜默了一陣子。在「河女酒吧」裡，史派得大方請大家喝酒。大家都不敢眼神交會，每個人都在默想，一根長矛深深刺進自己內臟是什麼感覺。

消息傳得很快。隨著下午漸漸過去，「河女酒吧」已經擠滿聽到消息的人。索恩希爾跟洛夫戴講了這件事，退斯特也聽說了。「一支矛插在他的內臟上，」索恩希爾說。他不認識的人也開始進來，那些是從布袋村和南灣來的人。他們渴望知道詳情。

史麥許進來後，變成是他在講這件事。聽他講的人會以為他本人就在事發現場。凡是還沒聽說這件事的人一進來，他就再講一遍，並且加油添醋：對方有五十個人，他們強迫他先割了自己狗的喉嚨，他們還削去了他的頭皮。

史麥許自己加上去的情節不會比真正發生的更糟。

大家一輪一輪買酒請史麥許喝，聽史麥許說故事，他們都相信他的話。他的臉脹紅，幾乎要飆出眼淚。他的憤怒是真誠的，他的聲音發顫。索恩希爾喝著酒，沒說話。他想起已經很多年都沒想起的事，在新門監獄的廣場上，人們不斷複述他們的故事，結果故事就變成事實。

他不知道史派得的蘭姆酒是不是有問題，但這酒竟然無法讓他喝醉。他趕不走腦海裡塞格提躺在水桶後面的那幅景象。那支矛抖動的樣子就像長在莖上的花一樣優雅。他的眼睛在乞求。木矛深深插入男人內在的黑暗。

史派得站在他自己的櫃檯後面，他的名字高掛在門上，他的標誌在屋外飄蕩，他已經變得比以前更有地位。他倚在吧檯，手心平放在木頭吧檯，就像一名剛開始傳道的傳教士。「我們得處理他們，」他說。他的聲音還是沒變，還是充滿精力。「在他們撂倒我們之前先撂倒他們。」

索恩希爾可以看到那幅景象，就像他看到他面前的手一樣清楚：明天在他們面前開展，而每個人都有一支矛在森林裡等著他們。矛會飛快地射進他身體，就在他的厚皮帶上方那裡。他的下場會跟塞格提一樣，瞪著一個變灰、變得與他無關的世界看。更糟的畫面是去想像莎莉躺在地上用祈求的眼神看他。

這事遲早會發生。

史麥許壓低聲音講話，那些人只好靠過去聽。「達奇灣已經看不到他們，」他說：「塞格提把他們趕跑了。但布萊克伍德那裡還有他們天殺的營地。」他鄙夷地吐出布萊克伍德的名字，好像這名字嚐起來味道很差的樣子。

索恩希爾覺得體內的東西緩和了下來。

「我們今晚就能抵達那裡，」史麥許說：「到了早餐時間，就可以把他們大部分人給解決掉了。」那些人專心聽著史麥許、看著他的嘴吐出那些話。他的聲調中有種東西讓他們想要聆聽、想要追隨。奈德用他馬鳴般的聲音笑著。「我會把他們一個一個解決掉，」他叫道：「拿他們來塞水管。」史麥許點頭，但只是為了接著講他剛才沒講完的話。「我們得把這件事完成，」他說，並且喝掉杯裡的酒，然後他敲敲桌面，等史派得再幫他倒酒。

大家朝史麥許靠攏，很多人發出贊同的聲音。那不是任何一個人的聲音，而是一群人的聲音，沒有面目，但強而有力。

索恩希爾沒說話。他看著他杯裡的酒，搖搖酒杯，看著酒滑溜溜地轉。

「幹掉他們。」史麥許說。沒人會像他那樣直接說出來，但唯一的辦法難道不就是這個嗎？等索恩希爾抬頭時，他發現史麥許正在看他，其他人也朝史麥許看的方向看。史麥許陶醉在這個時刻。然後他又說話了，「但我們得用『希望號』把我們載到那裡。」他輕描淡寫的樣子，彷彿這是世上最不重要的事。

索恩希爾聽到奈德用嘴巴大聲喘氣。他感覺得到他們在看他，那些熟悉的臉：奈德、丹、洛夫戴，退斯特還是戴著他那頂永遠低到蓋住眼睛的帽子，史派得則有一對暴發戶的雙頰。他們的臉看起來像陌生人，黑暗粗糙、在霧濛濛的燈光下起皺摺。

屋裡的氣氛變得邪惡。他感覺這股暗潮牽引著他，像是一小杯酒，要他張嘴喝下它，暖和他的胸口。他前額一陣鈍痛，他想離開，但一想到要把丹和奈德弄上船，他知道太難了。

洛夫戴已經喝下很多酒，多到能讓他滔滔不絕地講話。他舉起一手，鏗鏘有力地說：「我們必須揪出那些討厭的傢伙，也許這會很痛苦，但如果不這樣的話，我們只好放棄這裡，讓那些危險的野蠻人接管，回到我們原來的生活。」

所有人都靜默了一下，回想他們之前的生活。

丹在索恩希爾旁邊，他的臉頰因為蘭姆酒的熱度而發亮。他向他靠近，近到索恩希爾可以聽到從他齒縫蹦出的氣息。「把黑人趕跑，她就會留下，小威，」他輕聲說，然後又坐回去，靠著椅背，傻傻地看他。「沒其他方法可以留得住她。」

索恩希爾也知道這點，可是他恨的是，這件事竟然是丹把它說了出來。除非黑人的問題解決了，否則莎莉會離開索恩希爾岬。這事就是這麼簡單。

他怎能在他的妻子和他的土地之間選擇其一呢？為了讓她留下，值得付出任何代價。

史麥許露出知道一切的笑容看著他們。「沒人會知道的，我發誓，」他說：「甚至我們的老婆也不會知道。除了我們這裡這些人，沒人會知道。而且我們不會說出去。」

索恩希爾喝掉他杯子剩下的酒，接著很快回答，不讓自己有思索的時間：「那麼，就是今晚，早餐時間就得回到家。」他的聲音聽起來像是另一個男人的聲音，比他自己的聲音更具信心。

「但是誰都不能把這件事洩漏出去，」他說：「如果我聽到風聲說我們幹了這件事，我會回來把洩密者的舌頭割下。」

儘管史麥許半發酒瘋、情緒高張，但他把事情計畫得比邁凱倫上尉還周到。索恩希爾發現，如果史麥許不是一直那麼愛喝酒的話，他的頭腦會相當管用。

史麥許知道當晚會有退潮，潮水可以把一整船的人帶到索恩希爾岬，河上的第一個支流就在此地突出於河面上。他們可以在那裡下錨，等待半夜潮水轉向。那時月亮大概已經升起，整船的人可以無聲無息順著漲潮往上走到第一支流。他們會在距布萊克伍德家不遠處把船繫好，這樣他的狗就不會嗅到他們。再來，他們只要等待第一道天光亮起就成了。

沒人說出接下去會發生什麼事。

丹和奈德把「希望號」推出溫莎碼頭到河裡去。這群人的重量把船壓得低沉，但因為船被退潮推著走，他們的速度很快。依史麥許指示，他們先到幾個聚落去講發生在塞格提身上的事，然後這行人又加了幾個人進去：「獨輪手車屋」的瘦骨頭大馬修．萊恩、「波特蘭角」的約翰．拉本德和他弟弟、「自由人灣」的狄梵。

他們很快就通過了半月灣、貓眼河、奶女岬，等他能清楚看到他自家屋頂的輪廓時，船上已經有十七個人了。他們就在第一支流的入口丟下錨石，等著潮水轉向。

索恩希爾坐在船尾甲板低頭看著全船，他的乘客一個挨一個胡亂躺著打盹。他認識這裡所有的人，也都和他們喝過酒，跟他們殺價買小麥和南瓜。大致上他從不覺得他們是壞人，但他們和他一樣，命運把他們推到這個境地：等待潮水轉向，然後他們就會去做只有最壞的人才做得出來的事。

在那裡，就在河對岸不到半哩處，莎莉會把小的哄上床，唱著：「倫敦鐵橋垮下來、垮下來、垮下來。」她會做好足夠隔天食用的未發酵麵包，並且把打包好的包裹放在門邊，那樣等索恩希爾回來時，他們就不會有任何耽擱。他竭力探頭看小屋的燈，但小屋被隆起的地勢擋住。威利會用土塊把火圍起來，好讓火整夜燃燒，這樣她才能在早晨他們離開前為他們煮最後一次茶。威利會把門栓放進門楣，並且把槍上膛。莎莉最後會躺下，瑪麗會全身包好放在她身旁。但莎莉不會睡著。

她大概可以猜到塞格提發生什麼事，以及索恩希爾已經跑到河的上游。但她不會猜到她丈夫此刻和她相距這麼近，只要他站起來在對岸呼叫，她就可以聽到他的聲音。

他是怎麼走到這步田地的？他怎麼會變成這樣沒有選擇？在新門監獄的時候，他也曾一度被逼到死角、被關進死牢。但那時他面對的事不是他能控制的。等待劊子手先生，感覺起來是很無辜的。

那次與這次的差別在於：他選擇做這件事，這件事是出自他的自由意志。

那時的那根絞索會結束他的生命，但他現在將要做的事也是如此。不管他選擇做什麼，他的生活再也不會跟以前一樣了。明天晚上就寢的威廉・索恩希爾再也不是那個今天早晨起床的威廉・索恩希爾了。

他無法不去想這件惱人的事。

莎莉一輩子都會和他唱反調。她不要留下，而他不願離開。

他想，那就像老繩上的結，硬得像拳頭。根本不用浪費力氣想去解開它：要緊的是找來一把犀利的好刀。他看了一眼懸崖，它在天空下厚實地挺立著。有時他覺得懸崖就要倒塌，把他壓死。懸崖之上升起一輪月亮，月亮在雲層中若隱若現，像空中的一只白盤，使星星的光芒相形見絀。

當潮水在船底轉向時，他腳下的船像在發抖那樣搖晃起來。

他們得想好一番說法。是的，他們是跑去找黑人，用他們的土話跟他們論理。是的，他們有露出他們的槍，他們甚至朝黑人頭上開槍。黑人不是傻瓜，知道他們的意思。黑人已經做鳥獸散。

若有人懷疑他們編的故事，他們便拿看不到黑人蹤跡當成是證明。

砍斷好的繩子總是令人惋惜，不過一旦砍斷之後，也就沒有人會再抱怨了。

他拉起錨錘，它在月光下滴著銀色水滴。潮水往前推，河水往後退，這兩股力量混在一起，波濤洶湧。他把身體重量靠在舵柄上，慢慢地，潮水的力量大過河水，把「希望號」推向第一支流開口。過了第一道河灣，主河道便跑到他們後面，空氣似乎變得更沉悶、更警戒。月光亮到他可以看到河岸兩邊每叢紅樹林的每一片葉子。水黑亮亮的。

索恩希爾盡量不去想腦海裡的景象；潟湖蔚藍的水被微風吹縐了；布萊克伍德站在他小屋門前，幾縷炊煙升起；女人向他們走過來，頭抬得高高的，像莎莉一樣。那個小孩站在她旁邊顯得蒼白，他還沒見過潟湖外面的世界。

若是想塞格提就容易多了。他仍然可以聞到他外衣沾的血的味道，也能聽到他的慘叫迴蕩在溫莎的聲音，那時「河女酒吧」裡的人站著，酒杯舉到一半。

他讓自己把經過再想一遍。他們搬動塞格提時，他發出的聲音。他蒼白的指關節握著矛。在索恩希爾拿出手帕蓋住他的臉之前，他露出的哀求眼神。快到布萊克伍德家前，他們很快繞過一叢紅樹林，接著他們會再休息幾個小時，睡一下。洛夫戴的老獵錶顯示現在是凌晨兩點。狗兒奇蹟似地沒聽到他們。

天快亮時，索恩希爾可以看到奈德蜷縮在甲板上，下巴垂到胸口，發出他慣常的鼾聲。史麥許是清醒的，他一個一個走去大家耳邊說話。最後他來到索恩希爾身邊。「先幹掉男人，」他輕聲說：「再殺女人。」

他們一行人在第一道微光中從「希望號」船側滑下，涉水上岸。一大片河橡樹隨風擺動，索恩希爾可以看到它們之外的潟湖，黑人的營地就在那裡。

他拿著槍站在岸邊。雖然他們盡量保持安靜，但很有可能黑人早在他們還在河上時就聽到他們了。他脊背發麻，想像矛就要飛過來。

他們向營地前進時，沒聽到任何東西移動的聲音。

四周都是樹林，樹叢枝枒密密麻麻糾成一團，樹影搖晃，可能有一百個戰士正把矛舉高到他們肩上。但是只有當其中一支矛插進他身體時，他才會知道。

他一旦想像有人藏在樹叢中，便開始放心不下。他轉身，但那只讓他的背面對另一片森林。不管面向哪一邊，一點差別也沒有。不管矛是插入他的肩胛骨還是肋骨之間，結局都一樣。

這時一聲槍聲轟然炸開。他的心陡地收縮，他轉身。有個黑人！在樹叢中！他開槍，槍的後座力讓他向後退，他踉蹌了一下，又站穩，再看。那人像剛才那樣站著，手臂高舉，原來是一棵樹，被火藥打黑了的樹仍在擺動枝枒。

現在每個人都在開槍，但不是朝矮樹叢，而是朝營帳。他看到史麥許衝到其中一頂營帳，彎身察看，然後朝帳篷口開槍，接著便向後跳開。一個人從營帳快速衝出，像扯掉一片樹葉般扯開帳篷：他跑出去，跑了一、兩步就倒在地上，頭的一側流出一大灘血。他後面是一個女人和一個小孩，小孩用一條負鼠毛皮做成的毯子包著，女人從中間抓住孩子。但是她朝森林走不到一步，便被退斯特用刀攔截，索恩希爾看著她的背和肩膀被劃開一道長長的血紅開口。她丟下孩子，等她轉身要把孩子撿起來時，約翰．拉本德已經搶先一步，用他的刀用力把孩子的頭割下。頭掉到他的靴子旁，他一腳踢開。

一條狗在狂吠，朝狄梵咬，狄梵一槍打進狗兒張牙舞爪的下巴。狗兒抽搐，後腿癱軟，垂頭倒下，牠的嘴被打爛了。

拉本德的弟弟、史派得和馬修．萊恩圍住一頂帳篷，並且用他們的槍托把帳篷拆了。黑狄克拿著他的曲棍從裡面衝出來，舉起手臂朝萊恩打，萊恩倒在地上縮成一團。黑狄克轉向史派得，他又舉起手臂，但是丹跑過來，用他的棒子用力敲在黑狄克背上，他這一記敲得非常用力，黑狄克被打彎了腰，接著拉本德踩在他身上，雙手握住槍，對準他的胸膛開槍。

另一名黑人把矛扛在肩上朝史麥許跑過去，史麥許已取下火藥匣，正在重新裝火藥，但是這時洛夫戴在營地對面往前跨出一步，他沒站穩，被他自己的大靴子絆到，他頭一歪、臉朝上，一槍卻打了出去。那黑人膝蓋著地，倒在一灘血泊中。

退斯特跑到索恩希爾前面一頂被闖入的帳篷，帳篷裡的女人正想躲在一張掉下來的樹皮下。索恩希爾可以看到她把一個嬰兒的四肢塞進負鼠皮毯子下，但是退斯特抓住她的頭髮，把她的頭往後扯，割開她的喉嚨，宛如她是他養的豬。她站起來，嬰兒還在懷裡，她一手護著嬰兒，另一手則放在她喉嚨血流出的地方，她冷靜走了幾步，接著倒地，癱在一邊。

奈德扛著槍管，雙腿張開，嘴巴也開開的，瞇眼射擊。他朝一名手裡抱著小孩、笨拙逃跑的女人開槍。索恩希爾看到她被子彈的力量往前推，猶如有人一拳打在她的脊椎一樣。她的腳跟不上她身體快速向前倒的速度，她的頭向後拋。她跌了一跤，在跌倒之前還像跳舞般試圖保持站立了一下子，但小孩還是緊緊抱在懷裡。她半轉身要去看她發生了什麼事——他看到她的臉，她雙眼圓睜、驚恐，嘴巴張開好像要問問題一樣——她一轉身，膝蓋便跪了下去。

有個黑人站在一頂帳篷前，矛架在肩上，開始弓身要射出，但這時槍聲響了，他喘得像個快要打噴嚏的人。他的矛一射出去，便倒在地上，矛也掉在地上。

營地上，只見一夥人開槍、上膛，刀子舞上舞下，拔出時都是血，四周都是尖叫、怒吼，以及小孩驚惶的哭聲。自從第一槍之後，發生在索恩希爾四周的事情進行得太快。他把槍指著正在跑的黑人，但槍口總是太慢對準。他站在營地上轉圈，槍架在肩上準備。

這時傳來一聲大吼，布萊克伍德身穿汗衫和襪子，槍架在肩上對準史麥許怒吼：「滾回去，史麥許。」他跑向他，史麥許手臂連抬也沒抬，便用手上的鞭子偷偷從下方往布萊克伍德抽去，一鞭又一鞭。布萊克伍德蹣跚後退，槍掉在地上，手捂著眼睛，他絆倒，手臂在空中亂舞，向後倒在一根木頭上，重重摔下，似乎連地面都震動起來。

索恩希爾張嘴要叫，但是布萊克伍德已經站了起來，他的手還是捂著眼睛，結果被一具屍體絆倒，摔得很重，掙扎著要站起來。索恩希爾聽見他不斷喊著同一個字：「不、不、不、不、不。」

索恩希爾感覺他拿槍的手被打到，他的槍掉了，然後就聽到丹指著矮樹叢大叫。索恩希爾轉身，一記拳頭朝他頭的側邊打下，打得他眼前全黑。他彎身要撿槍，卻被後方另一顆石頭擊中。有一下子，他的臉趴在地上，像甲蟲一樣無助。他聽到奈德在尖叫，聲音尖得像女孩，說他們把他惹毛了，上帝做他的見證，他要把他們這些混蛋全都殺掉。

索恩希爾站起來，又把槍架到肩上，他看到森林裡飛來更多石頭，此地似乎有了生命，用它的方式對他們展開反擊。他感覺一種滑滑的東西滴到他眼裡，他用手去抹臉，卻抹到暗紅的血。奈德還在嚎叫，他的臉在抽搐，他憤怒地塞進一管火藥。索恩希爾聽不到他在罵什麼，只看到他手臂狂亂舞動。洛夫戴也在忙著裝火藥，他的頭髮蓋到眼睛，他一邊看著四周、一邊把火藥倒進槍管時手在發抖。營地擠在潟湖和崖壁中間，無處可逃。

「咻」的一聲，聲音像呼吸一般輕，他看到一道影子穿過光線，穿入他靴子旁的地上，那是一根矛，刺入地面後還在抖動。他轉向它，因為驚訝而安靜下來。有一瞬間他可能在等它開口說話。

另一根矛從樹林那邊飛來，插入狄梵的肩膀，他尖叫得像個女人似的，雙手抓住矛，瘋狂地想將它扭下來。索恩希爾看了看，矛飛來的地方有個男孩站在營地邊緣，雙手握著一根沉重的矛。他的小臉扭動了一下，發出害怕和憤怒的嚎叫，同時他用全身的力量射出一支矛。矛似乎移動得很慢，不會造成任何傷害，但退斯特卻雙膝跪倒，一支矛插在他頭旁邊，他帽子的邊緣和耳朵都被刺穿。

索恩希爾把槍扛在肩上，但是他又慢了一步。男孩原來站立的地方已經空了，剩下樹在瞪著他看。

高瘦虛弱的大鬍子哈利冷靜地從他們之中站出來。當他把矛抬到肩上時，索恩希爾可以看到他的手臂在顫抖。他身體向後傾準備要射出矛時，他的臉跟著變形扭曲。

索恩希爾的槍還抵著肩，他的手指已經按住扳機，但他沒辦法動，活像個在做夢的人一樣。他知道要向手指頭發出命令扣下扳機，但什麼事也沒發生。他眼睜睜看著那支矛飛離黑人的手。營地另一頭，史麥許往前一步，有如要去接住那支矛。當他突然停住時，矛已經在他的胸口振動。他站在一片混亂中，用手握住矛，那支矛像個非常可怕的錯誤一樣跑進他胸膛。

索恩希爾可以看到他的嘴巴在動，但是他聽不到他在說什麼。史麥許向他走近，雙手握矛，好讓矛不要碰到地上。他距離索恩希爾非常近，矛的另一端拂著他的手臂，他站直瞪著他看，似乎不知道他是誰。「我主基督和聖母瑪麗亞，」史麥許說。一小灘鮮血已經開始滲入矛旁邊的襯衫。

這種情況叫人實在很想把矛拔出來，讓每件事都回到原來的樣子，但索恩希爾知道，當矛從人身上拔出時會發生什麼事。他繼續站著，槍在肩上，整個人則一片空虛。

史麥許發出刺耳的聲音，好像他胸口裡的木矛跑到他聲音裡去了一樣：「全能的主啊！我全能的主啊！」

老人看著他的矛插在史麥許的胸膛。他沒有採取行動發射第二支矛，也沒有躲起來。他只是站著看，臉色嚴峻。

子彈射出去了，發出一陣藍煙和一記聲響，槍聲在現在這種氣氛下似乎顯得有點微弱。他以為他自己沒打中，因為大鬍子哈利還站在原處，臉上還是那個表情，好像沒有東西能碰觸到他一樣。

但是老人摀著肚子，慢慢彎身，一直到膝蓋跪倒在地為止。感覺上他保持那姿勢很久一段時間，彷彿如果他變成一顆石頭或一棵樹，就可以把剛剛進入他身體的東西彈出來。

一隻蒼蠅飛到索恩希爾臉上，他把牠拂開，閉上眼睛。就像那跪下的老人，他感覺他也許會變成某種非人的東西，這個東西並沒有在這塊黏答答的營地上犯下不可挽回的事情。

老人把自己縮成一團，依然禮貌地摀住肚子。他倒在地上，血從他嘴巴冒出，像口水一樣細細流下，但顏色很紅。他跪在地上，用流血的嘴親吻土地。

他拉直身體仰躺時，索恩希爾可以看到槍傷的傷口。那裡有片像嘴唇一樣的東西在動。它在跳動，他體內有個邪惡的小動物。

任何人像那樣有個東西在身體裡，似乎不可能活下來。

索恩希爾只聽得到自己高低起伏的呼吸聲。最後他把槍放下，小心地放在地上。他聽到一隻蒼蠅嗡嗡飛過他耳朵。太陽發出第一道光芒，從樹縫之中斜斜射下，沿著草地照出一道道顏色。他傾聽森林是否有黑人在跑的聲音，但就連草叢裡的蟲這時也無聲無息。

每棵樹、每片葉子、甚至每顆石頭都在看。黑人屍體散在被搗毀的營帳四周。他看到黑狄克巨大的身軀躺得直挺挺的，胸膛被一顆子彈撕開。以前名叫長腳巴布的長腳傑克距黑狄克不遠，他的頭被打掉一半。一個女人躺在一片陽光之中，她和她的嬰兒一起睡著，只不過她的頭被扭斷，跟身體只靠一片參差不齊的肌膚碎片連著。嬰兒的後腦杓被壓成紫色。

大鬍子哈利整整齊齊躺在他倒下的地方。

一具屍體下傳來嬰兒哭聲，響遍整個營地。丹手裡拿著棍子走過去。索恩希爾看到他的臉，他面無表情，就像一個提燈籠要去修理馬具的人一樣。他打了一下，又一下，然後哭聲就停了。

布萊克伍德在一座搗爛的帳篷裡，像展翅大鷹一樣躺著。雙手還是遮住眼睛。手下面的臉流出一條條血痕，他的嘴巴張成非人類的正方形。

有人已經牽著史麥許的手肘到陰涼處。史麥許不肯放開那支矛。他每走一步，矛的尾端便跟著擺動，像個古怪的裝飾品。矛直穿身體。當他們把他的襯衫撕開，可以看到矛的倒勾從他背後露出來。他太驚訝了，連叫也沒叫一聲。他到陰涼處後站不穩，但他拒絕坐下。他把勸他躺下的史派得推開。退斯特跑去要幫他把矛握直，但是史麥許搖手要他走開。他雙眼什麼也沒看，只專心要把矛握穩，他的世界現在縮小到只剩一根木頭握在手心的感覺。他的嘴角湧出一小縷鮮血，同時他彎下膝蓋，笨拙地坐在地上。血從他的鼻子冒出來，當他咳嗽時，他的聲音聽起來溼溼的，更多血從他嘴巴跑出來。蒼蠅都聚在內臟外翻的地方。史麥許用一手做了個手勢，彷彿有話要說，但他接著就往前倒，矛撐住他，他死了。

太陽更大了。營地慘不忍睹，屍體像倒下的樹幹七橫八豎，地上被踐踏，到處都是黑色汙痕。巨大可怕的沉默籠罩一切。

索恩希爾的宮殿

雨淋大地，四季流轉，太陽如創世之初那樣升到山脊上。河水隨潮汐和洪水上升、下降，樹木茁壯、死亡、再融入賦予它生命的土地。十年的時間對河的形狀、對蜿蜒遮掩河流的山脊並沒有什麼改變，改變的只是下面的屋宇，而這種變動多半也只是名字的更替而已。

一個叫米利其的人住在史麥許以前的那片土地上，現在那裡叫「米利其河口」。韋伯太太過去站在那兒笑、而土著偷走一畝玉米的河灣，現在則由班傑明．詹森管理，改名叫「詹森磨坊」。賀林太太是這老社區碩果僅存的舊居民，還是住在貓眼灣她過去住的地方，但她現在已經像個隱士。索恩希爾買下塞格提的舊地，然後又買下從達奇灣源流一直到河口的幾百畝地。達奇灣也不叫達奇灣了，現在叫索恩希爾灣。

黑人不再來找麻煩之後，新殖民在每個河灣展開墾殖。不再受騷擾後，他們的莊稼和家人都愈來愈多，而且河上交易的生意也很好。索恩希爾已經付清了他欠金恩的一百一十五鎊，外加利息，接著他又借了更多錢，將近三百鎊，用來建造交易船隻。舊的「希望號」和新的「莎拉號」忙個不停。冬天，當河上交易轉趨清淡時，「希望號」便從史蒂芬碼頭出發運煤，而「莎拉號」則由威利領航，到更遠的地方運載殖民者稱為紅金的西洋杉。索恩希爾岬已經擴展成三百畝，養豬養牛，並且種植麥穀，被政府送來此區造路的囚犯由索恩希爾家族負責供應糧食。他們也計畫打造第三艘船，以便跨海到紐西蘭做海狗皮生意，一件海狗皮值二十鎊。

對於新移民來說，威廉．索恩希爾就像國王一樣，若他不在河上，就是坐在他的陽台，用望遠鏡看河面上的過往景物。他的妻子也變得跟皇后一樣，她有耶誕節慶祝節目，並且用中國燈籠和彩帶做裝飾。

愛爾蘭人狄梵為索恩希爾先生建了一座精巧石屋，不過稱之為別墅更恰當。儘管索恩希爾覺得「別墅」這詞唸起來怪怪的，但它有種讓他喜歡的腔調。他們把這幢大宅稱做「柯柏漢宮」。是莎莉的主意，但他們喜歡這個他們私底下才開的玩笑。

索恩希爾站在一個刻有魚紋的石頭上，指示房子要建在哪裡。狄梵知道誰才是他的老闆，於是對索恩希爾的選擇滿口讚嘆。「如果是我，我也會選這個地方，索恩希爾先生，」他說：「就在這個高地。」索恩希爾對於自己被稱為「索恩希爾先生」，從不感覺厭煩，每次聽到這稱呼，他都有點高興。不過，他倒不是那麼喜歡狄梵把他所指的丘陵亂稱為高地。狄梵有一堆想法，要把那個地方弄成碉堡，建在高地就是一個開始。「一百個黑鬼也不能把你困在這裡，索恩希爾先生，」他保證道。牆由石塊堆建而成，厚達半碼，除了一道低而深陷的門之外，石塊會從屋子後面及側邊不間斷地堆到屋頂為止。「派個人守在門口，」狄梵說，「這個守衛就可以像殺蒼蠅那樣一個個射殺他們。」他還替手扶梯設計了一個巧妙機關，讓梯子可像活動橋那樣吊起來，而且樓梯旁還備有跟槍管一般大小的射口。屋子後方丘陵地的矮樹叢已經都砍光了，誰也別想藏在後面。

屋子落成後，不太像索恩希爾原先想的那樣。石塊堆疊的方式有點不對勁：有些太大，有些太小。前門的木工做得很好，但相對於它的高度來說，門太寬了，而且上方的拱形頂窗有一塊主石突了出來，像顆外暴的門牙。通往陽台的半圓形石梯和他畫的一模一樣——那是他很久以前在柏孟塞的聖馬德蓮教堂看過的——但從紙上變成石頭，它們變得格外矮小難看。一隻蟋蟀在石梯後面定居下來，整晚吱吱叫個不停。

他想像門口有獅子把關的畫面，它們露出牙齒的模樣就跟以前倫敦「基督教堂」前的獅子一樣。曾經有另一個、幾乎讓人認不出來的威廉·索恩希爾，拿著一把泥土朝石獅猛丟。現在的索恩希爾花了一百基尼從倫敦訂製一對獅子，結果獅子送達之後，看起來卻比較像家畜。它們並未對陌生人張牙舞爪，反而像是坐在屁股上、在火前伸展爪子的家貓一樣。但他不會在奈德面前露出失望的神色，雖然奈德已經跟了他這麼久，但他仍然在該去削玉米時跑去跟別人說長道短。「我訂的就是我說的那種，」他說。莎莉看到他的眼神，而且在他那一眼裡看出一切：他的失望，他的驕傲。她對他輕輕笑了一下，並且在其他人看到之前便收起笑容。

他把獅子放在門柱頂端，好讓別人看不清楚它們。獅子跟他原來計畫的有點不同，但傳達的意思很清楚：「罩子放亮點，你們現在在我的地盤上。」

柯柏漢宮是紳士的住所。這樣表示他是個紳士嗎？有時他會覺得這一切一定只是個美夢而已。除了當個闖入者，他從沒想過威廉·索恩希爾會有這樣的一棟房子。但一個人夠有錢的時候，他想要什麼就能有什麼。難怪多年以前，那些搭他渡船的人有種寧靜沉著的態度。他們不慌不忙，四處張望，但船夫卻得彎腰駝背划槳。他現在也知道那種感覺了：不管要什麼都能得到的感覺。

在房子之下，在索恩希爾先生別墅的重量覆蓋下，魚還是在石頭內潛泳。地板下面很黑：魚再也感受不到陽光。再沒有黑人的手在石板上面重新塗鴉，它不會不見，不會像森林其他的石頭魚那樣逐漸消退。它會和地板釘下那天一樣清晰，但沒有了樹和光影，它也不再栩栩如生了。

有時候，當索恩希爾坐在客廳裡的紅絲絨扶手椅上時，他會感覺魚就在他下面，清楚犀利地刻劃在石頭上。他知道它就在那裡，他的小孩也許會記得，但他小孩的後代就只會在地板上走來走去，永遠不知道他們腳底下是什麼東西。

莎莉早就不在樹幹上做記號了，那些她過去刻下的線條也長高、融入樹幹的紋路當中。有時她還是會提起「當我們回老家的時候」，而且她還把那片舊屋瓦保留在她的工作盒裡，但她從不會說什麼時候要回去。老家變成一個令人自在，但非常遙遠的念頭。她提起老家時，他就只是讓它過去，然後把話題轉到別處：他替瑪麗物色到一匹很不錯的小馬，或是他為威利在第二支流找到一塊地。

他沒有對她明說他們倆都知道的事：他們永遠再也不會回到那個「家」。他們生命中有太多重要的事在此地發生。首先，就是他們的孩子。對於他們的孩子來說，老家只是一個故事而已。如果他們到了倫敦，他們會變成外地人，因為他們的皮膚黝黑，他們的行為舉止像殖民者。他們也許會看到莎莉跟他們說的倫敦鐵橋，聽到聖瑪麗教堂之鐘，甚至可能看到柯柏漢宮和那裡的葡萄藤亭。但那些地方看起來總是不對勁，因為它們是屬於別人的故事。

就如同他的身體熟悉倫敦的十字架巷，他小孩的身體熟悉這個地方。在不眠的夜晚，讓他們順流而下數河灣數到入眠的，不會是那條叫泰晤士河的外國河流，而是他們自己的霍克斯布里河。他們渴望的是這些刺鼻的味道以及被山脊劃過的天空。對他們而言，生活在波若區的悶塞擁擠之中才叫奇怪，被埋在聖馬德蓮教堂墓地又酸又溼的土裡才叫可怕。

莎莉從沒用這麼多話形容，但是她不會離開這些在此地出生的孩子。

因此，與其帶他們回故鄉，她把這裡變成故鄉，而且索恩希爾也一直用各種方法努力做到這點。他努力使她擁有家所能提供的所有舒適：客廳有兩張彈簧扶手椅、一張沙發，有一名女孩幫她煮飯打掃，另一名幫她洗衣服，一條從印度進口、有孔雀圖案的佩斯利花呢圍巾，價值是他過去在泰晤士河工作一整年才買得下來的。

他還送她一雙綠色絲質拖鞋。拖鞋是他的一個私密記憶。他拿拖鞋給她時，她笑他：「小威，我穿這雙絲質拖鞋要幹麼？」但是那晚他幫她套上時，她沒抱怨，他托著她穿了拖鞋的腳在耳鬢廝磨，感覺它們的質感。那種複雜的滿足感，他並沒有試著和她分享。

是她要把這地方叫做柯柏漢宮，也是她要用高石頭牆圍住整座花園。他沒有問她柯柏漢宮是否也有那樣的牆，他就只是對狄梵下達建造指令而已。他認為柯柏漢宮也許並沒有這樣的一道牆，她想要這樣的牆有別的原因。但這是他們之間沒有問出口的事情之一，而且也不會有答案。

那道牆比一個人還高，而且圍牆只有一道門——除了受邀的人，其他的都被隔離在外。這樣讓莎莉很高興，而他也沒有捨不得花這些錢，因為這也讓他高興。他過去老是站錯邊，站在這種牆的外面。

牆內的地面經過清理、夷平，做為莎莉的花園。花園依英國風格沿蒼涼的長方形圍牆闢建，種了水仙和玫瑰。走道用線和壓碎的白砂岩劃分出來，而不是用碎石。陽光下，這些分隔線亮得刺眼，但它們照莎莉想要的樣子把花園隔成幾個方形。花園和房子之間是一塊草地，照狄梵的建議，上面鋪著從愛爾蘭進口的草皮。她在草皮後面會很安全，他保證，因為大家都知道蛇沒辦法穿過愛爾蘭草皮。

狄梵把他有著修長手指的手掌放在胸口，他的愛爾蘭心臟就在那下面跳動，這筆生意就這樣談成了。

她最渴望有樹木：真正的樹，她堅持，而且這種樹的葉子會在秋天變色。她指給他看那些樹要種在哪裡，從河邊種兩排一直種到房子這裡。他猜她是想像她自己從斜坡往下看的樣子：柯柏漢宮的馬車車道、搖曳的綠色隧道在地面投下樹蔭斑斑。他沒有為此取笑她。每個人都有權利在這塊空白的新土地勾勒他們想要的圖像。

住在雪梨的傑洛米．格力芬是個有生意頭腦的人，他靠販賣白楊樹給害思鄉病的女士而發財。他是這塊大陸唯一的白楊樹商，索恩希爾買下他所有的白楊樹。揮霍金錢令他愉快，他認為他的錢不會有枯竭的時候。

索恩希爾看著莎莉每天早晚兩次督促奈德和其他人（他們現在擁有七個男僕和三名家庭女佣）把水車裝滿，再為新栽的樹澆一桶水。她每天都在對抗太陽和熱風，太陽會讓大地失去水分，而熱風會讓樹葉乾枯。

雖然她小心呵護，花園還是不茂盛。玫瑰的根從未能往下扎，它們掙扎著活下去，但是除了莖，幾乎什麼也長不出來。水仙是種下去了，但再來就看不到任何動靜。草皮變黃，然後枯萎，最後像乾稻草一樣被風吹跑了。

唯一茁壯的植物是她從賀林太太那兒剪來的一叢血紅天竺葵。它們有一種霉味，但至少它們給花園帶來一點顏色。

至於他們種下的兩打白楊樹，幾星期後大概只剩一些枝枒而已。莎莉捨不得把它們從土裡挖出來。風一吹，掉落的枝葉就在地上飄蕩，變成生命的仿造品。

她把對死掉的樹的愛全都灌注給活下來的那些植物。黃昏時，她會走下坡，站在僅剩的三棵小樹圍起來的三角形地帶。白楊樹油亮的綠葉在長莖上一起顫動。有時他會看著她，看她站在那些樹當中。看她摘下一片葉子，感覺那熟悉的冰涼絲絨感，她把它舉到頭上對著太陽，端詳葉脈的奧祕。她摸著新葉的樣子，就跟她撫摸小孩的臉頰一樣，有時候，索恩希爾覺得她站在黃昏裡撫摸那些心形葉片時，她是在跟它們講話。「我走的時候，把我埋在這裡，」她告訴他：「這樣我就可以感覺到這些葉子覆蓋在我身上。」

最近以來，她的動作變得遲緩了些，但很安詳。她又添了一個寶寶，是個女孩，他們給她取的受洗名叫莎拉，但因為她可愛的臉蛋和漂亮的捲髮，他們都叫她小娃。生了小娃之後，莎莉因為生活優渥而變胖。看她沿著碎石路走，他從沒料到，當年他那個臉頰豐腴的年輕妻子，會變成今天這個平靜、肥胖而帶著微笑的已婚婦人。

他自己的動作也變慢了。他肩上的肌肉和手上的厚繭變軟，他原來還以為他會帶著肌肉和厚繭到墳墓去的，但現在它們只不過是變厚的皮膚罷了。

他在客廳裡掛了一幅畫，叫做「索恩希爾岬的威廉．索恩希爾」，這幅畫提醒他，他已經變成什麼樣的人物了。他還有另一幅畫，不過那幅畫被藏在樓梯下面。

第一幅畫是個不愉快的經驗。那個畫家剛下船，穿一件體面的犬齒格子花紋外套，袖口部分有點舊，一頭引人注目的細髮，劍橋畢業的。索恩希爾沒再多問，也不知道他是劍橋哪裡畢業的，但那人看起來像個紳士。索恩希爾不管什麼都要最好的，但他也支付高昂的代價，這樣大家才知道他的錢和別人的一樣好。

那傢伙要他站在客廳一張小桌子旁，又大費周章地讓他把頭轉向旁邊。「先生，只是偏一點點，如果你願意的話，就看火爐一角。」被劍橋畢業的紳士稱做先生讓人開心，但是畫家知道威廉・索恩希爾只是他們這裡所謂的舊殖民者，大家都知道那是對老囚犯的尊稱。

那個穿犬齒花紋的傢伙一邊探頭看他的模特兒，一邊作畫，同時技巧地詢問他客戶的過去，索恩希爾一一回答。

根據索恩希爾說的身世，他不是出生在骯髒的柏孟塞溼地，而是出生在白堊斷崖旁、乾乾淨淨的肯特郡。他也不是在三鶴碼頭提心吊膽做油膩滑溜的雜役、搬運屬於魯卡斯的木材，而是在某個小石海灘用一艘船載運法國白蘭地。他沒有因為這樣被送上絞刑，因為到法國那趟是在替國王做事，把英國間諜運到法國。

這個故事編得很精細，每個細節都乾淨俐落，就像洛夫戴當時跟他講的一樣，這是洛夫戴以前編的故事。天下最窮的大概就是賊了，可是每個人一抵達此地，就像有了個新生命一樣，他們編的故事像海灘的貝殼一樣多。寄居蟹也許會住在一個殼一陣子，等牠變大、殼顯得小了，就跑出去找大一號的殼寄居。洛夫戴已經又編了一個新故事，那故事裡有年輕女孩、冷酷的父親以及不實的指控。他不會把他的舊故事再拿回去講。

莎莉從旁看著她的丈夫，他在對劍橋紳士講話時，話是從嘴角輕輕噴出的，這樣才不會弄壞他擺的姿勢。在她的注視下，他又加了一段與一個有錢船主的女兒在月光下私奔的情節，而她什麼也沒說。

但是那個劍橋紳士的肖像畫非常失敗。為了逢迎客戶——也許是希望能再幫他六個小孩以及他太太作畫賺錢——他自作聰明，把索恩希爾畫成是他熟悉的好男人典型。結果，索恩希爾在一大幅畫布上被畫成書生型的人，膝蓋骨頭依稀可見，用不可能的角度向前突出，有個非常漂亮的臉龐，捲髮捲在耳朵上方，臉看起來像可以掐出水似的。

他一手拿著一本半打開的書。是索恩希爾要求要拿書入畫的，但是當劍橋那傢伙幫索恩希爾把手指放在書頁上擺姿勢的時候，劍橋畢業生的臉上露出輕視。這個劍橋無賴在耍他，因為書拿反了。每個人都假裝那是一時疏忽，但是索恩希爾無法忍受擺在他眼前的事實。他一聲也沒吭就付了錢，像個紳士會做的那樣，但他再也沒請他幫他孩子和妻子作畫。

洛夫戴推薦另一個畫家，說他可以幫跟他一樣的「舊殖民者」作畫。

厄普東的畫作出他意表。

他穿長禮服坐在桌邊。厄普東要他拿一個望遠鏡，但沒有人是用那種姿勢拿小望遠鏡的，望遠鏡拘謹地頂著他的手腕。他後悔沒堅持採取較好的姿勢。事實上，他不太確定他拿著望遠鏡的姿勢入畫，到底是不是個好主意。他不知道這樣會不會讓他鬧笑話，就像那本拿反了的書。

厄普東捕捉到他那種不尋常的不確定眼神。畫像總結了發生在他身上的事。他可以在畫裡看到一點冷酷，但也有一點別的東西，有一種迷惘。畫裡的人對生活最終會變成怎樣是疑惑的。

《公報》報導了一則當天在布萊克伍德聚落發生的新聞。莎莉大聲慢慢唸出那則新聞，她的聲音和她唸出來的字顯得疏離，莎莉跟索恩希爾說報上寫了什麼：那些土著不該進行掠奪，結果發生暴力行為，他們和殖民者發生衝突，結果被驅逐。

報紙寫的並不完全是錯的，但也不是索恩希爾記得的樣子。《公報》沒提那個在黑暗中對他露出牙齒的女人，她的血噴在皮膚上那麼鮮紅，索恩希爾忘不了。報上也沒提那男孩，他身體彎得像掛在塞格提風門鉤上的魚。

那天放火燒了營地之後，他回到家——他們整天整夜都在堆木頭加柴，才把現場燒個乾淨——她已經在等他了，把燈拿得高高的，燈光在她身後照出一條長長的黑影映在牆上。她把東西都打包好了，並且把剩下的鹽漬豬肉滷成一鍋。

他跟她說事情的經過：用土話理論、用槍向他們示警、他們跑了。她靜靜聽著。「不會再有麻煩了，莎莉，」他最後說：「上帝可以為證。」她看著他的臉，他只好看別處，假裝在忙著脫外套。「這一次他們是永遠走掉了，」他盡量輕描淡寫地說：「我們至少有好一陣子都不必離開。」

她把燈放到桌上，背對著他，瞪著火光，站了很久。最後她說，「希望你沒有因為我對你施壓而做出任何事。」他可以聽得出她在說這些話時，顯得有點遲疑。他馬上快活地說：「你是什麼意思，莎莉？」但她邁步走開了，走到火爐邊，把茶壺從木炭架上拿下來。不管他說什麼，也不管他裝得多愉快，她都不理會。她從火爐邊轉身，把水注到臉盆。「小威，在這裡把你的手洗一下，」她說。她的聲音聽起來很尋常，但她不去看他的臉。

他在進他們的小屋前，已經在河邊把手和臉洗乾淨了，在那之前，他也在第一支流那裡洗過一次。他確定衣服上的血已經都洗掉了。他襯衫下襬的血跡洗不掉，但是他搓得很用力，甚至把那裡給搓破了。他用肥皂滑溜溜地用力搓自己的雙手，然後把手浸到水裡。他感覺她在看他的手，彷彿那是她的手一樣。她還是不看他的臉，即使他從她那裡接過毛巾、即使她為他端上一盤滷肉時，她還是不看他。

他希望她會開口，但她什麼也沒說。那時沒說，後來也沒說。就算她要指控他，他甚至也歡迎。如果她指控他，他會回答的。他已經想好怎麼回答了。但她從沒那樣做。她把打包好的東西解開，把珍玩放回屋頂的斜梁，把舊倫敦鐵橋的版畫掛回它的釘子上，並且把毯子拿出來鋪在地上。她把晒衣繩吊上，繼續對孩子唱倫敦所有的歌。她像過去一樣繼續過生活。

她依舊在樹上做記號，但要回老家的想法漸漸淡去。當小娃發燒要人日夜照顧時，她忙到沒時間去做記號，等小娃又可以起來蹦蹦跳跳時，她也沒再回到那棵樹去做記號了。季節變換，樹掉了一些樹皮，那些線條比以前淡了一點。

索恩希爾注意到這些事，但他什麼也沒說。這是那晚他從第一支流回來後，他們之間產生的新變化：丈夫和妻子之間多了一些沉默的空間。那些沒說出來的事變成一些陰影。

他不確定她知道什麼。賀林太太也許知道真相：發生在河上的事很少逃過她的耳目。但是賀林太太不再來訪，莎莉也很少談到她。

不管莎莉知道什麼，或猜到什麼，都是他們兩人之間的事，他沒料到沒說出口的話會變成一道水牆，擋在他們兩人之間。

他們還是相愛。她還是張著甜蜜的嘴對他微笑，他也還是握住她的小手，她沒有抗拒。不管他們之間的陰影是什麼，那陰影不光是他的，也是她的：那是一個他們兩個都棲息的地方。但那塊沉默地帶似乎是他們沒辦法對彼此傾訴的。他們的生活繞著它慢慢建立起來，就像河果草繞著石頭生長一樣。

《公報》上的那則新聞沒有提到湯瑪士．布萊克伍德。他還是住在他在第一支流上的小屋，但現在他變得十分沉默，一個高大的人整個垮了。他的背駝了，腳步顯得怯懦害怕。一隻眼瞎了，陷進眼眶裡，另一隻則痛苦地去瞄著光影的形狀。

是好市民也是慷慨鄰居的索恩希爾先生經常前往第一支流，幫布萊克伍德把他的舊碼頭繫緊一點，並且帶一袋麵粉、一些從他樹上摘下的柳丁、一磅菸草到他家裡。他把麵粉袋扛在肩上，他的肌肉因此而痠痛，他現在已經比較習慣看其他人彎腰流汗而不是自己動手，而且他感覺此地異常寂靜。

他會看一眼在潟湖邊由木麻黃樹圍起來的一塊焦黃土地，那天的戶外大火就在那裡延燒到晚上。從那時起，那裡的土地像是發生了什麼事一樣，幾乎寸草不生。地上什麼跡象也沒有，也沒有任何文件記載這裡的任何事，但是這裡的空蕩，也許已經為任何有眼睛可看的人說出這裡的故事了。

布萊克伍德從不跟索恩希爾說話，他只是坐在那裡，頭垂得低低的。索恩希爾滔滔不絕對他說話，像一陣雨，而他只想等雨停。小屋很靜，太陽照在屋頂外牆的薄木板上。每次索恩希爾到那裡的時候，他都傾聽一個女人的動靜，她把赤身裸體當長袍穿，他也傾聽一個稻草色頭髮孩子的動靜，但什麼也沒聽到，也沒辦法開口問。

和布萊克伍德一起住在小屋的是狄克。其他人假裝誠心稱讚索恩希爾和他太太，說他們有多好，把他們的小孩送去幫助可憐的布萊克伍德。他發現，那些話都是諂媚，他們要和索恩希爾站在同一邊，因為他太有錢了，沒人想要和他作對。

對於狄克的事，他也沒有更正別人的說法。事實上，這孩子並沒稟告父母說他要離開。那次衝突發生後的某一天，他就自己離家了。當時他還是個少年，自己坐在一塊木頭上划水渡河，然後一路走上第一支流，一直走到布萊克伍德家為止。後來索恩希爾跑去找他，他只說他暫時要和布萊克伍德先生住在一起。

布萊克伍德看不到他的眼睛，而狄克卻是不願意去看他的眼睛。

狄克在布萊克伍德的田裡挖挖種種，種的作物足夠讓這塊高地繼續維持下去。他現在十八歲，已經可以駕著布萊克伍德那艘老舊的平底小漁船，在河裡上上下下運送蘭姆酒。偶爾他會在索恩希爾岬停一下，上去看他母親，但是他父親在的時候，他從未上去過。索恩希爾偶爾會在河上看到他，他站在船頭拉橡木槳，讓潮水推著船前進。他畢竟變成一名優秀的船員了。索恩希爾看著他，等待著，但他甚至連轉頭朝他父親這邊看一眼也沒有，從來沒有。索恩希爾只看到他的背影，他戴了一頂舊帽子，他的肩膀寬闊、有肌肉。他已經漸漸變成大人，但是他選擇在這個過程中不要父親的幫助。索恩希爾看著那艘平底船朝上游划去，終至消逝，他的胸口一緊。一直等到他失去了，他才知道他失去了某樣他過去從不知道珍惜的東西。

新來的人不知道他是索恩希爾的兒子。有一次他聽到他們叫他狄克・布萊克伍德，他覺得震撼，像是被刮鬍刀割傷一樣。肌肉被刮到的那裡除了涼涼的，什麼感覺也沒有，接著就開始痛起來了。

長人傑克是唯一還留在河這邊的黑人。其他過去住在這裡的黑人可能已經都退到政府在布袋村設置的保留區內，過著任憑政府高興給多少資源就給多少的生活。政府以為他們會慢慢消逝。他們似乎缺乏能夠成功的組織。那些還沒死掉的黑人會跟次等白人結婚。有學問的紳士說，黑人會在幾代之內慢慢滅絕。

但是有學問的紳士沒去「布袋村保留區」看看，如果他們去了，就會知道他們錯了。那地方到處都是小孩跑來跑去，大喊大叫，即使有些小孩的膚色淺一點，但是別人不會誤認為他們不是部落裡的小孩。不管怎樣，看樣子黑人是不會消失的。

史麥許那發子彈沒殺死傑克。他頭側的骨頭和皮膚被子彈打掉的地方還是看得見，那裡變成一團爛糊黏在一起。那發子彈也造成了其他傷害，他走路時歪向一邊，拖著左腳，彎著身體，舉步困難。他的臉變得木然。子彈傷到他的臉中間，結果他的臉變得沒表情：看不出高興，甚至看不出痛苦。

他在索恩希爾岬附近升起小火堆，坐在火旁。過去，在他以前的生活中，他曾在那裡和索恩希爾互道姓名。莎莉把他當成是一個要處理的事項，但索恩希爾想過，那還比較像是一種懺悔。她送給他衣服，給了他一件舊的半長褲，那是她丈夫過去穿的，以及一件還很保暖的夾克。她甚至為他織了一雙襪子和一頂羊毛帽。在她的催促下，索恩希爾撥出一塊地給他，用圍籬圍得漂漂亮亮的，並且給他一些工具和一袋種子。他甚至派工人給他建了一間舒適的小屋，莎莉帶了鍋子和水壺給他，她煮茶給他看，教他怎麼做未發酵麵包。

但是他從未穿上那條半長褲或那件外套。天冷的時候，他把自己裹在他那件舊負鼠皮披風裡。不管是什麼天氣，她送的那些衣服都沒派上用場，它們慢慢變壞，回歸塵土。一隻莎莉織的襪子被吹到一叢矮樹叢上，被風吹得啪嗒響。他從沒拿起那些工具，甚至連走進那間小屋的大門也沒有。莎莉示範給他看怎麼做的未發酵麵包一直留在地上，後來被老鼠和負鼠吃掉了。他坐在火堆旁，坐在地上，附近是他的帳篷。他來來去去，有時從後門進來乞討食物，但是從不在索恩希爾在附近的時候討。有時候他連續幾個星期不見人影，等到索恩希爾以為他一定是跑去布袋村和其他人住在一起時，他卻又出現了。

有天早上，天氣很冷，索恩希爾帶了一條毯子給他，還帶了一些他可以睡在上面的粗布袋。當傑克抬頭瞥向索恩希爾時，他看到他的眼睛變得非常呆滯，幾乎像盲人一樣，彷彿試圖要看清眼前的地方。他現在瘦得像立在地上的一束竹竿。索恩希爾不記得他以前有這麼瘦，他的肋骨突在他的胸腔之外，肩胛骨也很突出，中間的肌肉凹陷。

索恩希爾記得飢餓的滋味。他認為一個人一旦識得飢餓滋味，便一輩子也忘不了。他把毯子和布袋放在傑克旁邊說：傑克，這個會讓你的黑手臂暖和一點，但是傑克對他熱心的語調卻只是眨一下眼睛而已。

索恩希爾說：「去屋裡幫你自己找點東西吃。」他不得不大聲喊。他又比了比吃東西的手勢，但是傑克的眼睛還是沒看他，所以他又說大聲一點。「我有給你吃的，就在後面。」他用手比一個圈圈，告訴他該怎麼繞到屋內的廚房。但是傑克在第一眼那一瞥之後，就不再看他了。傑克的營火盤旋而上，在他們頭上結成一團，然後散去。

傑克像塊石頭一樣坐著一動也不動，那個樣子惹惱了索恩希爾。以前他飢餓時，可沒人給他好東西吃，不像這個瘦骨如柴的傢伙，廚房裡有東西等他：用他自己的小麥做成的新鮮麵包、用他自己的豬做成的新鮮鹽漬豬肉、蛋、青翠的綠包心菜、加了很多糖的茶。「老兄，我對天發誓，如果是我，我會去廚房看看的，」他說，他的聲音很合理，像個仁慈的人。「有很多吃的，有很多好吃的，老兄。」他彎腰去拉他的手臂，讓他站起來。「你來啊。」

傑克被他碰到，突然有了反應。「不要。」他說。

這是索恩希爾第一次聽到他用英語說話。

傑克把他的手拍開，打得那麼用力，地上塵土飛起來，然後散去。他說，「這裡才是我的地方。」他用手掌在地上抹一抹，抹出一塊像他頭上的疤一樣的地方。「在附近坐下。」他臉朝下，瞪著火。一絲微風吹動他頭頂上的樹葉，接著風就靜止。一根溼的枝枒在火中燃燒，小聲發出劈哩啪啦的聲音。

索恩希爾感到一陣傷痛。沒人比他更努力工作，而他的努力也為他帶來報償。他大約有近一千鎊的現金，有三百畝地以及一張證明他擁有那些地的地契，他還有一棟門柱上立著石獅的大房子。他的小孩穿靴子，而他家裡一定會放一箱上等的大吉嶺茶葉。他可以說他已經擁有每個男人夢想擁有的東西。

但是當他看著傑克撫摸地上時，他覺得空虛。的確，有些東西是他沒有的：一個屬於他血肉一部分的地方。世界上沒有一個地方可以讓他像傑克一樣一直不斷地回去，為的只是要感覺他在那塊土地上而已。

彷彿塵土本身就是一種安慰。

他升起一股怒氣，叫道：「媽的，傑克，你想餓死就餓死好了，我只能祝你好運！」他大步走上小路，沒再回頭看他一眼。他做的已經超出他該做的了。可以把他殺了，就像其他人可能會做的那樣，或是鞭打他，或是放狗咬他。他不管了。如果這個黑人餓死了，也不會是威廉・索恩希爾的錯。

他還是不時在那個點看到有煙升起，但是他再也沒有到過那裡。

每天太陽下山時，他都坐在陽台他最愛的位子，手拿望遠鏡，看夕陽在懸崖照出紅色和金色的光芒。他叫人做了一張長凳子，不是很舒服，只是一張簡單的木頭凳子，但是很適合他。他會叫戴維凌用銀盤端來一杯馬得拉白葡萄酒以及一根雪茄。他看著在黃昏微風下的白楊樹，玫瑰和丁香在暮晚的光線中比在白天更顯青翠。他的牆在那裡。他的妻子也在那裡。她穿一件產自阿米塔基的絲綢長衫，沿著小路散步透氣，那件衣服花了二十二基尼。他可以聽到他的牛在叫，牠們在等著被擠牛奶，他的僕人大吼大叫趕牛進去。他聞得到房子後面馬廄裡駿馬的味道。他自己從未騎過馬，但他的小孩都有上課，學習怎麼像個紳士騎在馬上。

俯視他的產業，可以把它想成是一種英國的翻版。抹了灰泥和石灰粉的石牆在陽光下亮得刺眼。四四方方，無法動搖，像這塊山坡地上的莊嚴和弦。這就是他努力得來的成果。他曾經徹夜不眠的策畫，曾經全心全意地划船、搬運，而結果就是這裡，它像馬得拉白葡萄酒，代表優渥的生活。

但石牆和銀盤之外是另一個世界，懸崖在那裡等待著、窺視著。在玫瑰和其他植物之外是一片森林，吹過木麻黃的風颼颼響著，水浣和蘆葦的莖粗硬，天空藍得刺眼：它們並沒有因為索恩希爾的牆圍起一小片「新南威爾斯」而改變。

他看著莎莉從花園走上來，她已經去看過白楊樹了，這是她每天的例行工作，現在白楊已經高過她的頭。她轉身去看照在崖壁上光影的奇妙變化。當她看到他時，她的臉變得柔和。她細緻的皮膚已經被外面的烈陽照到老化起皺紋，但她的微笑還是和她在泰晤士河畔一樣。

「還在看？」她問，同時挨著他身邊，在凳子上坐下。他可以感覺到她的腿溫暖、堅實、舒服地靠著他，他們靜靜坐著。儘管他們自己無法互訴衷曲，但有時他們的身體似乎可以彼此傾訴。然後，她又說：「小威，如果照你這樣繼續下去，你會把望遠鏡給看壞的。」他沒有回答。他覺得她知道他在看什麼，她只是想要聽他說出來。

她突然想到一件事。「你知道嗎，小威，我小時候覺得你很棒。」

他感覺她字字分明，每個字都跟著她吐出來的氣噴在他臉上。他看著她，她一邊回憶一邊微笑。

「為什麼，小東西？」他問：「為什麼我很棒。」

她笑了。「因為你口水吐得很遠！」她叫道。「我跟我爸說，威廉・索恩希爾口水可以吐好遠！」

全世界只有莎莉才會記得那樣的事。他聽到他自己吃驚地笑了，笑聲在陽台傳開。「莎莉，我可沒失去這項技能，」他說：「只不過在這麼乾的地方，男人得要把所有的口水留給他自己。」

過了一會兒，她站起來，一手放在他肩上，又過了一會兒，她就進屋了。他可以聽到客廳燃起爐火的聲音。再過一會兒，他也會進屋，坐在扶手椅上，享受火光照亮屋子的樣子，把夜關在外面。

看懸崖上的光線就像在看海一樣。即使與群山為伍這麼久，它們的面目依然神祕，無時無刻不像換了張新面孔。他會透過望遠鏡找一塊由金和灰組成的特殊圖案來研究。當他看著那個圖案時，他知道岩石和陰影的組合，就像他知道他妻子的臉一樣，但若他轉開臉，然後再試著找回那個圖案時，光線已移到別的地方，圖案不見了。就像海洋，從不會重複。

從他那裡看過去，要分辨距離或大小很難，懸崖岩石可能只是一小步，也可能是一百呎高：樹看起來只像小樹苗，斜斜亂亂地長在灰金色的崖壁上。因為沒人在那裡，它就像海市蜃樓一樣不可捉摸。

在望遠鏡下，樹木看起來單薄、龜裂，岩石才顯得活生生，像是從海裡出來的一種古老而莊嚴的東西，懸崖表層點綴著白色地衣，龜裂、起縐、隆起。他透過望遠鏡摸熟了每一處岩層，可以看得出那些掉落在懸崖底下的岩石過去一定是在懸崖上方，森林在那裡突然消失，就像一張桌子的邊緣似的，上方岩層一片一片剝落、掉下。

儘管他有時會拿著望遠鏡，屏息以待，等著看懸崖岩層掉落，但他從未看過它發生。那是一種緩慢的過程，像一棵樹從最頂端裂開那樣緩慢嗎？或者，它是像鳥從樹上高叫振翅飛翔一樣乾淨俐落？

他坐著，望遠鏡放在眼睛前，手肘靠在一張椅背上，直到景色開始變模糊才停止。但他從未發現岩石悄悄掉下過。

每次看到他後面的山丘——他自己的山丘——陰影移向花園，讓後方的一切都籠罩在灰色薄暮，感覺都像是一場戲劇。河上的陰影似乎停止前進。最後他會看到崖壁底下有一條線，然後那條線只花幾分鐘時間就往上移，吞沒了光線的流動。

懸崖上方，也就是那塊沒有長樹、有如被削平的地方，有時像個空蕩的舞台。如果懸崖是舞台，他就是觀眾。他來來回回掃視森林線，一直看到舞台沒了為止。他們可能還有人住在上面。那是可能的。他們用他們知道的方式，用樹皮和樹根、負鼠和蜥蜴勉強餬口，而且只在晚上生火。他們可能還在上面，在那塊還沒有任何白人上得去的複雜土地，在那裡準備、等待。

他知道如果他們希望被看到，他早就看到他們了。

有時他覺得他看到一個人在那裡，在懸崖頂端往下看。他會站起來，急著走到陽台邊，探出身體瞇眼看那個人夾在一大堆讓人眼花的垂直樹幹中。他目光緊跟著那個他覺得是人的地方，而那人就在那裡往下瞪著他家看。

他知道他們有能力站在那種地方，而且就是那樣站著。他瞪著那裡看，並且提醒自己他們多有耐心，多能藏身森林，變成是森林的一部分。他告訴自己那是個人，是個像燒焦桉樹幹一樣黑的男人，他站在那舞台邊緣，透過空氣看他坐在陽台向外瞪視。他全身繃緊，用望眼鏡瞇眼看，直到他的眼球變乾為止。

最後，他必須承認，那不是人，只是另一棵樹，一棵形狀大小像人的樹。

每一次，那都帶來一種新的空虛感。

但那是他的選擇，他坐著的那張凳子有時感覺像一種懲罰。他一直無法忘掉在「船夫廳」走廊的那張窄凳，威廉．索恩希爾曾經坐在上面緊張兮兮等待他是否雀屏中選成為學徒。那張凳子是一個男孩為求一個餬口機會必須付出的痛苦代價之一。但是這裡的這張凳子，可以讓他用來俯視他的財富並且休息，應該是他的獎賞才對。

他沒辦法了解為什麼它感覺不像是勝利。

晚上，風停了，河流靜得像片玻璃。懸崖聳立在河上，倒影也映在河上。遠處河邊的微風吹縐了水面，在懸崖和它的倒影間畫出一條窄窄的光。光把它們分開，或者是加入他們。兩片懸崖圓滿了彼此，變得祥和、完美。

他放下望遠鏡，覺得空虛。「太遲了，太遲了。」每天，當暮色籠罩山谷，他便坐在那裡注視、等待，巡視樹木和沉默的岩石。直到天全黑了，他才讓自己把望遠鏡放下，轉身離開。

他說不出為什麼必須要一直坐在那裡，他只知道，只有透過望遠鏡張望，他才可以獲得一點平靜。即使在黃昏來臨、崖壁變成一片金黃之後，即使暮色讓崖壁帶著一種彷彿從石頭裡發出來的餘暉，神祕地發亮；即使是那樣，他還是坐著看，直到黑夜降臨。

木馬文學 031

我的祕密河流

The Secret River

作者	凱特・葛倫薇爾（Kate Grenville）
譯者	林麗冠
社長	陳蕙慧
副總編輯	戴偉傑
特約編輯	冬陽
行銷企畫	陳雅雯、尹子麟、汪佳穎
封面設計	兒日設計
內頁排版	宸遠彩藝

讀書共和國集團社長	郭重興
發行人兼出版總監	曾大福
出版	木馬文化事業股份有限公司
發行	遠足文化事業股份有限公司
地址	231 新北市新店區民權路 108 之 4 號 8 樓
電話	02-2218-1417
傳真	02-8667-1065
Email	service@bookrep.com.tw
郵撥帳號	19588272 木馬文化事業股份有限公司
客服專線	0800-221-029
法律顧問	華洋國際專利商標事務所　蘇文生律師
印刷	前進彩藝有限公司

二版一刷	2022 年 4 月
定價	380 元

ISBN：9786263141506

國家圖書館出版品預行編目

我的祕密河流 / 凱特．葛倫薇爾著；林麗冠譯．-- 二版．-- 新北市：木馬文化事業股份有限公司出版：遠足文化事業股份有限公司發行，2022.04

336 面；14.8×21 公分

譯自：The Secret River

ISBN 978-626-314-150-6（平裝）

887.157 111003657